Alguien como tú

Elísabet Benavent es la aclamada autora de la Saga Valeria (*En los zapatos de Valeria*, *Valeria en el espejo*, *Valeria en blanco y negro* y *Valeria al desnudo*), la bilogía Silvia (*Persiguiendo a Silvia* y *Encontrando a Silvia*), la trilogía Mi elección (*Alguien que no soy*, *Alguien como tú* y *Alguien como yo*), la bilogía Martina (*Martina con vistas al mar* y *Martina en tierra firme*), la bilogía La magia de ser... (*La magia de ser Sofía* y *La magia de ser nosotros*), la bilogía Canciones (*Fuimos canciones* y *Seremos recuerdos*); de las novelas *Mi isla*, *Toda la verdad de mis mentiras* y *Un cuento perfecto*; y de los cuadernos *El diario de Lola* y *Este cuaderno es para mí*. Su obra se ha convertido en un éxito total de crítica y ventas con más de 3.000.000 de ejemplares vendidos. Sus novelas se publican en 14 países y los derechos audiovisuales de la Saga Valeria se han vendido para su adaptación televisiva, disponible en Netflix.

Para más información, visita la página web de la autora:
www.betacoqueta.com

También puedes seguir a Elísabet Benavent en Facebook,
Twitter e Instagram:

f BetaCoqueta

@betacoqueta

@betacoqueta

Biblioteca

ELÍSABET BENAVENT

Alguien como tú

DEBOLS!LLO

Papel certificado por el Forest Stewardship Council®

MIXTO
Papel procedente de
fuentes responsables
FSC® C117695
www.fsc.org

Penguin
Random House
Grupo Editorial

Primera edición en Debolsillo: enero de 2016
Séptima reimpresión: julio de 2021

© 2015, Elísabet Benavent
© 2015, Penguin Random House Grupo Editorial, S.A.U.
Travessera de Gràcia, 47-49. 08021 Barcelona
Diseño de la cubierta: Compañía
© Javier Almar, por la imagen de la cubierta

Printed in Spain – Impreso en España

ISBN: 978-84-663-2998-9
Depósito legal: B-21.636-2015

Impreso en Novoprint
Sant Andreu de la Barca (Barcelona)

P 32998 D

Para quienes aún no creen en ellos mismos
pero quieren hacerlo.

1

CASTIGARSE

A riesgo de que mi cuerpo volviera a negarse a retener nada, me tomé la enésima taza de café. Pensé que quizá debía salir a comprar algo para comer, pero no me moví. Quedaban tres horas para poder marcharme a casa. Di otro sorbo a mi café y Hugo entró ajustándose la americana al cuerpo. Guapo. Alto. Imperturbable. Suyo. Digno. No se inmutó ante mi presencia, yo sí con la suya; solo se acercó a la máquina de café y comenzó a prepararse uno, demostrándome que él sí estaba por encima de las circunstancias. No como yo, que estaba por debajo.

—¿Qué te ha pasado? —preguntó sin mirarme. Un nudo en la garganta no me permitió contestar. Su voz seguía siendo sexi, masculina, profunda. Hablaba con firmeza y… seguía siendo él—. En el ojo…, ¿qué te ha pasado?

—Me senté mal la cena.

Era mentira, claro. La noche anterior con lo único con lo que llené el estómago fue con vodka barato; me había creído eso de beber para olvidar. Aparte de la «agradable» aspereza de mi garganta, los esfuerzos de las arcadas habían provocado que se me reventaran bastantes vasos capilares en los ojos, creando pequeñas manchas rojas que resaltaban en el blanco amarillento de mi mirada cansada.

Se giró, apoyándose en la encimera de la cocina, y me repasó de arriba abajo con su labio inferior entre los dientes.

—Espero que lo tengas bajo control, Alba, porque no voy a ir a rescatarte de ti misma, como en las películas.

—¿Quién te lo ha pedido?

—Lo pides a gritos —respondió serio.

—Deja de creerte el centro del universo. Mi vida no gira en torno a ti y no necesito que tú me salves de nada. A lo sumo, de ti mismo.

—Sé de sobra que no necesitas a nadie que te salve, pero me da la sensación de que te encanta hacerte pasar por débil. Y no cuela, Alba.

—Tú tomaste las decisiones —contesté seca—. Atente a las consecuencias.

—Yo tomé las decisiones junto a otra persona a la que, no entiendo por qué, te resistes a cargarle ninguna culpa. Eso no me facilita las cosas. Y déjame recordarte que fui yo…, yo, quien se acercó a ti para tratar de hablar.

—No hay nada que decir.

—Perfecto. Pues sé consecuente con tus actos. Eres tú la que demuestra que, al parecer, no hay nada de lo que hablar.

Cogió la taza y me dio la espalda. No supe qué contestar. Me sentía mal. Basura. Yo tan hecha mierda, tan rastrera y él tan guapo, tan impertérrito, como de vuelta de todo. Se encaminó hacia la salida de la cocina y antes de desaparecer repitió:

—Pero no cuela, Alba. De verdad que no cuela.

Eva me llamó a las tres y me preguntó si estaba mejor. Me había pillado borracha y llorosa la noche anterior y, aunque mi plan pasaba por mentirle y decirle que todo había terminado de mutuo acuerdo, no pude. Pero no le dije nada de mi visita al despacho de Rodolfo, mi exeditor, y no lo conté porque yo misma quería olvidarlo. Como si fuese tan fácil obviar haberte dado cuenta de qué clase de persona puedes llegar a ser.

Sé que lo lógico hubiera sido invitar a mi hermana a casa, dejarme arrullar, confesar lo que había hecho, cómo había terminado haciéndome daño y explicarle a alguien lo mal que me encontraba. ¿Lo hice? No, aunque fuera lo más lógico, no fue lo que hice.

Rompí una copa. El camarero me miró molesto, hasta en mi estado supe leer el sentimiento que había detrás de su gesto. Me disculpé y cuando este se dirigía hacia mí, probablemente para echarme del bar, un compañero más joven se hizo cargo.

—Déjame que limpie esto. Puedes cortarte —me dijo recogiendo cristales del rincón de la barra donde estaba sentada.

—Gracias —balbuceé.

Miré hacia atrás. Un grupo de chicos de unos treinta se reían, «seguro que de mí», pensé. Al volver a mirar al frente casi resbalé del taburete. El bolso se me cayó al suelo y mis cosas rodaron entre cáscaras de cacahuetes y servilletas arrugadas.

—Eh, cuidado —dijo sujetándome—. ¿Estás bien? ¿Te pongo algo para comer?

Negué con la cabeza y señalé el pedazo más grande de la copa rota.

—Otra, por favor.

—No te la voy a servir. —Se agachó y recogió mis cosas; luego las metió en el bolso y me lo dio.

—Hay otros bares —le respondí.

—Ni siquiera estás para irte de aquí sola. Y mucho menos a otro bar.

Me apoyé en la barra. Los párpados me pesaban. Había perdido la cuenta de la cantidad de combinados que llevaba. Pero quería más. Quería perder el conocimiento. Reírme. Dejar de tener ganas de llorar. Olvidar que era una imbécil desleal. Olvidar la culpa que me pesaba encima.

—¿Me pones otro? —volví a preguntar.

El chico se afanó en servirme con todo el protocolo, incluso el del limón exprimido. Cuando me dio la copa hasta yo noté que solamente había tónica dentro. Quería decirle que no necesitaba que nadie cuidara de mí; quería gritarle que deseaba emborracharme y punto, pero no hice nada. Era la segunda vez en mi vida que bebía sola en un bar. La vergüenza era el primer castigo autoimpuesto. La resaca, el segundo. Me adormecí. Uno de los chicos de la mesa de atrás se acercó a la barra a pedir otra ronda de cañas y me miró. Yo le devolví la mirada.

—¿Qué haces aquí tan sola? —me preguntó.

—Emborracharme —contesté.

—¿Por qué no te sientas con nosotros?

—Porque no quiero.

Desvié la mirada hacia el vaso con tónica y me dije a mí misma que daba igual qué llevara. Le di un buen sorbo. Los camareros hablaban entre ellos, mirándome de vez en cuando. Fuera, en la calle, ya era de noche. No tenía ni idea de qué hora era ni de cuántas llevaba allí sentada. ¿Sabéis esa sensación de estar inmerso en un sueño absurdo? Esas borracheras tristes en las que no te puedes creer que te hayas metido entre pecho y espalda la cantidad suficiente de alcohol como para hacerte sentir así. El mundo se fue desdibujando a mi alrededor. El camarero me sacó un plato con algo de comida y hasta me preguntó si quería hablar. Me eché a llorar, de pura vergüenza. Negué con la cabeza y él volvió a su puesto en la barra con gesto preocupado.

Los chicos de atrás pidieron la cena. Yo insistí en tomar otra copa, el camarero me la negó y su compañero me puso la cuenta delante. Era un papel arrugado escrito a mano. No pude enfocar los números. Me limpié los chorretones de rímel con el dorso de la mano.

—¿Cuánto es?

El monedero se cayó, de nuevo, al suelo cuando lo saqué del bolso abierto. Lo recogí y subí otra vez a la banqueta tambaleándome. No. No estaba segura de poder llegar a casa. Me apoyé en los codos y recé por aclararme lo suficiente con mis piernas como para poder irme.

La puerta del local se abrió y un chico muy alto entró. No vi nada más. No vi la marca de su polo negro bordada en el pecho. No vi las resplandecientes llaves de un BMW en la mano. No vi su barba de tres días. No vi la cara de Hugo ni su expresión. Cuando se plantó a mi lado, le lancé una mirada perezosa.

—Hombre…, ¿vienes a tomarte una copa conmigo? —le pregunté, y en mitad de mi borrachera no me sorprendió encontrarlo allí; había pensado demasiado en él como para que no fuera posible.

—¿Dónde está tu móvil? —me interrogó apuntando con su barbilla hacia mí en un gesto rápido y cabreado.

Palpé el interior del bolso. Saqué las llaves de casa. Aparté la cartera que había sacado. Un paquete de kleenex. Uno de chicles. Le miré sin entender: uno, ¿dónde estaba mi móvil?; dos, ¿qué hacía él allí?; tres, ¿por qué me preguntaba por mi móvil? El camarero se acercó a nosotros.

—Hola, soy Hugo. —Le dio la mano—. Gracias por llamar.

—Es que… no sabía qué hacer. Era eso o a la policía.

Vi cómo le daba algo a Hugo y este lo guardaba en el bolsillo de sus chinos. Mi móvil, claro.

—Que te jodan —farfullé.

—Más vale que te calles —me rugió Hugo antes de girarse de nuevo hacia el camarero—. Has hecho bien. Perdona las molestias.

—Siéntate y tómate una, hombre. —Palmeé el taburete que había a mi lado—. No vengas para nada.

—¿Ha pagado? —le preguntó sacando la cartera.

—¡No quiero que me pagues nada, gilipollas!

El camarero nos miró con cara de circunstancias.

—De verdad que lamento haber llamado —le dijo—. Pero los dos últimos nombres eran el suyo y el de una chica. En estas condiciones no creo que una chica pudiera sacarla de aquí.

—No te preocupes. Toma, cóbrate.

Sé que lo hizo con buena intención, pero la idea del camarero aún hoy me sigue pareciendo pésima. Supongo que no pensó en lo que podía salir mal al llamar a alguien de la lista de contactos de un desconocido. Supongo que lo único que quería era solucionar el problema que yo le suponía sentada en la barra. Hugo se dejó caer en la banqueta y se frotó la cara. No se me ocurrió nada que decir y por unos minutos a él tampoco.

—Vete —le dije—. Lo estaba pasando bien.

—Sí, ya veo lo bien que lo estás pasando. —Señaló mi cara y ahora sé que se refería a los chorretones de rímel que llevaba por las mejillas.

—¿Por qué no te vas? Quiero pasarlo bien —repetí.

—Joder, no puedes ni hablar...

Se levantó y fue a cogerme, pero lo aparté de un violento manotazo. Uno de los chicos de la mesa de detrás se levantó.

—¿Todo bien? —preguntó.

Me giré hacia él con una sonrisa.

—¡Claro! Pero no me quiero ir con él. ¿A que puedo quedarme contigo?

—Alba... —dijo Hugo con tono tenso y reprobador.

—Podemos pasárnoslo bien —le expliqué—. Sé hacer muchas cosas. Él ya lo ha probado, pero se cansó.

Hugo me dio la vuelta y me cogió la cara para que le mirara.

—No sirvo para esto. Pónmelo fácil o me voy de aquí sin ti. Te lo juro por mi madre.

—Vete de una puta vez.

No se lo pensó. Cogió las llaves del coche y la cartera de encima de la barra y fue hacia la puerta. El chico me miró con el ceño fruncido.

—¿Necesitas ayuda? —me preguntó.

—Ya la ayudo yo —propuso otro de sus amigos, que se acercó y me rodeó los hombros con un brazo—. ¿Salimos a que te dé un poco el aire?

Empezaba a marearme. Me miré las manos, pero no logré enfocar lo suficiente como para reconocerlas como mías. El desconocido me dijo con voz melosa que si yo quería, podía acompañarme a casa. Alguien se nos acercó y arrastró mi taburete, que arrancó un chirrido al suelo mientras me alejaba de él.

—¡Oye! —se quejó mi improvisado amigo.

—Si la tocas te juro que te arranco la cabeza —escuché que gruñía Hugo—. ¿Qué vas a hacer con ella, valiente? —siguió diciendo—. ¿Follártela cuando se desmaye?

—Qué asco me dais los tíos como tú —farfullé—. No te necesito.

—Pues finges lo contrario estupendamente.

Unas manos maniobraron conmigo y cerré los ojos, dejándome mover. Le lancé un golpe débil y gemí. Me daba igual dónde me llevaran. Solo quería dormir. Los volví a abrir. La luz anaranjada de las farolas se hacía intensa en el suelo y luego se suavizaba. Me movía, pero no estaba caminando. Me quejé. Alguien me enderezó con una maldición. Cerré los ojos. Al abrirlos me cogí a una señal de tráfico, como si me resistiera a un rapto. Unas manos fueron soltándome dedo a dedo de mi repentino amarre. Me quejé. Nadie me dijo nada. Nadie contestó.

Me desperté con el sonido del despertador que martilleaba en mi cabeza. Y vestida. Un dolor infernal me reventó el cerebro por dentro y me dejó hecha papilla. Lloriqueé. Me levanté del colchón y trastabillé hasta darme con la cómoda del rincón. El aire acondicionado estaba encendido. Una botella de agua pequeña en mi mesita de noche. Nadie por allí.

En el baño todo seguía igual. Mi pintalabios rojo olvidado en la pila y unos cuantos pelos largos y morenos sueltos, dibujando espirales sobre el mármol. Noté subir por mi esófago un montón de bilis y no me moví hasta que las náuseas pasaron. Salí. En la cocina, nada. La nevera seguía vacía. En los armarios, un paquete de galletas rancias y otro con tallarines precocinados. Qué vida más triste. Encendí la cafetera y salí al salón, donde contuve un grito. Sentado en el sofá encontré a Hugo, con la expresión más circunspecta que había visto en mi vida. Estaba jugueteando con algo entre sus grandes manos.

—¿Qué haces aquí? —le pregunté.

—Ya —suspiró—. Ya me imagino que no tendrás recuerdos muy nítidos de anoche.

Me agarré a la pared. El suelo parecía inclinarse. Él se frotó la cara mientras suspiraba. Tenía pinta de no haber dormido en toda la noche. ¿Por mí?

—Soy libre de emborracharme cuando quiera —dije, porque pensaba que la mejor defensa sería un buen ataque.

Asintió.

—Vale. Voy a ser muy claro, porque no me gusta que me repitan las cosas ni tener que repetirlas. Si esto es lo que vas a hacer con tu vida, a mí no me incumbe, pero te pido que borres mi número de teléfono de tu móvil. En realidad, bórrame del todo. Lo que vi anoche, lo que me dijiste, dista mucho de ser lo que esperaba de ti.

—No sé a cuento de qué tendrías que esperar tú nada.

—Eso mismo me pregunto yo. No te interesan mis explicaciones. Ni siquiera has hecho amago de preocuparte por saber cómo nos sentimos nosotros o cómo estamos. Todo te da igual excepto tú misma. Y te estás mirando tanto el ombligo, te estás dando tanta pena que te vas hundiendo tú sola. Ojo con la autocompasión, Alba. No es buena amiga para nadie.

No contesté. Hugo se levantó del sofá y dejó caer en la mesa lo que tenía entre las manos: unas fotos. De entre ellas cogió la más grande y se la llevó. Cuando pasó por mi lado me la enseñó. Era la que yo había sacado de su despacho hacía apenas unas semanas, que parecían siglos.

—Esta me la llevo, más que nada porque es mía y porque... no me recuerda nada desagradable. De las otras ya no puedo decir lo mismo.

—Follábamos y punto, ¿no? Pues ya está.

—El sexo, Alba, es una relación basada en el respeto. No sé lo que tuvimos nosotros, porque ni siquiera te respetas a ti misma.

—Que te jodan —respondí.

—No. Que te jodan a ti. A nosotros ya nos jodiste suficiente.

El portazo resonó a aquellas horas en cada rincón del edificio. Fuera de mi piso la vida empezaba a despertar. Sonidos de loza. Olor a café. La risa de la pareja que vivía en el apartamento de al lado. El ladrido del perro de la señora de enfrente. La radio que siempre escuchaban los vecinos de arriba. Y yo me encontré sola, en medio de mi destartalado salón, mirando unas polaroids.

2

QUE TE JODAN

No soy un tío de darle demasiadas vueltas a las cosas. Al menos no lo había sido hasta aquel momento y mucho menos con el aspecto emocional de mi vida. Soy (o era) un tío contenido. No sabía explicar por qué narices estaba tan cabreado con Alba o por qué esa decepción no dio paso a un adiós muy buenas. Huía de los problemas por naturaleza pero esta vez sentía la necesidad de... acercarme.

Siendo razonable, lo nuestro no había sido para tanto, ¿no? Lo habíamos intentado; nos habíamos implicado; la habíamos cagado; Nico estaba enfurruñado; Alba se emborrachaba y yo... pues no sé. ¿Cuál era mi papel en todo aquello? El del tío que lo siente todo extrañamente dolorido. Habían sido unas semanas intensas, sí, pero unas semanas al fin y al cabo..., lo mejor era olvidarlo.

Ojalá me hubiera hecho caso, pero es que no podía. Si no pensaba en ella, la soñaba, y si no la soñaba me la iba encontrando por todos los jodidos rincones de la oficina.

Estaba hasta en lugares en los que no estaba, pero donde era fácil percibir una nota de su perfume o el recuerdo de sus pasos sobre la moqueta. Me estaba volviendo loco.

Sonó el despertador, pero llevaba ya una hora echado en la cama, planteándome llamar al trabajo y decir que me encontraba mal. Estaba mirando el techo, preguntándome qué coño me pasaba. Nunca me había sentido tan… desmedido. Me repateaba. Quería estar solo. Quería… demasiadas cosas que no podían ser.

Escuché a Nico en la ducha y después las perchas de su armario chocar las unas contra las otras. Seguro que estaría maldiciendo entre dientes por tener que ponerse traje. Me acordé de cuando fuimos a comprar un par para su primera semana en la oficina. Cada cosa que veía le desanimaba más.

—Tío, si no te gusta la oficina, búscate otro rollo más… tú —le dije harto de verlo arrastrar los pies por la tienda.

—No es eso. Es que es como un disfraz.

—Podría ser peor. Podrías trabajar disfrazado de Bob Esponja en Sol, haciéndote fotos con los niños.

Sonreí al acordarme de la expresión con la que me miró entonces. Supongo que es como lo que sientes por un hermano. Una vez él me dijo: «A la familia no puedes elegirla, la quieres por condena». Yo quizá sí había tenido la oportunidad de elegir con él, pero no mandaba sobre lo que sentía. Vaya…, eso me ha quedado un poco raro, ¿no? Lo que quiero decir es que sentía que Nico era algo así como un hermano. Le quería (aunque los tíos no nos lo decimos, no os engañéis), pero casi por condena. Me repateaban muchas cosas de él, pero… era la única persona en el mundo en la que confiaba. Eso me hacía sentir solo, frágil y a la vez tontamente reconfortado.

Finalmente me levanté. Ducha. Traje. Corbata. Gemelos. Nico y yo chocando en el pasillo y dándonos un buenos días aséptico. No hubo mucha más conversación, como venía siendo costumbre desde que sacamos a Alba de la ecuación.

—¿Quieres café? —le pregunté ya en traje delante de la cafetera.

—No. Tomaré algo de camino —refunfuñó.

Entendí que no le había hecho gracia que fuera a recoger a Alba cuando me llamaron desde el bar. Conociéndolo querría haber recibido él la llamada para poder ignorarla. O no. Yo qué sé. Si le servía de consuelo, yo hubiera preferido no encontrármela en aquellas condiciones, aunque nunca se lo diría porque para ello necesitaría sacar un tema que nos enfrentaba.

Me crucé con Alba en la oficina. Estaba agachada, reponiendo folios en la fotocopiadora. En sus ojos casi no quedaban rastro de los vasos capilares reventados de tanta borrachera y tanto vómito. Estaba bonita, porque lo era, pero apagada. Me sorprendió que la polla me diera una sacudida al ver el movimiento con el que se levantó. Me acordé de la sensación de maniobrar su cuerpo desnudo entre mis manos y esa manera deliciosa en la que mis dedos se hundían en su carne. Recordé ese jadeo casi inaudible que se le escapaba de la garganta cuando, con la cabeza hacia atrás, se recuperaba de un orgasmo. La deseaba. No me veía con fuerzas de dejar de hacerlo nunca y… era una mierda. Hay tantas cosas que odiamos adorar…

Desaparecí antes de que se diera cuenta de que estaba allí. Me fui frotándome la barba, tratando de convencerme de que se me terminaría pasando, sabedor de que ese pensamiento no era más que otra mentira. Alba me gustaba demasiado y no tenía ni idea de por qué. Supongo que las cosas pasan de ese modo. No era la primera vez que me emperraba con una tía que no valía la pena. Porque… Alba no la valía, ¿no?

Comí solo también aquel día porque a Nico no le apetecía sentarse conmigo en una mesa para fingir que no pasaba nada. Me lo dijo tal cual cuando le invité a que me acompañara. A veces me daban ganas de abofetearlo. ¿Para qué coño habíamos «roto» con Alba si no era para solucionarlo? Mierda de niñato a veces. Como yo. Como ella.

3

MELENA AL VIENTO

Recordáis el final de *Grease*? Sí, cuando Olivia Newton John decide que ya está bien de ser una buena chica y se carda el pelo, fuma y se pone mallas ceñidas... Pues así me encontraba yo. Pero sin el cardado y las mallas, que yo no he sido mucho de ir luciendo pezuñita de camello (vamos, lo que comúnmente se conoce como ir marcando chochete). No había sido tampoco (o al menos yo no me había considerado) una mojigata relamida. Había tenido mis rollos, mis historias y hasta mis noches locas. ¿O no es lo que había sido mi primer encuentro con Hugo? Una noche loca de sexo sin miramiento. Sin razón. Solo... porque me apetecía. Así que de pronto no encontraba sentido a portarme bien. ¿Para qué? ¿Para quién? ¿Para mí? ¿Es que habría premio al final del viaje si lo hacía?

El viernes, después de vagar como alma en pena los últimos dos días de oficina y de verme evitada por las personas a las que me había abandonado días antes, llamé a Diana y le pregunté si le apetecía agarrarse un pedo esa noche. Ella, por supuesto, me dijo que sí.

—Pero define agarrarse un pedo, porque lo del café tocado de la amiga Isa no va conmigo.

—Nada de café tocado. Mano a mano. Ponernos pedo hasta que demos vergüenza ajena y cantemos canciones de Love of Lesbian que no nos sabemos.

—Eso ya me va gustando más. ¿Celebramos algo?

No. Yo no tenía nada que celebrar. Era una persona ruin y ridícula a la que nada le salía a derechas... o eso pensaba. Así que tras un suspiro contesté:

—Celebremos que seguimos vivas.

A las ocho nos encontramos en uno de esos bares *hipster* de Malasaña. Diana llevaba un vestidito estampado retro que parecía el uniforme de un *dinner* americano de los sesenta y unas gafas de vista de ojo de gato. Estaba muy mona. Ella siempre sabe cómo estarlo. Yo, sin embargo, estaba ojerosa y bastante perjudicada por la orgía de alcohol de los últimos días, pero conseguí contrachaparme la cara con kilo y medio de maquillaje. Me había puesto unos pantalones pitillo negros megaceñidos y un top lencero negro con el que se me adivinaban bastante las pechugas. Nos pedimos unas cañas. Y luego otras. Hablamos sobre tonterías. Que si ella se quería hacer un tatuaje en la muñeca, que si yo me lo estaba planteando también. Coqueteamos con la mirada con un par de chicos que fumaban en la puerta. Nos tomamos otra ronda de cañas. Hablamos del trabajo y después de las vacaciones. Salió a colación Gabi y su obsesión por concebir, a poder ser coincidiendo con alguna de sus noches de vacaciones en el Caribe. Las dos pensábamos que en ese preciso instante debía de estar chingando como una coneja, mientras calculaba mentalmente si se encontraba en los días fértiles del mes.

Fui al baño y a la vuelta Diana me dijo que le había mandado un mensaje a mi hermana con nuestra ubicación. No me hizo mucha gracia pero disimulé por no tener que dar más explicación. Estaba tratando de evitar pensar en nada que tuviera que ver con Hugo y con Nico, sobre todo desde que el primero me había dicho en pocas palabras que olvidara que existía. Mi hermana preguntaría con total seguridad y no…, no quería. Al menos estaba Diana de por medio y Eva se cortaría con ella delante. Misión: no separarme de Diana ni para ir al baño.

Cuando Eva llegó toda vestida de negro, con su piel pálida de porcelana y los labios pintados de rojo valentino, nos enseñó el dedo corazón, porque consideraba que nuestro nivel de alcohol en sangre nos delataba. La teníamos que haber avisado antes, nos dijo. Y luego pedimos más cervezas.

Cenamos un trozo de pizza sentadas en un banco de la plaza de San Ildefonso y después nos fuimos a la calle Pez a bebernos unas copas. Unas que fueron muchas, y cambiamos de local para terminar en El Fabuloso, bailando cosas raras, borrachas perdidas. Mi hermana intentó abordar el tema pero le dije que no quería hablar de ello. Volvía a tener la cabeza enturbiada por el alcohol y sabía que si entraba, me metería en una espiral de lloriqueos etílicos, balbuceos y «os quiero mucho», bla, bla, bla, que no me apetecía nada.

—¿Estás emborrachándote para olvidar? —me preguntó Eva con las cejitas levantadas.

—Supongo. —Me encogí de hombros—. No me preguntes más. Ha terminado mal y me duele.

Era mucho más de lo que pensaba confesar en un principio y la verdad es que fue un descubrimiento hasta para mí. La verdad es que me dolía. Me dolía haberme implicado, haber empezado a sentir cosas, haberme creído especial. Me mataba pensar que podría haberlo atajado simplemente diciéndoles: «Chicos, esto empieza a írsenos de las manos». Me dejaba sin aire acordarme de mí misma sentada en el despacho de mi exeditor dispuesta a cobrarme mi venganza. ¿Desde cuándo ellos me importaban tanto? ¿Podía importarme tanto alguien al que solo conocía desde hacía un mes? Parece que sí. Mi hermana, que a pesar de ser una loca a veces es muy sabia, siempre decía que las relaciones no se pueden medir en tiempo; es mejor hacerlo en intensidad.

Un chico se tropezó conmigo y se disculpó con una sonrisa. Le devolví el gesto y vi que sus amigos se reían. O lo habían empujado ellos o había fingido chocarse. Era mono. Llevaba el pelo muy corto y se adivinaban algunas canas, pero era un tío interesante. Ojos marrones y vivos, labios relativamente finos pero boca sexi, con sonrisa diez. Se presentó como Alberto y se ofreció a invitarme a una cerveza si lo acompañaba a fumar fuera.

—Si me invitas a un gin me lo pienso.

Un gintonic, las presentaciones, coqueteo. Diana haciéndome gestos lascivos por detrás de él, mi hermana mirándome de manera reprobadora. Le acompañé a fumar un pitillo a la puerta y me ofreció otro, que acepté. Era cámara en un programa de televisión bastante conocido y me destripó algunos cotilleos que en realidad no me interesaban mucho. Las charlas parecían más aburridas si Hugo no soltaba alguno de sus malignos y brillantes comentarios y Nico no sonreía, confesando algo íntimo. Pero me concentré en mi acompañante, que ahora me enseñaba un par de tatuajes que se hizo en Estados Unidos durante su último viaje.

—La Ruta 66 de cabo a rabo, nena —me dijo.

Ese «nena» tan chulesco y cutre trajo a la memoria otros labios pronunciando esa palabra. Y en los labios de Hugo y de Nicolás esta palabra nunca sonaba tan fea. Sonaba bien, dulce, cariñosa y hasta un poco traviesa. Toqué sus tatuajes sonriendo y fingí que me encantaban cuando me parecían de las cosas más terribles que había visto en mi vida. Seguí coqueteando mientras mi cabeza divagaba sobre la posibilidad de escribirle un mensaje a Nicolás. ¿Estaría igual de enfadado que Hugo? Quizá más. La había cagado con los dos.

—¿Sabes esa sensación… —empecé a decirle al tal Alberto— cuando la has cagado mucho con alguien y ese alguien solo sabe la mitad de lo mucho que la has cagado…? ¿Crees que una debe confesar?

—¡Ah! Con que eres mala, ¿eh?

Qué respuesta más estúpida.

—¿Me das un segundo, Alberto? Hago una llamada y entro a buscarte.

—¿Me vas a dar plantón? —Se rio y me cogió de la cintura.

—Claro que no.

—Dame un beso y prométemelo —me pidió con mirada seductora.

Me acerqué y le rodeé el cuello con los brazos. Me lo pensé durante unos segundos pero finalmente le di un beso que no me hizo sentir NADA. Nada. Tuve que pararlo, porque sentía… asco.

—Solo déjame que haga una llamada —dije secándome su saliva de mis labios.

Cuando se metió de vuelta al garito, saqué el móvil del bolsito cruzado que llevaba y busqué con dedos trémulos el número de teléfono de Nico. Eran las dos y media de la mañana, estaba borracha, no hablaba con él desde que rompimos…, pero no pude evitarlo. Descolgó al sexto tono, cuando pensaba que nadie contestaría.

—Hola, Alba —dijo con voz clara.

No pude responderle. Su voz. Se me había olvidado el efecto que tenía en mí. Una paz extraña invadiéndolo todo por dentro. Me apoyé de frente en la pared y contuve las ganas de llorar. Qué lamentable era todo…

—Alba… —susurró—. ¿Has bebido?

—Sí. —Y ahogué un sollozo después.

—No hace falta que hagas esto.

—Os he hecho algo horrible.

—No. No lo has hecho. Ya está. Da igual.

—Sí, sí que lo hice, pero vosotros no lo sabéis.

—Lo único que sé es que deberías irte a casa y dormir.

—No puedo dormir —confesé, y me tapé la cara cuando no pude reprimir las lágrimas.

—Vete a casa, Alba.

Hablaba con una tranquilidad que me destrozaba. No hablas con tanta calma con alguien que te importa y con el que estás cortando la relación que os unía. Y entonces… un clac me avisó de que había colgado el teléfono y me rompí. Me rompí. Entré en el local disimulando el rímel corrido y sonriendo como una loca. Dicen que si sonríes, al final te convences de que estás feliz. Me junté en la barra con el chico que acababa de conocer. Mi hermana empezó a acercarse, abriéndose paso entre la gente que ya llenaba el local, pero antes de que llegara hasta mí, me puse de puntillas y le dije a Alberto:

—¿Te apetece echar un polvo en el baño?

Me di un asco terrible, pero pensé que me lo merecía. Nos colamos en el cuarto de baño juntos y nos besamos. Más asco. Sus manos empezaron a sobarme las tetas de mala manera y a decirme que las tenía preciosas. Palabras sosas, sin vida, con alquitrán por encima. Hugo podía decirte que le gustaban tus tetas sin poesía pero seguir sonando… sincero. Blanco. Transparente. Honesto. Pero Hugo no estaba allí. Ni Nico. No eran los suaves dedos de Nico los que acariciaban mi piel por debajo de mi ropa. No era su jadeo seco el que me alcanzaba cuando separábamos los labios. La boca de aquel tío babeó mi cuello y colocó mi mano derecha encima de su paquete, que estaba bastante duro. Miré el baño mugriento, le miré a él, me miré a mí. Cerré los ojos y, aun con esa necesidad de hacerme daño a mí misma…, no pude.

No tardamos en irnos a casa. Diana había conocido a un guaperas de pelo a lo rockabilly y nos había dicho que nos marcháramos sin ella. Yo miraba al suelo, pensando en la llamada, en el chico que había conocido y en lo del baño, que había terminado siendo un «lo siento, no puedo. No quiero hacerlo». Eva iba callada, pateando todas las piedrecitas que encontraba. ¿Por qué no se lo contaba, dejaba que ella me abrazara y lo daba por zanjado?

Cuando llegábamos a mi casa, mi hermana me preguntó si se podía quedar a dormir. Le dije que sí con un gesto y cuando nos metimos en el piso, seguimos en silencio. Me desmaquillé, me lavé los dientes, me recogí el pelo y me puse el pijama. El alma me pesaba y era una sensación totalmente desconocida para mí. Eva me esperaba sentada en la cama con cara de circunstancias.

—Te lo tengo que preguntar, Alba —me dijo demasiado seria para ser ella—. ¿Te lo has tirado? Al de El Fabuloso…, ¿te lo has follado en el baño?

Carraspeé para aclararme la garganta y seguir sonando a mí misma y no a niñata llorona.

—No lo hice, pero tenía intención de hacerlo.

—¿Por qué?

—¿Por qué no lo he hecho o por qué quería?

—Las dos cosas.

—Quería porque me apetecía y no lo he hecho porque me ha dejado de apetecer.

Eva me miró con desdén.

—Joder, Alba, soy tu hermana. No me contestes así cuando pregunto porque estoy preocupada por ti.

Mi hermana pequeña, la que siempre me preguntaba qué hacer cuando tenía una duda, para la que durante mucho tiempo fui todopoderosa…, preocupada por mí. Volví a darme pena. Pocas emociones son más peligrosas que el hecho de tenerse pena a uno mismo.

—Joder…, Alba…, ¿esto es por lo de tu curro o por esos tíos?

—No lo sé. —Me encogí de hombros.

—¿Quieres mi opinión?

—¿Te la callarás si te digo que no?

—Probablemente no.

—¿Para qué preguntas entonces?

—Se te ha juntado todo. —Me dio friegas en la espalda—. Tapaste lo del curro con otras cosas y te dio la sensación de superarlo, pero estaba ahí, latente. Ahora que lo que le pusiste encima no ha salido bien…, sale todo a borbotones.

—Hay algo que no sabes… —Me giré hacia ella. ¿Se lo decía? Era ella. Sí…, lo necesitaba—. He hecho una cosa horrible.

—¿Qué has hecho? —preguntó alarmada.

—Fui a ver a mi editor…, a Olfo…, y… casi le conté lo del club que tienen montado. Le dije que vi a alguien importante allí dentro.

Me miró frunciendo el ceño.

—No entiendo.

—Fui en plan justiciera, a cobrarme mi venganza, Eva.

—¿Era verdad?

—Sí —asentí mirando al suelo.

—Y… ¿va a salir? ¿Lo publicarán?

—No. Bueno. —Suspiré—. En el último momento me acobardé. Empecé a dar datos inconexos. Le dije que no lo sabía, que había sido un chivatazo…, empecé a hundirme a mí misma por no hundirlos a ellos. El tío no daba crédito, ¿sabes? Siempre me habían tenido por alguien profesional y seria… y yo sola me encargué de echar abajo mi credibilidad.

—Eso…

—Es horrible, lo mires por donde lo mires. Es horrible haber ido a vengarme, como si fuera el malo de una película de superhéroes. Y fue peor verme allí sentada, Eva…, notar la rabia hirviéndome en el estómago… La sola certeza de ser capaz de hacerlo me hundió. No es por ellos, es por mí. No quiero ser esa clase de persona. No quiero pasar por encima de nadie, sobre todo de mí misma. Yo… quiero hacer las cosas bien, pero no encuentro la manera. Me da vergüenza sentirme tan perdida.

Mi hermana resopló.

—Yo no sé qué decirte —respondió triste—. Creo que estabas encontrando la manera, ¿sabes? Por fin se te veía desenvuelta y más…, más sincera. Y es que a veces me da la sensación de que…

—¿De qué?

—De que te odias demasiado, Alba.

Me quedé mirándola sorprendida.

—Yo no me odio.

—Pues explícame entonces por qué te empeñas en hacerte la vida más difícil de lo que es…

—Porque soy así.

—No, no lo eres.

Me cogí la cabeza con las manos.

—No lo sé. Ahora ya no sé lo que quiero. Solo…, solo pienso en ellos.

Eva no tenía respuestas para eso. Yo tampoco. Pero como cuando éramos más pequeñas y la vida parecía demasiado difícil, nos metimos juntas en la cama y nos abrazamos. No hizo falta hablar, decir que todo se solucionaría o lo que sea que se diga en esas situaciones. Con mi hermana, que era mi mejor amiga y mucho más que eso, no hacían falta las palabras.

4

CONFESAR

Estuve a punto de vomitar en el felpudo de entrada mientras esperaba a que me abrieran la puerta. Me fijé en que hasta en un objeto tan pragmático, Hugo había dejado su sello. Era negro, grueso, elegante. Nada de mi «Bienvenido a la república independiente de mi casa», bonito pero típico. En la vida de Hugo y Nico no había nada típico, nada que respondiera a algo que los demás diéramos por sentado. Las ideas preconcebidas nunca se cumplían con ellos. Dos hombres implicados en un negocio oscuro y sexual y un estilo de vida diferente, que se habían preocupado de no hacer daño a nadie con ello. Uno amante de la cocina, el otro de la fotografía. Los dos cultos, leídos, interesantes, divertidos. Hechos a sí mismos. Hola, culpabilidad…, nos vemos las caras de nuevo.

Dentro se escuchaba música alta. Sonaba en aquel momento *Mr. Brightside* de The Killers y fue inevitable recordar que un día Hugo la eligió de entre todas las de mi iPod para provocarme. La puerta se abrió de súbito y él apareció con el ceño fruncido, confuso. Tras unos segundos de silencio se apoyó en el marco con una exhalación, como si estuviera agotado.

—¿Qué haces aquí, Alba?

—Tengo que hablar con vosotros.

—No, no tienes nada que hablar con nosotros. Creía haber sido claro —dijo con los ojos clavados en el suelo.

—Son solo unos minutos, pero necesito contaros algo. No vendría si no lo creyera necesario.

Pareció pensárselo mucho, eso o es que los segundos se me hicieron eternos. Finalmente, abrió la puerta y me dejó pasar. El portazo fue un poco más fuerte de lo necesario.

—¿Aviso a Nico o ya sabía que venías?

—Avísale, por favor.

Cuando vi cómo Hugo se alejaba hacia la habitación de Nicolás, me llamó la atención que me hiciera aquella pregunta. Ellos eran de ese tipo de amigos que no pasa por alto comentar si la examante de los dos se pasará por casa a saludar. Lo que quiero decir es que aquella pregunta me estaba dando la pista de dónde se encontraba la relación entre los dos. Y no era un buen punto. Nicolás salió de su dormitorio y no pudo disimular la sorpresa al encontrarme allí.

—¿Qué hace aquí? —le preguntó hoscamente a Hugo.

—Creí que tú lo sabías.

Hugo se sentó en el sofá. No me ofreció asiento ni agua ni nada…, estaba demostrándome que aquella visita le incomodaba y que quería que me fuera lo antes posible. Tenía la garganta seca, me habría venido bien el agua, la verdad. Me tomé la libertad de sentarme en la otra parte del sofá y eché un vistazo a Nicolás, que ni siquiera se había acercado.

—Tú dirás —dijo Hugo dándome pie y cruzando la pierna a la altura del tobillo.

—Yo… estaba enfadada y…

Los dos me miraban en silencio. Hugo mascaba chicle con desgana y Nicolás se pasaba la mano por el mentón. Tuve ganas de abalanzarme sobre ellos y pedirles que me abrazaran. Hacía apenas una semana, Hugo me besaba y Nicolás acariciaba mi cuello por las noches. Hacía solo una semana, su sola presencia me tranquilizaba. Pero ya no. Suspiré y seguí:

—No voy a entrar en si tenía o no tenía razón para estar tan enfadada pero... me reuní con mi exeditor y le conté algunas cosas que había visto en El Club. Yo... tengo unas fotos de Martín Rodríguez allí. Bueno, las tenía. Ya no, porque las borré.

Hugo no tuvo que decir nada para fulminarme con la mirada. El nudo de mi garganta se apretó un poco más.

—¿Qué dices, Alba? —preguntó Nico en un tono mucho más que beligerante.

—Yo... las borré. No se las enseñé. Fui con intención de decirle que sabía de primera mano que Martín Rodríguez estaba metido en una historia sórdida y sexual. Quería volver al periódico, a mi vida de antes, alejaros y... quería haceros daño. Estaba muy cabreada.

Ninguno de los dos hizo amago de decir nada. Pasaron los segundos. Lentos. Violentos. Pesando encima de nosotros como una losa.

—Me prometió devolverme mi trabajo si le contaba algo bueno. Al menos en parte. Y estuve a punto de hacerlo.

—Vale, Alba. Está bien —musitó Hugo a la vez que descruzaba las piernas sin mirarme—. Todo eso está muy bien pero lo que necesito que me digas es...

—Dije que había un club y... cuando me vi a punto de contarlo me..., yo... no..., no lo conté. Salí con excusas..., di datos inconexos y sin sentido y mi editor, simplemente, creyó que estaba mintiendo para poder volver y me pidió que no llamase de nuevo. Sé lo que estáis pensando, sé cuánto os he decepcionado, pero...

—Para decepcionar a alguien, ese alguien tiene que tener expectativas, Alba. No te ofendas, pero lo del otro día no dijo muchas cosas a tu favor —espetó Nicolás.

Me tapé la cara y rebufé. No llorar, no llorar, no llorar. Cogí aire.

—Solo quería ser sincera, contároslo y deciros que…, que borré esas fotos, que siento haberlas hecho y que siento no haber encajado lo…, lo que nos pasó. Pero no dije nada. No llegué a hacerlo.

—Bueno, Alba… —respondió Hugo con una frialdad que me dejó helada—. No te preocupes; tenemos un estupendo abogado, llegado el caso. Igual deberías medir bien lo que has hecho y hacerte con uno.

Hugo se levantó y paseó por allí. Contención por fuera; probablemente todo lo contrario por dentro. El silencio se fue desplegando en la habitación hasta llenarla. Yo también me levanté.

—Lo lamento pero lo cierto es que… sigo pensando que decidisteis por mí y que hicisteis lo más fácil, no lo mejor.

—Es tu opinión —contestó Nico—. Y al parecer tú tampoco eres un ejemplo de conducta.

Patada moral. Los miré a los dos, tan serios, secos, impersonales. Como si nunca nos hubiéramos reído juntos, como si nunca hubiéramos compartido cosas. Como si no nos hubiéramos abrazado ninguna noche en nuestras vidas. Como si… yo no fuera nadie. Fui hacia la puerta y ninguno de los dos me acompañó. Me giré a mirarlos. Me lo merecía pero…

—Necesito que digáis algo. Necesito que os cabreéis, que me gritéis, que os mováis, joder.

Nicolás me dio la espalda y se puso a mirar a través de la cristalera que daba a la terraza. Hugo dijo que no en un movimiento de cabeza.

—¿Sabes por qué no vamos a hacerlo, Alba? Porque eso te aliviaría mucho. —Mucho en sus labios sonó demasiado bien—. Y lo cierto es que no te lo mereces. Dime, ¿qué gano si me pongo a gritarte como un loco?

—No lo sé.

—Nada. Absolutamente nada. Tú seguirás siendo alguien en quien confiamos y que no dio la talla y nosotros seguiremos sintiendo que la vida nos ha dado una lección por crédulos. Así que no te preocupes por nosotros. Nos iba muy bien antes de conocerte y nos seguirá yendo muy bien cuando salgas por la puerta. Por la oficina no te preocupes; el trabajo es trabajo. Pero si no te sientes cómoda, siempre pueden cambiarte de planta…

—Eso es injusto, Hugo. Sabes que las cosas no son como las estás pintando. Y no mezcles el trabajo. Es mezquino.

—También lo has sido tú. Esto es simplemente la guinda del pastel…

Pestañeé. Me dolía algo dentro. Lo identifiqué como el estómago, pero creo que era la conciencia. Tenía razón… a medias. Ellos estaban justificando una decisión arbitraria, de las que tomas frente a algo que no entiendes y que por eso temes. Yo era culpable, pero también lo eran ellos.

Pasaron veinte minutos hasta que pude levantarme del escalón de su portal para volver a casa. No lloré pero tuve unas ganas tremendas de darme golpes. Sentía rabia porque, por más que pensaba, no encontraba nada que pudiera solucionar aquello. Cogí el teléfono móvil y llamé a Eva.

—Voy de camino. Espérame en el sofá…, voy a necesitar que me abraces.

«No espero que contestéis a este mensaje. Solo quiero deciros que os doy mi palabra de que no volveré a hablar del tema y que por lo que a mí respecta vuestro negocio no existe. Siento mucho cómo ha terminado esto. Como muchas otras cosas en la vida fue mejor el planteamiento que la ejecución. Con lo bueno y con lo malo, aprenderé a ser mejor. Gracias. Alba».

Mi hermana me miró, dejó el móvil en la mesa y se abrió una Coca-Cola Zero.

—Te ha quedado bastante pedante, pero supongo que tu intención es imponer distancia.

—Sí, bueno… Pienso que es mejor fingir un poco de dignidad de la que ya no me queda.

—Te queda mucha —dijo con ímpetu—. Ya está. Solucionado. Olvida el tema.

—Está solucionado porque es Olfo. Si llega a ser otro, habría rascado para ver qué había de verdad en mi historia y… Soy imbécil, Eva.

Le dio un sorbo a su refresco, cogió su paquete de tabaco de liar y se concentró en ese acto.

—Hazme uno.

—Tú has dejado de fumar —repitió como si estuviera harta de repetírmelo.

—Creo que voy a volver.

—No digas tonterías. Esto es un vicio asqueroso. Soy una yonqui que siempre huele a abuelo carajillero.

Antes de que pudiera contestarle, una vibración encima de la mesa llevó los ojos de las dos hasta mi móvil, cuya pantalla se había encendido. Me tapé la cara como una cría. No lo hice con un cojín de milagro.

—Dime que no pone «Hugo» —le supliqué.

—No pone «Hugo».

—Menos mal.

Cuando cogí el teléfono, la fulminé con la mirada. Por supuesto, era él. «Dicen que el instinto supera muchas veces a la razón; quiero creer que fue lo que nos pasó, en todos los sentidos. A ti y a nosotros. Que te vaya bien, Alba».

Seré sincera. Sí esperaba su respuesta. Sabía que a Hugo le podían casi siempre los modales y que además le estaba brindando la oportunidad de cerrar una puerta que había quedado entornada. Sin embargo, su mensaje no me satisfizo lo más mínimo. Nada. Muy al contrario, abrió un agujero dentro de mi estómago donde fueron a parar todos mis miedos, mis inseguridades, mis equivocaciones, mis «y si» y las cosas que ya no tendría. No tendría un trabajo que me gustase, mejor pagado que el actual y que supusiera un reto diario para mí. No tendría una sonrisa en la boca de Nicolás, porque había pasado de largo la oportunidad de dejar de ser esa gente que no le gustaba. No tendría más Hugo, ni el bueno, ni el descarado, ni el sexual, ni… nada. Nada de Hugo en mi vida. Nada de Nico.

Había perdido también la parte de mí misma que estaba empezando a destapar de entre tanta norma social y absurdidad aprehendida. ¿Por qué aquella sensación de vacío? Estaba cansada de verlo a mi alrededor. A todo el mundo le ha pasado. Empiezas algo con ilusión y después te das cuenta de que es inviable. Adiós a las ganas y a las cosas que hiciste bien. Es normal sentirse decepcionada, pero pasa continuamente. Las relaciones personales son complicadas; además, yo sabía que aquello tenía fecha de caducidad, ¿no? Sí, pero siempre pensé que terminaríamos con una sonrisa, dándonos un último revolcón brutal y compartiendo una copa en la terraza. La terraza de su casa pasaba a formar parte de mi lista de sitios preferidos en el mundo. Yo quería tenerlos en mi vida. Quería seguir pudiendo acurrucarme entre ellos. Suspiré y miré a Eva, que me echó el humo a la cara y después sonrió.

—En un par de meses solo te acordarás de lo mucho que te gustaba que te empotraran —aseguró.

—No creo. No es lo que más me gustaba de estar con ellos. Eso duró unos días. Lo otro…, lo otro es lo que echaré de menos.

—¿Y qué era?

—Me vas a llamar ñoña, pero, bueno, qué más da. Cuando nos sentábamos en el balancín de su terraza, los tres, se respiraba calma…, estábamos cómodos. Creo que nunca antes me había sentido bien; al menos no así. Era… íntimo.

Debía olvidar todas aquellas sensaciones y olvidar que había disfrutado entre sus dos cuerpos, que había reído con Hugo y me había enternecido con el bueno de Nico. Todo a la hoguera a la que van las cosas que no funcionan y que nos avergüenzan. Como me avergonzaba pensar que había superado en un mes (¡un mes!) el fracaso que suponía para mí mi despido en el periódico. Ese trabajo era mi vida, pero todo se desdibujó cuando aparecieron ellos dos. Hugo, andando con calma, elegante y con esa mirada siempre socarrona, como si sus ojos atravesaran la ropa y te hubiera visto desnuda antes incluso de conocerte. Nico, con el ceño fruncido porque estaba cansado de estar rodeado de gente, que te separaba del tumulto para hacerte formar parte de su vida y sentirte especial. Me pregunté si aquello que había experimentado con ellos me había hecho sentir especial o simplemente había descubierto que de algún modo lo era. Todos lo somos, ¿no? Es lo que nos diferencia, lo que hace que alguien nos adore pero otra persona nos aborrezca. Nuestra esencia, nuestro perfume natural, esa manera que tenemos de reírnos. En el fondo… estaba orgullosa de la Alba que había sucumbido a una pasión, dejando la investigación a un lado, viviendo. Me había sentido viva. Estaba segura de que Nico y Hugo me habían dado impulso para entrever esa persona que siempre había querido ser y que no alcanzaba porque ni siquiera lograba darle forma, demasiado preocupada por lo que los demás pensaran, creyeran u opinaran. Pero… se había acabado. Ya nunca más servirían como catalizador. A partir de aquel momento estaba sola. Era hora de volver a ordenar mi vida, con ellos fuera de la ecuación. Y lo que más me preocupaba era que Nico ni siquiera había respondido…

5

HIJA DE TAL, LA MALDITA CASUALIDAD

Imaginaos a una Alba acudiendo a la oficina, a no hacer nada, por cierto, vestida de punta en blanco. Un trabajo que no le gusta. Una oficina cuya luz le da dolor de cabeza. Sola. Sin hablar con nadie desde las ocho de la mañana hasta las tres de la tarde. Siete horas de silencio, con el leve murmullo lejano de música dentro de un despacho y la mirada perdida en el pladur de la pared. El recuerdo de sus gemidos en mi cuello. De lo que prometía haber sido. Siete horas de silencio fuera y de reproches dentro de mi cabeza. Un continuo: «Esto es lo que hay, deja de darle vueltas».

Resultado: Alba se queda demente. Bueno, un poco demente ya estaba antes, la verdad. El viernes, después de repetir la rutina entera, sucumbí a la idea de dejar de vivir en una gruta abrazada a mi ordenador, como Golum con su anillo, y relacionarme con gente. No tenía ganas de juergas; adiós a las borracheras sin sentido mientras esperaba ser salvada. Hugo tenía razón cuando dijo que yo no necesitaba que nadie lo hiciera por mí, así que ahora tocaba ser sencillamente consecuente. Pero una cerveza en mi barrio con Diana, Isabel y mi hermana no iba a hacerme daño, ¿verdad? Algo que me ayudara a quitarme aquella sensación de… resignación.

Las esperé en mi portal y juntas, todas excepto Diana que vendría más tarde, nos dirigimos a una de esas terrazas que montan en la calle donde está la boca de metro de Lavapiés. Tardamos un siglo y medio en encontrar mesa y al final lo conseguimos gracias a la presión visual a la que sometimos a la pareja que hacía manitas sin pedir más consumiciones.

—Que se vayan ya a joder y dejen de jodernos a nosotras —refunfuñaba Eva con el tono demasiado alto.

Sucumbieron y nosotras nos sentamos. Pedimos tres dobles de cerveza y mi hermana inició la ceremonia de liarse un cigarrito mientras Isa nos contaba los pormenores del horror de planear unas vacaciones a tres (y la tercera era la suegra, no un tío macizo, esas cosas se ve que solo me pasaban a mí y eran acontecimientos que sucedían una vez en la vida de una). Y estábamos riéndonos de la cara de sufrimiento de Isa y chinchándola (como siempre) cuando la mesa de al lado se quedó libre.

—Hay que joderse. Ahora que estamos sentadas se irá todo Dios —se quejó Eva de nuevo—. Con lo que hemos estado esperando.

Una chica se adelantó y se sentó en la mesa que acababa de quedar vacía, golpeando mi silla sin querer.

—¡Perdona! —se disculpó.

Me giré un poco para mirarla. Tenía el pelo del color caramelo más bonito y natural que había visto en mi vida, largo, espeso…, increíble. Los ojos felinos eran de un azul oscuro y sexi y los cubría con unas gafas de pasta grandes que le hacían la nariz mucho más pequeña de lo normal. La boca perfecta, mullida, sexi y pintada de color frambuesa. Llevaba un pantalón pitillo negro y tobillero y una camiseta desbocada y desgastada de color gris oscuro de manga corta que dejaba a la vista sus brazos tatuados en colores, al estilo de la vieja escuela. Mis ojos fueron a parar a sus dos tetazas no porque me gusten las mujeres, que no me gustan, sino porque era la típica chica delgada con unos melones envidiables, naturales, seguro. La típica tía a la que odiamos porque querríamos ser como ella.

—No te preocupes —le contesté mientras miraba de nuevo hacia mi mesa.

—Disculpa… —dijo llamando de nuevo mi atención.

—Dime.

—¿Me prestáis el mechero?

—Claro. Toma.

Llevaba las uñas pintadas de rojo, cuidadas. Perfectas. *Mardita* roedora. ¡Yo quería levantarme el día siguiente siendo ella! Isa seguía quejándose de que su suegra carecía del sentido arácnido necesario para saber cuándo sobraba. La desconocida me devolvió el mechero.

—Me encanta tu bolso —me dijo dándole una calada a su cigarrillo—. Perdona por la intromisión. Debo de parecer una loca.

Se echó a reír. La odié un poquito más por encima parecerme simpática y natural. ¿Se podía ser perfecta?

—Nada, mujer. —Miré mi bolsito en forma de libro de cuentos—. Es de una tienda de Zaragoza. Se llama Sommes Démodé.

—Es muy bonito. A decir verdad… me encanta también tu mono.

Llevaba un mono de una pieza negro, corto, cruzado en el pecho y con las manguitas cortas.

—¡Gracias! —contesté sonriéndole—. No recuerdo de dónde es.

—Te lo traje yo de Londres —dijo mi hermana, que interrumpía así la perorata de Isa y demostraba de esta manera que estaba más aquí que allí.

—Mira, me lo trajo ella de Londres.

—Claro. Ya podía gustarme. Un estilazo, chica. ¿Eres blogger?

—¿Blogger? No. —Sonreí. Me pareció un halago.

—Yo te seguiría si tuvieras un blog.

—Muchas gracias.

—Perdona, soy Marian.

Me tendió la mano llena de anillos y se la estreché. No era un gesto muy natural entre chicas, pero me pareció original.

—Me gustan mucho tus tatuajes —le dije señalando sus brazos—. Son muy bonitos.

—Mis padres no opinan lo mismo. —Se rio.

—¿Son recientes?

—Ah, no. Me los hice…, el primero hace como diez años. Ha sido suma y sigue desde entonces.

Mi hermana, haciendo alarde de ese hipismo que la acompaña, señaló la silla que quedaba libre en nuestra mesa y le dijo:

—¿Quieres sentarte?

—Ah, no, gracias. ¡Qué majas! Estoy esperando compañía.

—Si es masculina, mejor que mejor —respondió mi hermana con salero ante la evidente cara de decepción de Isa, que se encontró sin espectadoras para su discurso—. Aquí estamos más bien faltas de eso.

Antes de que ella pudiera decir nada, alguien se acercó. Diría que le vi de reojo, pero lo cierto es que lo olí. Suena mucho peor, pero fue así. Como una gata en pleno celo. Me di hasta repelús. Reconocer a un examante por su olor es tan físico, tan húmedo y jadeante…, tan primario. Ese olor que te catapulta a momentos en los que sus dos manos, grandes y masculinas, te sobaban por todas partes. Me costó hasta tragar saliva.

—Marian…

Escuchar su voz diciendo el nombre de otra mujer, con su tono bajo, grave, sensual y siempre despreocupado, me hizo sentir insignificante. Como cuando te das cuenta de que lo que para ti ha sido un hito en tu historia no es más que una anécdota en la de otra persona. Extraña. Fuera de lugar. Necesitada. Hambrienta de nuevo. El estómago me saltó dentro del cuerpo. Empecé a ver puntitos brillantes. Contuve el aliento.

—Vámonos —susurré sin darme la vuelta hacia el dueño de esa voz.

—¿Qué? —preguntó Isa.

—Hombre…, qué coincidencia… —dijo él llamando mi atención.

Respiré hondo y me giré para encontrar a Hugo de pie junto a la silla donde estaba sentada Marian. Si hubiera venido de frente, al menos su imagen me habría puesto sobre aviso. Pero así, aparecido de la nada, haciéndome llegar su olor, su voz y después mirándome con sus preciosos ojos castaños…, era demasiado para alguien que aún lo deseaba mucho.

—Hola, Hugo —musité.

Isa miraba hacia él como si se le hubiera aparecido nuestro señor Jesucristo y un coro de ángeles celestiales descendido de los cielos cantara alabanzas arpa en mano. No era para menos, la verdad. Las palmas me sudaban y casi me temblaban las rodillas. Por su parte, allí estaba él, con las manos en los bolsillos de un vaquero de los suyos, clásico, que enfundaba sus piernas de manera demencial. También lucía una camisa blanca de sport arremangada hasta los codos que provocaba ganas de gritar por cómo se le ajustaba al cuerpo. Ese cuerpo, por el amor de Dios.

—¿Os conocéis? —dijo señalándonos a las dos.

—No. Bueno…, nos acabamos de conocer ahora.

—Ay, Marian. Siempre haciendo amigos. —Se inclinó, sin dejar de mirarme, y le besó la sien. Tuve que contener el gruñido de impotencia dentro de mi pecho.

—¡No me digas que os conocéis! —Sonrió ella.

—Sí. Un poco —respondió Hugo mientras se sentaba en una silla junto a ella.

Un poco. Su lengua ha estado en rincones de mi cuerpo que ni siquiera sabía que eran placenteros. Me ha hecho deshacerme en tantos orgasmos que sería imposible tratar de contarlos. Me he corrido en su boca, en sus dedos, con su polla dentro. Sí…, nos conocemos un poco, cabrón de mierda.

—Trabajamos juntos —aclaré.

Miré de reojo a mi hermana, que parecía absorta en liarse un cigarrillo, pero que se estaba descojonando, la muy puta. Me puse nerviosa.

—Bue…, bueno. Pues…, pues nada —empecé a tartamudear—. Pa…, pa…, pasadlo bien. —Me giré hacia mi mesa—. Deja de reírte —susurré en tono amenazante.

Mi hermana se tapó los agujeros de la nariz con una mano tratando de contener las carcajadas. En su defensa diré que suele despollarse de risa cuando está nerviosa.

—No me gusta venir aquí. —Escuché decir a Hugo—. No sé por qué te empeñas. La mesa está pegajosa.

—Joder… —se quejó su acompañante—. La próxima vez recuérdame que quedemos en el Ritz para tomar el té de las cinco.

—No te dejes llevar por las apariencias, que ya sabes que cuando quiero soy muy cerdo.

Tragué saliva. Las dos me miraban. Al menos Eva había dejado de reírse.

—¿Podemos irnos?

—¿Quién es ese? —susurró Isa haciendo unas exageradas pausas entre palabra y palabra.

—Alguien… del curro. Me siento incómoda aquí bebiendo a su lado.

Mi hermana lo miraba por encima de mi hombro.

—Joder —farfulló—. Eso es un hombre. A su lado el resto de tíos de la terraza parecen los pajarracos de *Cristal oscuro*. Y perdona que te diga, pero ese tiene pinta de gastarse un badajo de tonelada y media.

No pude evitar sonreír. Eva es muy buena destensando ambientes. Pero entonces alguien me tocó el hombro, recordándome que no podía relajarme porque la situación distaba mucho de ser amigable. Era su preciosa acompañante. Qué pronto había encontrado sustituta. Y mejor que yo.

—Perdona a este maleducado, nos interrumpió y no me dijiste ni tu nombre.

—Me llamo Alba.

El levantamiento de cejas que vino después habría pasado desapercibido para cualquiera que no estuviera tan atento como yo…, pero era un gesto de reconocimiento, un «sé quién eres» o peor…, un «ah, conque eres tú». ¿Era posible que hubiera hablado con su nueva amante de mí? ¿Para qué? Seguramente para decirle que la tía a la que se había tirado antes que a ella no sabía hacer esas cosas…, porque eso era verdad. Yo no sabía hacer infinidad de cosas en la cama, aunque él me había enseñado mucho…, como lo placentero que puede llegar a ser el sexo oral cuando te lo hacen bien. No, para, Alba, no vayas por ahí, que te espera una cama vacía.

—Encantada. —Sonrió de pronto.

Hubo unos segundos de vacilación. Yo no sabía si podía darle ya la espalda y seguir fingiendo que me interesaba más lo que pasaba en mi mesa y ella parecía estar debatiéndose entre decir algo más o dejarlo estar.

—¿Podemos sentarnos con vosotras? —preguntó al fin.

Abrí los ojos sorprendida.

—He reservado en Dray Martina para dentro de cuarenta y cinco minutos. Deberíamos ir yendo —intervino Hugo.

¿Con ella jugaba solo?

—Me apetece quedarme —insistió—. Además aún no estamos todos.

—Pero...

—Más cerveza —dijo levantando la mano hacia el camarero—. Otra ronda, para los cinco.

—Seis.

Lo que faltaba para rematarme. Isa se giró en dirección a la voz que había pedido una cerveza más y le faltó gritar. Nico, vestido con un vaquero muy roto y una camiseta lisa blanca, llamaba más la atención que lo que yo lo haría corriendo desnuda por la acera. Era una puñetera locura. Me acordé de su pecho y el sexo me palpitó cuando recordé la sensación de clavarle las uñas en la piel cuando lo tenía debajo de mis piernas.

—Hola —dijo—. ¿Esto estaba programado?

—No. Es una coincidencia, pero nosotras ya nos íbamos.

Bendito momento para que Diana hiciera acto de presencia.

—¡Joder, tías, qué suerte! ¡Habéis conseguido mesa! Pues no es por nada pero aquí sirven unas bravas de la hostia. —Miró a Nico, que seguía de pie junto a la mesa que ocupaban Marian y Hugo, y con una sonrisa sugerente remató diciendo—: La hostia...

Quise morirme. Y a la vez... ¿Sabéis esa sensación de orgullo cuando alguien mira con lascivia un hombre que ha sido tuyo? Pues eso..., que las mujeres somos más complicadas por dentro que la física nuclear.

—¿Os vais u os quedáis? Es que no me ha quedado claro —preguntó Hugo recostándose cómodamente en su silla.

—Nos quedamos —respondió Diana sonriéndole—. ¿Vosotros sois...?

Dos dioses griegos con dos rabos como un torpedo soviético y ella creo que la jamelga a la que se calzan. Pero me callé. No sé qué habría pasado si lo hubiera dicho en voz alta. Ahora me arrepiento de no haberlo hecho. Hugo se habría reído con la ocurrencia y eso habría destensado el ambiente. Cuando estaba a punto de decirles a las chicas que mejor seguíamos con la marcha en casa, el camarero dejó siete cañas encima de nuestra mesa.

—Y una de bravas cuando puedas —pidió Marian.

Hola, ¿es el infierno? Abra la puerta, que vengo a quedarme... Me levanté de la mesa cogiendo aire.

—¿Adónde vas? —me preguntó Eva entre dientes.

—Al baño. Y a por tabaco. Esto merece un buen pitillo.

Sorteé las sillas y escuché a mis espaldas cómo organizaban las mesas para juntarlas. ¿Cabía la posibilidad de que aquello no estuviera pasando en la vida real sino en un plano espacio temporal diferente? Me parece a mí que no. Me apeteció muy mucho entonces viajar en busca de Stephen Hawking para planteárselo. Cuando salí del baño y pregunté por la máquina de tabaco, me puse a revolver el bolso en busca de monedas porque soy un poco desastre y siempre las llevo desperdigadas. Iba echándolas una a una en la ranurita correspondiente cuando alguien se paró a mi lado.

—¿Qué te falta? —dijo Hugo.

—Nada —refunfuñé, pero me faltaban diez céntimos.

Metió una moneda en la máquina y después pulsó él mismo el botón de mi marca preferida de tabaco. Ni siquiera recordaba habérselo comentado. Cuando me tendió la cajetilla me dieron ganas de comérmela y morirme. Se apoyó allí, con ese aire de superioridad que exhala con solo existir...

—¿Qué? —le pregunté ante su insistente mirada—. Soy la primera que preferiría estar en casa ahora mismo.

—¿Por qué?

—¿Cómo que por qué? —Fruncí el ceño.

—¿Por qué preferirías estar en casa ahora mismo? Ilústrame.

—Porque la situación entre nosotros..., y cuando digo nosotros me refiero a los tres, no es muy cómoda. Creo recordar que vosotros me dejasteis plantada, yo me cabreé, casi os jodí el negocio y después me emborraché de la manera más humillante del mundo y tú apareciste como un ángel vengador para llevarme a casa.

—Y te dije que borraras mi número.

—Ah, sí, gracias por el apunte. Me dijiste que borrara tu número. ¡Ah!, y que me buscara un abogado. Esa fue buena. Y ahora…, pues nada, vamos a tomarnos una caña todos juntos. Mi hermana, mis amigas, Nico, vuestra nueva amante, tú y yo.

Hugo sonrió.

—Ay, Alba… —Suspiró.

—¿Qué?

—Que tienes que hacerte mayor —dijo—. Acepta que la cagaste, sin pataletas. La vida sigue.

—En realidad acepto bastante bien que la cagué, pero aún no te he escuchado a ti decir que vuestra reacción fue desmedida.

—Cuando fui a decírtelo me gritaste. En la oficina. No fue agradable ni coherente ni adulto.

—Ya os pedí disculpas —rugí.

—Disculpas aceptadas. ¿Desde cuándo fumas?

—No lo sé. Desde hoy. Desde mañana. ¿Qué más da? ¿Cuándo me vais a pedir disculpas vosotros?

—Nico nunca, ya te lo digo. A mí igual me viene la inspiración un día de estos.

—Eres gilipollas —rebufé, harta de ese halo de superioridad que me hacía sentir una niña sucia.

—¿Estás así porque nos hemos encontrado o porque nos has visto con una chica?

Tragué saliva.

—Siento mucho lo que hice…, pero eres un cretino engreído.

—¿Yo soy un cretino engreído? —preguntó sorprendido—. Y eso ¿por qué? Si no quieres que la gente sepa lo que piensas, esfuérzate un poco por esconderlo.

—Puedes tirarte cuantas veces quieras a esa chica. A decir verdad, te alabo el gusto. Está bastante más buena que yo. —Pero al decirlo agaché la cabeza.

—No voy a entrar al trapo. —Me robó el paquete de cigarrillos, le quitó el envoltorio, lo tiró en una papelera encestando a la primera y cogió uno. Me devolvió la cajetilla, salió a la calle y se lo encendió con el puto mechero de mi hermana. Caminé hacia fuera y él tiró de mi muñeca para dejarme clavada a su lado—. Quédate, lo compartiremos.

—Hugo, no tengo ganas de jugar. Ya sabes lo que hay.

—No, no tengo ni idea de lo que hay. —Le dio una calada que me recordó a Don Draper y a su halo de *sex-appeal* pasado de moda y me miró.

—Me siento avergonzada. Y en el fondo sigo enfadada. Ver que ya tenéis a otra que os caliente la cama me cabrea aún más, no por celos, sino porque hace mucho más absurda vuestra reacción. Nos gustábamos los tres, nos llevábamos bien; podíamos haberlo aclarado sin revuelo y sin drama.

—Los dramas los pusiste tú. Y perdona, pero ese discurso no te exculpa. Casi me jodes el negocio. Me has costado dinero. He tenido que controlar los daños.

—Ya lo sé. No estoy diciendo que yo lo haya hecho mejor. Pero un día me lanzas un discursito sobre lo confuso que estás, me haces creer que empezamos a implicarnos emocionalmente y una semana más tarde se la estás metiendo a una tía que, encima, me da doscientas mil vueltas. Pues estupendo, Hugo. Tu profundidad sentimental me desborda.

—¿Recibiste la carta, Alba?

Eso me noqueó, como una bofetada verbal. La carta. Sí. Esa nota en la que Hugo confesaba que para enamorarse como un loco solo me necesitaba a mí. A mí y paciencia para poder hacerlo posible cuando se hiciera complicado.

—Sí la recibí, Hugo. Pero no me des ningún discurso, porque el primero que faltó a la promesa de ser paciente fuiste tú. A las pruebas me remito.

—Mira, ven…

Me atrajo hacia él en un movimiento rápido, rodeándome el hombro con su brazo. Su olor me golpeó, metiéndome de lleno en una puñetera nube narcótica y sexual. Casi gemí cuando sus dedos apretaron mi brazo.

—¿Los ves? Míralos un segundo. —Observé a Nicolás y a Marian. Estaban hablando con una sonrisa en los labios. Relajados. Ella no era «gente» para él, porque se les veía cómodos. Los dos tan guapos—. ¿No hay nada que te llame la atención?

—Hay muchas cosas que me llaman la atención.

—Pues medítalas, Alba.

Me pasó el cigarrillo y después se dirigió a la mesa, acomodándose junto a Marian, que me sonrió desde allí.

—Puedes fumar aquí. No nos molesta. ¡Ven mujer, que ya han llegado las bravas!

Y encima era un encanto. Joder con el puto karma.

6

Después de una caña y de ver a Diana desplegando todas sus armas de seducción, ahora con Hugo, ahora con Nico, me vi en la obligación de largarme de allí por patas. ¿Qué hacía sentada en la mesa con mis dos examantes y su nueva compañera de correrías? Sí, esos dos tíos que habían señalado hacia el problema que tenía enfrente de mis narices, dándole nombre, dejándome claro que lo que los demás querían para mí no se parecía en absoluto a lo que yo realmente deseaba. No es que hubiera pasado toda mi vida en busca de una tórrida historia sexual con dos tíos (aunque a nadie le amarga un dulce y menos de esas dimensiones), sino que... convencerme de desear lo que otros creían bueno para mí no era una opción de vida viable. Había descubierto muchas cosas con ellos y no todas tenían que ver con las terminaciones nerviosas de mi cuerpo. Muchas hablaban de esa sensación que te invade cuando no te importa ser imperfecta delante de alguien. Decir «no lo sé» y que nadie te haga sentir inferior, que se pregunte las cosas junto a ti. Decir «qué a gusto estoy» y que nadie huya, sino que sonría y lo comparta. Decir «esta soy yo» y que nadie apunte diez maneras de ser mejor.

—Chicas, creo que ponen *Destino de caballero* en Antena3 —dijo mi hermana, salvándome como solo una hermana a la que veinte minutos antes hubiera matado puede salvarte.

—¿En serio? Amo a Rufus —apuntó Isa ilusionada.

—¿Se llamaba Rufus? —Se sorprendió Diana—. Dios, qué necesitadas estábamos en la adolescencia para quedarnos flasheadas con un tío con semejante nombre.

—Rufus era el malo —aclaró mi hermana—. Bueno, es el nombre del actor. En la peli se llamaba el conde de «vete tú a saber qué pero suena importante». Isa siempre ha sido perversa con eso de elegir preferido en la pantalla.

—Tengo palomitas en casa —dejé caer.

Sacamos unos billetes de la cartera y llamamos al camarero todas a la vez. Nico, que no había disparado una si no era para hablar con Marian, me miró muy fijamente cuando me levanté. Estaba segura de llevar la marca de la silla de plástico en las piernas y, además, las tenía húmedas del contacto con esta. Estaba incómoda y no era una sensación que me hiciera sentir muy segura, y menos en la situación en la que me encontraba. Quería irme a casa, ponerme el pijama, comer palomitas a dos manos y terminarme una tableta de chocolate para después flagelarme mentalmente por los remordimientos. Vamos, lo que hacemos todas después de una cosa así. Sin embargo, los ojos de Nico, azules, con sus pupilas negras como el carbón dilatadas al máximo por la luz decadente de la calle, no me miraban con desaprobación. Sencillamente me observaban. Encontré de pronto un poco de esa Alba que aparecía cuando estaba con ellos.

—Ha sido un placer conocerte —le dije a Marian—. Lo que no sé es qué haces con estos. Son malaje.

Le di a la frase un tono despreocupado, fingiendo que bromeaba y que no pasaba nada entre nosotros tres, pero creo que hasta Isa, que vive en Babia, había entendido que muy amigos no éramos.

—Tendríamos que repetirlo —dijo Marian sonriente—. Yo necesito una chica como tú para irme de shopping.

—Cuando quieras.

«Cuando quieras arde en el infierno por ser perfecta, simpática e interesante, jodida mamona».

De camino a mi casa yo iba muy callada. Necesitaba esos minutos de silencio para atender al bombardeo mental que estaba sufriendo. Hugo y Nicolás ya estaban con otra. Habían superado esa «intensidad» que empezaba a engancharnos cuando me marché. Yo sabía que no era amor, que aún no lo era, pero constituía el germen perfecto para hacer de aquello sin forma y sin sentido una de las mejores experiencias de mi vida. No sexuales, que nadie se confunda… Hablaba de la vida en toda su extensión. No podía evitar imaginarlos en la cama a los tres. La lengua de Hugo deslizándose entre sus muslos tersos. Nico besando su cuello. Cuatro manos desnudándola y ella, sin tapujos, dejándose hacer. Gozando. Cobijándolos en su interior. Corriéndose con la fricción de toda su rotundidad penetrándola con firmeza. Vale, encima de ofuscada y frustrada, ahora estaba cachonda. Perfecto.

—Oye, tía, estas cosas se avisan —dijo Diana con aire de indignación—. Joder, pedazo tíos.

—Están ricos, sí señor —asintió Isa—. ¿Paramos en un chino a pillar algo?

—Tengo cervezas y guarradas varias en casa —respondí—. Si alguna quiere ensalada va a tener que imaginársela.

—Alba, ¿cómo puedes concentrarte en el curro? Yo estaría tocando el ukelele todo el día —comentó Diana.

—¿Ahora tocas el ukelele? —preguntó la cándida de Isa—. La madre que te parió.

—Se refiere a tocarse la alcachofa —aclaró Eva.

Isa asintió, pero con cara de no tener ni la más remota idea de a qué nos estábamos refiriendo. Ninguna añadió nada más, por no demostrarle que estábamos seguras de que seguía sin saber por dónde iban los tiros.

—¿Tienen novia? —insistió Diana.

—No creo que estos sepan lo que significa esa palabra.

—A mí me da igual. No haría ascos a tirármelos…, incluso a la vez.

Eva me miró de reojo y yo me esforcé mucho para no sonreír.

—Igual tendrías que pedirle permiso a su acompañante, ¿no? —solté.

—Sí, mujer. E ir a su casa a pedirle la mano a su padre.

La miré sin entenderla.

—Lo del padre no creo que haga falta, pero ya te digo yo que igual a la churri sí que le importa que te los tires —mascullé con mucha más amargura de la que pretendía.

Diana era una buena amiga, compañera de juergas y desamores, de la liga de la birra, pero… no me conocía como lo hacían Gabi y mi hermana. Si la primera hubiera estado allí y no de vacaciones en el mar, habría captado al momento que esos dos hombres me importaban bastante más de lo que me preocupaba por aparentar. Y era peligroso, porque Gabi puede llegar a ser una auténtica nazi…, esa típica amiga que, aunque te quiere a morir, es tendente al juicio de valor, que no atiende a razones y que no cree en los atenuantes que te hagan menos culpable de algo. Si se enteraba de los detalles de mi no-relación con Hugo y Nicolás, estaría irremediablemente condenada a muerte por tortura mental. Mi hermana no me preocupaba, claro, porque era mi hermana, porque podía chincharla con algún trapo sucio suyo (como haberla pillado in fraganti enseñándole las tetas al «novio» de turno por Skype) y porque me conocía y comprendía como si fuésemos dos caras de la misma moneda.

—¿Con churri te refieres a la tal Marian? —preguntó Diana.

—Claro —contesté como si fuese una obviedad.

—Alba, tía…, es la hermana del rubio.

—¿Qué rubio? —Y hasta me paré en la calle para atenderla bien.

—Del de los ojos claros.

—Nico —dije.

—Claro. Nico y Marian son hermanos.

Por un momento mi cabeza se montó una película asquerosa de incesto y vicio, pero me di cuenta muy pronto de que no iba por ahí la historia.

—¿Son hermanos?

—Si se parecen más se fusionan, Alba, por Dios. —Se descojonó mientras se encendía un pitillo.

Claro. Por eso Hugo me había pedido que meditara sobre cuáles eran las cosas que me llamaban la atención sobre ellos. No era que hablaran tan cómodamente. No era que se acercaran para susurrar. No era la complicidad. Eran sus ojos exactos. Su sonrisa igual de clara y preciosa. Su risa, como en cascada. Su pelo rubio. Su… Son como dos putas gotas de agua, Alba, por el amor de Dios. Supongo que la expresión fue mutándome del asco y el estupor a la contención de la sonrisa que empujaba a salir a mis labios. ¡Su hermana! No amante. No la tía que podía sentirlos, olerlos, abrazarlos de noche. ¡¡Su hermana!! Una de las que se entretenía vistiéndolo de niña cuando eran pequeños. Una de esas mujeres que le había hecho entender tan bien lo que sentía.

Pero… ¿y con Hugo? ¿Qué relación le unía a Hugo?

No escuché ni una palabra de *Destino de caballero*. Las escuché recitar los diálogos de memoria y reírse, pero no participé. Mi cabeza estaba repasando mentalmente las fotos que guardaba de los tres. Esas polaroids que empezaban a estar manoseadas y que estaba deseando volver a ver, porque me recordaban la sensación de confort. Sí. Sexo e intimidad. Mamadas, penetraciones, gemidos, tirones de pelo, «trátame mal», gritos, sudor, el olor del sexo pegado a las sábanas y la humedad resbalándome por los muslos…, pero al final esa sonrisa en sus caras, como quien acaba de llevar a cabo un ejercicio catártico que le lleva más allá de sí mismo. O que le lleva a sí mismo. No lo sé. ¿Era el sexo un vehículo para ser felices? ¿Qué era? ¿Por qué conmigo?

Cuando todas se fueron me sentí mal, porque las había invitado a casa para escapar de la situación y después no les había hecho ni caso. Creí que Eva se quedaría, pero adivinó que prefería estar sola; aunque es posible que tuviera algún otro plan…, alguno que implicase enseñarle las tetas a alguien. Y cuando me quedé sola me di cuenta de que agradecía estarlo. Saqué de debajo de mi colchón las fotografías y las miré con una sonrisa. Tenía ganas de preguntarles cosas. Algunas preguntas se las haría a Nicolás, para que me contestase con su melancolía, adornada con alguna de sus sabias reflexiones, para que me hablase con la banda sonora de alguna canción poco conocida y suave. Otras se las formularía a Hugo, que seguro que me contestaría con una provocación, haciéndome pensar, moviéndose entre la broma, la burla y la verdad. Y su boca dibujaría una sonrisa pérfida, preciosa y sexi, a la que desearía pegar mis labios para aspirar sus carcajadas.

¿Por qué yo? ¿Por qué terminó? ¿Me echáis de menos? ¿Ha habido otras después que yo? ¿Qué nos pasó? ¿Qué estábamos sintiendo? ¿De verdad es inviable? Esta última cuestión me sorprendió. Claro que era inviable. Era inviable cualquier cosa que nos implicase a los tres fuera de esos juegos de cama que habían llenado algunas de nuestras noches juntos. Bueno, todas nuestras noches. Oh, Dios. Me calentaba tanto recordar ese gemido contenido en la garganta de Hugo, esa expresión, con la boca entreabierta, empujando hacia mi interior mientras se corría. Y la lengua de Nico, tortuosa, recorriéndome entera. Sus dientes clavándose con suavidad en mis nalgas, por encima de la ropa interior. Sus susurros. Sus penetraciones rápidas y contundentes. La decadencia de ese vaivén cuando me llenaba…

Ojeé las fotos de nuevo, pero me hacían mal. Aquello había terminado. Y yo… me dormí en una cama con las sábanas revueltas y un montón de polaroids a mi alrededor.

El sábado por la mañana Eva me llamó para obligarme a salir de la cama, a pesar de mis quejas, para acompañarla a enmarcar una de sus fotos del acto de graduación. Cuando quiere, puede ser muy insistente. Y como además todo tiene que ser «ya», nos dirigimos a una tienda específica, en la calle Lagasca, que enmarcaba en una hora. Mi madre siempre dice que el tiempo y las experiencias le otorgarán a Eva la paciencia con la que no nació, pero yo creo que ella es así y que… hasta le da encanto. Es como una niña viviendo permanentemente en la víspera de Reyes; todo lo vive con ilusión. En cierta manera, hasta la envidiaba porque yo tendría mucha más paciencia que ella, pero a mí la vida no me decía cada mañana que tenía que vivirla al cien por cien.

Así que cedí, claro. Me puse unos vaqueros claritos, unas sandalias, una camiseta blanca y un pañuelo a modo de turbante que disimulara que no me había apetecido peinarme y acudí a su requerimiento. La ayudé a elegir el marco y después salimos en busca de una terraza donde tomarnos una caña y hacer tiempo hasta que el trabajo estuviera preparado para llevarlo a casa, donde mi madre obligaría a mi padre a colgarlo en el recibidor, para que todo el mundo viera qué aplicadas eran sus niñas. En fin... Íbamos caminando por la acera, comentando lo muy lejos de nuestro alcance que estaban las tiendas del barrio, cuando me choqué de morros con alguien que salía cargado de bolsas de una de ellas. El tortazo que me di fue minino. Estampé la cara contra un pecho masculino, bastante duro, dejándome la nariz en el proceso. Juro que escuché un «crack». Cuando levanté los ojos llorosos hacia él para increparle por salir a la carrera sin mirar, unos ojos castaños y preciosos me recibieron preocupados.

—Coño, *piernas*..., no jodas... —se quejó—. ¿Te has hecho daño?

—Un poco... —musité.

Me toqué la nariz y después me miré la mano, donde resaltaba roja, brillante, una mancha de sangre. Soy valiente pero la sangre no es lo mío. Sentí que el cuerpo al completo se me contraía. Es lo que comúnmente se denomina «por el culo..., ni el bigote de una gamba». Hugo dejó caer las dos bolsas de papel al suelo sin miramientos, levantó mi cara hacia él y empezó a inspeccionarme.

—Deberíamos ir a que te lo viera un médico —dijo con sus pulgares en mis mejillas—. ¿Tenéis un kleenex?

—No —farfullé, y a pesar del dolor pensé: «Grrrr..., tócame más».

Mi hermana al ver la sangre comenzó a ponerse nerviosa. Un par de personas que pasaban por la calle se pararon a mirar; uno de ellos se acercó solícito a ofrecernos su ayuda. Noté el reguero de sangre templada manchándome los labios y la barbilla. Me tapé la nariz dolorida como pude. Eva encontró un tampón en su bolso y me lo pasó, pero era maxi.

—Yo no sé si esto le cabe en la nariz —comentó con una nota de histeria.

Una voz conocida me dijo que mirara hacia arriba mientras me cogía del cuello por detrás y otra mano me ponía un pañuelo de hilo en la zona, esperando contener la hemorragia. Recuerdo levantar las manos a la altura de los ojos y notar los dedos pegajosos, con la sangre resecándose rápidamente bajo el sol. Un escalofrío me recorrió la espina dorsal y de pronto todo hizo un fundido a negro.

Caos. No se puede describir de otra manera. Cuando me desperté me habían tumbado en el suelo y un Hugo visiblemente nervioso me sostenía las piernas en alto. Llegaron los del Samur. Yo quería levantarme pero no me dejaron. Me llevaron en camilla para mi total vergüenza, que tampoco fue mucha porque estaba más allá que acá.

—Te vamos a llevar al hospital, Alba. Tenemos que descartar que haya fractura.

¿Veis? Tropezarse en la vida con un jamelgo de pecho duro y torneado no es bueno para nada. Al final terminas rompiéndote la nariz contra él… en más de un sentido. Mi hermana iba lloriqueando en la ambulancia, sin parar. Ni un segundo de descanso para respirar. Creí que tendrían que atenderla a ella y ponerle oxígeno de un momento a otro. Los enfermeros le hablaban dulcemente, diciéndole que no pasaba nada, que solo era un golpe. Yo, mientras tanto y para terminar de mejorarlo, preguntaba cosas sin sentido, como si había cacas de perro en el suelo en el que me habían atendido. Estaría medio atontada, pero me preocupaba mucho el hecho de que mi pelo hubiera tenido contacto con heces de procedencia desconocida. Bueno, con heces en general, la procedencia me daba igual. Bien. Pues al parecer mi vida aún podía ir «mejor».

7

Cuando salí de urgencias horas más tarde, tenía la nariz como un pimiento morrón. No había habido fractura, gracias, pero la contusión se iba a saldar con una hinchazón y un buen hematoma que, según el médico, iría adquiriendo todas las tonalidades habidas y por haber. Fenomenal, lo que más me apetecía después de estampar la cara en el pecho musculoso de mi examante y sangrar como una cerda era que mi cara se transformase en un lienzo de Monet. A Hugo le encantaba Monet. Qué asco de tío culto, simpático, provocador y guapo.

Me pusieron una de esas tiritas como de sutura y me dieron un calmante. Buena mierda me suministraron, porque viajé sin necesidad de billete a través de un mundo en el que todo era divertido y las cosas no tenían borde definido, sino una nebulosa que flotaba a su alrededor, difuminando sus colores.

Me desperté en mi habitación. Pero no la habitación de mi jodida ratonera en Lavapiés. No, no. Mi habitación de adolescente, que aún conservaba los agujeros en las paredes después de tanto póster de Leonardo Dicaprio y Johnny Depp. Mis ojos fueron de la lámpara (terrible lámpara de paneles con cisnes dibujados en dorado) al rosa palo de la pintura que cubría toda la habitación. Gimoteé. Sentía que la cabeza me iba a estallar y tenía sed. Miré a mi lado y me di un susto de muerte al encontrarme a mi madre y a mi hermana, sentadas rígidas en dos sillas que habían traído desde el salón.

—¡¡Joder!! ¡¡Qué susto!! —farfullé. Aunque más bien sonó como «jober que bsubsto».

Hablé con un tono nasal horrible que me recordó por qué estaba allí y qué había pasado. Joder. Me cago en todo desde lo alto.

—Susto el que nos has dado tú —me reprendió mi madre con mal humor—. ¡Casi nos matas del disgusto!

Ya se sabe, para una madre tú eres culpable del noventa y nueve por ciento de los tropezones, caídas y accidentes domésticos que sufres, sobre todo cuando lo que te ha hecho deslizarte los veinte metros de pasillo con la cabeza por delante ha sido ese friegasuelos maravilloso que le deja el parqué como una patena.

—Mamá… —me quejé—, ¿por qué me habéis traído aquí? Quiero irme a mi casa.

—De eso nada. ¡¡¿Para que te asfixies mientras duermes?!! ¿Qué clase de madre sería?

—Una buena… —gimoteé.

—Tú te quedas aquí hasta que a mí me dé la gana.

Mi madre se levantó y se puso a andar haciendo ese ruidito que solo saben hacer las madres al andar con zapatillas de estar por casa.

—Voy a traerte el antiinflamatorio y un vasito de leche —sentenció.

—No quiero leche. Me da retortijones —me quejé.

—Te vas a tomar la leche y punto.

Miré a mi hermana, que tenía los ojos hinchados, como huevos hervidos, de tanto llorar.

—No es para tanto y lo sabes —le recriminé.

—Me diste un susto, tía... —me dijo acongojada—. ¿Cómo te has podido dar semejante hostia? Te desmayaste como una muerta. Si no te llega a coger te desnucas contra el suelo.

—¿Era Hugo o lo he soñado?

—Era Hugo y ha llamado como unas doscientas veces desde que has salido del hospital.

—Bufff...

—Se pasó tres horas en urgencias esperando a que saliéramos.

Al decirlo las cejitas de Eva se arquearon, dando a entender un cierto grado de admiración por el gesto. Ya estaba: Hugo metiéndose en el puñetero bolsillo a mi hermana; lo que faltaba para hacerme sentir más perra mala. Él, el adalid de la caballerosidad, haciéndose cargo de la cruel damisela que se desmayaba entre sus brazos y que era más puta que las gallinas.

—¿Tengo mala pinta?

—Una pinta horrible. Se puso blanco como un lienzo cuando te vio salir.

La miré de soslayo.

—¿Cuándo me vio salir? ¿Quieres decir que me vio salir?

—Te he dicho que te esperó. ¿No te acuerdas? Le diste una palmadita en la cara y le llamaste «guapetón».

—Joder... —Fui a taparme la cara con las manos, pero me acordé de la nariz y las dejé caer en mi regazo—. ¿Qué más me va a pasar?

Pues lo que me pasó a continuación fue que mi madre me obligó a tomarme un vaso de leche con canela, la pastilla y una tortilla francesa, que dormí en el infierno con un dolor del demonio y que a las ocho y media de la mañana de un domingo mi madre hizo más ruido en la cocina que todo el Orfeón Donostiarra en una timbalada con cacharros. Al levantarme, la cabeza me zumbaba y casi volví a desmayarme en el baño cuando me vi en el espejo. Tenía la mismita cara que tendría *miss* Mordor, haceos a la idea. Casi hasta lloré. Bueno…, volví a la cama y me eché a llorar. Esa es la verdad. Del golpe debí de volver a la tierna edad de doce años.

Dos horas después bramó el timbre de casa y el sonido de las zapatillas de mi madre acompañó sus pasos hasta el telefonillo. ¿Quién llamaba a esas horas de un domingo? Pues alguien muy *polite*, por supuesto.

—Alba, aséate, tienes visita —dijo mi señora progenitora con aire marcial, entrando en mi habitación sin avisar.

Y lo peor…, tuve que disimular porque estaba pensando en tocarme un rato…

—¿Quién es?

—Tu jefe.

¿Mi jefe? ¿Cómo que mi jefe? Casi vomité el corazón por la boca cuando me di cuenta de lo que estaba queriendo decir. HUGO. Yo llevaba puesto un pijama de Daisy (sí, la novia del Pato Donald) de color rosa y un moño en lo alto de la cabeza. Era imposible asearse; para eso habría necesitado a todo el equipo del programa *Cambio radical* y kilo y medio de gotelé bajo el que esconder mi cara. Sin embargo, mi madre entendió que con hacerme una coleta tirante (de las de efecto *lifting*) y rociarme con agua de lavanda era suficiente. Eso y cambiarme el pijama, que con ese se me intuían «todas las peras». Sí, mi madre dijo «peras» para referirse a mis tetas. Y yo terminé con un camisón blanco de algodón bordado que parecía de primera comunión. Genial. Le iba a encantar.

Hugo entró en la habitación con un *bouquet* de rosas de muchos colores en la mano y gesto circunspecto en la cara. No pude evitar cierta emoción. Nunca me habían regalado flores tan bonitas. A decir verdad, las únicas flores que me habían regalado fueron un puñado de claveles bastante pochos, asfixiados por pasar cinco horas dentro del maletero del coche de mi exnovio. Aun así me recompuse. Mierda. Maldito Hugo. Siempre quedando bien.

—¿Cómo te encuentras? —preguntó.

—Te suplico encarecidamente que dejes de ir al gimnasio. Si te pones más fuerte es posible que acabes matando a alguien.

—Yo te suplico encarecidamente que mires por dónde andas. No es la primera vez que nos pasa.

—Pero la primera vez fue más placentera.

Una sonrisa de medio lado le cruzó los labios, pero recuperó la compostura muy pronto.

—En realidad chocaste con mi hombro. —Se lo tocó.

—Pues lo debes de tener de adamantio.

Otro asomo de sonrisa.

—Toma. Son para tu nariz. Dile que lo siento.

—Qué graciosito eres —me quejé al tiempo que dejaba las flores en mi regazo.

—Tienes una pinta horrible —afirmó levantando las cejas, y se sentó en la silla del escritorio.

—Lo sé.

—Bueno, no hay mal que por bien no venga. Tienes tres días para reponerte un poco, ¿vale? Te dieron un parte de reposo de setenta y dos horas. Pero si necesitas más tiempo, no te preocupes.

—Vale —asentí.

Nos quedamos callados y él apoyó los codos en sus rodillas.

—Ahora en serio: no sabes cuánto lo siento —musitó.

—No tienes por qué sentirlo. Fue solo una casualidad de mierda.

—Últimamente tenemos muchas de esas.

—Sí, pero prefiero cuando no me voy a casa con la cara morada.

—¿Qué te pasó?

—Pues supongo que la impresión de la sangre…

—No. No me refiero a eso. Me refiero a por qué fuiste al periódico. No lo entiendo, por más que le dé vueltas.

Nos quedamos en silencio. Le miré fijamente. Había duda en su cara y esa expresión que acompaña a una pregunta muy pensada.

—Me desechasteis como un trapo viejo —musité—. Me sentí humillada.

—Y sin dejar que nadie te diera explicaciones, decidiste que vengarte era lo más fácil —aseguró.

—No fue así. No me pintes peor de lo que soy. No lo pensé. Ya está. Vosotros no lo hicisteis mejor. —Y mantener aquella conversación con la voz nasal me hizo sentir tan ridícula…—. ¿Tenemos que hablarlo ahora?

—¿Se te ocurre alguna otra situación mejor?

—No lo sé. Creía que ni siquiera queríais hablarlo.

—Nico no lo sé. Yo sí. No me gusta cómo quedó la cosa. Visto lo visto, no podemos hacer como si nada.

—¿Por qué?

Me mantuvo la mirada unos segundos y después contestó yéndose por peteneras.

—Quisimos hacerlo fácil, tienes razón, pero entiéndelo. ¿Qué hacemos, Alba? Dos amigos de toda la puta vida, que viven juntos, que trabajan juntos, que tienen proyectos juntos y que se… —carraspeó—, que se aprecian…, ¿peleándose por una chica a la que ni siquiera conocen en realidad?

—Vale. No me digas más.

—No te laves las manos.

—¡Claro que me las lavo! Yo tengo culpa de lo de despúes, no de eso. Vosotros la liasteis parda.

—Ah, claro. Pobre de ti.

—¡Claro que pobre de mí! Yo no tenía ni idea de dónde me estaba metiendo pero vosotros teníais pinta de saber lo que os hacíais, ¿sabes?

—Vale, Alba…, ¿y tú? ¿Elegirías?

—No. —Y contesté como si la respuesta naciera de dentro de mis entrañas. Sin más. Sin pensarlo. Una palabra solo sentida, nada meditada.

—Pues tú dirás, porque quizá haya algún país que acepte la poligamia, pero no estamos en uno.

—Deja de hacerte el gracioso. No me lo parece.

—Hace rato que dejamos de jugar. —Frunció el ceño—. Nos gustábamos y conectábamos.

—Si nos gustábamos y conectábamos, me explico mucho menos cómo terminamos así, en tu despacho, con dos frases mal dichas, dejando entender que yo había jugado con vosotros.

—No es posible que te gustemos los dos, Alba. —Se miró las manos.

—¿Y sí era posible acostarnos los tres?

Se puso el dedo en los labios.

—Baja la voz. Esta conversación es privada y no le interesa a nadie más que a nosotros dos.

Me cogí la cabeza. Me dolía. Quería que se fuera. Quería irme. Quería terminar de hablar de algo que no tenía arreglo. Me asfixiaba el aire que se respiraba en aquella casa y no porque no me cuidaran bien o porque odiara a mis padres. Solo era que… me había acostumbrado a vivir sola, a hacer mi vida, a solucionarme las cosas. Me hacía sentir incómoda estar allí echada, esperando que mamá me trajera las medicinas. Y para terminar de arreglarlo, odiaba que el aire me trajera, a pesar de la hinchazón, el recuerdo de ese olor que le empapaba el cuello a Hugo.

—¿Te encuentras mal? —me preguntó.

Levanté la mirada sin soltar mi cabeza y, sin venir a cuento ni esperármelo yo misma, le pedí un favor:

—Llévame a casa, Hugo.

Al principio parpadeó, sin entender la petición. No sé si creyó que era el inicio de un discurso a lo «quiéreme, mi amor, estréchame entre tus brazos y hazme sentir en casa». Y nada más lejos de la realidad. Yo quería estar en mi piso. La dependencia siempre me ha molestado. Eso teníamos en común.

—¿Qué dices? —preguntó.

—Que me lleves a mi casa. Sola no me va a dejar irme y en taxi menos aún.

Frunció el ceño y tras un par de segundos se levantó.

—Bueno, así dejaré de sentir que te debo una.

Fue tan fácil convencer a mi madre de irme a casa que empecé a pensar que el maldito Hugo, además de estar bueno a rabiar, de ser un tío inteligente y brillante y follar como un dios…, tenía poderes. Algo así como la versión carnal y deliciosa de un amuleto. Igual debía llevarlo siempre encima…, encima, desnudo, empujando…, ejem, ejem. Supongo que a mi madre le dio vergüenza ponerse a discutir como una energúmena con su hija de treinta años delante del «jefe» de la misma, que, además de medir metro noventa, insistía en que la iba a acompañar a casa.

—Alba… —me dijo en susurros—, ¿te vas a ir con él?

—Sí, mamá.

—Y eso ¿por qué?

—Pues porque aquí sin hacer nada me pongo nerviosa.

—Pues va papá a tu casa a por lo que necesites.

—Necesito estar sola y poder trabajar.

—A trabajar no te vas a ir.

—Pero… Hugo va a mandarme cosas a casa. Así no me siento tan inútil.

Me lanzó una mirada de esas que demuestran que estás a punto de desencadenar el mismísimo Apocalipsis, para terminar diciendo:

—Bueno…, ya te llamaré.

Gracias a Dios existía el invento de «silenciar llamada entrante» y eso me hacía muuuuuy feliz. Mientras tanto, Hugo esperó pacientemente en el pasillo con los brazos cruzados sobre el pecho a que yo terminara de vestirme dentro del dormitorio. Menuda farsa, como si no me hubiera tenido desnuda entre las manos, guiando el movimiento de mis caderas encima de él, con los pechos a la altura de su boca… Venga, Albita, que te lías.

Después de un beso de mi madre, de una bolsa llena de *tuppers*, de avergonzarme delante de un Hugo que, además, no podía evitar una sonrisita burlona en la boca…, mi madre tuvo a bien dejarnos marchar. Marchar juntos…, algo que no nos convertía precisamente en amigos.

En el coche sonaba Fallulah cantando *Give us a little love* y nosotros callábamos, él atento al tráfico, yo al paisaje urbano que se deslizaba tras las ventanillas. Me pregunto si a él también se le pasó por la cabeza lo irónico de la letra de una canción que empezaba diciendo: «¿Adónde pertenecemos? ¿Dónde nos empezó a ir mal? Si no hay nada aquí, ¿por qué estamos aquí todavía?». Eso mismo me preguntaba yo… No hubo conversación; ni mucha ni poca: nula. Lo único que se escuchó fue un exabrupto entre dientes de Hugo cuando un coche le cerró violentamente el paso. Y hasta eso me gustó. Allí estaba él, tan hombre, tan suyo, tan increíble. Y yo a su lado sintiendo el peso de todas las cagadas que había cometido desde que los conocí. Y, quitándole poesía al más puro estilo Hugo…, diré: «Lo que me pone un macizo conduciendo…».

—Gracias por traerme —farfullé cuando llegábamos a mi portal.

—Espera, hay sitio allí delante. Me quedo más tranquilo si te acompaño arriba.

—No hace falta.

—No quiero que te caigas rodando por las escaleras. Deberías estar en cama.

Daba igual que no hiciera falta, Hugo quería hacerlo. Y daba igual, todo lo que dijera e hiciera siempre me provocaba un estallido en la boca de mi estómago. Aparcó (mis bragas ardieron pero las apagué golpeando rítmicamente un muslo contra el otro), salió, insistió en ayudarme y, tras hacerse cargo de todos mis trastos, anduvimos por la calle, los dos con la cabeza gacha.

—¿Te duele?

—Es molesto, pero si no me toco no me duele.

—No sabes cuánto lo siento —insistió.

—No te preocupes. Podría haberme pasado con cualquiera. Por lo menos fuiste tú —nos miramos de reojo— y te he podido pedir que me saques de casa de mis padres.

—Tampoco vi que sufrieras mucho allí.

Recordé de súbito que a lo mejor era desconsiderado por mi parte reaccionar así frente a los mimos de mi madre con alguien que no tenía a la suya. Iba pensando cómo pedirle disculpas, sin parecer más imbécil, cuando llegamos a mi puerta.

—¿Qué se oye? —dijo él entornando los ojos—. ¿Es agua?

—No sé. Será algún vecino duchándose.

Arqueó las cejas y me apremió a que abriera.

—Qué bien. Hogar dulce hogar.

Estúpida de mí. Lo que me recibió fue una catarata de agua sucia inundando la cocina. No sé cómo me dio por reaccionar tan rápido y me pregunto cómo pude hacerlo a pesar de los calmantes. Solté el bolso y salí corriendo escaleras arriba, donde aporreé la puerta de mis vecinos. Abrió ella, adormilada y con un pantalón corto que le quedaba mucho mejor de lo que jamás me quedaría a mí nada. Tardé un par de minutos en explicarle el motivo por el cual tenía que cortar el agua, total, para terminar teniéndolo que hacer yo. Cuando bajé, lo único que caía era la poca agua residual que debía de quedar, pero el daño ya estaba hecho. Tenía pinta de llevar muchas horas así. Hugo miraba a nuestro alrededor con cara de horror. Se había caído parte del techo de la cocina y una capa de agua pestilente lo inundaba todo. TODO. Saqué el móvil del bolso que sostenía él entre las manos.

—¿Hago algo? —me dijo torpemente.

—No. Yo lo soluciono.

Mi casero vivía en otra ciudad y, maravillas de la vida, cuando contacté con él descubrí que «no tenía claro que su seguro del hogar lo cubriera». Pero ¿cómo no iba a cubrirlo? Empecé a sospechar que no tenía ningún seguro y eso nos costó una buena pelea. Después de un cruce nervioso de reproches terminó bajándose del burro, pero sin soluciones.

—Voy a hablar con mi gestor, a ver si encontramos alguna manera de arreglarlo.

Y yo con agua hasta los tobillos. A Hugo lo hice marchar casi a empujones, porque insistía en quedarse a ayudarme con lo que fuera. ¿Alguien imagina a Hugo achicando agua sucia y maloliente? No, yo tampoco. Así que le di las gracias bastante distraída y seguí a lo mío, esperando que desapareciera. Yo no necesitaba que un príncipe maravilloso me salvara cabalgando encima de un corcel blanco. Necesitaba un puto fontanero.

No voy a aburrir a nadie con los pormenores del infierno que se desencadenó entonces. Supongo que el cosmos consideró que aún podía joderme un poco más. Una putada cósmica, eso es lo que fue. Y eso que pensaba que nada podía ir a peor.

Perdía mi trabajo, no tenía pareja, mis amantes me habían abandonado y seguramente ya follaban con otra, había pasado por una fase autocomplaciente y autodestructiva a la vez y, para colmo, casi me había roto la nariz contra el hombro de uno de esos hombres a los que hacía poco me tiraba. Pero no, no había suficiente, aún hacía falta que se me inundara la casa, que tuviera que tirar cinco pares de zapatos de los medianamente buenos, que el techo de la cocina se desplomara y que me viera obligada a volver a casa de mis padres. Bravo. O como diría mi hermana: rabo.

8

HUGO

Cuando llegué a casa, seguía sintiendo esa jodida presión en la boca del estómago. Pensé que Alba me provocaba ardor, como sus inventos gastronómicos. Lo jodido fue darme cuenta de la cadena de recuerdos que esa estúpida reflexión despertaba dentro de mi cabeza. Ella. Ella sonriente, sonrojada, tratando de parecer tranquila. Ella temblando mientras contenía su orgasmo. Ese gemidito final… Dios. Más ardor. ¿En qué puto momento consideré que resultaba buena idea acercarme a aquella chica? El motivo por el que era un error seguía siendo un misterio, pero no dejaba de repetirme que era un ERROR, así, en mayúsculas y fuego alrededor. Quizá eso era lo que me producía ardor de estómago.

La puerta del dormitorio de Nico estaba cerrada, para no variar. No, nuestra relación no había vuelto a ser la misma por echarla de nuestra vida sino que, además de estar jodidos, cabreados y rencorosos…, estábamos frustrados. Sexualmente frustrados.

Que conste que no es porque no hubiera intentado quitarme aquel mal sabor de boca metiéndome entre las piernas de alguien. Pensé que aquello se solucionaría con un maratón de guarradas, pero después de un polvo encima de la barra del club, una mamada salvaje y de una sodomización bastante animal (la jodida Paola era de goma y le flipaba la caña), yo seguía igual.

—Vale, ¿qué te pasa? —me preguntó Paola cuando me levanté de la cama y empecé a vestirme.

Lo que me pasaba era que había jodido con una tía que sabía que quería más de mí por olvidar algo que me dolía. Antes tenía un problema y ahora... uno y medio.

—No me pasa nada, Paola, pero tú y yo no vamos a volver a joder.

—Me había parecido que te gustaba —contestó a la defensiva.

Intenté explicarle que terminábamos follando juntos por razones equivocadas, que en realidad nos caíamos demasiado bien para cagarla de esa manera, pero me callé mi percepción principal: era como hacerse una paja con otras manos. Una paja rabiosa, por cierto, porque seguía estando cabreado con Alba. Que me perdone todo el mundo..., pero lo único que quería era darle un pollazo en la frente, por cafre. Por eso llevaba sin follar desde mi..., ¿cómo llamarlo?, desliz, con Paola. Por eso sufría priapismo cada vez que pensaba en las putas piernas de Alba.

Llamé a la puerta de Nico, pero no escuché respuesta. Sabía que se encontraba dentro y sabía, a ciencia cierta, que estaría tirado en la cama, escuchando con el iPod a Lana del Rey. Omitiré mi opinión sobre el asunto porque en realidad no tengo derecho a decir nada sobre ello. Nico tenía su forma de enfrentarse a la frustración y yo la mía. Entré en su dormitorio y... allí estaba, tirado en la cama con los auriculares puestos. Le hice una seña y se los arrancó de las orejas; el eco de la música me confirmó la hipótesis: Lana del Rey.

—¿Qué? —preguntó.

—Voy a hacer la cena.

—No tengo hambre.

Contuve las ganas de poner los ojos en blanco. Nicolás y sus depresiones adolescentes. Creí que nuestra conversación con Marian como mediadora había dado algún fruto. Ingenuo de mí.

—No me jodas —le pedí con un tono mucho más amable del habitual—. Sal, Nico. Prepararé algo rápido y nos tomaremos una cerveza.

—De verdad que no tengo hambre.

—Pero es que yo sí y tenemos que hablar.

Salió arrastrando los pies cuando ya había dejado los dos platos en la terraza. Miró el sándwich y me miró a mí; me juego la mano derecha a que el estómago le estaba rugiendo.

—Gracias —farfulló, como molesto por tener motivos por los que dármelas.

—Vale, vamos a terminar con esto.

No comimos durante cuarenta minutos. Los primeros cinco hablé solamente yo. En los siguientes cinco fue él quien lo hizo, en un tono horrible, por cierto. Quince minutos tardamos en tranquilizarnos después de discutir acerca de cuál de los dos había sido más cerdo. Claro, delante de su hermana había ciertas cosas que…, como que no salieron a colación. Si algún vecino puso la oreja debió de alucinar lo que no está escrito. Después invertimos un rato más en averiguar el motivo por el cual nos habíamos peleado por primera vez en diez años. Alba.

Nicolás estaba ofuscado con la idea de que ella había provocado todo aquello. Estaba dolido a niveles que no había visto jamás. Dolido con Alba, porque se sentía engañado. Dolido consigo mismo, por crédulo. Dolido conmigo, por desear a la misma tía por la que se había encoñado. Y seamos sinceros: encoñados estábamos los dos. ¿Qué tenía para habernos hecho aquello? Ni idea. Sus piernas, quizá. O que brillara tanto cuando sonreía. Esa carcajada juguetona que salía de su boca. Ese murmullo casi inaudible cuando el placer la elevaba. Maldita entera ella, que nos había convertido en dos tíos babeantes que ni siquiera querían admitir que lo eran. Una vez llegamos a esa conclusión, resultó mucho más fácil sincerarse aunque tuviéramos la certeza de que volver al punto inicial era prácticamente imposible. Pero era un paso. Un paso pequeño y firme. Un paso más… ¿hacia ella?

Casi no dormí aquella noche, no por remordimientos, ni siquiera por el hecho de tenerla dura como una puta piedra. No eran las imágenes de su cuerpo desnudo lo que me torturaba como en algunas de las noches anteriores. Lo que me quitaba el sueño era saber que ella era lo único que necesitábamos para volver a ser los de siempre. Y quizá lo único que podría destruir la vida que habíamos construido en los últimos diez años.

9

A los tres días el suelo de mi casa ya no parecía una charca, a mi vecina de arriba ya le habían picado media casa y soldado la fuga, pero yo seguía teniendo un boquete en el techo de la microcina (que tenía pinta de estar a punto de hacerse mucho más grande, a poder ser cuando yo pasase por debajo) y humedades por todas partes, por no hablar del olorcillo que deja aquello (ni de mi nariz). Mis padres me prohibieron tajantemente volver a esa casa y hasta el dueño del piso me recomendó que no lo hiciera, al menos hasta que se pasara un perito para comprobar si había riesgo de que el resto de la escayola del techo se desplomara (provocándome una muerte lenta y dolorosa, a tenor del tono que estaba tomando mi vida).

Así que volví a trabajar con la nariz de un morado verdoso de lo menos sexi del mundo y con una mala hostia de esa de agárrate y no te menees. Creo que nunca he estado más cabreada. Hasta tenía ganas de que alguien se metiera conmigo para tener la excusa de dar patadas voladoras. Más valía que ningún insensato se aventurara a molestarme. Pero no pasó. Al menos no tal cual, porque sí hubo un insensato asomándose a mi cubículo el segundo día. Uno muy alto, muy moreno y muy guapo.

—Hola —dijo en su tono siempre firme—. ¿Solucionaste la gotera?

—No quieras saberlo —gruñí.

—Pero...

—Estoy en casa de mis padres.

Y no quise darle más datos. No estuve borde, pero simpática tampoco. Quería olvidarme de todo, pero sobre todo de la sensación de sosiego que me invadía después de sudar junto a sus cuerpos en la cama y la brisa que revolvía los mechones de mi pelo cuando la noche nos sorprendía en su terraza. Si estaba cabreado y enfadado, ¿por qué cojones no se alejaba de una puñetera vez del todo? Era complicado hacerse a la idea si siempre estaba revoloteando alrededor.

No tuve que decidir que iba a mudarme porque el propio casero me lo dejó en bandeja al decirme que por el momento no podía solucionarlo y un montón de bla, bla, bla. Al final me puse tan gallita que, además de devolverme la fianza, ingresó en mi cuenta la mensualidad íntegra de aquel mes y un poquito más.

Mi hermana volvió a la carga con lo de vivir juntas y yo volví a negarme en rotundo, lo que provocó una pelea a lo «gallinero adolescente» de la que tuvo que separarnos mi padre, que amenazó con quitarse el cinturón. Todo muy *gore*. Al día siguiente, me entregué en cuerpo y alma a la búsqueda de piso, eso sí, tomándome un sándwich y un zumo de piña que mi madre había dejado en una bolsita colgada del pomo de la puerta.

—Es tu almuerzo, Albita —me dijo mientras mojaba una tostada de pan integral en su leche de soja—. No me gusta que lleves tacones tan altos. Un día de estos te vas a torcer un tobillo y tendremos un disgusto.

Bueno, ¿qué más podía pasar? ¿Me caería de morros en el regazo de Nico, me tragaría su rabo y moriría atragantada? Tenía pinta de ser posible... Al menos sería una muerte dulce.

Llamé a nueve pisos a lo largo de la mañana, mañana que pasé metida en páginas de anuncios de alquiler a falta de otro trabajo. Y todo me parecía caro y horrible. Hasta me arrepentí de haber dejado mi zulo. Aun sin parte del techo era mejor que la mayor parte de las madrigueras por las que me pedían seiscientos cincuenta euros como mínimo. Por la tarde quedé con varios «estudio de habitación independiente con encanto» de los que salí horrorizada. Y es que si podía permitírmelo y no daba miedo, estaba demasiado lejos. Solo me faltaba tener una hora en transporte público hasta donde mis amigas quedaban, para encima terminar por no tener ni vida social. Y compartir no entraba en mis planes. Algún día os cuento por qué...

Un miércoles por la mañana, mientras hablaba por teléfono con Eva (que volvía de fiesta), me crucé con Hugo. No le di más importancia, solo le saludé con un movimiento de cejas y seguí conversando con mi hermana mientras me encaminaba a mi mesa.

—Creo que terminaré por alquilar el estudio ese que vi en Sebastopol. Era el único que no me daba asco. —Pausa en la que mi hermana parloteaba—. No, ya sé que no estoy mal en casa de mamá y papá, pero es que así no hay manera de empezar de nuevo. ¿Y sabes qué pasará? Que me acomodaré y terminaré como Norman Bates, asesinando a gente y disfrazada de mamá, a la que tendré momificada en el sótano.

Y es que si algo había aprendido de todo aquello era que, si no terminaba por atropellarme un autobús, ya nada podía ir peor (bueno, sí podía, pero era mejor pensar y concentrarse en que ya había tocado fondo), así que tenía que construirlo todo de nuevo. Un piso en el que estuviera a gusto y donde pudiera estar sola era el principio. Me parecía muy importante; para mí la independencia siempre fue un lujo que, indiscutiblemente, necesitaba para ser feliz. Mamá diciéndome que iba demasiado corta para que me vieran en la oficina no molaba nada. Y molaba menos cuando hacía comentarios sobre «lo apuesto que era mi jefe». Uno: madre, no es mi jefe. Dos: nadie usa ya la palabra apuesto. Tres: fliparías si lo vieras en bolas; te iba a dar un ictus. Y en esas estaba, revisando si había anuncios nuevos en las webs con el posible piso de mis sueños, cuando Hugo carraspeó apoyado en la pared de mi cubículo.

—Dime —le pregunté minimizando la pantalla, segura de que venía a pedirme alguna fotocopia.

Me resultó raro verlo de pronto tan tenso. Su nuez viajó arriba y abajo en su cuello, acompañando un trago de saliva que pareció hacérselo difícil.

—Bueno..., no he podido evitar escucharte y... a lo mejor te interesaría ver un piso.

Arqueé una ceja. Hugo, agente inmobiliario en su tiempo libre.

—¿Qué piso?

—Mis padres tenían otro piso en mi edificio, unas plantas más arriba. Lo tuve alquilado hasta el año pasado. Creo recordar que te lo comenté.

Me quedé pasmada. Sí, me lo contó una noche después de cenar, pero lo había olvidado. A decir verdad, es que nunca le di demasiada importancia a aquel dato.

—No puedo permitirme un alquiler en tu edificio —terminé por decir tras una pausa demasiado larga.

—Lo tenía alquilado por seiscientos con gastos de comunidad incluidos y plaza de garaje, pero la plaza de garaje la está usando ahora Nico, por lo que no veo problema en rebajar un poco el precio.

—No tienes por qué hacerlo. Ya he visto un par de pisos que me gustan.

—No te estoy haciendo un favor. Yo quiero alquilar ese piso y tú buscas un sitio donde vivir. Sé que te gusta la zona.

—¿Y tú serías mi casero?

—No voy a estar acosándote, Alba. —Frunció el ceño—. ¿Podrías pensar bien de alguien por una vez en tu vida?

Eso me molestó. ¿Cuándo había pensado yo mal de él? Bueno…, al principio. Imaginé que querría aprovecharse de mí. Creía que estaba mal de la cabeza. Pensé muchas cosas injustas, pero lo hice dentro de mi cabeza, en plena intimidad conmigo misma.

—Bueno. No voy a insistir. —Pues para no querer…—. Pero puedo enseñártelo esta tarde.

—¿A qué hora? —Y lo pregunté a regañadientes, a pesar de que una vocecita repipi estuviera repitiendo dentro de mi cabeza que tenerlo más cerca era una oportunidad.

¿Oportunidad para qué, pánfila? No entendía por qué me ofrecía aquello porque era bastante evidente que seguía enfadado conmigo como una mona. Enfadado, decepcionado, frustrado…, no lo sé. Pero algo le pasaba, además de estar para morirse de bueno y ponerme el cuerpo a 451 grados Fahrenheit, como la novela de Ray Bradbury.

A las cinco de la tarde llamé a su casa, el cuarto B, donde me abrieron sin mediar palabra; cuando llegué a la puerta del piso, me sorprendió encontrar a Nico tras ella.

—Ahora sale Hugo —rumió con el tono desganado de un adolescente.

—Gracias, Nico.

—Sí, vale. De nada.

Y con él se me fue el alma a los pies. Hugo salió de inmediato metiéndose unas llaves en el bolsillo, antes de que pudiera reponerme. Supongo que tenía esa expresión que muestran los niños decepcionados.

—Hola. —Suspiró, pero, lejos de distraerse con charla introductoria, fue directo al grano—. A ver, es el séptimo F. Tiene buenas vistas. Mucha luz.

—Ajá —asentí.

—Es bastante más pequeño que mi casa; para uno creo que está bien. Lo reformamos hará cosa de cinco años, pero está impoluto. La chica que vivió allí era cuidadosa, lo cual para mí como casero es sumamente importante, por cierto.

—Vale.

Subimos en el ascensor.

—El precio incluye un trastero y gastos de comunidad. Hay piscina, aunque creo que eso ya lo sabías.

—Sí, algo me suena —dije con retintín. Soplapollas irresistible.

—Se alquila con los muebles. Espero que te guste la decoración, porque preferiría no mover ni un cuadro.

El ascensor paró y nosotros salimos. Tras unos pasos, Hugo abrió una puerta y me dejó pasar. ¿Alguien adivina qué dijo?

—*Ladies first.*

—Vaya, aún me consideras una señorita.

—Que yo sepa aún no te cuelgan dos cojones.

Me giré sorprendida y lo vi esconder una sonrisa. Eso me dio fe. Por mucho que estuviera enfurruñada, odiaba aquella distancia entre nosotros, tanto como detestaba que Nico no quisiera ni cruzarse conmigo en el pasillo enmoquetado de la oficina. Pero… ¿y si me concentraba en recuperar un poco de aquello con Hugo y después pensaba en el hueso duro de roer? Porque estaba claro que Hugo no lo era; ya estaba cediendo.

Cuando me volví hacia el interior, lo primero que me sorprendió fue la cantidad de luz que inundaba el salón. La disposición era exacta al piso de Hugo y Nico, pero imaginé que solo tendría una habitación. Sobre una alfombra enorme con rayas grises y blancas reinaba, pegado a la pared, un sofá muy grande, gris, cubierto de cojines de diferentes estampados. En la pared en la que se apoyaba este había quince cuadros de diferentes tamaños, formas y colores, con ilustraciones muy cucas. Una de las grandes, de la torre Eiffel. Frente al sofá, una mesa baja, como de los años sesenta, con tres superficies redondas a diferentes alturas, de cristal, con el borde dorado viejo. En el rincón, una mesita con una lamparita blanca y un teléfono antiguo del mismo color. ¿Qué puedo decir? Era precioso. Me encantó. La cocina, que conectaba con el salón por una barra, tenía una pared de pizarra en la que aún se adivinaban algunas letras y dibujos y en la que también había unas estanterías. Dos taburetes metálicos de color verde menta, paredes y azulejos blancos, una vinoteca, una buena armariada y una de esas neveras retro… Contuve un suspiro.

—Aquí está la habitación. —Hugo abrió la puerta que quedaba entre el sofá y la cocina.

Al entrar creí que gemiría. La pared, de un suave verde menta, lisa. Una cama con un cabecero acolchado con aire romántico. Uno de esos espejos redondos, antiguos, que siempre me recordaban el dibujo de un sol y sus rayos. Una lámpara de pantalla de color rosa palo, a juego con las que adornaban las dos mesitas de noche, blancas, de tres cajones. El armario (de hoja doble, claro) era muy grande y estaba vestido como Dios manda. Dos grandes ventanales que casi llegaban al suelo dibujaban una de las esquinas de la habitación y allí, como si tal cosa, un pequeño diván blanco, acolchado, perfecto, adornado por pequeños cojines. Bien. Mi habitación anterior ni siquiera tenía puerta… y esta parecía la jodida puerta al cielo.

El baño, junto al dormitorio, era simplemente la guinda del pastel. Pequeño, sí, pero utilitario y muy cuco. Tan de chica que me sorprendió bastante. Una ducha cuadrada en un rincón en la que, así, a ojo, entraban perfectamente dos. Apretados tres. Mira, mi número preferido, el tres. Una pila con un mueble blanco lleno de cajoncitos y un espejo cuadrado con marco blanco coronándolo. Al lado, un mueble con toallas blancas y esponjosas entre las que destacaba una del mismo color gris humo que tenía parte de las paredes, que no estaban alicatadas. Sobre el mueble, arriba, cachivaches de cristal y tarritos, además de algo que me pareció una percha para collares. Un cuadro con el borde sencillo pero dorado, donde se leía con letras bonitas «*Hey y'all!*». Me giré a mirar a Hugo cuando salíamos. Vale: el piso era una jodida pasada. El piso de mis sueños, sin duda.

—Yo… —empecé a decir, fastidiada, porque habría estado genial no necesitarle para aquello.

—Espera, queda la terraza.

¿Terraza? ¿Mi propia terraza? ¿Es que estábamos locos? Pues sí. Sí que lo estábamos. Cuando la vi, me quise morir. Nada más salir, a mano derecha, un sofá adornado con cojines estampados en colores vivos, una mesa redonda de metal, baja, y una especie de sillón de mimbre blanco, todo encima de una alfombra muy fina en tonos malva.

—Ahí puedes poner plantas —dijo señalando un rincón.

—¿Lo tienes siempre tan…?

—¿Tan qué? —Y no pudo evitar un amago de sonrisa.

—Tan… lleno de cojines, tan… preparado. Cuqui.

—No. Lo preparé para que pudieras verlo bien.

Me giré hacia la izquierda, donde, en el rincón que se formaba, había una especie de puf blanco y grande, con cojines con estampado geométrico de color lila oscuro y, enredadas entre los márgenes, bombillitas pequeñas blancas. Cogí aire.

—Vale. ¿Cuál es el truco?

—No hay truco, *piernas*. No te vendría mal dejar de ser tan cínica.

Piernas. Me mordí el labio de abajo, conteniéndome, no sé si para no contestarle, no ladrar o no violarle la boca.

—Quinientos cincuenta, trastero incluido —dijo.

Me apoyé en la barandilla y miré al exterior; abajo, a la izquierda, se adivinaba la terraza de su casa.

—Déjame que haga números —contesté con cara de concentración.

—¿Cuánto pagabas por el otro piso?

—Ese no es el problema; cuando lo alquilé cobraba bastante más que ahora. —Puse los brazos en jarras y me giré hacia él—. ¿Lo dejamos en quinientos?

—Estás loca. —Se echó a reír entre dientes—. Quinientos cincuenta ya es regalado. Este piso vale ochocientos y lo sabes.

—A ti cincuenta euros te la sudan, Hugo. En realidad, quinientos te la sudan.

—Ah, ¿y qué propones? ¿Quedarte por la cara? —Levantó las cejas, indignado.

—Pero… ¿qué dices? —Me cabreé—. Estoy regateando, no prostituyéndome.

—Nadie ha hablado de lo que ofreces por quedarte gratis.

—¿Qué me estás llamando?

Hugo respiró hondo y se metió de nuevo en el salón.

—Es imposible no discutir contigo. Si no te interesa, no pasa absolutamente nada. Vuelve a casa de tus padres o métete en un zulo horrible como tu anterior piso —gruñó.

—Mi anterior piso era lo único que podía pagarme, puto esnob de los cojones.

Se giró sorprendido ante mi estallido de ira.

—¡¿De qué coño vas?! —espetó—. ¿Ahora la culpa la tengo yo?

Me tapé los ojos y me tranquilicé.

—Vale, Hugo. No importa. Sería imposible tener hasta una relación contractual. Dejémoslo estar.

Hugo se quedó mordiéndose los labios por dentro y mirando hacia el exterior de la terraza. Yo tampoco me moví, junto al sofá, con los brazos cruzados.

—Estoy cabreado —dijo—. Mucho.

—¿Cuántas veces voy a tener que disculparme? Estoy empezando a cansarme.

—No he dicho que esté cabreado contigo.

Le miré y él hizo lo mismo, de reojo.

—Pues a mí me parece que soy el problema principal.

—Sí, lo eres.

—¿Por qué me enseñas este piso?

—Porque tú buscas un piso y yo alguien que lo alquile.

—Eso no es verdad, Hugo. Este piso te lo quitarían de las manos, lo que pasa es que no te da la gana alquilarlo.

—No se lo alquilo a cualquiera. Quiero que lo cuiden y no necesito el dinero.

—¿Y por qué a mí?

—¿Y por qué no?

—Podemos estar así toda la puta tarde, Hugo —rugí.

Se revolvió el pelo.

—No me gusta estar enfadado y creo que mereces otra oportunidad.

—¿Otra oportunidad?

—Empezar de cero. Nosotros no podemos volver a ser nada más que amigos. Ni siquiera estoy seguro de que podamos llegar a serlo.

10

Ser amigos

Hugo dejó una tarde las llaves al portero para que pudiera llevar a mi padre a echar un vistazo al piso. Si le hubiera dicho la verdad, que quería que revisara a conciencia la instalación eléctrica y demás antes de tomar una decisión, Hugo o se habría puesto como un miura o se habría ofrecido a explicarme los pormenores de las ochocientas revisiones que seguro que había pagado. Y lo cierto es que yo no lo necesitaba para sentirme segura en un lugar, pero no sabía de electrónica ni de electricidad ni de esas cosas. Mi padre, sí. Cuando vio la casa, se sorprendió pero no dijo nada. Se fue directo a la caja que había tras la puerta y empezó a investigar. Mi hermana, que se puso tan pesada que tuvimos que dejarla que nos acompañara, abrió los ojos de par en par y empezó a recorrer toda la casa como si fuese un ratón buscando un sitio seguro donde hacer nido.

—Esto es una jodida pasada.

Agradecí que Hugo me hubiera dejado «intimidad» para pensar acerca de la posibilidad de alquilar el piso, porque por fin pude decir en voz alta mi opinión:

—Es la casa de mis sueños.

Cuando mi padre terminó de examinarlo todo (baño, galería, fregadero, enchufes, interruptores..., todo lo que una se pueda imaginar), devolvimos las llaves al portero y fuimos hacia su casa, desde donde mi madre había lanzado el anzuelo diciendo que «había hecho ensaladilla». Mi padre iba con las manos en los bolsillos y el bigote inquieto, hasta que al final se atrevió, en el ascensor, a preguntarme lo que le carcomía.

—¿De verdad te lo puedes permitir?

Al principio me sentó fatal y entramos en casa metidos de lleno en una discusión, yo porque consideraba que me había llamado irresponsable y él porque «a mí no se me podía hablar». Medió mi madre, que no nos dio la razón a ninguno de los dos, pero nos entretuvo con unas cervezas frías. Cuando todo estuvo aclarado (y la ensaladilla ingerida), entendí que lo que quería decir mi padre, detrás de esa preocupación parental, era que aquel piso era un chollo y una oportunidad de las que pasan una vez en la vida. Como un pisazo de renta antigua en el barrio de Salamanca, algo así. Así que, después de estudiar concienzudamente mi situación económica, los supermercados cercanos y los puntos concretos del acuerdo, Hugo me hizo llegar de inmediato por *email* un contrato que revisé con mis padres y en el que no, no había una cláusula que nos obligara a fornicar como mínimo el tercer miércoles de cada mes. Lástima.

Cuando se lo pasé firmado, Hugo seguía estando sieso y, bueno, lo comprendo. Una cosa es que te tiendan una mano cuando ven que pueden ayudarte y otra muy distinta, que el cabreo se te esfume. Que sí, no tenía motivo para estar tan, tan, tan enfadado conmigo, pero las personas a veces no somos demasiado racionales, sobre todo con ciertas cosas. Esto, claro, es lo que pienso ahora. En aquel momento me llevaban los demonios.

La mudanza empezó un viernes por la tarde. Impliqué a tanta gente que por un momento el salón de la casa pareció el camarote de los hermanos Marx. No quería que mi padre tuviera que hacer demasiados viajes con el coche cargado hasta los topes. Fue fácil, la verdad. Todo estaba tan decorado, tan cuidado, tan de revista de interiorismo, que una vez subidas todas las cajas, solo tuve que deshacer un enorme equipaje. El sábado a las diez de la noche… yo ya tenía nueva casa. Y no me lo podía creer.

No dormí. Al principio pensé que era por el cambio. Después, por las emociones. Finalmente me di cuenta de que resultaba imposible que conciliara el sueño si no paraba de darle vueltas a todo como en un enorme tiovivo. Estaría enfadada o mosqueada o yo qué sé, pero sentía la necesidad de acercarlos. A Hugo, pensaba, podría ir metiéndomelo en el bolsillo con pequeños acercamientos. Un café en la oficina, una broma, un *email*…, era mi casero. Seguro que se me ocurrirían dos mil mierdas que pedirle que le obligaran a estar un rato en la que ahora era mi casa. Pero Nico…, ¿qué pasaba con Nico? Cuanto más cerca veía la posibilidad de estrechar lazos con Hugo, más necesitaba hacerlo también con Nico. Sin embargo, Nico estaba mucho más lejos.

Me costó hacerme a aquella casa, no mentiré. Me sentía de prestado, extraña. Todo era tan bonito y seguramente también tan caro que me imponía tocar las cosas. Paseaba por allí como lo hacía por la sección de porcelanas de El Corte Inglés desde que mi madre me dijo que si rompía algo debía pagarlo. Hasta llenar la nevera me resultó complicado…, y al hacerlo me di cuenta de que, tuviera el pasado que tuviera con él, tuviéramos los problemas que tuviéramos…, mi casero era el mejor casero del mundo. ¿Por qué? Pues porque cuando volví del supermercado, me percaté de que dentro de la nevera había una botella de vino blanco y una bandeja con unos *coulants* de chocolate con una nota que decía: «Bienvenida a tu nueva casa».

Me lo comí y me lo bebí del tirón, como si fuera Alicia en el País de las Maravillas y después de la siesta, al abrir los ojos, todo volviera a ser normal. Yo trabajaría en el periódico, donde seguiría luchando por hacerme un nombre; la cocina de mi casa en Lavapiés seguiría teniendo techo y nunca habría experimentado lo que es tener a dos hombres dentro de mí. Casi me sentí reconfortada cuando me desperté echada en aquella cama tan perfecta y cómoda, en medio de una habitación perfecta, no porque mi nueva casa fuera tan bonita, sino porque seguía teniendo en mi interior el recuerdo de que ese sueño, durante un tiempo, fue real.

Y la vida prosiguió. Con mi trabajo nuevo. Con mi piso nuevo. Con mi Alba nueva, mirándose por dentro en busca de lo que quería. ¿Por qué no podía ser más fácil? Envidiaba a las personas que solo con arquear una ceja tenían claro cuáles eran sus objetivos a corto, medio y largo plazo. Yo solo sabía que tenía que comprar sábanas para una cama que tenía cojines con medidas tan diferentes que iba a necesitar un tutorial de YouTube para hacerla y que quedara como la vi el día que me enseñaron el piso. Bueno, el día que Hugo me enseñó el piso. Hablando de personas que lo tienen claro en la vida, Gabi volvió de vacaciones. Traía un moreno envidiable, regalitos para todas y la narración de quince días de paraíso y shopping. Nos chupamos las setecientas fotos, pero valió la pena por esa en la que su marido se reflejaba en el espejo en pelota picada. Y vaya con Gabi, la tía, qué calladito se tenía lo que le aguardaba en casa.

No sé por qué, no me sentía aún preparada para invitarlas a todas a casa. Ni siquiera para enseñar el piso. Sabía que todas dirían que tenía que montar una cena de inauguración y yo seguía con el síndrome de «esta no puede ser mi casa porque es demasiado bonita». Un día incluso soñé que entraban los geos para sacarme de allí. Las quejas empezaron a ser oficiales dos semanas después de haberme instalado. Ya no eran comentarios velados, más bien un «tía, no tienes vergüenza» en todo su esplendor. Y yo sabía que debía invitarlas, porque me apetecía hacerlo, pero… necesitaba algo para dar el paso antes de lanzarme. Y algo… en concreto.

Mis padres me regalaron una chuminada muy mona para colgar las llaves de casa a la entrada. Además de un regalo para celebrar que había encontrado el piso de mi vida, era un intento para que no se me olvidaran nunca las llaves dentro o para que no las perdiera. Insistieron demasiado en que «así te acostumbrarás a dejarlas siempre allí colgadas cuando entres en casa». Mi padre iba a colgarlo, pero se olvidó el taladro y además yo prefería preguntar a mi casero antes de hacer agujeros en la pared. Un hombre que cocina repostería francesa, compra en Zara Home y manda decorar su piso de alquiler… merece que se le tenga en cuenta en ciertas decisiones.

Por eso, cuando mis padres se fueron aquella tarde, bajé a casa de Hugo y Nico (monísima de la muerte, claro está, con el maquillaje recién retocado) para pedirle permiso. Llamé cinco veces, pero nadie me abrió. Me sorprendió darme cuenta de que, a pesar de que la explicación más factible era que estaban en su club trabajando, mi cabeza hacía cábalas que me llevaban a sentirme como una mierda. Ellos con una tía. O con dos. Ellos dos sepultados por cuerpos femeninos de los que no tienen ni atisbo de celulitis y a los que odié aunque no fueran reales. Escribí una nota, la colé por debajo de la puerta y subí de nuevo a mi piso. Tan cerca y tan lejos…

Hugo no dijo nada en la oficina sobre la nota que yo le había escrito (un escueto «Hola, me preguntaba si puedo colgar una cosa en la entrada. Haría falta hacer un par de agujeros. Gracias. Alba»), así que me imaginé que estaba pasando de mí como de la mierda, como se dice comúnmente. Llamé a mi padre y le dije que, por mi cuenta y riesgo, haríamos aquellos agujeros.

—Pasaos por casa esta tarde, lo colgamos y así os invito a merendar.

Acababan de llegar cuando sonó el timbre. Mi hermana y mi madre estaban en la cocina emplatando un bizcocho casero que habían horneado antes de venir y mi padre y yo estudiábamos el emplazamiento del percherito para las llaves, así que me pilló a un tirón del pomo de abrir. Y... allí estaba, con una camiseta gris y unas bermudas de color azul marino (¡bermudas!), cargando con una bolsa que parecía de herramientas y peinado con su pelo negro húmedo. Se acababa de dar una ducha. Olía a jabón, a colonia y a mis ganas.

—Eh..., hola —dijo al ver a mi señor progenitor, que, como cualquier otro en su situación, lo miró con recelo—. Venía a colgar... eso que querías colgar.

—Bueno, no te preocupes, ha venido mi padre para ayudarme. Como no contestabas...

Antes de que pudiera responderme, una voz interrumpió nuestra conversación desde la lejanía.

—¡¡Joder, Alba!! ¿Has visto tus platos? Son como sacados de Versalles pero en plan moderno. Pero ¡¡qué nivel, Maribel!! ¿Estamos seguras de que no le gustan los jambos?

El grito de mi hermana desencajó la cara de mi padre y a mí me hizo dibujar una sonrisa, al igual que a Hugo.

—Estamos seguros —le contestó él desde allí—. Es más, me han contado que le gustan morenas, altas y guapas.

Y eso último lo dijo lanzándome una mirada. Mi hermana se asomó.

—¡Hostias! —Después se descojonó a carcajadas y, trotando, acudió a saludarle con dos sonoros besos—. Pero qué guapo y qué bien hueles siempre, madre. ¡Mamá! Mira qué *peaso* casero se gasta tu hija la mayor.

Me quise *mulil*. Hugo convenció a mi padre de que él haría los agujeros pertinentes mientras nosotros tomábamos café. Se disculpó por las molestias del ruido del taladro y después, concentrado y lápiz en mano, se puso a hacer las marcas para empezar el trabajo. En el salón, mi padre lo miraba de soslayo y mi madre… babeaba. Cuando sacó una bolsa y la pegó con un poco de cinta en la pared para no ensuciar el suelo con el polvo, creí que a mi señora progenitora iba a darle un derrame. Bueno, a ella, a mí y a mi hermana. Pero a mi hermana lo de la bolsa le daba igual.

—Joder. Qué espalda. Qué…, joder.

—Haz el favor —le recriminó mi madre a punto de bizquear.

—Está como un queso.

—Te estoy oyendo —respondió Hugo con desparpajo desde la entrada.

—¿Quién ha dicho que no quiero que lo oigas? ¡Qué narices, te ves en el espejo! Ya debes de saberlo de sobra.

Me mordí el labio aguantándome la risa. El sonido del taladro rompió la estancia. Mi madre le dio una palmada a mi hermana en el muslo aprovechando que nadie la oiría y le mandó callar, claramente para disimular que se mostraba de acuerdo con lo que estaba expresando sobre Hugo. Yo me eché a reír y, no sé si por masoquismo o sucumbiendo a ese magnetismo natural que le rodeaba, me fui hacia el recibidor. Me asomé y lo encontré allí…, ay Dios, nunca me habían gustado ese tipo de demostraciones de masculinidad, ese «mira, nena, qué bien se me dan las herramientas», pero es que verlo allí, con el puñetero taladro, me puso como una moto. Me constaba que se le daban bien muchas otras herramientas. Dios. ¿He dicho yo eso? El efecto Hugo, sin duda. Me miró cuando metía los tacos en la pared.

—¿Qué pasa?

—¿Quieres un café? —le ofrecí.

—No. No te molestes. Acabo esto y me voy.

—No me refería a ahora. Quizá…, quizá podrías pasarte después.

Hugo levantó una ceja y sonrió enigmáticamente, pero siguió con su labor sin contestar.

—¿No contestas? —mendigué.

—No puedo, *piernas*.

Me habría sentido avergonzada por la «súplica» si no hubiera sido por la certeza de que Hugo ya había cedido. Creo que había cedido en el mismo momento en que me ofreció su piso. Él ya se había rendido a acercarse de nuevo, pero no lo sabía.

—Ya lo tienes. ¿Así bien?

Me puse a su lado, miré el colgador en forma de llave y asentí.

—Genial. Muchas gracias.

—Nada.

Guardó las herramientas en la bolsa y se asomó al salón para despedirse.

—Yo ya me voy. Un placer conocerle —dijo mirando a mi padre—. Y volver a verlas.

—Igualmente —contestaron a coro todos.

—¿No tienes más pisos en alquiler? Me haría falta uno de estos a buen precio —se burló mi hermana.

—No, pero me parece que vas a estar más aquí que en tu casa.

Después de un guiño se marchó dejándome con cara de… de gilipollas.

—Mira qué cara de encoñada, mamá —se mofó Eva.

Y mi madre sonrió dándole la razón en silencio. Cuando se fueron todos y volvieron a dejarme sola, la casa fue llenándose poco a poco con algo intangible que no supe reconocer hasta un rato después. Intenté hacerme la huidiza para no encontrarme de cara con la certeza de que eso que navegaba por el aire eran mis ganas de verlos, de compartir una copa de vino con ellos. De… acercarme. Y no sé si siempre he sido así de impulsiva o si toda aquella historia estaba haciendo que lo fuera, pero, sin pensarlo mucho, puse un trozo grande de bizcocho en un bonito plato blanco con filamento dorado y lo envolví con film transparente antes de retocarme disimuladamente el maquillaje y bajar rumbo a su casa. Fuera ya se hacía de noche.

Tardé unos segundos en llamar. Dentro de su casa, como casi siempre, se escuchaba el rumor de una canción que no reconocí pero que me gustó. Era sugerente, caliente sin llegar a serlo…, música que invitaba a coquetear muy cerca y muy fuertemente, como a Hugo le gustaba. Llamé con una sonrisa. Bonita banda sonora para vernos, para hablar un poco, para tontear, para tomarnos una copa de vino, para acercarnos, para…, para que me abriera la puerta de casa de mi examante una belleza rubia con el pelo ondulado y precioso. Piernas eternas. Melones redondos, grandes y turgentes. Labios preciosos. Ojos claros como el hielo. Pestañas eternas. La muy avariciosa se había quedado con el ochenta por ciento de la belleza humana para ella sola. Los celos me impidieron reconocerla a la primera. Una vez pude respirar y dejé de decir tacos en esperanto dentro de mi cabeza, descubrí que aquella chica era Marian, la hermana de Nico, que me sonreía con simpatía; no sé si supe devolverle el gesto.

—¡Hola, Alba! ¿Qué tal? —exclamó.

—Eh…, bien.

—Pasa. Pasa.

No contesté. El ligero olor que desprendía el plato de bizcocho me pareció hasta estúpido cuando Hugo se asomó con un paño de cocina en el hombro. Se escuchaba el trajín de comida preparándose en los fogones.

—Hola —me saludó con una sonrisa comedida.

—Mmm…, hola —respondí por fin—. Nada, yo solo quería daros esto. Para agradecerte que pasaras a… hacer agujeros. Gracias… y eso.

Pero qué estúpida, cojones.

—No hay de qué. Hacer agujeros se me da bien —bromeó—. Pero pasa. Íbamos a cenar algo.

—No. No. —Y entonces, empujada por una fuerza de celos suprahumana, pregunté—: Pero… ¿está Nico?

—No —contestó Marian, que apoyaba su cadera con gracia en el marco de la puerta—. Hugo, ¿por qué no le sirves una copa de vino? Venga, Alba. Este loco está preparando comida para un regimiento.

—De verdad que no. Yo… solo venía a dejar el bizcocho. Lo trajo mi madre y si lo tengo en casa…, terminaré dándome un atracón. Luego los vaqueros se encogerán mágicamente y yo odiaré al cosmos. Tomad, de postre os vendrá genial.

Les entregué el plato como si quemase y necesitase deshacerme de él.

—¿Quieres que le digamos algo a Nico? —me preguntó Hugo con una expresión de completo placer malévolo. Estaba disfrutando, era evidente.

Negué con la cabeza. «No, claro que no, mamón diabólico. Lo he preguntado sin pensar porque no se me ocurre qué cojones haces solo en casa cocinando para la hermana de tu mejor amigo, que está más buena que el pan con chocolate, si no es para preparar una noche de sexo descontrolado, del que te hace aullar como una hiena». Podía haber creído que me interesaba más por Nico que por él, pero nooooo, no, porque no era suficiente que fuera alto, guapo, simpático y supiera cocinar y cómo follarse a una tía. Además tenía que ser más listo que el hambre. Buen ojo, Alba.

Di media vuelta muy digna y me dispuse a marcharme escaleras abajo. Después me di cuenta de que yo vivía arriba y me encaminé hacia la escalera, porque el ascensor no me parecía una salida lo suficientemente triunfal. Cuando ya desaparecía, me dije a mí misma que la pobre Marian no tenía la culpa de nada, así que volví dos o tres pasos hacia atrás, le dije adiós con algo parecido a una sonrisa y volví a mi casa, donde me tiré en el sofá y me sepulté entre los cojines. ¿Desde cuándo volvía a ser una adolescente nerviosa e histriónica? ¿Me iba a obligar a quedarme sin cena por haber actuado como una imbécil? No. No más de la Alba que no se permitía un respiro.

Durante más de media hora le di vueltas a aquello mismo: un respiro. Empezaba a ser consciente de que era una persona horrible conmigo misma y que, a pesar de haberme permitido experimentar con ciertos aspectos de mi vida, seguía siendo muy injusta, dejando un margen minúsculo para cualquier error. Y no quería más de aquella sensación. No quería sentirme enfadada conmigo misma por todo. Quería hacer, deshacer, acertar y equivocarme, como cualquier hijo de vecino, pero sin tener que flagelarme mentalmente después. Y quería tenerlos cerca.

Eran las once de la noche y yo seguía escuchando música tirada en el sofá (bendito sofá nuevo, era como si te abrazaran un montón de equivalentes masculinos a los ángeles de Victoria Secret) cuando me pareció escuchar que alguien llamaba con sus nudillos a la puerta. Al asomarme por la mirilla vi a Hugo y, por más que quise, no pude evitar la tentación de abrir con cierta sonrisa en los labios.

—Hola, *piernas*. Espero no despertarte. —Me tendió un plato que llevaba en la mano—. Vine a devolverte esto.

El plato que le había llevado con un buen pedazo de bizcocho venía de vuelta con un trozo de empanada de hojaldre que olía de vicio.

—Un detalle. —Me mordí el labio.

—Está casi recién hecha.

—Gracias. —Fingí decirlo con el morro torcido—. Había cenado un poco de pavo y queso fresco, pero ya veo que no me salvo de la tentación.

—Las tentaciones no siempre son malas; creí que ya lo habrías aprendido a estas alturas. —Los dos sonreímos. Tú sí que eres una tentación, puto—. ¿No me vas a invitar a pasar?

Abrí más la puerta, simulando tranquilidad. Dios. Qué bien olía. Él era lo que yo quería llevarme a la boca como resopón, no la empanada, aunque a falta de pan, buenas son tortas. Le cogí el plato, di un buen mordisco al hojaldre templado y fui hacia la cocina.

—¿Quieres tomar algo? —farfullé.

—¿Qué tienes?

—¿Qué quieres?

Nos mantuvimos la mirada y se mordió el labio. Me entró la risa y a él también.

—Ponme lo que quieras. Yo ya cené.

—Sí, ya vi —dije con más vinagre del que pretendía.

—Dime una cosa: ¿qué problema supone para ti que cene con Marian?

Directo, como siempre. Al grano. Al centro mismo de mi ansiedad.

—Yo no tengo problemas. Mi vida es plácida y aburrida.

Dicho esto saqué una copa y una botella de vino blanco de la nevera y le serví.

—¿No hay vino para ti?

—Oh, no. Contigo prefiero tener la mente clara.

Soltó una carcajada y se dejó caer en el sofá, donde los cojines andaban desperdigados y desordenados.

—Entonces… ¿no tienes problemas?

Dos. Uno de metro noventa, pelo negro y ojos pardos. Otro de metro ochenta y cinco, con una maraña de cabello tirando a rubio.

—¿Por qué iba a tenerlos? —Me senté a su lado y me limpié los labios con una servilleta de papel que había aprovechado para coger en la cocina—. Muy rico. Veo que no pierde usted la buena mano en los fogones.

—Ni usted el apetito.

Apetito sonó entre sus labios denso, lleno de deseo. Me pregunté si había sido su intención o si todas las palabras que salían de su boca me sonarían siempre lujuriosas. Tendría que haberle pedido que dijera «esternocleidomastoideo» a ver si me producía el mismo efecto.

—Venga, va. Escupe. ¿A qué has venido? —pregunté arqueando las cejas, en una sonrisa retadora.

—Aún estoy enfadado, que conste.

—Me parece muy bien, pero eso no contesta a mi pregunta.

—He venido a devolverte el plato. Soy tu casero y tu vecino. ¿No puedo buscar conversación?

—¿No has hablado suficiente durante la cena?

Sonrió.

—Estás celosa.

—No estoy celosa.

—¡Sí lo estás! —exclamó encantado de la vida.

—¿Qué más me da a mí que cenes con quien te apetezca? Eres un engreído.

—Pero te encanta.

Lancé una sonora carcajada.

—¿Vienes a reafirmarte, a coquetear o a castigarme?

—¿Y cómo te iba a castigar yo?

—No sé, dímelo tú.

—Parece que cenando con una amiga te torturo un poco.

—¿Lo haces por eso?

—Claro que no. Marian es buena compañía. Es divertida, inteligente y siempre lo paso muy bien con ella.

Me dieron ganas de ponerme a hacerle burla. «Siempre lo paso muy bien con ella. Mi, mi, mi, mi, mi, mi». Memo asqueroso. Bueno, memo no. Ni asqueroso. *Mardito* roedor.

—Qué bien. Cuánto me alegro. ¿Y qué opina Nico de que Marian y tú cenéis solos en casa?

—¿Qué va a opinar? He cenado con su hermana, no la he vendido a una mafia de trata de blancas.

—Luces tenues, música sugerente…

—¿Te pareció sugerente la música?

—No me lo pareció, lo era.

—Por cierto, ¿qué suena ahora?

—Zaz —contesté.

—¿Y te parece sugerente?

Claro que lo era. Zaz cantando *La lessive* sonaba suave, sensual. Era demasiado fácil imaginarme entre sus brazos, besándole en la boca, acariciando despacio los mechones cortos y fuertes de su pelo, dejando que resbalaran entre mis dedos, dibujando caminos con mis uñas en su piel.

—Depende del contexto —respondí después de una pausa muy larga.

—Me parece que pasa lo mismo con la que estaba sonando en mi casa hace un rato. Las intenciones de dos personas que cenan juntas creo que tienen más que ver con el resultado que la intensidad de la luz o a qué le suene la música a mi vecina.

Su vecina. Puto.

—¿Qué vienes a decirme, Hugo?

—Que no tienes por qué ponerte celosa. No tienes motivo y, además, ahora mismo ni siquiera tienes derecho a estarlo.

—Gracias por la información, pero no lo estoy.

—Muy pasivo agresiva, como siempre. —Se acomodó—. Ah, se me había olvidado lo cómodo que es este sofá.

Me mordí el labio. Por el amor de Dios, qué bueno estaba, con la piel morenita. Seguro que había pasado más de una tarde en la piscina, torturando a alguna mamá joven con uno de sus bañadores retro y el color canela de su piel. Con sus sonrisas de medio lado, su pecho perfecto, su vientre tentador, que invitaba a deslizar la mano hacia abajo, buscando el centro de su apetito.

—Me encantaría ser como tú —le dije—. Siempre pareces cómodo, en todas partes.

—Bueno, eso puede ser porque suelo estar donde quiero estar.

—¿En el salón de mi casa?

—Sí. Por ejemplo. Me quedé con ganas de que te quedaras a cenar, de que charláramos como personas normales, como solíamos hacer. Demostrarnos que sabemos hacer algo más que follar como animales, ¿no?

Me miré las manos, cogí aire y me levanté. Follar como animales… Él lo decía, el aire dibujaba sus palabras y de pronto, en blanco y negro, mi jodida cabeza esbozaba a carboncillo el recuerdo de mi cuerpo sumergiéndose a lo bestia en un éxtasis como el de Santa Teresa.

—Creo que sí voy a necesitar esa copa de vino.

—Buena chica. No me gusta beber solo.

—Dime, ¿dónde está Nico? —Y lo pregunté distraídamente de camino a la cocina, donde me serví esa copa de vino frío.

—Había quedado con unos amigos, pero debe de estar al caer. Ya sabes que no le gusta trasnochar si tiene que madrugar. Por dormir más horas sería capaz de matar.

—Todo lo contrario que usted. ¿Cómo habéis podido uniros tanto dos personas tan diferentes?

—A lo mejor ese es el éxito de la relación, ¿no? Dos personas que no tienen nada en común, más que sí mismas.

—Estás muy poético esta noche.

—Debe de ser esta música que suena tan…

—¿Tan qué?

—Tan francesa. —Sonrió.

—A mí me gusta, aunque no entienda lo que dice. —Me encogí de hombros—. Ni siquiera sé pronunciar el título de las canciones.

—Inténtalo.

—Esta es *Eblouie par la nuit* —contesté con un acento lamentable.

—*Eblouie par la nuit* —repitió con un francés perfecto—. Dice que la deslumbró la noche... Dice que va pateando latas, descarriada y que perdió la cabeza. Creo que él no se portó muy bien con ella.

—Ya. La entiendo.

Un silencio.

—Puede que eso sea lo que me pasa con Nico —sentenció.

—¿Te deslumbra en la noche? Ya sabía yo que había algún rollo homo en todo esto —me burlé.

—Me refería a que quizá lo que me gusta es que a veces no puedo entenderle pero me da igual. Me reconforta. Es... mi hermano. Mi hermano de otra madre. —Qué mal me sentí entonces. Yo había estropeado la relación entre dos hombres que se querían, que se apreciaban y que no necesitaban entenderse para reconfortarse—. No te preocupes. Se nos pasará —añadió adivinando la sensación agria que me llenaba el estómago.

—Yo... lo siento.

—En el fondo tú no tienes más culpa que nosotros. —Se encogió de hombros—. Así que yo también lo siento..., *piernas*.

Me quedé callada, sin saber qué decir. Así era Hugo. Directo, honesto. Recordé el recorrido de las yemas de sus dedos en mi cuello, dentro de su bañera. Odié haber perdido la oportunidad de seguir conociéndolos, de aprenderme al dedillo sus códigos, sus sonrisas, en qué estaba basado el cariño que se profesaban. Demasiado odiar. Esas cosas pasan, me dije. El mundo está lleno de personas que pierden oportunidades. La diferencia radica en cómo reacciones a la pérdida, ¿no? Y al hilo de lo que pensaba, Hugo me dio el pie perfecto, con una de sus sonrisas socarronas. Sus labios hablaron jugosos, deliciosos, húmedos...

—Deja de mirarme así —me pidió con sorna.

—¿Cómo?

—Así.

—Ni siquiera me di cuenta de estar mirándote. Estaba pensando.

—¿Pensando en mí?

—Pensando en mí más bien.

Sus labios se curvaron despacio en una sonrisa.

—Pues deberías dejar de besarme con los ojos o no podrás pensar.

Algo prendió. Con los ojos clavados en los suyos sentí... alivio. Alivio porque de pronto me di cuenta de que había dejado de sentirme culpable. Alivio al comprobar que alguien podía hacerme sentir como me sentí entre entre sus brazos: libre, mía, fuerte y perfectamente imperfecta. Y decidí allí, en ese mismo momento, que debía dejar de besarlo con los ojos porque las cosas que se escapan entre los dedos jamás vuelven solas. No lo pensé más. Entreabrí los labios, cogí la tela de su camiseta y lo acerqué un poco a mí. Sonrió de lado, en una mueca gamberra. Me incliné hacia él como la kamikaze que era; no se apartó pero tampoco le sorprendió. Hugo estaba concentrado en mirar mis labios, que se acercaban a los suyos y que me recibieron entreabiertos. Un beso, breve y casi infantil, como si alguien me hubiera retado a hacerlo esgrimiendo el argumento de que no me atrevería.

—¿Mejor así? —le dije.

—Infinitamente mejor. Pensar está sobrevalorado.

Hugo inclinó la cabeza hacia un lado y volví a atrapar sus labios esta vez mucho más húmedamente. Sabían a vino blanco. Estaban fríos, pero se templaron con aquel beso. Un beso que se desbordó, con más alivio que pasión. Dos bocas que se encontraron, porque busqué que lo hicieran. La sensación de que aquello estaba bien llenó mi cuerpo por completo. Volvía a ser dueña de mí misma y la certeza de que nadie más que yo podía alcanzar las cosas que quería para mí me asaltó en medio de la lucidez de saborear por fin sus labios de nuevo. Hugo.

Acaricié con las puntas de mis dedos, suavemente, sus mejillas rasposas. Adoraba su barba, corta, áspera... y ni siquiera me acordaba, ¿dónde había ido dejando todas esas cosas? Lo mucho que me gustaba el tacto de sus labios entre los míos, sus dientes jugando a morder flojito mi boca, el sabor de su saliva. Recordé el cosquilleo de las pestañas de Nicolás aleteando en mis mejillas cuando nos besábamos en la cama. Su postura al dormir, como un acróbata que ha caído dormido, soñando que vuela y se retuerce. Dios. Les añoraba tanto…

Hugo se separó un poco de mí, mirándome a los ojos muy de cerca, y susurró: «Te he echado de menos». «Y yo», le dije. Sus pulgares, con sus manos morenas, se deslizaron por mi garganta hasta llegar a ese pequeño valle donde ahora caía un pequeño colgante brillante que mis padres me regalaron cuando me licencié y que había rescatado del joyero tras la mudanza. Cuando terminé la carrera pensé que podría hacer todo lo que me propusiera… Esa sensación de triunfo había terminado esfumándose poco a poco con los años y las experiencias. Pero yo aún podía sentir que me comía el mundo aunque la mano de cartas que había repartido la vida en aquel momento no fuera muy buena para mí.

Respiré hondo y sentí cómo tiraban en el pecho los botones de la blusa blanca que llevaba. Los ojos de Hugo fueron hacia allí y suspiró, como si mi piel, como si pecho, le llamaran con demasiada intensidad. La lista de reproducción de mi cuenta Spotify cambió de registro y empezó a sonar *What am I to you?*, de Nora Jones. Sonreí un poco avergonzada y él también lo hizo.

—A veces también te pones tierna, ¿eh?

—No lo sabes bien.

—Me gusta que lo hagas.

—Me gusta que me beses.

—Me estás besando tú —dijo en una mueca sensual—. Y lo haces muy bien.

Volví a deslizar mis labios entre los suyos. Sus dientes se clavaron con cuidado en mi labio inferior y un ronroneo nació de mi garganta sin esperármelo.

—Sigo enfadado —susurró.

—Lo sé.

—Tengo que hacer algo con ello.

—Sí, tienes que hacer algo.

Sus manos viajaron hasta los botones de mi camisa y los fueron desabrochando, despacio, al compás de la suave canción. Intenté deshacerme de su polo, pero me apartó las manos con cariño y negó con la cabeza. Deslizó la blusa desabrochada recreándose con la palma de sus manos a lo largo de mis brazos.

—Tan suave… —susurró—. Hueles como quiero que huelan mis sábanas el resto de mi vida.

Sus labios se deslizaron por la piel de mi cuello y respiró hondo, haciéndose con mi olor y aprovechando para dejar algún beso húmedo y contenido en el arco que iba hacia mis hombros. ¿Estaba aquello pasando en realidad? Quizá, de tanto pensarlo y desearlo, soñaba con ello, dormida en el sofá. Pero sus dedos peleando con los botones de mi pantalón vaquero pitillo me trajeron de vuelta. Siempre me pareció muy sexi la manera en la que me quitaba los *jeans* ceñidos. Cuando cayeron al suelo, sus labios encontraron de nuevo el camino a mi boca y nos besamos. Su lengua entró en busca de la mía y las dos se abrazaron. Gemí. Mi cuerpo al completo se abrió a él. Le necesitaba.

Su mano, grande, suave y masculina, hizo saltar el broche de mi sujetador en la espalda y después lo hizo desaparecer de entre nosotros. Nos abrazamos y mis pechos desnudos se apretaron contra la tela de su polo. Volví a intentar quitarle la ropa, pero apartó mis manos de nuevo, negando despacio con la cabeza. Las braguitas fueron lo siguiente. Me colocó en el sofá, tumbada, y, moviéndose con diligencia sobre mí, se colocó entre mis muslos. Completamente vestido, su bragueta abultada fue a dar exactamente con un punto de mi cuerpo que clamaba por ser tocado. Me arqueé.

—Eres preciosa —susurró—. No quiero seguir enfadado.

—Ya no lo estás —dije acariciándole las mejillas, atrayéndolo a mi boca de nuevo.

Se movió, imitando el movimiento que sus caderas harían al embestirme, y yo gemí. No sonrió, como solía ocurrir cuando conseguía arrancar de mi garganta un sonido de placer. Volvió a hacerlo y yo me retorcí. El deseo fue concentrándose entre mis muslos, quemándome. Se rozó de nuevo y me despertó algo parecido a un orgasmo de apenas una milésima.

—Por favor… —musité con los labios hinchados. Me besó, callándome. Me agarré a su espalda y le clavé las uñas a través de la ropa—. Te quiero más cerca —le pedí.

—¿Quieres más?

—Sí —asentí.

—Yo también.

—Desnúdate…, por favor.

Nos besamos de nuevo.

—Estás tan húmeda que lo siento sin tocarte… —susurró mientras apoyaba la frente en mis labios—. Dios, Alba…

—Hazlo. Desnúdate.

Hugo se incorporó con un sonoro jadeo, como si hacerlo le costara mucho trabajo. Le miré sorprendida y negó con la cabeza y se levantó del sofá.

—Arréglalo con él, mientras tanto no puedo.

No miró atrás. Solo fue hacia la puerta y cuando quise darme cuenta, esta se cerraba, con él fuera de mi piso. Con él lejos de toda mi piel desnuda, que ardía, que le suplicaba. Hugo se fue a su casa. Escuché sus pasos, despacio, por el pasillo. Bajó las escaleras. El sonido de sus pisadas fue haciéndose más lejano hasta desaparecer. Y yo, con la vista clavada en el techo, pensé que…, que no había nada que deseara más en aquel momento que volver a sentirme entera. Y eso pasaba por arreglar las cosas con Nico. Sabio, Hugo. Él ya lo sabía.

11

DÉBIL... O NO

No estuve seguro de si acababa de demostrarme a mí mismo una gran capacidad de perdón o una tremenda flaqueza. Para ser sincero conmigo mismo diré que Alba ya empezaba a ser parte de eso que nos hace grandes y débiles a la vez. Dicen que son las cosas que realmente te importan las que te hacen vulnerable. Y ella... ¿me importaba? Si no, ¿por qué tomarse tantas molestias?

No fui a casa. Bajé en el ascensor hasta el garaje y cogí el coche. La ciudad se deslizaba a mi alrededor con esas horribles luces naranjas creando sombras sobre mis manos. Madrid de noche, despejado, invitaba a bajar las ventanillas y disfrutar de la brisa creada por la velocidad. Necesitaba quitarme de encima el olor de Alba. Su tacto de debajo de los dedos. Su imagen de detrás de mis jodidos párpados. Y cuando me di cuenta estaba apretando con fuerza el volante entre mis dedos.

No había sido un castigo. No la había desnudado para después irme como parte de una especie de venganza cósmica por haberme decepcionado. Lo primero es que soy un hombre que no cree demasiado en la decepción, aunque sí lo hago en la mala gestión de las expectativas. Yo había gestionado mal desde el principio la aparición de Alba en nuestra vida. Por lo tanto…, ¿quién tenía más culpa? ¿Ella o yo?

No me resultó demasiado complicado aparcar en la misma calle de El Club. No sabía por qué había ido allí. Durante un tiempo aquel lugar me hizo sentir como en casa, pero fue al comienzo. Hacía tiempo que, debíamos confesárnoslo, nos venía grande. La sordidez, la soledad del pasillo en penumbra. Los olores. El sonido de los hielos cayendo en copas de cristal del bueno. Podíamos decir misa, pero lo cierto era que nos repugnaba. ¿Qué me había empujado a refugiarme allí?

Entré con paso decidido y encontré a Paola presidiendo la barra. No pudo evitar un gesto de sorpresa cuando me vio, al que siguió una sonrisa en sus labios pintados de granate. Le sonreí por inercia.

—¿Qué haces por aquí? —preguntó colocándose el pelo a un lado y dejando parte de su delicado cuello a la vista.

—Soy el dueño —me burlé—. ¿Qué crees que hago aquí?

—Creo que necesitas una copa —contestó segura de su afirmación.

Y… ¿a quién quería engañar? Tenía razón. Necesitaba una copa. Asentí y ella se giró y alcanzó un vaso cuadrado y chato en el que dejó caer dos hielos. Después vertió en él un licor ambarino. No quise saber ni qué era antes de acercarlo a mis labios y dar un trago. Estaba fuerte. Ardía al bajar hacia el estómago y dejaba una sensación casi calmante dentro de mi cuerpo.

—No me dejes tomar más de una —le pedí mientras jugaba con el posavasos negro.

—¿Quieres hablar?

—¿De qué? —Levanté los ojos y la miré fijamente.

Paola era preciosa, de eso no había duda alguna. Dos enormes ojos, unos labios de muñeca perversa. Pelo sedoso. Dos pechos pequeños pero turgentes, de los que te miran a la cara y que están coronados por dos pezones también pequeños de color rosado... Paola tenía muchas cosas además de un físico verdaderamente llamativo. Era lista y además inteligente. Era una de esas mujeres acostumbradas a salir siempre ganando, no por guapas, que conste, sino por sembrar y recoger. Pero había algo en lo que había invertido tiempo y en lo que no encontraría más resultado que un revolcón. Ese algo era yo, por muy cretino que quede decir de uno mismo que es el objeto de deseo de una señorita. Pero además de todo eso, con Paola se podía hablar.

—¿Es por Alba? —volvió a preguntar.

—No. —Suspiré—. Es por mí.

Ella sonrió y después me pidió permiso para servirse una copa de vino. Asentí. Mientras lo hacía, la miré de arriba abajo. Blusa negra escotada y falda de cuero ceñida hasta las rodillas. A sus pies imaginé unos zapatos de tacón, aunque desde allí no pudiera verlos. Paola gastaba una verdadera fortuna en marcas de lujo. Nunca se calzaba con algo que no tuviera tienda en el barrio de Salamanca. Le pagábamos bien...

—Paola...

—Dime —preguntó mientras se apoyaba en la barra frente a mí.

—¿Qué opinas de El Club?

—¿Cómo negocio?

—No te estoy pidiendo una evaluación comercial sino una opinión personal.

—No sabría qué decirte, Hugo. —Se encogió de hombros—. Es lucrativo. Mejor dime qué te preocupa y así sabré al menos por dónde van los tiros.

Respiré hondo y llené el pecho de aire. Los tiros iban por Alba, pero no podía decirle a una chica con la que hacía muy poco que me había acostado que otra me hacía sentir vulnerable. Desnudarla y sentir que debía irme para no perder del todo la cabeza… ¿no era definitivamente perder la cabeza?

—Bueno, Paola. Ya sabes que me estoy convirtiendo en uno de esos tíos que odias, de los que dan ochocientas vueltas a la cabeza.

—Oh, sí. Uno de esos tíos a los que odio —se burló. Siempre hablaba tan claro—. Me gusta tu manera de tratar de convencerme de que no me encantas.

—¿Está lleno? —pregunté señalando con la cabeza el pasillo donde se encontraban las habitaciones.

—Hace un rato sí. Ahora solo queda ocupada la cuatro.

Asco. Me daba asco. Y que conste que no era que de pronto mi lado puritano despertara dentro de mí y sintiera repugnancia por lo que se hacía allí, sino porque me sentía como el dueño de un club de carretera. No me gustaba. Llevaba tiempo preguntándome qué estaba pensando cuando planteé el negocio…, y me lo preguntaba desde que sentí que me avergonzaba de ello delante de Alba. Sordidez.

—Oye, Hugo —musitó Paola con la boca pequeña—. Voy a decirte algo y no quiero que lo entiendas como que quiero meterme en tu vida. Soy muy consciente de que tú eres, ante todo, mi jefe.

—Oh, *my goodness* —me burlé antes de darle otro trago a la bebida.

—Lo que quiero decir es que a veces darle vueltas a las cosas no sirve de nada. Esto me lo has dicho tú mil veces:

la vida está para vivirla y para hacerlo del modo que cada uno crea conveniente.

—Lo sé —afirmé—. ¿Adónde quieres llegar?

—Bueno…, hay gente que nos hace sentir poco consecuentes porque en realidad nos saca de nuestra zona de confort.

—¿Estás hablando de Alba?

—Hablo de que Hugo últimamente no es Hugo porque se resiste a dejar de ser el Hugo que cree que es.

Eso me hizo sonreír.

—Vale. —Palmeé la barra y me levanté—. Gracias por la charla. Es tarde…

—Esta noche voy a cerrar pronto —susurró, sugerente.

No contesté, solo le sonreí y jugueteando con las llaves de mi coche me marché. Cuando llegué a casa encontré a Nico dormido en el sofá con un libro encima del pecho. Estaba en una postura imposible de las suyas, con un brazo por encima de la cabeza, haciendo equilibrios para que no se le cayera encima de la cara. Iba a meterme en mi dormitorio sin más, pero… le di una patadita en la pierna.

—Tío…, vete a la cama o mañana te dolerá todo.

Me senté a su lado viendo cómo se incorporaba y se frotaba los ojos mientras maldecía. Recordé, no sé por qué, una noche años atrás que terminamos borrachos, riéndonos como dos gilipollas sentados en aquel mismo sofá. Habíamos podido pasar la noche jodiendo como animales con dos chicas con las que nos veíamos en aquel momento (y a las que les daba igual cuál de los dos cayera en la cama con ellas), pero habíamos preferido beber, codo con codo, recordando batallitas de la universidad. Cuando empezó a hacerse de día, Nico me miró de reojo y me dijo que yo era lo mejor que le había pasado en la vida. Probablemente él ni siquiera lo recordara, pero eso dio sentido a toda nuestra relación durante años. Nico vivía demasiado hacia dentro y muchas veces me costaba encontrar el porqué de que él siguiera conmigo, compartiendo su tiempo y hasta asuntos relacionados con el sexo. A veces me daba la sensación de que ni siquiera se lo había planteado, solamente… había fluido.

—¿De dónde vienes? He llegado a casa y no había nadie. Creí que Marian venía a cenar.

—Sí, vino. Pero tenía cosas que hacer mañana temprano, así que me fui un rato al Club. —Omití, por supuesto, mi paso por casa de Alba.

—¿Todo bien?

—Sí —asentí—. Pero necesitaba una copa.

Nico se mordió el labio superior y se levantó. Las cosas podían estar más calmadas entre los dos pero distaban mucho de ser lo que fueron, así que no creo que le apeteciera quedarse hablando conmigo. Y que nadie me malinterprete…, yo tampoco tenía demasiadas ganas de hablar.

—Buenas noches —me dijo de camino a su dormitorio —mañana iré a ingresar lo de El Club antes de ir a trabajar.

Cuando me acosté, al menos había identificado el porqué de mi malestar: estaba frustrado. Alba. Alba. Alba. Desnuda debajo de mí, arqueándose, deseando que me metiera entre sus piernas y me la llevara de viaje, queriendo regalarme un orgasmo. Y yo, como un gilipollas, teniendo que irme de allí porque algo no encajaba. Y lo curioso fue rechazar una noche con ella, rechazar una noche con Paola y terminar masturbándome en mi cama. No. No era sexo lo que yo buscaba en ella. Al menos ya tenía una cosa clara.

12

PÁGINA EN BLANCO

Poco a poco. Paso a paso. Primero tener un hogar, como si fuera algún tipo de animalillo que se replantea la vida después de un tornado. La guarida. El nido. Esto estaba solucionado. Después el abastecimiento de víveres. Tenía un curro un poco mal pagado y no demasiado apasionante que me daba de comer. Tema solucionado también. ¿Autocompasión? Debería aprender de la ardilla de *Ice Age*, por ejemplo. Ella no estaba llorando por las esquinas porque nunca alcanzara las bellotas. ¿Siguiente paso? Bien, siguiente paso es encontrar un compañero peludo, de la misma especie, que hiciera más calentitas las noches de invierno. Podía pensar en animales de apareamiento esporádico o en los pingüinos emperador, que tenían la misma pareja hasta el día de sus muertes. Podía planteármelo como quisiera, pero lo que deseaba era dos machos en mi madriguera. Ojú, por Dios, ¿eso ha quedado tan mal como creo? Me temo que sí.

Lo dicho. Y no quería dos porque sea una avariciosa de la vida, sino porque, por alguna extraña razón, el tándem Hugo y Nico me reconfortaba, me hacía sentir cómoda, entera. Eran el compañero perfecto, como si fuesen solo uno. El problema era, en aquel mismo momento, que uno de ellos estaba enfurruñado. Y he dicho bien. Enfurruñado. Como una quinceañera, a mi entender. Podía comprenderlo, pero opinaba que quizá se había obcecado en su enfado para maquillar una frustración que podía o no nacer de mí. Nico estaba enfadado por encima de lo razonable. Sin embargo, yo quería recuperarlo. Y quería hacerlo porque echaba de menos esa sonrisa que dolía, de clara, sincera y cara de ver. Añoraba su olor, ver una película con él, que me descubriera una canción a la que jamás habría llegado por mi cuenta o que me contase un recuerdo, sin venir a cuento, que terminara siendo el hilo conductor que nos llevara de la mano a conocernos más. Nico era importante. Una rara avis que yo había llegado a ver casi por completo, pero que aún suponía muchas incógnitas para mí.

Por otra parte estaba Hugo. En toda su circunstancia. Hugo, ese hombre cómodo consigo mismo, que se había preocupado por conocerse lo suficiente como para saber siempre qué quiere y hacia dónde debe andar para conseguirlo. Un hombre con mayúsculas, versado en tantos placeres…, una buena cena, un vino exquisito y sus labios recorriéndome entera, mordiendo siempre con la presión adecuada en cada punto de mi cuerpo. Pero… ¿se quedaba ahí? No, claro que no. Qué fácil habría sido todo si el centro de mi problema hubiera sido una mera atracción sexual. Chicos guapos hay a paladas, esa es la verdad. Pasan a nuestro lado en la calle, se sientan junto a nosotras en el autobús o salen con tu prima segunda, esa a la que no soportas pero que tiene el trasero más terso que has visto en tu vida (y es probable que por ello la soportes menos aún). Podemos decirnos a nosotras mismas: «no hay tíos como este por la calle», cuando vemos a algún jamelgo prodigioso en la televisión, pero la verdad es que, solo en mi vida laboral, me había tocado lidiar con compañeros de los de agárrate y no te menees. Algunos eran tontos de remate, otros encantadores. Hasta había mucho pan sin sal. Pero chicos guapos había. No era por eso por lo que yo sentía una atracción hacia Hugo. No era un mosquito atraído por la luz de una lámpara. Hugo era alto, guapo, educado, culto, un punto pijo, pero lo mejor es que sabía reírse de sí mismo, le gustaba más dar que recibir (ahora que lo pienso, en más de un sentido), tenía las cosas claras, hablaba sin dobleces y era una persona de confianza. Divertido. Apasionante. Un buen compañero de viaje, que no solo compartía contigo todo lo que sabía de la vida sino que esperaba que tú hablases también para escuchar atentamente y aprender contigo. Eso o yo estaba mucho más encoñada de lo que creía.

Y allí estaba yo, como el chico de la película que la ha cagado con la protagonista y que tiene que recuperarla. Sí, esa protagonista que a veces da un poco de rabia porque, oye, chica, tampoco te pongas tan fina y tan digna que no eres un dechado de virtudes. Pero esa es la protagonista que le importa al chico en cuestión, al fin y al cabo. Y no hay nada que importe más que eso.

Estamos habituadas a que sean ellos quienes emprendan la cruzada de recuperar nuestro amor. Pero ¿qué pasa cuando somos nosotras las que tropezamos? ¿No tenemos derecho a enmendar el error? Al menos a intentarlo. ¿No es negarnos un poco el derecho a ser imperfectas? No me repetiré. Esa era la situación. Y yo, en plan espartano, no quería caer sin haber luchado. Madre del amor hermoso, como estoy con las metáforas.

Aquella noche no dormí mucho. Maldito Hugo. Me dejó casi a puntito de caramelo. Habría sido capaz de correrme solo con el roce de su erección, como quien empieza a tontear con el sexo por primera vez. Pero en realidad no fue por eso. No dormí dándole vueltas a la cabeza, tratando de planear cómo enternecer a Nico y hacerle bajar la guardia. Y lo peor es que no llegué a ninguna conclusión. Nada. No encontré dentro de mi cabeza ninguna idea de lo que debía hacer para eliminar esa distancia, al menos lo suficiente como para mantener la charla que necesitábamos tener. Porque... no todo era que se le pase. Ni siquiera sabía qué era lo que planeaba tener con ellos y si, en cualquier caso, era viable tener algo con ellos dos. En el país de la piruleta todo nos iría genial, pero en el mundo real una relación a tres era lo más marciano del mundo. Casi como esas decisiones que toma Eva cuando ha bebido un poquito demasiado pacharán.

Al día siguiente era viernes. Me presenté en la oficina con unas ojeras dignas de mención de honor, pero había querido arreglarme un poco, esta vez solo por recordarme cuánto ayuda encontrarse bien con una misma: un vestidito camisero granate con pequeños lunares beis y unas sandalias color crema de tacón. Fui a la cafetería, me serví un café, eché de menos a Olivia y, al acordarme de ella, le mandé un WhatsApp que probablemente ni siquiera recibiría hasta llegar a España. Pasé un buen rato allí, esperando que llegara la hora de empezar y también que Hugo se pasase, pero no lo hizo. Ay, Hugo, qué noche toledana me había hecho pasar.

Una idea anidó en mi cabeza y ensanchó mi sonrisa, así que después de encender el ordenador, de revisar que no había nada que hacer y de perder algo de tiempo, me encaminé al despacho de Hugo. La mesa de Nico estaba vacía, probablemente se le habían pegado las sábanas. ¿A los dos? Llamé a la puerta.

—Pasa —contestó desde dentro la tremendamente sexi voz de Hugo.

Entré y cerré la puerta, sobre la que me apoyé. Él levantó la mirada y sonrió. Llevaba una camisa blanca con cuadraditos azul claro, sin corbata y con el botón del cuello desabrochado. Sonrió sentado en su mesa.

—Buenos días —dijo—. ¿Qué tal has pasado la noche?

—He pasado noches mejores.

—¿Y eso? ¿Hacía calor?

—Ay, Hugo… —Puse los ojos en blanco—. ¿No ha venido Nico?

—Tenía que pasar por el banco. Llegará un poco más tarde. ¿Es que ya tienes un plan para…, cómo decirlo…, cautivarlo?

—Lo cierto es que no tengo ni idea de cómo hacerlo.

—Ese vestido no es un mal comienzo.

Sonreí y me acerqué.

—¿Qué os gusta a los hombres?

—Las tetas, por lo general. Hay quien es más de culos.

No pude evitar reírme.

—Me refiero a qué tiene que hacer una mujer para… recuperar la atención de alguien que está decepcionado con ella.

—Si ese alguien es Nico no tengo ni la menor idea. A lo mejor regalándole flores…

—Oh, sí, un clásico. Una caja de bombones y un ramo de rosas. ¿Qué hombre no caería rendido a mis pies después de tal demostración de originalidad?

—Entonces ¿tienes o no un plan?

—Tengo la intención, que al final es lo que vale, ¿no?

—Me va a encantar ser espectador en primera línea. Algo me dice que me lo voy a pasar muy bien.

—Bueno, algo me dice que te lo pasarás mejor si funciona y consigo hacerle entrar en razón. ¿Cómo lo conseguí contigo? Quizá sea un buen punto de partida.

—Yo soy un flojo. Con castigarte un poco me bastó. Verte arrepentida…, las faldas cortas, cuando te pintas los labios de rojo o preguntarme si te llegó aquella carta que mandamos…

—Me llegó, ya te lo dije.

—Tu silencio me inquieta.

—¿Qué quieres que te diga sobre ello? Fue una bofetada verbal. Si la hubiera recibido un par de días antes habría corrido hasta aquí para sentarme en tu regazo, besarte y decirte que siento exactamente lo mismo. Luego todo fue un poco más complicado.

Un silencio bastante vehemente cruzó la habitación contoneándose.

—¿Sabes lo que te haces? —preguntó mucho más serio.

—Creo que los tres sabremos llegar a las conclusiones correctas. Ahora necesito acercarme a Nico.

—Le gusta Lana del Rey. —Hizo una mueca—. Yo no desecharía la idea de las flores tan pronto.

—¿Estamos bien de verdad? —Y arrugué un poco el ceño al preguntárselo.

—¿Quiénes?

—Tú y yo.

—Estamos, que no es poco. —Desvió la mirada hacia su ordenador un momento y no me pasó desapercibido un suspiro que hinchó su pecho—. Ya iremos viendo lo demás.

—Bien. Pues nada. Me voy. Tengo un plan de seducción que trazar.

—¿De seducción? —Arqueó las cejas.

—Bueno…, no sé. ¿Es que no hablábamos de eso?

—No lo sé. ¿Hablábamos de eso?

—Creí que querías que me acercara a Nico de nuevo y…

—No, no. A ver, Alba, cariño. —Apoyó los codos encima de la mesa—. Quiero que la situación mejore, que os habléis, que no haya esa… hostilidad en el aire.

—Y ¿después?

—Pues no tengo ni la menor idea. Pero…

—Pero… ¿tú…?

Levantó las cejas de nuevo y tomó aire hasta llenar su pecho.

—Da igual. No es momento de tener esta conversación. —Eso me hizo sentir confusa—. Arregladlo. Después hablaremos, supongo.

—Adiós entonces. —Me quedé allí de pie, mirándolo—. Me voy con mala sensación. Dame un beso.

—No sé si es buena idea. —Se mordió el labio.

—Anoche me diste unos cuantos.

—Anoche me costó mucho irme de tu casa. No sé si hoy tendría la misma fuerza de voluntad. Y no tengo ni idea de lo que estoy haciendo, es mejor que lo sepas ya.

—Yo tampoco lo sé.

El aire se cargó de una electricidad extraña. Intensa. Pesada. Era verdad. Haría las paces con Nico y entonces…, entonces ¿todo volvería a ser como antes? ¿Seríamos amantes de nuevo los tres? No creo que fuera posible hacer funcionar esa utópica relación salvaje en la que el sexo era lo único que unía a tres personas. Pero… Como no tenía ni una respuesta para todas mis preguntas, preferí destensar el ambiente, hacerle sonreír y fastidiarle a la vez. Una pequeña venganza.

—Bueno, pues nada. —Me encogí de hombros y fui hacia la puerta. Al llegar me giré de nuevo—. Ah, se me olvidaba. Tengo un regalo para ti.

—¿Para mí? ¿Y a qué se debe el honor?

—A lo de anoche.

Me subí un poco la falda ante su estupefacta mirada y, metiendo los pulgares bajo la goma de las braguitas, las fui bajando despacio. Después me las quité y las sostuve colgadas de uno de mis dedos.

—Esto es para ti.

El encaje granate aterrizó sobre el teclado de Hugo, que podía cerrar la boca a duras penas. Bendita Gabi y bendita remesa de bragas de Victoria Secret que me había traído de Nueva York.

—Pues... —empezó a decir con una mueca muy simpática.

—Cuando me vaya van a pasar dos cosas. Bueno, tres. Una, que las cogerás, las olerás y te las guardarás, porque eres un cerdo, y me encanta, que conste. La segunda es que no podrás quitarte de la cabeza en todo el día que voy por ahí sin bragas. Y la tercera es que vas a tenerla dura durante horas.

—Me lo merezco. —Sonrió.

—Amén.

Salí del despacho sintiéndome triunfal. La venganza es un plato que se sirve frío. Muajaja. Cuando pasaba delante de la recepción de camino a mi mesa, la puerta se abrió y Nico entró con una camisa azul clara y un pantalón beis. Por lo visto el *dress code* se había relajado oficialmente. Él iba sin traje y yo sin ropa interior.

—Hola —le dije, parándome.

—Hola —respondió con sequedad, siguiendo su camino.

—Esto..., Nico.

Nico se detuvo frente a mí y se rascó el ceño, tratando de disimular su expresión.

—¿Crees que podrías..., crees que tendrías cinco minutos?

—Hum..., ¿para?

—Pues... me gustaría que habláramos. Quizá podríamos comer juntos y...

Nico se metió las manos en los bolsillos y miró a la moqueta que cubría el suelo. Vi cómo tragaba con dificultad.

—Me pillas mal.

—Nico, por favor. —Echó a andar hacia su cubículo, pero lo cogí del codo y lo retuve—. Quiero arreglar esto. No me gusta esta situación. Y te echo de menos.

—Es que no creo que se pueda arreglar, Alba. —Había cansancio en su voz, como si habláramos de un tema sobre el que él hubiera pensado demasiado—. No creo que nada de lo que podamos hablar lo arregle. Es muy posible que solo lo empeoráramos. Yo… —se frotó la frente—, para ser sincero, no me fío de ti. Es un problema de base.

Me costó tragar.

—No puedo hacer nada inmediato para que cambies de parecer, pero sé que si me dieras tiempo…

—Y después ¿qué?

—No lo sé. No tengo respuestas ni siquiera para mí.

Hubo un silencio durante el que nos miramos con intensidad. Le entendía. Yo tampoco quería tener que buscar las complicadas soluciones que lo hicieran funcionar. Ni siquiera sabía si era realmente lo que terminaría pasando… Él me miraba con la cabeza gacha, ojeroso, con su precioso pelo revuelto. Y yo solo quería abrazarlo. Me pregunté qué pasaría si lo hiciera. ¿Se apartaría? ¿Me rechazaría? No era el lugar para intentarlo, ni siquiera para mencionarlo.

—¿Hablas de ello con Hugo?

—Casi no hablo con Hugo —confesó.

—Eso es lo que tenemos que solucionar.

—Nosotros ya lo hemos intentado. Se nos pasará.

—Me encantaría intentarlo al menos. Si te lo piensas mejor…

—Sí, bueno. Si me lo pienso mejor ya te lo hago saber.

Cuando llegué a mi mesa la sensación de triunfo al imaginar a Hugo con mis bragas en su bolsillo se había diluido bastante, la verdad. Cogí el teléfono y, a sabiendas de que era demasiado pronto, llamé al móvil de mi hermana.

—Mñee —contestó.

—Gordi, sé que estás durmiendo, pero necesito consejo.

—¿Y no lo venden en ningún sitio? *Online* o algo…

—Lo digo en serio.

—Escupe.

—¿Crees que se pueden regalar flores a un tío?

Hice una cosa bastante patética aquella mañana. Cogí papel y boli y redacté una lista de todos aquellos detalles que me reblandecerían si un hombre tratase de recuperarme.

— Mandarme flores.

— Invitarme a cenar a un sitio bonito.

— Escribirme una carta.

— Mandarme una foto de los dos cuando éramos felices.

— Dejarme notas con mensajes cortos y tiernos, con recuerdos nuestros.

— Enviarme el desayuno a la oficina.

— Gritar debajo de mi ventana bajo la lluvia.

Nota mental: dejar de ver películas románticas. No es que me diera la clave para solucionar aquello, pero al menos me proporcionó alguna idea. Lamentable o no, era mejor dejarme en evidencia que no hacer nada. Eso es lo que pensaba la nueva Alba. Porque si quieres algo, tienes que tratar de cogerlo. Es evidente que había aparcado la ansiedad de no saber realmente qué me encontraría una vez mi relación con Nico hubiera mejorado.

Aquella tarde, mientras miraba fijamente la lista, sonó el timbre. Pensé que el mamón de Hugo venía a devolvérmela por lo de la ropa interior. ¿Qué podría hacer? ¿Sacarse la chorra y enseñármela? Iba riéndome, pero se me pasó cuando encontré a una mujer pequeñita, morena, cargada con un cubo y algunos productos de limpieza.

—Hola, Alba —me saludó. Yo flipaba—. Soy Celia. ¿Te viene muy mal que empiece ahora?

—Eh…, perdona. ¿Qué?

—¿No te lo dijo Hugo?

—¿Qué tendría que decirme?

—Pues que vengo a limpiar dos veces a la semana. Bueno, y a planchar. Me vendrá bien variar un poco…, tanta camisa… —Puso los ojos en blanco—. Me dijo que me pasara ahora que estabas en casa. Así puedes explicarme qué quieres que haga y cómo te gustaría que lo dejase todo.

Pestañeé.

—¿Me das un segundo?

—Claro.

—Pasa.

Cogí el móvil que había dejado en la encimera y traté de llamarle, pero no me lo cogió. Le mandé un WhatsApp. «¿Qué tipo de broma es esta? ¡Yo no puedo pagar a alguien que me limpie la casa, so cabrón!».

—Alba.

—Sí, dime.

—¿Te parece bien que venga los martes y los viernes? Dos horitas cada día.

—Pues es que… —Salí a su encuentro—. Seré sincera, Celia. No sé si puedo pagarte.

—Ah, no. —Se rio—. Ya está cubierto. Convenientemente incluido en mi sueldo.

Después de ponernos de acuerdo en cómo hacerlo, me puse el biquini y bajé a la piscina. Tenía una mezcla de sentimientos extraños. Por una parte, alucinaba. Tenía un piso precioso, bien situado, con piscina y con limpieza incluida por un precio que me parecía irrisorio. Por otra parte, el puñetero Hugo… ¿estaba tratando de organizarme la vida? Me senté al sol con una de las hamacas plegables que había en el almacén de la piscina. A mi alrededor, un montón de niños correteaban por el césped mientras sus madres charlaban entre ellas o leían una revista, mirando de vez en cuando por encima de sus gafas de sol. Todo el mundo allí destilaba un estilo de vida que nunca había sido el mío. Estaba pensando en ello cuando alguien me tapó el sol.

—¿Qué tal con Celia?

—No sé si besarte de pies a cabeza o darte hostias hasta dejarte tonto.

—Ya me dejas tonto sin las hostias. —Sonrió Hugo.

Algunas mamás nos miraron con muy poco disimulo.

—Dime una cosa: ¿te miran porque estás bueno o porque te has tirado a muchas mujeres casadas por aquí?

—Uf…, no me va el matrimonio. Ni siquiera el ajeno. Creo que nos miran porque es la primera vez que me ven con alguien que no es Nico. Recuerda que somos la pareja gay del edificio.

Me levanté de la hamaca y me recoloqué el biquini. Hugo dejó sus cosas en el asiento, junto a las mías, y se quitó la camiseta, quedándose con un bañador negro corto.

—¿Vienes al agua?

—¿Con qué intención?

—Enrollarnos un poco. —Levantó las cejas un par de veces—. Me he estado arrepintiendo toda la mañana de haberte negado un beso. Y ahora hay público, garantía de que no se me irá de las manos.

—Ajá…, ¿y Nico?

—A Nico no me apetece besarlo.

—Ay, por Dios, Hugo…

—Es que… lo de Nico me da que va a ser lento y tedioso. Con un poco de azúcar… —empezó a tararear la canción de *Mary Poppins*.

—Me preocupa no saber ni a qué estamos jugando ni con qué intención, la verdad.

—Bueno…, ¿qué solución propones?

—Hasta que se solucione lo de Nico y nos aclaremos los tres, deberíamos no tener ningún tipo de encuentro sexual…, y lo sabes —y al decir la última parte de la frase le señalé, como esos memes de Julio Iglesias que rulaban por la Red.

Puso los ojos en blanco y dejó caer su toalla en el respaldo de mi hamaca.

—No estás siendo realista.

—No estás siendo lógico.

—¿Cómo cojones crees que voy a serlo? Me siento como un quinceañero —refunfuñó.

—No es que lo de anoche me haya hecho sentir mucho mejor a mí, ¿sabes?

—Solo un beso. Un beso en ese rincón de la piscina. —Señaló un punto en la parte honda, donde los niños no se aventuraban—. Y ya está.

—No te lo crees ni tú.

Levantó solemnemente la mano y dijo:

—Te lo prometo.

—¿Y si nos ve?

—Sí, yo también he pensado en ello. Hasta lo he imaginado agazapado en el balcón, observándonos a través de la mira de un rifle, pero… te tranquilizará saber que Marian se lo ha llevado de paseo. Bueno, ¿qué? ¿Quieres o no darte el filete en la piscina?

—¿Grado de incomodidad a la que vamos a someter al público con ese beso?

—Medio.

—Ok.

La mirada de todas las madres de la comunidad nos siguió hasta la ducha y de allí a la piscina. Dos niños se tiraron en bomba y nosotros nos acercamos a la zona indicada. Una niña ataviada con un bañador de volantes rosa, con un flotador más rosa aún, pasó nadando a nuestro lado.

—No te quejarás, que te traigo a sitios sofisticados —bromeó Hugo mientras me colocaba a horcajadas.

Vi a varias de las mujeres que nos observaban quitarse las gafas de sol, como si no dieran crédito.

—Te voy a quitar la fama de gay de un plumazo.

—Preferiría que fuese de un polvazo, pero… haz conmigo lo que quieras, *piernas*.

—Un solo beso —dije, poniendo el dedo índice erguido entre nosotros dos.

—Lo que usted diga.

El agua. Maldita hija del mal. Besarse en el agua con alguien a quien deseas no está entre las cosas que ayudan a quitarse un calentón. A decir verdad, lo fáciles que eran los movimientos empeoró un poco la situación. Me acerqué ladeando la cabeza y juntamos nuestros labios. Era delicioso. Cerré los ojos con alivio y dejé que mis uñas se arrastraran a través de los mechones húmedos de su pelo. Me apretó a él. Un beso, dijimos. ¿Y si ese uno duraba media hora? ¿Valdría? Pues debió de valer, porque no fueron treinta minutos, pero probablemente cumplimos unos quince sin despegar completamente los labios del otro. Nos dimos todo el catálogo de besos disponibles en el mundo, pero metidos en uno solo. Picos castos, con los labios apretados. Besos tiernos y un poco húmedos, juguetones. Mordiscos. Lengua. Su mano tanteando disimuladamente debajo de mi biquini. Yo frotándome son sigilo con su erección. El cuello. Las orejas. Sus dedos índice y pulgar apresando uno de mis pezones. Suspiros. Por favor…, terminad con mi tormento. Se nos fue de las manos. El calentón fue a más, claro. Somos humanos.

—Joder. Vamos a mi casa —susurré en su oído.

—No podemos. Tú misma lo has dicho.

—¿Y si no lo arreglo jamás con él? ¿Qué vamos a hacer con esto?

—Eso no va a pasar. Él quiere arreglarlo, lo conozco…, pero no sabe cómo. Es orgulloso.

—¿Tendré poluciones nocturnas hasta entonces?

—Tendremos poluciones nocturnas hasta entonces.

Me acerqué de nuevo a su oreja, jugueteé con mi lengua y después empecé a decir:

—Creo que esta noche me tocaré mucho pensando en ti.

—Cállate. Eso me pone bastante burro. —Se rio.

—Me acostaré, meteré la mano en mis bragas y me tocaré. Lo peor es que tendré que hacerlo muchas veces. Muy húmeda. Pensando en ti y en todas esas cosas que sabes hacerme.

—Para.

—Gemiré imaginando que me escuchas. Te gemiré a ti, aunque no estés.

—Alba…

—Y pensaré que estás en tu cama, tocándote, a punto de correrte con los ojos cerrados, queriendo hacerlo en mi boca, en mis tetas, en mi…

—Tú ganas.

No se escondió un mínimo cuando salió, mostrando todo el género a quien quisiera mirarlo. Y yo quería mirarlo. Nos secamos todo lo que pudimos en unos segundos y nos encaminamos a toda prisa hacia el portal y los ascensores, como dos adolescentes que se acaban de enterar de que sus padres han dejado la casa vacía y sin supervisión. Cuando se cerraron las puertas del ascensor, tiré la bolsa con mis cosas al suelo y lo atrapé entre mi cuerpo y el cristal. Sin tacones me resultaba un poco difícil llegar hasta su boca, pero él me ayudó, cogiéndome una pierna y aupándome. ¿He comentado ya cuánto me gustan los hombres altos? Nos besamos como animales, como perros. Gemimos. Le toqué por encima del bañador mojado y él hizo lo propio conmigo, apartando todo lo que podía mi vestido y mi biquini.

—Me estás matando —susurró.

—Esto no mata. Esto da la vida.

Me dejó en el suelo y me giró, colocándose detrás de mí y me embistió haciendo que la cabina del ascensor se moviera. Tenía la cara pegada al cristal y él lamía mi cuello mientras rozaba su erección en mi trasero.

—Ah, joder —se quejó.

—Como me dejes como anoche te mato.

—Como te deje como anoche me mato a mí.

Me mordió el cuello por detrás y yo gemí bien alto. Su mano derecha me apretó la entrepierna y yo me rocé con él. Me agarró del moño y tiró del pelo.

—Para —me pidió.

—No quiero.

—Mis normas, Alba. Hoy mando yo.

Las puertas del ascensor se abrieron y salimos atropelladamente. Ni siquiera atinaba a abrir la puerta. Llego a tardar dos segundos más y Hugo la echa abajo a patadas. O a pollazos, no lo sé. Perdón. Eso ha estado bastante fuera de lugar. O no. Fuimos directamente a mi dormitorio, dejando los trastos por donde caían. Después caímos nosotros encima de mi cama y de sus ochocientos cojines. Los tiré todos de un manotazo y empecé a desnudarlo. Él hizo lo mismo conmigo. Y estábamos tan calientes y tan nerviosos que hasta se le quedaron las manos atrapadas bajo los hilos de mi biquini. Un desastre, pero tan bruto y tan sexi... Cuando estuvimos desnudos, me abrió las piernas con un movimiento de su rodilla. Se quedó en medio, sin tumbarse encima de mí, y aunque traté de acercarlo, no se movió un ápice. Su polla estaba allí, tan dura, tan gruesa... Me incliné, buscándola con los labios, pero me apartó, jadeando.

—No, Alba.

—¿Qué quieres?

—Quiero aliviarnos, pero tú y yo no podemos follar.

Arqueé las cejas, temiéndome lo peor. Más frustración no, Hugo, ya he aprendido la lección.

—Tócate —me dijo—. Tócate, Alba, déjame que mire cómo lo haces.

Abrí más las piernas y me acaricié. Le gustó. Se agarró a sí mismo con firmeza y, con un movimiento certero, se acarició también. No pude concentrarme en nada que no fuera su mano subiendo y bajando a lo largo de su erección, agitándose con ritmo y con fuerza. Pasó su pulgar por encima de la cabeza húmeda y siguió tocándose. Aquello me gustó a mí. Mi dedo corazón resbaló de entre mis labios hasta mi entrada. Lo introduje dentro de mí y Hugo gruñó. Después volví hasta mi clítoris y me toqué, dibujando pequeños círculos alrededor de él.

—Quiero correrme ahí —dijo mirando mi mano.

Asentí mientras mi mano izquierda manoseaba mi pecho. Tenía los pezones duros y sensibles. Deseé tener su boca sobre ellos, sus dientes, su lengua. Me arqueé por el deseo y mis piernas envolvieron las suyas. Así, el contacto me aceleró más. Hugo empezó a gemir fuerte. Su mano derecha se movía tan rápido…, nunca había visto masturbarse a un hombre. No así. No para terminar corriéndose encima de mí sin hacer el menor intento por penetrarme.

—Más cerca —le pedí.

Se colocó entre mis muslos, levantándome a su antojo por las nalgas, apretándolas. Su polla rozó mi sexo y después nos acomodamos de nuevo para tocarnos a nosotros mismos. Jadeábamos. Gruñíamos. Gemíamos. Hacía muchísimo tiempo que no sentía un impulso tan inmediato, tan animal. Necesitaba aliviarme y sabía que no iba a quedar satisfecha, pero que al menos con él sería más fácil. La calma duraría más.

—Hugo…, déjame que te toque yo —pedí.

—No.

—Tócame tú.

—No, podemos, *piernas*.

Hugo se recostó encima de mí. Dejó un espacio pequeño para que su mano y la mía pudieran seguir moviéndose. Aplastó sus labios contra los míos y su lengua repasó mi boca. Aspiré sus gemidos roncos y alargué la mano para intentar tocarle, pero me apartó y se volvió a erguir.

—Mis normas —repitió—. Hoy mando yo. Ya habrá tiempo para eso. Lo habrá y te follaré, y dejaré que me toques, y te haré el amor con la boca. Oh, Dios…

Me arqueé. Estábamos a punto.

—Quiero hacer el amor contigo —dije en un momento de debilidad.

—No ahora. Por favor, no me lo pidas. No me lo pidas más o cederé.

—No puedo más. Me duele… —gimoteé—. Necesito tenerte dentro.

—Alba, por el amor de Dios…, me estás matando.

—Hugo…, lo necesito, joder…, joder, Hugo.

—No quiero empezar con mentiras. Esta vez lo haremos bien, nena. Lo haremos bien.

Me mordí el labio con fuerza. No quería insistirle más. Tenía razón. Si quería solucionarlo con Nico…, aquello ya estaba mal. No quería hacerlo peor.

Los dos aceleramos. La habitación se llenó con el sonido de la humedad y de la piel. Hugo me agarró la rodilla derecha con una mano, que le temblaba ligeramente. Cuando la otra ralentizó el movimiento supe que iba a correrse. Me abrí para él, que se acercó hasta casi tocarme con su polla. Lo siguiente fue una explosión caliente entre mis pliegues y unos gemidos graves y masculinos. Se corrió mucho y yo estaba tan sumamente excitada que no pude parar de tocarme ni entonces. Me acaricié con su semen y me hice llegar al orgasmo entre convulsiones.

Y… fue increíble. Hugo se desmoronó encima de mí, con la cabeza sobre mis pechos. Respiraba fuerte y estaba sudado.

—Mierda, Alba…, ha sido la hostia.

—Sí… —Jadeé.

—No lo alargues, por favor.

13

Evidentemente, no lo alargué. Quizá sí alargamos un poco demasiado el rato que pasamos desnudos encima de mi cama después de corrernos. Hugo se tocaba el pelo, como si ese gesto le relajase y le permitiese pensar con más claridad. Yo, apoyada en su pecho, acariciaba con la yema de los dedos la línea de vello de su vientre. No hablamos, aunque yo quise preguntarle cuál era su intención para con aquello una vez lo hubiera arreglado con Nico. ¿Qué esperaba él de nuestra historia? Porque yo quería solucionar los problemas, pero seguía sin estar segura de que lo que pretendíamos fuera viable. Porque... ¿lo pretendíamos? Cuando se fue nos despedimos con un beso en los labios en la puerta de mi casa. No me gustó la sensación. Fue como si nos escondiéramos, como si estuviéramos engañando a alguien a quien queríamos los dos. Como si me hubiera liado con alguien de la familia o algo así. Fatal.

Al día siguiente por la mañana, mientras hacía la cama, me llegó un WhatsApp de Hugo en el que decía que se marchaba a dar una vuelta, a cerrar algunas cosas de El Club y que después comería con un amigo. Nico se quedaba solo en casa. «Quizá es buen momento para que intentes hablar con él. Creo que no estará especialmente de mal humor. Aunque tampoco te esperes la alegría de la huerta. Si consigues que deje de poner canciones rajavenas, te llevo al Caribe».

Contesté con una sonrisa de oreja a oreja: «A juzgar por cómo me besas cuando me encuentras en biquini dentro de una piscina, creo que llevarme al Caribe sería más premio para ti, que no me estás ayudando nada, que para mí, que soy la que hace todo el esfuerzo. Piensa otra cosa. Algo se te ocurrirá».

«Se me ocurren muchas cosas que te gustan, *piernas*».

Lo dejamos ahí. Era mejor no enzarzarse en una ciberconversación sobre todas esas cosas que él podía hacer que me gustaban. Eso terminaría con los dos masturbándonos como dos monos con el teléfono en la mano. Prioridad: solucionar lo de Nico. Darle a la manivela, más tarde.

Cuando bajé a su casa estaba nerviosa como una cría. Me planché la faldita a flores con las manos y me atusé la camiseta de algodón blanco. Estaba hecha un flan por si me rechazaba con mucha vehemencia. Esperaba que, si aquello no surtía efecto, al menos me echara de allí con tacto. Abrió la puerta con una camiseta blanca lisa que le venía un poco pequeña y un calzoncillo de tela corto. Tenía un ojo cerrado y la cara congestionada por el sueño. Eran las doce del mediodía. No esperaba encontrarlo durmiendo.

—¿Te he despertado? —pregunté alarmada.

—Sí, pero no te preocupes.

—¿Estás bien?

—Sí, sí. Es que anoche me acosté tarde —respiró hondo—. ¿Qué pasa?

—Eh…, yo. Me preguntaba si…, bueno, me dijiste que no querías que habláramos sobre…, sobre nada. Pero se me ocurrió que quizá te gustaría ver una película. —Le enseñé un DVD que llevaba en la mano: *Eduardo Manostijeras*.

Nico se humedeció los labios y después se mordió el inferior. Se apoyó en el marco de la puerta y negó suavemente con la cabeza.

—Mejor no.

La cara que se me quedó supongo que fue un verdadero poema, porque hasta él, que era el ofendido, cambió su expresión a una más dulce.

—Es que había pensado salir a hacer unas fotos.

—¿Puedo acompañarte?

Suspiró.

—¿Cuánto tiempo vas a seguir insistiendo?

—El que haga falta —aseguré.

—¿Para qué?

—Para volver a tumbarme contigo en el sofá a escuchar música. Y que me sonrías. Y para que deje de sentir que he vuelto a formar parte de esa gente que no te gusta.

—Las cosas no son así.

—¿Por qué?

—Porque nada cambia el hecho de que me gustes y que le gustes también a él. Eso sigue sucediendo. Y no quiero saber qué habéis hablado vosotros dos ni en qué punto estáis, pero no me encuentro preparado para sonreír mientras os aguanto una puta vela.

—Eso no es así.

—¿No os habéis besado desde entonces? —y lo preguntó con una seguridad que me hizo sentir minúscula.

—No te voy a mentir, Nico. Sí, lo hemos hecho. Pero no hemos pasado de ahí. Bueno…, no hemos hecho el amor.

—Bah. No quiero saberlo. Follad como animales, me da igual.

Nico intentó cerrar la puerta, pero la paré.

—No, Nico. No me cierres.

—¿Tengo alguna razón para no querer esforzarme para olvidar todo esto?

—Claro que sí.

—¿Y cuál es?

—Tú mismo me dijiste que te llamara para hablar cuando no lo tuviera claro. ¿Por qué no hacemos lo mismo ahora?

—Tú tampoco lo hiciste cuando tocaba.

—Pasé tardes enteras tumbada a tu lado, mirándote. ¿No te dice nada?

—A día de hoy, poca cosa.

Respiré hondo.

—¿Puedes dejarme pasar, por favor? No quiero hablar de esto en la puerta.

Se hizo a un lado.

—Siéntate. Necesito lavarme por lo menos la cara.

—Date una ducha si quieres. Te esperaré.

Me miró con desconfianza y después asintió. Me senté en el sofá y tras unos segundos escuché que el agua de la ducha empezaba a caer. Cerré los ojos. Allí debajo estaría Nico, empapado. Con su mirada perdida en el suelo, apoyado en las baldosas húmedas. Y el agua recorrería centímetros de su piel que hasta hacía más bien poco recorría yo con las manos. Añoré ese momento de mi vida en el que podía dejar que mi mente vagara sin rumbo mientras acariciaba su cara. Y él besaba mi mano cuando se acercaba a su boca. Y me descubría una canción preciosa y me explicaba por qué era especial para él. Y yo entendía por qué no le gustaba la gente. Nico era especial. Nico era diferente. En todo. En cómo miraba. En lo que decía. En su manera de tocarme y de besarme. En cómo me hacía sentir. ¿Cómo íbamos a gustarle todos a alguien como él? Volvíamos al principio. ¿Es posible quererlo todo y no fracasar en el intento?

Sobre la mesa de centro había un libro: *Tokio Blues*, de Haruki Murakami. No había duda de quién estaba leyéndolo. No es que no considerara a Hugo lo suficientemente profundo como para leerlo; era solo que ese libro desprendía una melancolía que únicamente podía relacionar en aquella casa con Nicolás. Recuerdo haberlo leído durante unas vacaciones de Navidad. Aún iba a la universidad. Creo que estaría en cuarto o en quinto. Sabía que se trataba de un libro precioso, de los que dicen muchas cosas sobre el ser humano. Sin embargo, me produjo tal sensación de vacío en el estómago que no lo recomendé jamás. Me dejó hecha polvo. Pasaron muchos meses hasta que pude sacármelo del todo de dentro. Era un libro en el que me acerqué demasiado a la muerte, a la desidia, a la melancolía y al trauma. ¿Estaría Nico leyéndolo por primera vez? Lo cogí de encima de la mesa y lo hojeé. En la primera página su nombre y una fecha: «Nicolás Castro. Diciembre 2006». Vaya, debimos de leerlo por la misma época. Lo leyó con veinticinco años. ¿Qué pensaría entonces de todas aquellas sensaciones? Hice bailar las páginas entre mis dedos y mis ojos pararon en una de las páginas y leí un fragmento:

—Lloviendo de esta forma, tengo la sensación de que solo estamos nosotros tres en el mundo —comentó Naoko—. ¡Ojalá continúe lloviendo eternamente y nos quedemos así para siempre!

—Mientras vosotros retozáis, yo os abanicaré con uno de esos abanicos con mango largo como si fuera una estúpida esclava negra y tocaré música ambiental con mi guitarra —terció—. ¡No, gracias!

—No, mujer. Te lo prestaré de vez en cuando. —Naoko se rio.

—¡Ah, bueno! Entonces no está tan mal. ¡Que llueva, que llueva!

Puñetera coincidencia. Casi me dolió. Miré hacia el vano que llevaba hacia las habitaciones y, sin pensarlo ni un momento, corrí al estudio y me colé dentro. Encontré un bloc de notas adhesivas encima de la mesa y un boli, en el que garabateé unas palabras. El grifo de la ducha se cerró y yo volví a toda prisa a sentarme en el sofá, dejando en esa misma página mi mensaje. Dos minutos después Nico salía en mi búsqueda con el pelo húmedo, ensortijándose ya. Se colocó de pie delante de mí, metió las manos en los bolsillos del pantalón que llevaba y me miró. Una mirada intensa.

—Tú dirás.

—Siéntate, por favor.

Soltó un bufido y se sentó a mi lado, dejando la cabeza entre sus manos. Los codos apoyados en sus rodillas. Después sostuvo la barbilla en sus dedos entrelazados.

—No sé cómo empezar. Es difícil expresar con palabras todo lo que quiero decirte. Pero es que…, ya lo sabes: te echo de menos.

—¿A mí o a nosotros?

—Añoro las cenas, escucharos hablar, sentirme parte de…, de algo que os tiene a vosotros también.

—Sí, ser amigos es la hostia —pronunció con evidente sarcasmo.

—No es solo eso, Nico. Yo…, bueno, nosotros en la cama…, la sensación de poder dejarme llevar. No en el sexo…, no solo en el sexo.

—Es que no sé qué significa esto para ti.

—Yo tampoco lo sé. Pero te necesito para averiguarlo.

—Eso es tremendamente egoísta por tu parte. —Me miró de reojo.

—Tú tampoco lo sabes.

—Yo sé bien lo esencial.

—Y ¿qué es?

—No voy a regalarte los oídos.

—No quiero que lo hagas. Quiero entenderte. Quiero saber por qué no puedes perdonarme.

—No lo sé.

—Has dicho que sí lo sabías.

—Quizá es que no quiero decírtelo. Estaría bien no hacerte todo el trabajo.

—Vale. –Suspiré—. Empezábamos a implicarnos, a sentirnos cerca y entonces todo se complicó. Te decepcioné. Creo que te decepcionaste también contigo mismo y con Hugo. Y creo que lo más fácil es culparme a mí, que ni de lejos te importo tanto como te importa Hugo.

Me miró de reojo.

—Y ahora ¿qué?

—No quiero quedarme con la sensación de que dejé escapar la oportunidad de sentir de verdad. Antes…, antes de vosotros nada tenía demasiado sentido. Y de pronto lo que me planteé como una aventura empezó a darle significado a otras cosas…, cosas mías. De mi vida. Nunca me había sentido como cuando estaba con vosotros.

—Hay cosas que son demasiado complicadas como para empecinarse en ellas. Hay errores que es mejor cometer solamente una vez en la vida.

Yo era un error. Un error en sus vidas. Algo que lo había complicado todo. ¿Estaba haciendo bien en querer tenerlos cerca? Porque ellos me desestabilizaban, me mostraban a una Alba a la que no conocía y que me asustaba. Yo, muy dentro de mí, sabía que si seguía teniéndolos cerca terminaría implicándome demasiado. Más de lo que lo había hecho. Hablo de amor. Y era absurdo si lo razonaba conmigo misma. No se puede hablar de amor entre tres personas. No se puede querer en una especie de triángulo, ¿no? No se puede querer bien. Pero… Me aclaré la garganta y seguí:

—Solo quiero que nos demos tiempo. Una especie de tregua. Una oportunidad para demostrar que no soy el tipo de persona que hace lo que yo hice. Suena absurdo, pero… me sentía mejor persona tumbada en este sofá, contigo, de lo que me he sentido jamás. Una vez dijiste que había cosas que son más especiales si no se hacen, pero creo que no es nuestro caso. Creo que todos tenemos miedo a ponerle nombre a esto, pero puede abrir la puerta a algo tan de verdad que nos asusta.

—Hablas de algo que no puede ser.

—Ya lo sé. Pero… ¿y si nosotros lo hiciéramos posible? Solo… piénsalo. —Sus ojos se clavaron en mí cuando me levanté—. Tómate tu tiempo. Estaré esperando.

—¿Cuánto tiempo? —preguntó en una especie de necesidad visceral por demostrarme que no confiaba en que aquello no fuera un capricho pasajero en mi caso.

—El que sea necesario.

—Déjame dudarlo.

—Yo te demostraré que es real. —Dejé el DVD encima de la mesa y le di un golpecito a la carátula—. Te la dejo. Recuerdo que me dijiste que no la tenías.

No contestó. No se levantó cuando fui hacia la puerta. Cuando salí de allí y me encaminé hacia mi piso, algo dentro de mi pecho pesaba de una manera tan intensa que me dolía. Me dolía y me hacía sentir ñoña y estúpida. Había algo en los ojos de Nico…

Hugo y yo teníamos algo. Algo especial. Hugo y yo sentíamos un chispazo por dentro, conectábamos y sabíamos que podríamos ser necesarios el uno para el otro si seguíamos acercándonos. Pero Hugo y yo aún no nos habíamos visto por dentro. Nico y yo sí, porque, aunque suene extraño, ñoño e irreal, asomarse a algunas de sus miradas era dibujar un mapa de sus miedos, de sus ansiedades y de las cosas que esperaba de la vida y que ni siquiera se decía a sí mismo con palabras por no añorarlas si nunca aparecían. Y yo había hecho lo mismo con él. Yo me sentía una Alba desnuda, abierta en canal, sin pretextos.

Nico era importante. Hugo también. Lo éramos los tres. ¿Es en realidad tan absurdo como sonaba aquel día en mi cabeza? Quizá. Sentirlo por dentro fue como un jodido huracán. Ya no tenía cimientos porque la persona que los había construido no existía. Solo estaba yo, la nueva, como una recién nacida desdentada que no sabía nada, para la que todo era nuevo y maravilloso y que cuando lloraba se desgañitaba, sin saber expresar qué era lo que le pasaba. Joder, necesitaba intentarlo. Necesitaba intentarlo con los dos. Para que Nico me mirara el alma, para lograr atisbar la de Hugo.

Cuando entré en mi piso no podía dejar de pensar en la nota que le había dejado entre las páginas de *Tokio Blues*, sabedora de que pensaría en nosotros cuando leyera aquel pasaje. Aquella nota, por favor, después de nuestra conversación… tenía que funcionar.

«Ojalá continúe lloviendo eternamente con nosotros echados en cualquier cama. No te alejes. Nosotros sabremos hacerlo bien. Te echo tanto de menos que me duele. Apenas puedo pensar en ello. Es demasiado bueno para ser real pero… ¿por qué no podemos hacerlo real nosotros?».

14

CAMPAÑA

El lunes hice algo que me hizo sentir ridícula. Como una adolescente enamorada de su profesor de literatura, que deja notas entre los libros de él con extractos de grandes amores literarios. Así pero a lo Alba. Es decir…, peor. Me colé en el cubículo de Nico de buena mañana (lo que me obligó a levantarme antes) para dejar entre sus cosas una nota y una foto polaroid. En la foto, él sonreía a su manera, con los labios de lado, y yo, adormilada y despeinada, estaba apoyada en su hombro, muerta de la risa. Era una foto bonita. De mis preferidas con él. «Tengo grabadas todas esas sensaciones que hacen que valga la pena. Sé que tú también las recuerdas».

Si encontró alguna de mis miguitas de pan, no lo dijo. Y a mí se me ponía el corazón en un puño si me acordaba de Murakami o de su carpeta de «Revisión cuentas transversales tercer trimestre». No es que el nombre de esta última me inspirara mucho amor, es que era la que tenía sobre el teclado del ordenador. Lo único que esperaba era que no fuera a entregársela a nadie sin mirar antes.

Y así empecé mi campaña. El martes fue un *email* con una canción preciosa que se llamaba *Waves*. Eso y una breve referencia a por qué la letra me recordaba a ellos. Y era una canción que hablaba de estar a merced de la corriente, arrastrado por las olas, a la deriva sin alguien. «Desearía poder hacerlo más fácil», decía. Y cuando yo la escuchaba…, lo deseaba también.

El miércoles me pasé por su sitio a saludarle. Ya se sabe, el cara a cara también ayuda. Estar amparada detrás de un ordenador puede poner las cosas muy fáciles, pero no vas a llevar la pantalla contigo a todas partes. Lo encontré con la mirada perdida, frotándose el mentón. No dijo mucho, pero fue amable. Le conté que estaba pensando en montar una cena de inauguración de la casa con mis amigas en cuanto volvieran todas de vacaciones. Diana se había marchado a la playa unos días, enfurruñada por no haber visto aún mi nuevo piso.

—Me encantaría que vinierais también. Y díselo a Marian.

Contestó que lo intentaría. Nada más. No sonrió. Pero… fue amable, ¿no? Me quedé con eso. Como entre mis virtudes no se encuentra ni se encontrará nunca la paciencia, podéis imaginar que el jueves ya me subía por las paredes. Me encerré en el despacho de Hugo y le apliqué un tercer grado sobre si había notado cambios en Nicolás. Como respuesta recibí una mirada estupefacta.

—Querida…, a los hombres nos cuesta un poquito más.

—Sí, como a ti, ¿no?

—Es que a mí me diste tus bragas. —Levantó las cejas y después de echarse a reír siguió diciendo—: Mira, Alba, Nico es así. Es muy sentido, pero no le cambiaría si pudiera.

—No hablo de cambiarle pero…

—Calma —dijo levantando las palmas de las manos—. Dale tiempo. Se enfadó de más y lo sabe, pero si se le pasa enseguida se pone en evidencia.

Me fui de su despacho lanzándole una mirada displicente. Mucho sabía él. Pero el esfuerzo lo hacía yo. Ni una palabra de notitas ni de mensajitos… Y lo seguí haciendo. Mensajes antes de acostarme. *Emails* breves con alguna cosa que sabía que le gustaría. Conversaciones amigables en la oficina. Canciones. Confesiones. Vergüenza a morir. Una puñetera semana.

Hugo y yo, mientras tanto, seguimos por primera vez nuestro propio consejo y mantuvimos la distancia. Hablábamos todos los días, evidentemente, pero nada de besos, de sexo, de «grrr» ni de «ahhh», aunque a veces se hiciera complicado. Muchas veces me quedaba mirándolo mientras hablaba y dejaba hasta de escucharlo; todo se llenaba de la visión de sus labios, jugosos, dibujando las palabras. Y tenía que contenerme para no besarle.

El martes por la mañana lo encontré en el ascensor y nos dio hasta la risa.

—Vaya, vaya, la vecinita de arriba.

Yo llevaba unos shorts de tela fina que sabía que le gustaban. Eran livianos y por la pernera se podía meter perfectamente la mano hasta mi nalga. Pero no lo hizo. Me miró y sonrió.

—¿Te llevo, *piernas*?

—Iba a coger el autobús.

—En mi coche huele mejor.

Eso no se lo podía discutir; en su coche olía a él, a su perfume de Loewe, a su gel de ducha y a las ganas a duras penas controlables de darle un beso salvaje. El trayecto fue tenso: los dos callados, las noticias en la radio y un montón de semáforos en rojo hicieron que pareciera mucho más largo. Crucé las piernas y él apretó sus dedos alrededor del cambio de marchas. Miré su mano tensa, con las venas marcadas. Nunca me había fijado en lo bonitas que eran sus manos. Cuando levanté la vista, sus ojos estaban puestos en mi cara.

—Estás preciosa. No me lo puedo callar más.

—Yo no quiero que te lo calles. La cuestión es evitar meternos en la cama, no dejar de interactuar.

—Pues entonces déjame que rectifique. No estás preciosa. Eres preciosa.

Alargué la mano y la puse sobre la suya, hacia donde deslizó la mirada después con una sonrisa. Sin embargo, retiró la mano y, cuando ya pensaba que me había pasado de amistosa, agarró la mía, la colocó en el cambio de marchas y puso la suya encima, dejando sus dedos en el espacio que quedaba entre los míos. Y por cómo me sentía por dentro, esas mariposas en el estómago o eran diplodocus o estaban bailando por lo menos una sardana.

—Qué raro. —Se rio.

—¿Qué es raro?

—Esto. Bueno…, la sensación. Nunca había cogido a nadie de la mano.

—¿Cómo no vas a haber cogido nunca a nadie de la mano? —exclamé.

—Igual a los quince. No sé. No me acordaba de la sensación.

—Son solo dos manos.

—¿Tú solo lo sientes en la mano? —Me miró un momento, con una sonrisa de lado en los labios.

—No. Claro que no. —Me derretí.

—A lo mejor mañana trabajamos desde casa —me dijo—. Estarás solita en la oficina.

—No es que hagáis mucha compañía —me burlé—. Tú desde tus aposentos y Nico desde su torre de hielo…

—No te quejes. Creo que está cediendo. Ayer sonrió con tu mensaje.

—¿Cómo sabes que fue con mi mensaje?

—Porque le cogí el móvil cuando se marchó al baño y lo leí.

Lo miré de reojo sin dar crédito.

—Menudas técnicas de espionaje más depuradas.

—Era un mensaje... muy bonito —musitó.

—Lo siento también por ti, si es lo que te preguntas.

—Te estás complicando la vida, ¿lo sabes?

—¿Lo sabes tú?

—Sí —asintió conformado—. Ya hace tiempo que me di cuenta de que las cosas contigo no van a ser precisamente fáciles.

—A lo mejor te gusto por eso.

—Eso debe de ser.

—Pues si te gusto tanto..., vas a tener que ayudarme...

Nos despedimos con un beso disimulado en el parking, que estaba a una manzana. Y el resto del día fue totalmente anodino y me acosté añorándolos a los dos, pero al menos tenía un plan.

A la mañana siguiente, según el plan trazado por mi maquiavélica mente femenina (muajaja), y gracias a la inestimable ayuda de Hugo, entré sigilosamente en su casa a las siete menos cuarto de la mañana con una copia de sus llaves prestada y dejé sobre la barra de desayuno que conectaba con el salón una caja de «Buenos días, Matías», una empresa que se encarga de mandar desayunos a domicilio y que yo había recibido a las seis y media de la mañana. Eso es amor, no me jodas. También llevé un termo lleno de café y una jarra con zumo de naranja recién exprimido. Lo que no sé es cómo, con esa maña que tengo yo, no me maté bajándolo todo de una. Una vez colocado el desayuno, dejé un sobre cerrado encima en el que se leían sus dos nombres, y ya me marchaba a la oficina cuando... cedí a la tentación.

El dormitorio de Hugo estaba en penumbra, pero a través de las rendijas de la ventana se empezaba a colar la luz azulada de la mañana. En medio de la cama se encontraba él boca abajo, con una pierna flexionada, en ropa interior. No le vi la cara hasta que me acerqué. Sobre la frente caían mechones de pelo revuelto. Despeinado aún estaba más mono. Le restaba años… Al sentir mi peso en el colchón se escuchó un «mmmm» salir de entre sus labios dormidos que me hizo sonreír. Se puso boca arriba y abrió un ojo. Sonrió. Sobre el blanco nuclear de las sábanas destacaba su piel de color canela.

—Buenos días…

—¿Ya es la hora?

—Son las siete creo. Pero duerme un poco más.

Tiró de mí hasta tumbarme a su lado y me abrazó.

—Quédate un rato.

—No puedo. Me tengo que ir a trabajar —respondí de mala gana.

—Pues llama y di que tienes malaria.

—Vaya, vaya. Qué enfermedad más bonita has elegido.

—Lo mejor para mi niña.

Le besé el cuello. Olía mucho a él y, al fondo, un leve deje de su perfume.

—Me voy.

—En serio, quédate. Ya inventaremos algo.

—No puedo. Tenéis que hablar. ¿Por qué me he tomado tantas molestias entonces?

—Para meterte en mi cama antes de que suene el despertador.

Le di un beso en los labios y él me lo devolvió con mucho énfasis. Me levanté antes de que aquello fuera a más, y a juzgar por su erección matutina, iría a más.

—Me voy mientras pueda.

—Chica lista.

Fui hacia la puerta con cuidado y cuando ya casi la traspasaba, me llamó en un susurro.

—¿Qué?

—Las llaves.

—Te las dejé encima de la barra —le dije.

—Quédatelas. Y repite esto muchas veces.

No sabía cómo iba a terminar la conversación entre ellos dos aquella mañana, pero algo me decía que... bien. Bien para los tres.

En el trabajo no me concentré. Su silencio me inquietaba considerablemente. Sobre todo después de la carta mega moñas en la que me había sincerado. Tuve que leer bastantes veces a lo largo de la mañana la copia que guardaba de esta, para asegurarme de que no haría ningún daño irreparable ni a mi imagen ni a mi maltrecha relación con ellos.

Hola a los dos:

Espero que disfrutéis del desayuno. Sé que formaba parte de vuestras rutinas y de ese tiempo que pasabais juntos. No quiero pensar que os alejé también de los pequeños placeres como este. Esta caja, además del desayuno, trae muchas cosas. Entre ellas, la esperanza de que un día, espero que próximo, podamos compartirla los tres mientras leemos el periódico.

A decir verdad, lo que os regalo no es el desayuno. Sabedora de la maña de Hugo en la cocina, no dudo que podéis hacerlo bastante mejor que yo. Lo que quiero es brindaros la oportunidad de dedicaros tiempo, reanudando una tradición. Hoy no es fin de semana ni estáis de vacaciones, pero quiero pensar que es un ensayo para cuando lo estéis. Para cuando yo pueda estar allí.

Quiero regalaros una hora. Una hora es poco o mucho tiempo, depende de para qué se emplee. Una hora con vosotros...

y yo volaba. Daba igual si la pasaba sentada en el balancín, riéndome, bebiéndome una copa de vino, recostada en vuestros pechos o metida en la cama, atrapada entre vuestras embestidas. Dios, cómo lo añoro. Lo añoro tantísimo...

Durante esta hora quiero que habléis. Que habléis de verdad, que os olvidéis por un momento de que los tres lo estropeamos. Si después de hacerlo llegáis a la conclusión de que no es posible encajarme en vuestras vidas, no habrá nada más que hablar. Aunque me gustaría pensar que si eso pasa, podré ser la vecina de arriba, con la que es agradable cenar de vez en cuando.

Si por azares del destino la magdalena gigante que lleva la caja os ciega la razón con un subidón de azúcar y decidís que me queréis cerca..., lo haremos funcionar. Da igual cuáles sean las reglas que tengamos que romper para hacerlo. Lo aprendí de vosotros. Lo que es bueno para todo el mundo a veces para uno no vale. Dejemos de vivir tratando de negar que todos podemos ser especiales. ¿Y si es esto lo que nos hace brillantes? ¿Y si esto nos sobrevive?

Si esta carta os resulta demasiado empalagosa para estas horas de la mañana, tomaos un chupito de absenta. Vi una botella en el altillo un día que buscaba el ron para los combinados de Hugo. Después de la absenta todo os parecerá mejor, seguro. Y si no, quemad la carta y mudaos. Yo no pienso irme. Me gusta mi piso.

Con este lamentable intento de hacerme la graciosa, me despido. Tened la certeza de que en este preciso instante estaré pensando en vosotros. Casi siempre estoy pensando en vosotros, a decir verdad.

PD: Aún me queda un arma secreta en la manga. No me hagáis compraros flores.

Alba.

Cada vez que la leía me parecía más moñas, más tonta, menos original y peor escrita. A decir verdad, creía que era una aberración y sentía la tentación de meterme debajo de la mesa y no salir jamás. Ya me sacarían cuando solo fuera un montón de huesos polvorientos bajo mi ropa. Si no volví a fumar definitivamente ese día…, ya no creo que vuelva jamás.

A las doce del mediodía, temiendo que lo que había planeado como un desayuno tranquilo entre dos amigos que charlan se hubiera convertido en un combate a muerte de vale todo, le mandé un *email* a Hugo. «Todo bien?». Nada más. Tardó treinta y cinco minutos en contestarme. Quise ahogarlo con mis propias manos. «Todo bien, *piernas*. Un detallazo. Pero te faltaron las flores». Cogí el móvil cabreada y le mandé un WhatsApp. Mucho más inmediato y privado, dónde vas a ir a parar.

«¿No vas a decirme nada de Nico? Y no me toques las narices que soy capaz de presentarme allí con un ramo».

«Creo que le gustan los narcisos. A mí me parecen flores de cementerio, pero para gustos, colores».

«¿Te crees muy gracioso?».

«Soy la polla».

«Me estás poniendo bastante nerviosa. Estoy empezando a planear maneras lentas y horribles de matarte».

«*Piernas,* relax. Las cosas que quieres saber mejor háblalas con Nico. Yo no puedo hacer mucho más. Y te aviso: vas a tener que dejarle un tiempo de reflexión».

Miré el móvil con un mohín. Joder, con lo que me había esforzado.

Pasé aquella tarde con mi hermana, tiradas en el salón de mi casa, haciendo dibujos y pegando fotocopias de fotos nuestras y de nuestros padres de jóvenes en un álbum de Mr. Wonderful.

Era un regalo para mi madre, que cumplía en unos días, y como siempre nos había pillado el toro. Y tenía dos opciones: colorear con los ojos puestos en la pantalla del móvil, esperando respuesta y salirme del borde como cuando tenía tres años o dejar el teléfono cargando en la peana que había colocado en una de las mesitas de noche. Quise elegir la primera opción, pero al final mi hermana me convenció (a guantazos) de concentrarme en lo que estaba haciendo, que ya era bastante infantil en sí (pinta, colorea y recorta). Cuando conseguí que Eva soltara la bolsa de patatas y el mando a distancia y se fuera a casa de mis padres, salí corriendo a consultar el móvil que... no, no tenía ningún tipo de interacción. Fruncí el labio superior en una mueca de decepción y decidí... hacer algo estúpido.

Un ratito después Hugo me abrió la puerta de su casa, me miró de arriba abajo y se descojonó. Lo hizo con tanto ahínco que me llenó entera de babas. Sus carcajadas resonaban en todo el rellano mientras yo trataba de aguantar su ataque de risa con toda la dignidad que es posible cuando sostienes un ramo de flores blancas.

—No había narcisos —dije levantando la barbilla, muy orgullosa—. Son dalias.

Hugo se apoyó en el marco de la puerta sin poder parar de reírse. Vi caer una lágrima por sus mejillas. Respiraba con dificultad y reía tan a gusto... que hasta me contagié. Pero solo una sonrisa. Yo me estaba tomando muy en serio todo aquello como para ponerme a descojonarme en aquel momento.

—¿Está Nico?

—No, y gracias a Dios que no está, porque llega a abrir la puerta y a encontrarte cargada con flores... y...

Hugo siguió riéndose un buen rato. Creo que continuó haciéndolo cuando me fui. Las dalias quedaron preciosas en un jarrón en mi dormitorio, por cierto. Hugo no tardó en subir a disculparse. Tenía hasta ronchones en la cara de tanto reírse, el muy cabrón. Y mientras me pedía perdón, no podía evitar unas sonrisitas sospechosas.

—*Piernas*... —dijo al final, cogiéndome por la cintura—, eres una monada. No he conocido jamás a nadie como tú.

—¿Por eso te ríes tanto?

—Sí. —Sonrió—. Por eso y porque, joder...

Me cogió la cara entre sus manos y paseó sus pulgares por mis mejillas. La mirada se dulcificó cuando se acercó para besarme. Después suspiró.

—No sé cómo decirte las cosas que siento por dentro, pero son muchas, Alba. Y todas son desconocidas, bonitas y tuyas.

Sonreí y me apoyé en su pecho. Olí a través de su camiseta hasta casi marearme.

—Dios, Hugo..., reza por que esto salga bien. Me quedé sin ideas para recuperaros.

A las nueve y media de la noche ya estaba metida en la cama, escuchando música y mirando a través de la ventana. Me sentía triste. No me quedaban ases en la manga. Había usado hasta la lamentable intentona de las flores. ¿Qué tía en su sano juicio regala flores a un hombre? Yo, la pánfila de Alba, que había creído saber mucho de la vida, de los hombres y de sí misma, pero que ahora cuando se miraba al espejo solo veía a una niñita asustada. Una vez mi madre escuchó a mi hermana burlarse de mí por estar más cerca que ella de la treintena. Así es Eva. Se ríe por cosas absurdas solo por fastidiarme. Aunque aquella vez ni siquiera me dio rabia.

—Qué pena me das, niñata —le contesté.

Mamá intercedió entonces para regañar a Eva, pero lo hizo de una manera bastante sorprendente.

—Ay, Eva..., qué poco sabes de la vida. Los treinta son la mejor década de la vida. Todas las cosas grandes que me han pasado me pasaron entonces. Ya veréis.

¿Por qué me acordaba en aquel momento de eso? Pues porque yo, a las puertas de cumplir años, de alejarme de los veinte para siempre, me sentía más confusa y perdida que nunca. Durante los últimos diez años había intentado conocerme a fondo y había creído que lo hacía. Ya lo dije antes de que empezara toda la historia que me llevaba de cabeza: yo me miraba en el espejo y arqueaba una ceja, casi orgullosa, porque creía que en mi cara ya se adivinaba que era una mujer resabiada, de vueltas con la vida. Y en realidad era una lactante que presume de saber gatear sin tener ni idea de lo que es andar.

Abracé mi cojín y suspiré. ¿Era imposible lo que deseaba? Quería compartir mi vida con dos hombres. Dos amigos. Dos casi amantes. Sí, vale, hablando con propiedad, ellos nunca se habían acostado el uno con el otro, pero yo había visto tanta intimidad entre sus dos cuerpos que era imposible alejarlos de aquella idea. Y yo, dentro de mí, albergaba la esperanza de que los tres hiciéramos el amor como nunca antes lo habíamos imaginado. Y, debía ser sincera conmigo misma, no solo eso. Quería compartirlo todo. Los viajes. Las risas. Las noches aburridas. Las historias de mis amigas. Mi mundo. Mis noches. Mis días. Hasta a mí misma. Nos repartiríamos dando a cada uno un tercio de nuestro ser, manteniendo siempre uno para nosotros mismos. ¿Estaba loca? Sí. Debía de haber enloquecido. O... peor. Me debía de haber enamorado. ¿Era realmente posible enamorarse de dos hombres diferentes y quererlos a los dos en tu vida?

Me pregunté a mí misma qué era lo que quería de verdad. No en aquel preciso instante, sino del futuro. ¿Quería hijos? ¿Quería una casa con parcela y un perro corriendo enloquecido sobre el césped bien cortado? No. Eso es lo que quería Gabi. Yo nunca estaría preparada para ordenar mi vida bajo un orden marcial. A mí la rutina no me tranquilizaba. No aquella rutina. Pero… ¿quería quizá una boda perfecta, por la Iglesia, con doscientos invitados? ¿Quería una vida tranquila? ¿Quería dejar de priorizar la pasión? No. Nunca podría hacer las cosas tan bien y tan bonitas como la buena de Isa. ¿Y viajar? ¿Es que soñaba con pasar cada noche de mi vida bajo un cielo diferente? ¿Aspiraba a ser una nómada y hacer del mundo entero mi casa? No, nunca sería como Eva, aunque a veces envidiara la expresión de serenidad que la invadía cuando decía que sería capaz de dejarlo todo por vivir de verdad: «Sin iPad, sin móvil, sin mi cama ni mi ropa», decía. «Ser libre de verdad, Alba. Porque cuanto menos tienes, menos necesitas». Y lo decía de verdad.

Me esforcé por imaginarme en quince años. Sonreí al pensar que me gustaría llegar a aquella edad con arrugas, de tanto reírme. Quería ser una mujer de las que callan más de lo que hablan, pero que cuando lo hacen es para decir cosas sabias. Quería tener experiencias a mis espaldas que enriquecieran el paso de los años. Aunque un día me asentara. Aunque un día me cansara de la emoción. Aunque un día solo recordara el pasado como un tiempo que a ratos fue mejor. Yo quería…, yo quería querer. Con locura. Sin miramientos. Quería que me doliera por dentro de una manera maravillosa mirar a los ojos del que me acompañara por las noches. Quería decir te quiero. Quería tener el pecho lleno de ese sentimiento por alguien que hace que queramos ser mejores personas. Quería mirarme en los ojos azul oscuro de Nico y verle esbozar una sonrisa solo para mí. Quería ver a Hugo torcer los labios en una mueca de diversión, de admiración, de ternura.

La música se quedó sonando bajita en el iPod que tenía conectado a los altavoces mientras yo soñaba con los ojos abiertos con hacerlo posible. Sonaba Ed Sheeran y su guitarra se me clavaba hondo, haciéndome suspirar. No estaba despierta, pero tampoco dormida. Por eso creí que estaba soñando cuando la puerta entornada de mi habitación se abrió poco a poco y él se asomó. No me asusté. Fue como si tuviera la certeza de que vendría, que cogería las llaves de repuesto que Hugo guardaba en el cajón de la cocina y entraría en mi habitación. La luz que penetraba a través de la ventana abierta le iluminó y vi brillar sus ojos. Sus labios esbozaron algo que quise ver como una sonrisa.

—Hola… —susurró dubitativo.

El corazón se me aceleró cuando Nico se tumbó vestido a mi lado y hundió su nariz en mi pecho, respirando hondo. Abracé su cabeza tiernamente y dejé que mis dedos jugaran con los mechones de su pelo.

—Te echaba tanto de menos… —musité.

—Y yo a ti. ¿Por qué?

—¿Hay razones para estas cosas?

—Claro que las hay.

—¿Por qué crees entonces que es?

—Porque estamos locos.

Nico levantó la mirada hasta mis ojos. Su nariz trazó un camino por mi barbilla, por mis labios y después por mi mejilla. Apoyó la frente en mi frente. Después me besó. Me besó como se besa a alguien del que no quieres que nada te separe jamás. Sonaba *Kiss me* y sonreí al pensar que era una canción muy apropiada. Su mano se internó en los mechones revueltos de mi pelo y me acercó más a su boca. Sus labios jugaron a pellizcar los míos, primero el de arriba, después el de abajo. Su lengua entró tímida dentro de mi boca y dibujó un círculo lento alrededor de la mía. Gemí de alivio y él se separó, sonriendo por fin.

—¿Me has perdonado? —le pregunté.

—Me he perdonado a mí también.

Besó mi frente y me abrazó.

—Sabes que lo que quieres es imposible, ¿verdad? —preguntó, serio de nuevo.

—Que nadie lo haya hecho antes no significa que no pueda hacerse realidad. —Me acurruqué en su pecho y me rodeó con su brazo. Las yemas de sus dedos pasearon por mi espalda y por encima de la tela suave de mi camisón—. ¿A quién se le ocurre entrar aquí a hurtadillas? Podrías haberme matado del susto —bromeé.

—Habría sido horrible. Yo ya no puedo vivir en un mundo en el que no estés tú.

Le apreté contra mí. Estaba más delgado. Mi ausencia le había hecho daño. Y a mí la suya. Pero por fin podríamos volver a hablar del amor, mientras este aleteaba a nuestro alrededor. Cuando *Give me love* terminó…, yo ya estaba dormida.

15

Cuando me desperté lo hice con la certeza de que no encontraría a Nico en casa. Lo había escuchado salir a hurtadillas de su habitación. No había sido muy silencioso a la hora de buscar la copia de las llaves de casa de Alba en el cajón de la cocina. El séptimo de caballería habría hecho menos ruido. Y habría maldecido menos entre dientes, también. Las ganas de verla debieron de cegarlo, porque sabe de sobra que son las que llevan un llavero de la torre Eiffel que nos trajo su hermana Marian de uno de sus viajes. No mentiré. Me costó conciliar el sueño. No podía dejar de pensar en lo que estarían haciendo. ¿Estarían follando? ¿Estarían besándose como yo la besaba a ella? Al final decidí que aquellos pensamientos no nos hacían ningún bien y los aparté no sin esfuerzo. Me dormí por aburrimiento más que por ganas.

Pero lo cierto es que cuando salí del cuarto de baño por la mañana, me crucé con un Nicolás totalmente somnoliento saliendo de su dormitorio. No pude evitar tratar de mirar en la oscuridad de su habitación para descubrir si entre las sábanas revueltas estaban las piernas de Alba.

—¿Hay café? —preguntó.

—¿Lo has hecho tú?

—No —refunfuñó.

—Pues no, no hay café.

Sonrió. Vaya, estaba de buen humor. ¿Tendría algo que ver lo que Alba y él hicieron la noche anterior? Lo miré con desconfianza y me contestó con un guiño. Muy buen humor. Yo sabía que esa morena sabía mil maneras diferentes de hacer que nosotros tuviéramos un día de los que hacen historia. Respiré hondo mientras preparaba el café, dispuesto a preguntarle abiertamente por la noche anterior, pero Nico se adelantó.

—No pasó nada —confesó—. Solo… lo arreglamos.

—¿Sabías que te escuché irte?

—Se escuchaban tus gruñidos desde aquí.

—¿Y?

—¿Y qué?

—¿Llegasteis a alguna conclusión?

—Sí. Que las cosas son imposibles hasta que uno prueba a hacerlas.

Nico el soñador. Recordé en aquel momento al chico de dieciocho años que fue, sentado en la última mesa de la clase, mirando por la ventana con la cara apoyada en el puño. En sus apuntes había más garabatos y dibujos que temario. Las chicas se morían por él. Era difícil competir contra ese desgarbado maldito James Dean. Creo que por eso nos hicimos tan amigos. Dicen que si no puedes con el enemigo debes unirte a él y la experiencia avalaba ese dicho. Nos habíamos hinchado a follar en aquellos años. Él siempre con esa aura alrededor, como si se trataba de un tío cuyo destino fuera ser recordado. Siempre soñando con hacer cosas grandes que… no sé dónde fueron cuando decidió quedarse conmigo y encadenarse a un trabajo de oficina como el nuestro. Le dije mil veces que debía intentar hacer las cosas por su lado, tratar de conseguir lo que fuera que quisiera, pero siempre me contestaba con desdén que él no llegaba a querer nada de verdad.

—Acabaré cansándome de cualquier cosa —me dijo un día—. Prefiero cansarme de algo que te tenga cerca.

Para otros tíos esas cosas serían «mariconadas», pero nosotros estábamos muy por encima de aquellos prejuicios. Creo que los dejamos atrás la primera vez que desnudamos a una chica juntos. Fue extraño, no puedo decir lo contrario. A pesar de estar excitado, me costó horrores olvidarme de que él estaba también allí. En bolas. Por el amor de Dios. Lo quería mucho, pero no deseaba tener nada que ver con lo que le colgaba. Después, simplemente, conocimos la miel de hacer esas cosas bien y todo se conjugó hasta hacerlo… prácticamente perfecto.

Hasta que llegó Alba. ¿Y si ella era eso que nunca lograría cansarle? Porque me seguía produciendo dolor de estómago pensar en ella con alguien que no fuera yo. ¿Qué tenía aquella jodida chica? Recuerdo lo que pensé al verla en el tren. «Qué caramelito». Dos ojos enormes, marrones pero con vetas verdosas. Una melena larga y espesa. Mis manos entre sus cabellos. Mi boca enseñándole todas esas cosas que ella ya creía saber. Alba a primer golpe de vista me entró en los pantalones. No sé en qué momento la dejé entrar en mi pecho, en la respiración. Llevaba días pensando que cuando respiraba, a ratos, solo me la llevaba a ella a los pulmones.

Nico y yo desayunamos en la terraza, como el día anterior, pero esta vez fue una situación cómoda, como si todas las alarmas se hubieran apagado a la vez y nosotros pudiéramos estar de nuevo tranquilos. Pero el peligro seguía allí, tres pisos arriba, seguramente dando vueltas en la cama, enredando esas piernas entre las sábanas…, y los dos estábamos pensando en ella cuando dábamos un sorbo al café. Maldita Alba…, ¿qué tenía que nos hacía soñar con querer más?

—¿Lo haremos? —preguntó Nicolás mirando hacia el infinito—. Me refiero a…

—Sé a lo que te refieres. Sí, supongo que lo haremos. ¿Puedes negarte tú acaso?

Nos entró hasta la risa. Encoñados hasta las cejas. Una música invadió el hueco que formaba la comunidad de vecinos y cuya base ocupaba la piscina. Era música francesa. Cerré los ojos y me froté la cara. Jodida Alba. Ella y su música francesa. Miré a Nico, que sonrió.

—Es ella, ¿verdad?

—¿Quién más pondría la música a ese volumen a las diez de la mañana de un sábado?

Me callé el detalle de que fuera esa música en concreto. Zaz, había dicho que se llamaba la cantante. Y ahora esa voz joven y cantarina hablaba de que le daban igual los lujos, que quería ser como ella era. «Quiero el amor, la alegría, el buen humor. No es su dinero el que será mi felicidad. Yo quiero morir con la mano en el corazón. Ir juntos, descubrir mi libertad. Olvida entonces todos tus prejuicios. Bienvenido a mi realidad. Estoy cansada de tus buenos modales, es demasiado para mí. Yo como con las manos y soy como soy. Hablo fuerte y soy franca, discúlpame». Disculpada quedas, cariño. No podemos pensar en otra cosa que no seas tú. Tanto tiempo pensando que no conseguiríamos implicarnos con nadie y allí estábamos los dos.

—Deberíamos invitarla a comer hoy —dije al tiempo que me recostaba en la silla.

—Sí. Deberíamos hablar.

—¿Hablar? —Me entró la risa.

—Eres un cerdo. —Se descojonó también él.

—Bah, podemos llamarlo como quieras, pero la verdad es que ya no podemos vivir sin verla.

Nico me sonrió y asintió. Sí. Dos tíos como dos armarios encoñados como críos. De sus enormes ojos verdosos. De su pelo siempre peinado para la ocasión, que se enredaba entre nuestros dedos cuando se abandonaba en cuerpo y alma a nosotros. Creo que ese fue el error: dejar que se abandonara de esa manera, con confianza, con curiosidad, con… todo lo que ella era. Resultaba inevitable. Abrimos la caja de Pandora llena de nuestros propios miedos. Ya nunca más sería ella. Ahora seríamos nosotros. Y nosotros incluía a tres personas. ¿Sería posible? Tendríamos que hacerlo posible porque nunca, en toda mi vida, me había jugado tantísimo. Mi único amigo. Mi único hermano. La única mujer que me había mirado y casi había entendido todas aquellas cosas que hasta yo mismo me negaba. ¿Preparados?

16

EL TRATADO

Cuando abrí la puerta y me los encontré a los dos allí casi me dieron ganas de ponerme a saltar, de tirarme encima de ellos y..., no sé, deletrear sus nombres a lo animadora americana. Pero solo apoyé la cadera en el quicio de la puerta con una sonrisa.

—¿Qué se les ofrece?

—Verá, somos dos testigos de Jehová que le traen la palabra de Dios —bromeó Hugo.

Pues para traer la buena nueva de Dios me estaban mirando bastante las pechugas.

—Anda, pasad.

—No, no. Veníamos a preguntarte si te apetece venir a comer a casa —dijo Nico.

—¿No queréis pasar?

Los dos siguieron mirándome las pechugas. Me las miré yo también. Llevaba un mono blanco muy corto, con algunas flores en color rosado y encaje en las perneras. Perneras muy cortas, vale. Algo de escote, también. Pero es que estaba en mi casa y hacía un calor de mil demonios.

—Solo es un mono de ir por casa —dije—. No me miréis como si llevara puesto…

—Nada —aclaró Hugo con una sonrisa—. Como si no llevaras puesto NADA.

Me entró la risa.

—¿A qué hora es la comida?

—Baja cuando quieras —respondió Nico despegando los ojos de la prenda y mirándome a la cara por primera vez.

—Genial. Me doy una ducha y voy.

—Si quieres puedes ponerte lo mismo —insistió Hugo.

—Eres tonto. —Me reí a carcajadas—. Ahora tengo miedo de bajar.

—De eso nada. Solo… pasemos la tarde allí, en la terraza.

—Suena bien. ¿Qué más?

—Seamos amigos. —Se encogió de hombros con una sonrisa espléndida—. Riámonos. Olvida que fuimos imbéciles. A ver si yo olvido lo mucho que me gustas con esto puesto.

Nico lo miró con desaprobación y Hugo dio la vuelta para volver a las escaleras.

—¿Llevo algo?

—Ganas de estar con nosotros —contestó Nico, como aquella vez que yo les invité a cenar fajitas a mi casa.

Cuando cerré me hice el gesto de victoria y fui baileteando hasta el cuarto de baño. Una hora después Nico me recibió en la puerta de su casa. Le sonreí y le señalé una botella de vino que traía en los brazos.

—Espero que vaya bien con lo que sea que esté cocinando.

Se inclinó hacia mí y muy lentamente, con una sonrisa en los labios, besó los míos. Me apartó un mechón de pelo de la cara y me pidió que pasara. Dentro de la cocina estaba Hugo muy concentrado en cortar pasta fresca en pequeños cuadrados y rellenarla de una cremita que olía de maravilla.

—¿Qué es?

—Ravioles de setas. Como queden secos, me suicido.

Míster drama en la cocina. Me eché a reír y le besé en el brazo. Él desvió la mirada de lo que estaba haciendo para mirarse el brazo.

—¿Perdona? Exijo un saludo en condiciones. —Se agachó y le besé en los labios. Llevaba un poco más de barba que de costumbre. Me encantaba—. Esto estará enseguida. ¿Quieres una copa de vino?

—He traído este. —Le entregué la botella muy orgullosa de mí misma.

—Gracias, *piernas*. Muy apañada.

Nico entró en la cocina y sacó unas copas. Después descorchó el vino y sirvió. Los tres nos manteníamos en silencio.

—¿Ponemos música? —pregunté algo intimidada por el momento.

Los dos se echaron a reír. Me alegró verlos así aunque se estuvieran riendo de mí.

—Menos de dos minutos —le dijo Hugo a Nico.

—¿Qué pasa? —inquirí con una sonrisa en los labios.

—Antes de que llegaras estábamos comentando cuánto tardarías en pedir que pusiéramos música para que no hubiera silencio.

—No me gusta el silencio.

—Pues muy mal, *piernas*. En silencio se dicen las mejores cosas de este mundo.

Eso me gustó. Yo quería que me dijeran muchas de esas cosas. Yo quería tanto de ellos que me sentía avara y adolescente.

—¿Pongo la mesa en la terraza?

—Hace demasiado calor —me explicó Nico—. La hemos puesto en el salón.

Me asomé. La mesa baja estaba cubierta con unos manteles individuales preciosos, grises con hilos plateados. Sobre ellos, vasos, cubiertos, servilletas y algunos entrantes. Tenía un hambre brutal. Me había levantado a mala hora para desayunar como es debido y me había tomado solo un café y un par de ciruelas medio pochas que me trajo mi madre días atrás…, vamos, lo único que tenía en la nevera. Me rugía el estómago. Me acerqué por allí y me llené los carrillos a lo hámster. Al masticar se me escapó un gemidito de satisfacción. Volví a la cocina y bebí un poco de vino, disimulando.

—Bueno, ¿eh? —preguntó Hugo sin mirarme.

—Me has pillado. ¿Qué es?

—Galleta de canela, queso de cabra e higos.

Me giré a mirar a Nico con los ojos muy abiertos y a este le entró la risa.

—Hugo, ¿por qué no te hiciste cocinero?

—A mi padre le habría dado un infarto, pero antes me habría matado. De todas maneras, es un hobby. Es una de esas cosas que si conviertes en un trabajo pierde la gracia.

—Elige un trabajo que te guste y nunca más tendrás que trabajar. No lo digo yo, lo dijo Confucio.

—Igual a Confucio le funcionó con su padre, pero yo prefiero no saber qué habría pasado con el mío…

Hugo echó mano al paño que llevaba al hombro y se secó las manos. En una olla, el agua hirviendo hacía bailar la pasta entre sus burbujas. Los tres nos mantuvimos en silencio. No quise hablar para demostrarles que podía estar en un espacio en el que nadie dijera nada. A lo mejor se cumplía eso de lo que hablaba Hugo y empezaban a decirme todas esas cosas que yo, muy en el fondo, quería escuchar. Los dos bebieron de su copa. Les miré, empezando a estar incómoda. Hugo dibujó una sonrisa de lado, mirándome, retándome a seguir sin decir nada. Nico miró hacia el suelo mientras cruzaba los brazos sobre su pecho. Pues nada, allí estábamos. Hugo miró el reloj y se asomó a ver la pasta. Nico rellenó las copas.

—Vale. Lo estoy pasando fatal —confesé—. Que alguien diga algo.

—¿Qué tal si comienzas tú? —me retó Hugo.

—¿Por qué yo?

—Porque creo que eres la que más claro lo tiene.

Eso no era del todo verdad. Al menos no quise pensar que fuera cierto, porque me sentía como quien corre muy deprisa sin saber ni adónde quiere llegar ni por dónde tiene que pasar. Respiré hondo y empecé a hablar. En el fondo me gustaba que dejaran que fuera yo la que guiara los primeros pasos de eso que nos planteábamos.

—No sé muy bien por dónde queréis que empecemos esta conversación.

—Estaría bien que nos contaras qué es lo que esperas... —volvió a responder Hugo.

Miré a Nico que, como siempre, se mantenía callado. Me pregunté a mí misma qué era lo que esperaba en realidad y al final llegué a la conclusión de que con la verdad de frente se llega a todas partes. Y si no, es porque no tocaba llegar a ningún sitio.

—Yo..., bueno, sé lo que no quiero. No quiero el rollo que teníamos. No digo que quiera una relación al uso, porque... es difícil.

—Harto difícil.

—Quiero que seamos nosotros y que disfrutemos de estar juntos.

—¿Hablas de sexo? —preguntó Nico apoyándose en la encimera. Y sus labios dibujando la palabra «sexo» casi pudieron conmigo.

—Hablo de todo. De bajar aquí siempre que me apetezca, de llamaros, de hacer planes juntos, de... compartir cosas.

Los dos cruzaron una mirada y Hugo apagó el fuego, concentrándose en la comida de nuevo.

—Sigo escuchándote —terció ante mi silencio.

—Es que no sé qué más deciros. Solo que... me siento muy reconfortada de saber que vosotros volvéis a estar bien, que hemos pasado página y que abrimos la puerta a...

Hugo me pasó un plato de pasta aliñado solo con aceite de oliva y sal gorda y me indicó con la cabeza que fuera hacia el salón. El aire acondicionado estaba encendido y la habitación tenía la temperatura perfecta. Me senté en el extremo del sillón, pero Nico me indicó que me moviera hacia el centro, hasta quedar en medio de los dos. Los platos de pasta humeaban con un olor delicioso.

—Y vosotros... ¿qué queréis?

Los dos me miraron, pero no dijeron nada. ¿Era esa una de las cosas que se decían en silencio? Buf. Ni siquiera había pensado en lo violento que resultaría sentar las bases de lo que sería aquello. ¿Las normas? Sí, puede que las normas. Tal y como habíamos hecho al inicio de aquello que nos unió semanas antes. Semanas... y parecía que hacía años de aquello.

—¿Queréis normas? —pregunté a bocajarro.

—Creo que unas cuantas no nos vendrían mal —confesó Nico mientras se acomodaba en el borde del sofá.

—Seamos totalmente sinceros los unos con los otros. No quiero más malentendidos. Ni celos.

—Es lógico —dijo Hugo después de darle un sorbo a su vino.

Me acerqué el plato y cogí el tenedor. Tenía un hambre que me moría. No podía seguir hablando sin probar bocado. Los nervios me abren el apetito y yo ya venía bastante hambrienta de casa. En más de un sentido, he de confesar.

—Yo creo que lo que estás planteando es... —empezó a decir Hugo—. A ver si me explico: no he tenido una relación en los últimos diez años. No sé muy bien si sabré.

—No empecemos a plantear derechos y obligaciones. Las relaciones no se asientan sobre acuerdos.

—¿Y sobre qué lo hacen?

—Sobre respeto y… sentimientos.

Nico sonrió y cuando le miré, me guiñó un ojo, como si entonces el hueso duro de roer fuera Hugo y él me estuviera diciendo: «lo estás haciendo muy bien».

—Me cuesta bastante hablar de sentimientos —confesó Hugo de nuevo—. No lo hago muy a menudo.

Dejé el plato. Sin darme cuenta me había comido ya la mitad y ellos no habían ni empezado. Me aclaré la garganta y me dije eso de «*from lost to the river*».

—Bien, pues empezaré yo. No sé adónde nos llevará esto, pero quiero averiguarlo. Quiero dormir abrazada a vosotros. Tengo… la necesidad de conoceros, de conocerlo todo sobre vosotros. Y quiero besaros, abrazaros…

—No hace falta que digas esas cosas —me interrumpió Nico—. Los sentimientos no son algo que haya que plantear como en una presentación de cuentas anuales. Solo… cuando tengamos la necesidad de hablar de ello.

Suspiré y asentí dándole la razón. Menos mal. Me sentía a punto de hacer uno de los ridículos más abismales de mi vida.

—Está bien. ¿Qué somos entonces? ¿Tus novios? —preguntó con sorna Hugo.

—No hay por qué ponerle nombre, ¿no? —dije violenta. Pero sí. Quería que fueran mis novios. ¿No era surrealista todo aquello?

Los ojos de Hugo se deslizaron por mi cuerpo. Llevaba un jersey de algodón calado con la bandera de Estados Unidos, de esos con tantos agujeros que son prácticamente de verano, y unos shorts vaqueros que yo misma corté. Aun así me sentí desnuda. El recorrido de su mirada fue dejando una esquirla prendida que hizo que hasta me escociera la piel, porque necesitaba ser tocada. El deseo, viejo amigo, volvía a campar a sus anchas entre nosotros tres. Hugo y yo nos miramos. Él con intensidad, con el ceño levemente fruncido, con esa expresión oscura que tanto morbo me daba. Y yo como una tonta con el tenedor en la mano.

—Vale, pues comamos —terminó diciendo.

Me acomodé de rodillas sobre la mullida alfombra y me senté sobre los talones para estar más cerca de la mesa. Cogí una goma del pelo que llevaba en la muñeca y me lo recogí todo en un moño. Los ravioles estaban buenísimos, pero muy calientes. Me estaban haciendo sudar. Comí una galletita. Tomé un sorbo de vino y después me di cuenta de que los dos me miraban.

—¿Qué pasa?

—¿Y el sexo? —preguntó Hugo de sopetón.

—¿Qué pasa con el sexo? —Y el mío me palpitó, como queriendo hacerse escuchar entre todo el maremágnum de sensaciones que campaban a sus anchas por mi cuerpo.

—¿Siempre los tres?

Bebí otro trago. Adelante, valiente. Defiende lo que quieres.

—Creo que el sexo debe surgir de una manera natural y obligarnos a que siempre sea cuando estemos los tres. Va a crear situaciones de tensión. Los tres tenemos claro lo que es y vosotros sabéis que siento lo mismo por los dos..., de otra forma no sería como lo estoy planteando, os lo aseguro. Creo que habría que dejar de lado los celos y… las desconfianzas. Quiero poder sentirme libre de besarte a ti si él no está y al revés. Y si surge que esos besos vayan a más…

—Estoy de acuerdo —dijo Nico, sorprendiéndome muy mucho.

—Bien. Todos de acuerdo.

Me concentré en el plato. Fiiiiuuu. Menos mal. Un punto menos que discutir.

—Esto…, chicos. A mí… me gustaría que dentro de la discreción propia… pudiera decírselo a mi hermana y esas cosas.

—Como si no lo supiera ya —se burló Hugo.

Me reí. Ni afirmé ni desmentí.

—Y quizá, en algún momento, presentaros a mis amigas.

—La mirada que cruzaron a mi espalda sonó como dos espadas láser chocándose. Hombres. Pero ¿por qué ese miedo a las relaciones sociales?—. Primero ver cómo nos va y si va bien… Lo que no quiero es que las peculiaridades de esto nos hagan aislarnos del mundo. Para mí mis amigas son parte muy importante de mi vida y no quiero ir con mentiras. Ni dejar de verlas.

—Como tú veas. Pero creo que lo primero es que nos aclaremos nosotros.

Miré a Nico un poco asustada por la sobriedad de sus palabras, pero una leve sonrisa en la comisura de sus labios me relajó.

—Los ravioles están increíbles, Hugo.

—Gracias, *piernas*. —Me tocó el moño cariñosamente—. Tú ahí sentada también estás increíble.

—Nico, un día de estos deberíamos cocinar para él.

—No, gracias.

Eso nos hizo reír a los tres. Terminé mi plato de dos bocados más y después roí, como un ratón, algunas de las galletitas saladas que había preparado Hugo. Estaba todo tan bueno que no podía parar.

—Joder…, creo que voy a engordar mucho saliendo con vosotros.

Qué raro sonaba ese «saliendo con vosotros».

—Tú estarías increíble con el peso que fuera, pero de todas maneras, *piernas*…, nosotros somos muy de quemarlo después.

Y la mirada que compartimos acto seguido dijo el resto. Le recordé completamente vestido encima de mí, desnuda, haciéndome gemir con la presión de su polla entre mis piernas. Recordé la frustración cuando se fue y a lo poco que me supo el encontronazo de la semana anterior. Entonces, solucionado mi problema con Nico, volvían a resurgir los instintos primarios que me despertaba el simple hecho de estar con ellos y el recuerdo vívido del sexo entre los tres.

Hugo estaba hambriento, era evidente, pero nada de lo que hubiera en la mesa podía satisfacerlo. Si Nico lo estaba también, no lo demostró. Yo, por mi parte, me notaba nerviosa. Me sentía como el día que perdí la virginidad, qué tontería. Iba a volver a sentirlos a los dos. Sí. Seguramente en cuestión de minutos. Los dos entrando en mi cuerpo. Sus lenguas. Sus manos. Esa necesidad que se comía el oxígeno a bocados y que dejaba en su lugar un aire denso casi irrespirable. Seguro que me estaba poniendo roja. Lo estarían notando. ¿Se darían cuenta de las ganas que tenía de volver a deshacerme en sus brazos? De quitarles la ropa. De lamerles. El sabor de cada uno de ellos sobre mi lengua… No pude evitarlo. Los nervios me hicieron ponerme a hablar como un papagayo de cosas que, aunque dentro de mi cabeza venían a cuento, a ellos les parecerían totalmente inconexas.

—Me gustan estos manteles, son bonitos. El otro día mi hermana quiso que comprara unas sábanas de Zara Home, pero me parecieron muy caras. No he encontrado fundas para los cojines medianos. Me acabo de acordar de que tengo que comprarme las pastillas. ¿Tenéis fruta? Igual debería haber traído postre. ¡Qué calor hace hoy, eh! ¿Habéis salido? Es agobiante. He tenido que cerrar todas las ventanas.

Empecé a recoger platos y cubiertos. Estuve a punto de quitarles hasta lo que tenían entre las manos, pero la de Hugo se posó en mi hombro y se acercó a mi oído.

—Tranquila…

Tranquila, lo que es tranquila, no me quedé. Así que me levanté y me fui a la cocina, donde me encargué de colocar cada cosa en el friegaplatos con una minuciosidad poco típica en mí. Si mi madre me hubiera visto…, no, mejor que no me viera en esa situación. ¿Qué pensarían mis padres si supieran que estaba saliendo con dos chicos a la vez? Se horrorizarían. Estuve a punto de salir corriendo a mi casa, a poder ser agitando los brazos y gritando. Nico llegó a la cocina y dejó sus cosas en el lavavajillas también. Después me cogió por la cintura y me besó en la frente.

—¿Qué pasa?

—Nada. ¿Qué va a pasar? —contesté un poco rígida.

—Te has acelerado.

—Sí, bueno. Es que…

—¿Tú también nos echas de menos? ¿Es eso? —Su aliento cálido puso la piel de mi cuello de gallina y la besó despacio. Jadeé—. No es malo, nena. Cálmate.

Una de sus manos fue de la cintura al trasero y me pegó a él. Se inclinó y frotó su nariz con mi mandíbula… Un ronroneo se escapó de mi garganta, dejando bastante claro qué era lo que me estaba pasando.

—¿No puedes esperar? ¿Es eso? —preguntó en mi oído, jugueteando.

—No. Es que…

Hugo entró en la cocina con una sonrisa de superioridad en los labios; se me debía de notar la impaciencia a kilómetros. Nos apartamos para que pudiera dejar sus cosas en el lavaplatos y yo aproveché para volver al salón. Pero ¿a qué venía aquella actitud, Alba?

Cuando salieron de la cocina, los dos se dirigieron a la mesa para recoger lo que quedaba. Fue como si yo no estuviera. Como si no pudieran verme. Evitaron mi cuerpo como si tuviera un campo de fuerza a mi alrededor que les impidiera acercarse. Como dos imanes con la misma carga. Y cada vez me ponía más nerviosa.

—¿Quieres café? —escuché que le preguntaba Nico a Hugo.

—No. Luego no puedo dormir.

—¿Quieres dormir?

—No he dicho a qué «luego» me refiero.

Los dos se echaron a reír.

—Qué graciositos sois los dos —farfullé.

—¿Quieres café, Alba?

Café, copa y puro, no te jode. Lo que quería era deshacer ese nudo prieto que tenía en la boca de mi estómago, en la garganta y en la parte más baja de mi vientre. Quería que ellos, con sus dedos largos y masculinos, fueran deshaciéndolos como solo ellos sabían hacerlo. Quería fingir que estaba a su merced. Quería jugar a ser una chica indefensa entre sus dos cuerpos. Quería sentirlos. Quería que gimieran en mi oído. Que me dijeran cuánto me habían deseado en mi ausencia. Quería que me lo dieran todo.

Hugo y Nico volvieron a acomodarse en el sofá y yo me senté entre ellos. Les escuché parlotear sobre qué hacer aquella tarde. «La terraza del Círculo de Bellas Artes». Algo capté. Apreté los muslos el uno contra el otro con fuerza, hasta que una corriente sexual me azotó la entrepierna. Coloqué la mano entre los muslos. Nico le decía a Hugo que hacía demasiado calor. «Una pena lo de la exposición de Pixar», a la que no habíamos ido. ¿Lo estaban haciendo a propósito? Los miré. Nico estaba echado en el sofá mirando al techo, tocándose el pelo, dejándolo escapar de entre sus dedos despacio para volver a atraparlo milésimas después. Hugo estaba acomodado en la esquina contraria, con las piernas cruzadas a la altura del tobillo.

—¿Y tú qué dices, *piernas*?

—¿De qué?

—Que si te apetece salir.

—No mucho —dije con la boquita pequeña. «No mucho. Quiero hacer gorrinadas». Apreté más los muslos. La carga de deseo se concentró mucho más y me levanté de un salto hacia el armario donde tenían los vinilos—. ¿Puedo poner música?

—Claro.

Ojeé lo que tenían allí. Muchas cosas heredadas, sin duda. Otro día que no estuviera tan caliente y pudiera concentrarme en juntar palabras en frases para conversar, pediría explicaciones de alguno de ellos.

—¿Ves algo que te apetezca?

Dos tíos como dos soles. Me callé y negué con la cabeza.

—Te veo un poco las bragas —contestó Hugo con tono burlón.

—Pues disfruta.

—Disfrutaría más si las tuviera en el bolsillo.

Vale ya, joder. Me levanté y eché un vistazo a los cedes. Hugo se levantó del sofá y después de desaparecer en el pasillo que daba a las habitaciones durante unos segundos volvió con un iPod. Se puso en cuclillas a mi lado y lo conectó a un equipo de música. El clásico sonido de la ruedecita ocupó el espacio y Hugo seleccionó una lista de reproducción. La primera canción que sonó fue *Ain't no sunshine*, la versión de Lighthouse Family. Cuando se levantó lo hizo a dos dedos de mí.

—¿Bien? —Demasiado bien. Asentí—. ¿Estás tensa? —Frunció el ceño.

—¿Por qué iba a estarlo?

—Si lo supiera no lo preguntaría.

Volví al sofá y me dejé caer en la cheslón, tumbada. Hugo se acercó y desanudó las Converse bajitas en color crema que yo llevaba puestas mientras rumiaba cosas sobre la tapicería y la tintorería. Excusas. A Hugo le gustaba verme andar descalza por su casa y eso lo sabía hasta yo. No es que tuviera un fetichismo con los pies, es que creo que lo entendía como un gesto de confianza. Cuando volvió de su habitación de dejar mis zapatillas allí, lo único que hubo fue silencio. Los tres callados. Se sentó a mi lado.

—¿Entonces?

Me giré hacia él y puse una mano sobre su muslo. No podía soportarlo más. Quería que me tocaran.

—¿Qué pasa, Albita? —preguntó con sorna Nico mientras se sentaba al lado de Hugo—. ¿Se te comió la lengua el gato?

Me retorcí un poco, frotándome las piernas la una contra la otra. Se me escapó una suerte de jadeo de impaciencia. Ninguno de los dos se movió, pero yo no pude resistirme por más tiempo y me levanté. La música. Sus perfumes. La promesa de lo que intentaríamos que fuese de ese momento en adelante..., todo calentaba los motores.

—¿Estáis jugando? —pregunté.

—No —contestó de forma vehemente Nico—. Pero en ciertas cosas sigues mandando tú. ¿Qué tal si mueves ficha?

Los dos me miraron atentamente cuando me quité el jersey. Llevaba un sujetador blanco de triángulo, transparente, que en la zona de los pezones llevaba bordadas unas flores del mismo color. Tanto Hugo como Nico contuvieron la respiración un momento para dejar salir el aire después, despacio. Me desabroché el pantalón, dejando a la vista unas braguitas a juego que dejaban bastante poco a la imaginación.

—Ven... —susurró Hugo, palmeando su pierna derecha.

Me senté a horcajadas de los dos, sobre una pierna de cada uno y las mías en el hueco que quedaba entre sus muslos. Me acerqué a Hugo y le besé. Nicolás se aproximó hasta mi cuello, que empezó a besar, lamer y morder. Fue mi lengua la que tomó la iniciativa y se aventuró a través de los labios de Hugo con hambre. Cerró los ojos..., y lo supe porque sentí el aleteo de sus pestañas en mis mejillas. Eso me gustó; eso y el tacto de su barba en las yemas de los dedos. Palpé con la mano sobre su pantalón hasta localizar el bulto de su entrepierna. Separé la boca de la suya cuando empecé a desabrocharle los vaqueros.

—¿Adónde vas, nena? —jadeó.

—¿Adónde crees que voy?

—Calma…, despacio… —susurró Nico, y me cogió de la cintura y me separó de Hugo.

Me acerqué a Nico esta vez y nos besamos. Me envolvió completamente con sus brazos y me acomodé encima de él. Hugo se estaba moviendo, apartando la mesa de centro y arrodillándose detrás de mí. Besos en mi cuello, una lengua en mi espalda, dientes clavándose en mi cintura. Y mientras tanto, Nico y yo besándonos con desesperación. Me froté adelante y atrás, con los dos. Metí la mano entre nosotros y les toqué a través de la ropa para comprobar que estaban duros. No decepcionaron. El tacto de sus erecciones debajo de la ropa me calentó todavía más y me aceleré. Todo eran de pronto lenguas, mordiscos y gemidos de impaciencia. Si en algún momento trataron de mantener la calma, se les olvidó.

Hugo fue el primero en demostrar que se había desbordado por completo cuando me apartó casi de un tirón, me levantó y me cargó sobre él, haciendo que le rodeara con las piernas. Los besos que vinieron entonces fueron brutales y se llenaron de jadeos. Podía escuchar nuestra saliva. Cuando Nico se colocó detrás de mí, supliqué que me llevaran a la cama, porque no podía más, pero no recibí respuesta.

—En la cama… —pedí de nuevo.

—Ya no puedo parar —respondió Hugo, y me dejó sobre la alfombra del salón.

Allí tumbada vi cómo volvían a apartar la mesa con una pierna hasta pegarla al sofá. Nico se quitó la camiseta y Hugo le imitó. Antes de que pudieran deshacerse de los pantalones, yo ya estaba de rodillas, buscándoles. Bajé el vaquero y el bóxer de Hugo hasta los muslos y metí su erección dentro de mi boca.

—Ah... —gimió—. Joder, nena.

La saqué, succionando, y volví a clavarla al fondo de mi garganta. Nico se lo había quitado ya todo menos la ropa interior y estaba detrás de mí, desabrochándome el sujetador y deslizándolo por mis brazos para deshacerse de él. Mordiscos en mis hombros y sus dos manos llenándose de mis tetas, pellizcándome los pezones; sí, él también había dejado el Nico comedido a un lado. Gemí y Hugo se hundió en mi boca con un alarido de placer. Tuve una arcada y respiré hondo. Los ojos me lloraban.

—Aguanta..., nena. Aguanta.

Nico metió la mano en mis braguitas y las bajó hasta mi sexo.

—Joder, estás empapada...

Sus dedos dibujaron formas geométricas entre mis labios. Hugo se cogió la polla con firmeza y la fue metiendo entre mis labios despacio. Cuando mi boca tocaba ya la base, me mantuvo allí unos segundos. Sentí que me quedaba sin aire y que aquello multiplicaba el placer de las caricias que me estaba dedicando Nico. La sacó y yo cogí aire exageradamente.

—Más... —pedí, alucinada con la sensación.

Hugo volvió a hacerlo y Nico introdujo dos dedos dentro de mí y los arqueó. Pensé que no podría soportarlo. Cuando la sacó gemí fuerte y Nico me echó hacia atrás hasta tumbarme. Les esperé jadeando mientras se desnudaban del todo. Hugo fue el primero en arrodillarse entre mis piernas y arquearme hasta encajar conmigo. La penetración fue tan violenta como placentera. Los dos gritamos.

—Dios... —gruñó—. Eres mejor de lo que recordaba.

Después de dos embestidas, me dio la vuelta y me subió las caderas para volver a penetrarme desde atrás; agarré la alfombra con tanta fuerza que pensé que arrancaría parte del tejido. Nico se colocó delante de mí y me acerqué, besándole muslos hasta llegar a su erección, que engullí.

—Así, nena, así…

Durante unos minutos llenó el salón el sonido de mi boca húmeda deslizándose a lo largo de la polla de Nico, sus gemidos y los gruñidos de Hugo, que me follaba hasta con rabia. De telón de fondo, *Paint it black*, de los Rolling Stones. Desde ese día me parece una de las canciones más sugerentes y sexuales del mundo. ¿Por qué será? Hugo se obligó a calmar el ritmo de las acometidas de su cadera e inclinándose sobre mí me besó la espalda.

—Nena… joder, nena… —musitaba.

Salió de mí de manera casi atropellada, como si sintiera que estaba a punto de correrse. Nico me apartó de él y yo gemí frustrada.

—¿Quieres más? —me preguntó.

—Sí —jadeé—. A los dos.

Me llevó hasta él y nos besamos. Esos besos que sabían tanto a sexo…, casi se me había olvidado el sabor de desearles tanto. Nico y yo preparamos la penetración con manos nerviosas y, una vez en mi entrada, subió las caderas para fundirse conmigo. Eché la cabeza hacia atrás para lanzar una expresión de placer, acto que Hugo aprovechó para cogerme del pelo y tirar hacia él. Nos besamos, casi contorsionándonos para poder llegar a profundizar con nuestras lenguas. Después humedeció con saliva su erección y empujó por detrás para colarse hasta el fondo. Una fina pared dentro de mi cuerpo los separaba y Nico, con los ojos cerrados, jadeaba con fuerza.

—Ah… —me quejé—. Despacio.

—Muévete tú —le pidió Nico a Hugo—. Si lo hago yo, me corro.

Estábamos tan muertos de ganas…, iba a ser breve. Hugo empujó y me arrancó un grito. Me preguntó si me dolía pero no supe ni contestarle. Me notaba tan pequeña… Como si fueran a romperme de placer. Mi cuerpo tirando en todas direcciones, abriéndose a ellos. Nico jadeando debajo de mí, gruñendo cuando Hugo volvía a moverse. Y él agarrado a mi pelo, tirando de él, metiéndome el pulgar en la boca. Cuando acoplaron los movimientos el uno al otro me dejé hacer, inerte. Ellos sabían cómo hacerlo posible, cómo conseguir que cada penetración fuera delirante. Durante minutos la fricción y los empellones resultaron tan brutales que no pude más y exploté con tanta fuerza que, para poder canalizar y absorber tanto placer, tuve que morder la mano de Hugo. Él aguantó el dolor de tal manera que llegué a pensar que le gustaba. Nicolás se agarró a mis pechos y empujó con sus caderas hacia arriba. Se movió primero rápido y con fuerza para ir decelerando el ritmo a medida que se acercaba el orgasmo.

—Ah, Dios…, no puedo más —gimió.

—Córrete —le pedí—. Quiero que te corras dentro.

Sin parar el movimiento de sus caderas, Nico agarró mi cara entre los dedos de una mano y, con la boca entreabierta y jadeante, me mantuvo la mirada. Me sentí cohibida por aquella intensidad.

—Quiero que lo sientas —me dijo despacio—. Cada gota…

Me moví y Hugo tiró más de mi pelo.

—Quieta, quieta… —y mientras lo decía con voz baja, casi amenazante, de depredador, sus caderas se pegaban a mis nalgas despacio, haciendo que se deslizara en mi interior con suavidad y rotundidad.

Nico gruñó y me clavó las yemas de los dedos en el muslo izquierdo. Lo sentí. Sentí cómo palpitaba y cómo se desbordaba dentro de mí. Hugo metió entonces la mano entre los dos y empezó a frotar mi clítoris con dos de sus dedos. Estaba tan húmeda que se resbalaba hacia mi entrada. Apreté los dientes y clavé las uñas sobre el pecho de Nico, que se retorció en una especie de réplica cuando Hugo me apretó contra él y, con la boca en mi nuca, empezó a correrse. Segundos enteros sintiendo cómo se vaciaba dentro de mí. Abrí los labios y aspiré sus sonidos en una mueca de placer.

—Así, nena…, así… —gemía Hugo en mi oído—. Siéntelo.

Y yo me desmoroné sobre Nico. Sí. Todo volvía a ser como siempre. Pero mejor.

17

PERO MEJOR

Hugo entró en el dormitorio con una media sonrisa que me desarmó, si es que quedaba en mi cuerpo la mínima resistencia. Llevaba un pantalón de pijama muy fino de color granate (sin nada debajo) que se le caía bastante de cadera. En cada una de sus manos, una copa de balón con un gintonic preparado. Dejó las bebidas en la mesita de noche y se inclinó para besarme en la punta de la nariz.

—¿Qué tal, *piernas*? ¿Más tranquila? Traías tensión acumulada me parece a mí.

Me eché a reír como una cría. Dios. No me lo podía creer. ¿Mis novios? Nico nos dedicó desde el otro lado de la cama una mirada perezosa; solía quedarse bastante fuera de juego después de un revolcón, como si estuviera dormido con los ojos abiertos.

—¿Quieres una? —le ofreció Hugo mientras se sentaba a mi lado en la cama.

—La merienda de los campeones —me burlé, y me incorporé en la cama.

Hugo acomodó unos cojines en mi espalda y Nico cerró los ojos, sin contestar. Estaba durmiéndose. Después de recuperar el aliento sobre la alfombra del salón y hacer una parada en la ducha de Nico, habíamos caído exhaustos encima de la cama de este. Y por la postura que estaba cogiendo, yo diría que se preparaba para una siesta.

—Nico… —Le acaricié el pelo—. ¿Quieres dormir?

—No, estoy despierto —balbuceó.

Hugo movió la cabeza en dirección a la puerta y cogió las dos copas antes de salir hacia su habitación. Me incliné sobre Nico y le besé el cuello.

—Que no estoy durmiendo… —se quejó ya medio en sueños.

Le besé en la boquita, pero ya casi ni respondió. Antes de salir de allí bajé la persiana y puse el aire acondicionado a intervalos. Hugo me esperaba tirado en la cama bebiendo de su copa y yo me tumbé a su lado. Él dejó la bebida en la mesita de noche y se giró de nuevo hacia mí, colocó su mano derecha sobre mi mejilla y me besó, despacio…, tan despacio… Sonreí cuando se alejó.

—¿Estás cómoda? ¿Quieres una camiseta?

—No, estoy bien. —Me arremangué el jersey. Los shorts seguían tirados sobre el brazo del sofá, en el salón. Solo el jersey y mis braguitas—. De todas maneras no vivo lejos. Podría subir a por un camisón.

—¿Qué tipo de camisón? —Y sus labios se apretaron el uno contra el otro de una manera muy sexi.

—Para… —le pedí.

—Según las normas no tengo por qué parar, ¿no?

—¿Sabes? En realidad las relaciones no se basan en normas. Más bien en consentimientos y en…, pues no sé, prueba-error, supongo.

—Va a tener usted que perdonarme, pero no estoy muy ducho en estas cosas.

—Diez años sin pareja, ¿eh?

—Bueno, he tenido otras cosas de las que ocuparme. —Se acomodó mientras miraba al techo y flexionaba una pierna.

—Sí, creo que te has estado ocupando bien estos diez años.

Eso le hizo sonreír.

—¿Cómo fue tu última relación? —preguntó.

—No fue mal. Fueron años tranquilos. En realidad rompimos de mutuo acuerdo. La cosa no funcionaba, pero sin dramas.

—¿Seguís siendo amigos y esas cosas?

—No, pero no porque le odie ni nada por el estilo. Conozco a la chica con la que sale ahora y me alegro de que esté con alguien y que estén bien.

—¿Entonces?

—Es que Carlos… me aburría. —Me giré a mirarle—. No me reía con él.

—Ah…, conque al final es verdad que os gustan los hombres que os hagan reír... ¡Cuántos años de gimnasio en vano!

—¿Vas al gimnasio por las chicas? No me creo que seas tan patán.

—No voy al gimnasio, eso lo primero. No me gusta encerrarme en un sitio lleno de gente sudando.

Hugo, genio y figura.

—Entonces, ¿qué haces para estar así de bueno? —dije con un toque burlón en mi tono.

—Pues le diré, señorita, que salgo a correr. Y me gusta nadar.

—¿Te pones bañadores pequeñitos y ridículos?

Me senté a horcajadas sobre él y arqueó las cejas, dándome a entender que la respuesta era un no rotundo. Lo imaginé moviéndose elegantemente en el agua…

—Voy poco —aclaró—. No tengo demasiado tiempo.

—¿Y este cuerpo es de correr?

—Y de follar.

—Ah —asentí. Claro. Hugo había follado con muchas chicas.

—¿Te molesta pensar que he follado con otras antes que contigo? —se regodeó.

—Haré la pregunta a la inversa: ¿te molesta saber que me acosté con otros antes que contigo?

—Me imaginé algo cuando no manchaste las sábanas la primera noche, ¿sabes? Soy muy suspicaz. —Le clavé la yema de los dedos sobre el pecho y él hizo una mueca, a medio camino entre el dolor y el morbo—. No, no me importa lo que hicieras. Me importa lo que hagas a partir de ahora. Y que lo hagas conmigo.

—Y con tu mejor amigo —aclaré.

—Y con mi mejor amigo.

—¿Crees que serás capaz de ser mi novio? —me burlé, moviéndome un poco.

—Soy humano, deja de restregarte mimosita o terminaremos despertando a Nico.

—De eso va, ¿no? De que se despierte y se una.

—A decir verdad tengo ganas de que tengamos un ratito para nosotros. —Levanté las cejas, segura de que ahí estaba el germen de futuros problemas, pero Hugo negó con la cabeza—. No, no en ese plan. Es solo que... me gustaría hacer cosas contigo que a Nico no le van.

—¿Cómo qué?

—Te lo explico otro día.

—Oh, no. —Me reí—. Explícamelo ahora.

—Quítate el jersey y la ropa interior y te lo cuento de mil amores.

—Hace nada que te has corrido. Ahora mismo no funcionarías ni con pilas.

Se echó a reír.

—No sé si ofenderme o aplaudirte.

—Lo dejamos para otro ratito, mejor.

—¿Quieres mimitos? —dijo con una sonrisa de medio lado.

—Quiero hablar.

—Ah, ya, cosas de novios.

—Cosas de novios.

Le acaricié el pecho y después me incliné hasta tumbarme sobre este. Escuché fuerte y claro cómo le latía el corazón. Bombeaba rítmicamente. Me pareció un sonido precioso.

—Me gusta estar contigo así —susurró.

—Así ¿cómo?

—Abrazados. Creo que hacía mucho tiempo que no abrazaba a nadie. Es triste pensar que casi se me había olvidado lo agradable que es que alguien se agarre a ti... así. Y todo lo que hace sentir.

Se calló.

—Sigue —le pedí.

—Me preocupa plantearme que quizá esperes escuchar cosas que no sé decir, *piernas*. No quiero que te sientas decepcionada.

—La decepción no existe. Solo las expectativas poco realistas.

—Esa es una reflexión muy sabia.

—Irás abriéndote —le dije muy segura de que se cumpliría. Debía desearlo con tanta fuerza que no entendí que no fuera posible.

—Eso espero. Pero no soy así. Soy bastante... rancio.

—Rancio no está entre los adjetivos con los que te describiría, nene. —Me reí.

—Eso es porque aquí estás tú, agarradita como una garrapata. Y a mí me... salen de pronto cosas que no sabía que estaban ahí. Pero no siempre hay palabras.

—Hay palabras para todo. Y cuando no alcanzan…, siempre hay algo con lo que adornarlas.

—¿Rotus de colores? ¿Purpurina?

Le di un puñetazo en el costado y él se echó a reír.

—Me refería a gestos…, detalles.

—Flores…

—Canciones…

—¿Quieres que te cante?

—Dios, no. —Me erguí de nuevo—. Debes de cantar fatal.

—Fatal es poco. De horror se acerca más a la realidad. Pregúntaselo a Nico cuando se levante.

—Me refiero a… Las chicas hacemos mucho una cosa, pero no lo sabrás porque cuando quieres eres bastante cavernícola.

—Ilústrame. Para algo tengo novia, ¿no?

Eso me hizo reír. Escuchar mi risa le hizo sonreír y eso a mí me hizo feliz. Le acaricié la cara.

—A veces, cuando sentimos algo por alguien y no sabemos o no queremos decirlo abiertamente, lo hacemos a través de canciones. Un *email* con un «me encanta esta canción» suele ser en realidad un «es justo lo que siento por ti».

—Nunca me has enviado un *email* con un «me encanta esta canción».

—Eso es porque me dabas miedito. Pero creo que empezaré a hacerlo.

—Hazlo ahora. —Se incorporó con mucho ímpetu—. Venga, *piernas*. Tengo curiosidad.

—Oh, no. —Me reí—. Esto no funciona así. No puedo buscar ahora una canción de mi repertorio mental. Tiene que salir.

—Ah. —Y pareció decepcionado.

Le acaricié el pelo y él me besó la mano. Repasé sus rasgos y pasé los dedos por sus cejas, por sus pómulos, por su poblada barba que, aunque estaba arreglada, la llevaba más larga de lo habitual. La acaricié y sentí un cosquilleo en la piel de los dedos al hacerlo, así como en el estómago. Empezaba a sentir cosas que no podía evitar.

—Hugo… —musité tímidamente.

—¿Qué, *piernas*?

—¿Estaremos alguna vez como antes de todo esto? Como…, como en tu bañera.

Suspiró y la manera en la que perdió la mirada sobre los muebles que llenaban la habitación me asustó.

—Da igual, no me contestes —me retracté.

—Yo… creía que ya estábamos como entonces.

—Ah.

Ninguno de los dos dijo nada por unos segundos. Volvió a mirarme con aire apesadumbrado y empezó a hablar.

—Soy un bruto y además la mayor parte del tiempo estoy pensando con la parte equivocada del cerebro. Entiendo tan poco de sentimientos que a veces me parece que voy a necesitar un traductor para explicarte algunas cosas, pero no quiero que dejes de preguntar. No temas jamás ninguna de mis respuestas, *piernas*. Jamás, te lo juro, jamás pensaré en otra cosa que en aquella que sea mejor para nosotros. No recuerdo qué dije o qué hice cuando estábamos metidos en aquella bañera pero… —Tragó y desvió un momento los ojos de los míos—. No ha cambiado nada. Lo que hubiera sigue estando. Y cada día es un poco más fuerte. Si alguien es capaz…, eres tú.

Me acerqué y le besé en los labios.

—Es demasiado fácil —insinué.

—No lo es. Tú lo haces fácil.

Nico entró en la habitación y nos dio un susto de muerte. Se dejó caer como un peso muerto, boca abajo, y gimoteó.

—Me he sobado. Cabrones.

18

Eva me miraba como si me hubiera sacado el pene y lo hubiera meneado. Y no tengo pene. No sé si me explico. Vamos, como si me hubiera nacido otra cabeza de repente. Es que a veces por poder escribir la palabra pene soy capaz de cualquier cosa.

—¿Me quieres decir que tienes dos novios? —preguntó arqueando las cejas. Me di cuenta de que las llevaba impecablemente depiladas. Cabrona, había ido sin mí a que Vanessa se las hiciera en Benefit.

—No sé si novios es la palabra más acertada, pero sí.

—Tú estás chalada. —Sonrió, a punto de descojonarse—. ¿Eres consciente?

—¿Y qué quieres que haga?

—Vamos a ver, que a mí me parece genial —dijo mientras cogía la copa de vino que le había servido y se la acercaba a los labios—. Pero siempre pensé que tú harías algo como... elegir a uno de los dos y pasarte la vida flagelándote, pensando qué habría pasado si hubieras tomado la decisión inversa.

—Me he cansado de flagelarme.

—Pues genial.

No pude evitar sonreír. «Pues genial» era la respuesta de mi hermana a mi cambio de vida. A mí me había costado sangre, sudor y lágrimas llegar a la conclusión de que no me apetecía elegir y dejar escapar una de las dos opciones y ella se encogía de hombros y decía «pues genial». Quizá la vida era mucho más sencilla de lo que yo me había empecinado en creer. Quizá algunas decisiones no eran tan complicadas. Vale, sí. Cuando una se imagina siendo uno de los vértices de un triángulo amoroso, nunca se plantea la opción de no tener que elegir, pero… ¿qué pasa si se plantea la opción de que sea viable? ¿Qué ocurre cuando elegirla o no depende de ti?

—¿Y qué tal? —me preguntó al tiempo que cogía la bandeja de sushi y la llevaba a la mesa de centro del salón con la clara orden de que comiéramos ya.

—Pues muy bien. Ayer comí con ellos y luego pasamos la tarde juntos.

—¿Dormiste allí?

—Sí —asentí—. Y esta mañana he desayunado en su terraza tostadas francesas recién hechas y zumo de pomelo.

—¿Zumo de pomelo? Pero a ver, no desvíes mi atención hacia los cítricos. ¿Has dormido con los dos? No es morbo, que conste, es solo para hacerme un mapa mental de cómo funciona.

—Anoche dormí con Nicolás. Nos quedamos viendo *Eduardo Manostijeras* en el salón y Hugo se aburrió y se marchó antes a dormir.

—¿Follas con uno aunque el otro esté en la habitación de al lado? Y lo siento, esto sí es morbo, a lo prensa rosa.

—No se ha dado la situación.

—Follas con los dos.

—Pues… ayer sí.

—Tienes que tener el culo como…

—No termines la frase. De eso sí que no voy a hablar contigo.

—Sí, es verdad. Háblalo mejor con Gabi. Le va a encantar la historia. —Y se rio mordaz antes de meterse un *maki* en la boca.

—No creas que no he pensado cómo planteárselo.

—Ah, que vas a contárselo…

—¿Cómo no voy a hacerlo? Una no esconde en un armario a su pareja.

—Y menos si es como las tuyas. Las tuyas, has oído bien el plural, ¿no?

—Claro que lo he oído. Evidentemente no voy a ir a contárselo a mamá y a papá.

—Mamá cree que tienes un rollo con Hugo. Me dice esta mañana: «A ver si le sonsacas a tu hermana qué se trae con el casero». Pobre…

—Ni se te ocurra decirle lo más mínimo —le advertí.

—«Oye, mamá, ¿te acuerdas cuando nos decías que cuidado cuando estuviésemos solas con un chico? Pues no te preocupes: Alba lo ha cogido al pie de la letra y sola, sola... no va a estar».

—Qué graciosita eres. —Pero sonreí después de increparle.

—¿Y cómo es Nico? A mí me pareció un poco sieso.

—Sé que puede parecerlo pero en realidad es…, es todo lo contrario. Muy de pequeños detalles, de contarte un recuerdo precioso de su vida y después poner una canción que le recuerda a ese momento. Es… introspectivo. Más tímido que Hugo. Se aturulla con las relaciones sociales, pero…

—Si fuera una canción, ¿cuál sería?

No me extrañé. Aquella pregunta era muy típica de mi hermana. A lo mejor no me lo había preguntado así nunca, pero ella creía a pies juntillas que las canciones sirven para definirlo prácticamente todo. Por eso titulaba como titulaba las listas de reproducción de mi iPod. Así que miré al techo mientras masticaba y lo pensé.

—*Sálvese quien pueda*, de Vetusta Morla. —Ella levantó las cejas. Empezó a canturrear entre dientes—. Pero no tanto por la letra como por el tonillo. Eso o algo de Johnny Cash.

—Joder. Cuánta intensidad. ¿Y Hugo?

—Hugo sería *If you can't say no*, de Lenny Kravitz.

—Totalmente de acuerdo.

Eva se metió otra pieza de sushi en la boca y masticó con cara de concentración. Yo la imité, pero sin expresión de estreñimiento. Ella se preparaba para preguntar más y más escatológico y yo, simplemente, esperaba poder capear el temporal.

—¿Y en la cama?

—En la cama, ¿qué?

—Ahora en serio, fuera de coñas. ¿Cómo son?

—Eres mi hermana pequeña. No pienso contestarte a eso, pervertida.

—Si te sirve de consuelo, todo lo que me digas se reconstruirá en mi mente, pero conmigo de protagonista.

—Son tus cuñados.

—A Nico le caigo mal. —Hizo un mohín.

—Aún no te conoce.

—Pero a Hugo…

—Hugo es diferente. No puedes compararlos.

—¿En la cama tampoco? —insistió.

—Y dale con la cama…

—Venga…, algo.

—En la cama tampoco. Hugo es «aquí y ahora» y Nico es más…, sabe retrasar la gratificación.

—¿Me estás diciendo que Hugo es eyaculador precoz?

—Por el amor de Dios. ¡Claro que no! ¡En mi vida me había corrido así!

Sonrió bastante conforme con mi confesión. No iba a arrancarme más detalles, no porque fuera una melindres de la que se calla los detalles, sino porque…, porque era mi hermana, leches. Comentar un poco bien, pero sin detalles, que luego…

No pude pensar más, porque sonó el timbre de mi casa.

—Ese es mi cuñado el molón —farfulló.

—Sí, claro, a traerte el postre —me burlé de camino a la puerta.

Abrí y…, avatares del destino, sí era su cuñado el molón, ahí plantado, con unos vaqueros y una camiseta verde botella, peinado, perfumado y petando el *molómetro*.

—Hola —dije sorprendida.

—Hola, *piernas*. —Él se agachó y yo me puse de puntillas. El beso fue silencioso y corto—. Os he traído el postre.

La carcajada de mi hermana estalló en el comedor y le hizo sonreír.

—¿He dicho algo gracioso?

—Déjala, está demente.

—¿No entras? —preguntó ella desde el sofá.

—No, qué va. Aún no he comido y he dejado a Nico vigilando el horno, lo que se traduce en que estará conectando la videoconsola en el salón y si tardo yo tendré que hacerme un sándwich.

—Gracias —le dije cuando me pasó el plato que llevaba en las manos—. ¿Qué es?

Hugo se inclinó hacia mí y, bajando el tono de voz, dijo:

—Una cosita para que te acuerdes de mí y me llames cuando se haya ido.

Me dio una palmada en el culo y giró sobre sus talones para volver a casa, donde seguramente nadie comería ni sushi a domicilio ni un sándwich. Cuando dejé el plato encima de la mesa yo ya sabía lo que había debajo del papel de plata. Efectivamente, eran dos *coulants* de chocolate, aún calientes.

—¿Esto lo hace él?

—Sí, hija sí.

—Seguro que no es lo que mejor sabe hacer. —Y se puso a subir y bajar enfermizamente las cejas.

—No, no lo es. Pero con esto también sabe hacer cosas interesantes.

Eva se fue a las cinco y media después de que viéramos, como dicta la tradición, la película de serie B de rigor. Esta vez iba sobre una mujer que escuchaba voces en su casa. Y sí, era el marido, que era un cabrón, el que intentaba volverla loca para que se suicidara y poder casarse con su joven amante. Y como es de suponer, llamé a Hugo, pero no me lo cogió. Un poco extrañada, decidí bajar a ver si iba todo bien porque, sí, soy de ese tipo de personas que ante la más mínima duda empieza a imaginar escenas dantescas en las que alguien se cercena el miembro con el cuchillo del pan sin querer y acaba desangrado en la cocina ante la atónita mirada de su mejor amigo, compañero de piso, socio y casi amante. Demasiado Tarantino, creo. Me abrió la puerta Nico. Sonrió. Oh, sí, nene. Dame más.

—Hola —saludé respondiendo a su sonrisa—. Me dijo Hugo que le llamara cuando se fuera Eva, pero no me coge el teléfono. Iba a llamarte a ti, pero sabiendo cuánto te gusta la siesta…

Puso los ojos en blanco y me hizo pasar.

—Pues mira y trágate tus palabras —bromeó.

En el sofá, como descoyuntado y en una postura seguramente muy incómoda, yacía Hugo, dormido. Profundamente dormido, debo añadir. Le puse un cojín debajo de la cabeza para que no se desnucara y ni siquiera se inmutó.

—Ronca —se quejó Nico.

—¿Qué estabas haciendo?

—Pues estaba leyendo.

—¿Murakami? —pregunté.

—Sí. Murakami, señora notitas de amor. —Me besó en los labios—. ¿Quieres que lo despierte? —me preguntó después, señalando a Hugo con la cabeza.

—No, qué va. Tiene pinta de estar muy a gusto. ¿Molesto si me quedo un rato contigo?

—No molestarías aunque te quedaras la vida entera.

Nico, el soñador, tímido, que odia el gentío y que cuando te hace un mimo dibuja poesía en el aire. Eso o que yo ya era una mema enamorada, no lo sé. Fuimos a su dormitorio y bajó la persiana. Después me llevó hasta el borde de la cama y me obligó a sentarme.

—Espera, pondré música. Así no tendrás que sufrir mis silencios.

—Tus silencios no los sufro. Los disfruto.

—Sí, ya. Cuéntame otra.

Sonreí. Nico consultó los cedes que descansaban en una estantería, perfectamente alineados y en orden alfabético.

—¿Te apetece escuchar algo en concreto?

—Algo suave.

Cogió uno y lo colocó en el reproductor. Empezó a sonar, suave, despacio, una melodía a piano. Algo que no reconocí.

—¿Conoces Thirty Seconds To Mars?

—Sí, alguna canción.

—Pues también hacen cosas suaves.

Vino hacia la cama y se tumbó a mi lado. Jared Leto hablaba de caerse y de reponerse después. De decisiones. De finales inevitables.

—Es muy bonita.

—Sí, lo es.

Rozó su nariz con la mía y después me besó.

—Estaba pensando en si estaría muy mal subir a verte. Y entonces ha sonado el timbre.

—¿Por qué iba a estar mal?

—Porque…, no lo sé. Aún me estoy amoldando a esto. Nuevos límites. Nueva… motivación.

—¿Y cuál es esa motivación?

—Tú. No sé. Hacerlo posible.

—Puedes venir a verme cuando quieras. A mí me gustará verte siempre.

—¿Me lo prometes?

—Lo juro.

Nos acomodamos sobre el colchón, escuchando la guitarra eléctrica de la canción. Me envolvió con su brazo y me acerqué a su cuello a aspirar su olor. Cuando lo hice Nico suspiró de una manera ronca que vibró muchos centímetros abajo en mi cuerpo. Le acaricié el pecho, debajo de la camiseta, y dejé que mis dedos descendieran hasta su estómago y por debajo de su ombligo, para volver a subir después. Lo repetí, esta vez observando su reacción. Apretó la mandíbula y cerró los ojos cuando llegué de nuevo a la parte baja de su vientre.

Nico me empujó hacia él con el brazo que me envolvía y subí a horcajadas. Sus manos me acariciaron los muslos, dejando la piel encendida a su paso. Estaba serio de pronto, concentrado. Fruncía el ceño y sus ojos seguían, milímetro a milímetro, el recorrido de sus dedos sobre mi piel.

—Quiero estar dentro de ti.

Sabía que lo quería; una mujer sabe esas cosas. Lo que no esperaba es que lo dijera, así que me quedé un poco noqueada. Ante mi inmovilidad, bajó los tirantes de mi vestido y se incorporó para besarme en los labios. Los besos de Nico solían ser húmedos, intensos, lentos. Su lengua entró en mi boca y saboreé sus movimientos. Me sorprendió que se volvieran más violentos a medida que profundizaba en mi boca, pero me dejé llevar. Y tanto que apenas me di cuenta de que nos desnudábamos el uno al otro.

En un principio sentí la necesidad de pegarme a su piel caliente y notar la aspereza del vello de su pecho frotándose con mis pezones sensibles, pero después la necesidad fue mutando hasta convertirse en algo mucho más visceral. El deseo natural de dos personas jóvenes que se gustan, que se conocen y que quieren deshacerse en un orgasmo. En aquel momento desaparecía todo aquello que quedara fuera de los márgenes del dormitorio. No había Hugo, ni relación complicada. No había trabajo. No había errores. Solo la necesidad de un rato de sexo.

Jugamos. Lamimos y soplamos sobre nuestra piel. Le arañé la espalda. Dejé que me moviera a su antojo, dándome la vuelta, mordiendo mis nalgas, humedeciendo con su lengua mi cuello y ese rincón tan sensible que quedaba detrás de mis orejas. Nos tiramos del pelo. Jadeamos. No dijimos ni una palabra porque sobraban las explicaciones.

Hugo tenía razón: me habían descubierto una faceta del sexo que no conocía y que era muchísimo mejor que los preliminares mediocres que yo había practicado antes de conocerlos. Porque a Nico no le había hecho falta meter la lengua entonces entre mis pliegues, ni tocarme, ni frotarme, para tenerme húmeda, dispuesta, preparada y anhelante. Él solo jugaba sobre mi piel, como en una maniobra de reconocimiento. Él pulsaba unas teclas que iban calentando mi cuerpo, despacio, lento, como si las prisas solo pudieran traernos decepción. Pero los juegos son eso…, juegos. Cuando agarré con fuerza su polla y me la metí en la boca, Nico gruñó y empujó con sus caderas más hondo. Me sujetó la cabeza y yo deslicé mis dientes sobre su piel con suavidad, sacándola de entre mis labios húmedos.

—Otra vez —gimió—. Hazlo otra vez.

La tragué hasta que no pude más y después mis dientes fueron arrastrándose sobre esa piel tan fina, tan sensible. Cuando saqué la punta la lamí un par de veces, dedicándole mimo y tiempo, notando cómo se endurecía, cómo se enrojecía y palpitaba.

—Si sigo te correrás.

—Sí —y contestó tan serio que me calentó aún más.

—¿Quieres que siga?

—Quiero que te subas encima de mí y me folles.

Aparté mi pelo largo a un lado y me coloqué encima de él. Cogí su erección y la froté con mi sexo húmedo. Me masturbé durante unos segundos con ella y después la deslicé hacia mi interior. Entró de golpe, haciéndonos gemir a los dos.

—Oh, Dios… —Echó la cabeza hacia atrás.

Me moví y cuando volví a clavarme en él dio en un gong interno que me hizo abrir mucho los ojos. ¿Qué era eso? ¿Por qué resultaba tan intenso? Nico dibujó una sonrisa de medio lado.

—¿Te gusta? ¿Te gusta follarme?

—Sí.

Me di cuenta de que el cedé se había terminado. Nuestros gemidos debían de ser cada vez más audibles. ¿Nos estaría escuchando Hugo? Nico tanteó la mesita sin desviar su mirada de mi cuerpo y activó la minicadena de nuevo, como si hubiera llegado a la misma incómoda conclusión. La voz de Jared Leto versionando *Bad Romance* llenó la habitación.

—Quiero que grites si lo que hacemos te hace gritar —jadeó junto a mi oído.

Dibujé un círculo con mis caderas y después me concentré en hacerlo entrar y salir de mí con la suficiente velocidad como para que pasara de ser placentero a acercarnos al orgasmo. Era como bailar sobre él, un baile íntimo y húmedo que le hacía blasfemar entre dientes.

—Me haces volar —jadeó—. Dios, nena…

Durante unos segundos el golpeteo entre la piel de los dos fue brutal. Grité. Estaba tan cerca de correrme…, me frustraba sentirlo tan cerca y tan lejos. Quería hacerlo pero quería alargarlo. Nico se incorporó y me echó hacia atrás, saliendo de dentro de mí con violencia. Abrí las piernas y él se colocó encima de mí. Empujó de nuevo hasta llenarme. Clavé mis uñas en su espalda. Se hundió en mi cuello y se agarró al colchón para hacerlo de nuevo. Mis manos se deslizaron por su espalda hasta llegar a sus nalgas, que se tensaban y se destensaban en cada nueva penetración.

—Así, así —gemí—. No pares.

Clavé las uñas en su trasero y tensó todo el cuerpo. Me apartó violentamente los brazos en un solo movimiento y los inmovilizó por encima de mi cabeza. Se acercó a mí y con sus labios casi tocando los míos gruñó:

—Si vuelves a hacerlo me correré. Y me correré sin ti. Te llenaré y después no me quedarán fuerzas para hacer que tú también lo sientas.

Me arqueé y él empujó con sus caderas. Levanté las mías. Nos encontramos en un calambre de placer. Volvimos a hacerlo. Otra chispa, prendiendo.

—Estás tan húmeda que me engulles, me tragas.

Yo también lo sentía. Mi cuerpo se había abierto tanto a él… Salió de mí; no me di cuenta de la fuerza que estaba ejerciendo en mis muñecas hasta que las soltó. Me dio la vuelta en la cama y subió mi trasero. Me penetró. Allí iba. El orgasmo. Me correría así, agarraría las sábanas y las apretaría en mis puños. Echaría la cabeza hacia atrás y me correría. Lo sabía… Colocó su mano derecha sobre mi hombro y empujó mi cuerpo hacia él a la vez que me penetraba. Gemí. Su mano izquierda clavó los dedos en la carne de mis caderas. Aceleramos.

—Oh, Dios… —grité.

Aceleró. Follamos como animales durante minutos. Dentro. Fuera. Dentro. Fuera. Con fuerza. Cada vez más hondo. Cada vez más fuerte.

—Avísame. Avísame, joder… —gruñó.

Llevé la mano hasta mi clítoris y me acaricié. Cuando sentí que empezaba a deshacerme le dije que me corría, enterrando la cara en las sábanas, y Nico salió de mí. Grité frustrada, incapaz de pedirle explicaciones. Yo no podía alargarlo más. Necesitaba correrme y hacerlo con él. Sentí dos de sus dedos sustituyendo a su erección en mi interior y cómo me follaba con ellos con intensidad. No lo entendía, pero me abandoné. Jadeé. Seguí tocándome. Estaba a punto…, a punto…, tan a punto que me dolía. Pero ¿y él? Me olvidé de él cuando empecé a correrme con sus dedos clavados en mí, moviéndose, arqueándose, haciéndome llegar a lo más alto. Pero él no se olvidó de mí… De una sola estocada, Nico me penetró por detrás, sin delicadeza, con brutalidad. Mi cuerpo se tensó al sentir la invasión y le apreté. Gritó. Empujó dentro y fuera una vez. Yo también grité. El orgasmo se había multiplicado por mil.

—Ah, joder…, joder —grité—. Más, joder. Más. No pares.

Nico se corrió cuando entraba y salía de mí, dejando parte de su semen entre mis nalgas y el resto en mi interior. Los músculos de mi sexo se convulsionaron y dejé de tocarme. Sus dedos salieron de mí y acariciaron, totalmente humedecidos, mi clítoris para terminar contrayéndome entera. Me soltó, jadeante. Agarró su polla y la paseó entre mis nalgas. Me penetró una vez más y después… se dejó caer en la cama.

Después de la ducha, Nico se quedó traspuesto sobre la cama. Hombres… Incapaces de mantenerse despiertos después de hacernos alcanzar el orgasmo más brutal de nuestras vidas. Yo tenía cosas que hacer en casa, así que aunque me costó dejarlo allí, desnudo bajo la liviana sábana en una de sus posturas imposibles, me vestí y salí del dormitorio. En el salón todo se hallaba en calma, pero Hugo ya no estaba en el sofá. No tuve que buscarlo mucho, porque mis ojos lo encontraron pronto apoyado en la barra de la cocina con una taza de café en la mano. Fue suficiente el modo en el que me miró para saber que había sido «espectador» de todo el show. Tenía el pelo revuelto y el ceño ligeramente fruncido, dibujando en su frente algunas arrugas de expresión.

—¿Qué tal, *piernas?* —preguntó.

Su gesto borró la dicha poscoital por completo. De pronto sentí que no había nada bueno en los gemidos compartidos y aspirados entre las cuatro paredes de la habitación de Nico. Sentí que aquello regresaba al camino del que nos habíamos apartado hacía semanas y que volveríamos a hacernos daño si no encontrábamos una solución. Caminé hacia él; me sentí culpable a pesar de que aquello formara parte del acuerdo sobre el que habíamos cimentado nuestra relación a tres. Me hundí en él, haciéndole soltar el café sobre la madera de la barra.

—Eh... —dijo acariciándome el pelo—. Tenía que haber una primera vez, *piernas.*

—Yo...

Cogió mi cara entre sus manos.

—Escucharte gemir con otro no va a gustarme nunca. Da igual que sea él. Pero es que a él tampoco le gustará escucharnos a nosotros. Es natural.

—¿Cómo hacerlo entonces?

—Necesitamos tener nuestra parcela de intimidad. Por eso no entré. Hoy fuisteis vosotros. —Se encogió de hombros. Me besó en los labios y después se forzó a sonreír. Suspiré—. Nena..., lo que estamos intentando hacer no va a ser fácil. Nadie dijo que los comienzos no fueran extraños. Pero hay cosas que solo pueden ser de una manera... —Me soltó y fui yo quien se forzó a sonreír entonces. Dos sonrisas extrañas. Forzadas. Falsas...—. Adiós, *piernas* —me dijo de soslayo.

—No volveré a hacerlo. No así. Te lo prometo.

Hugo agachó la cabeza, asintiendo casi sin hacerlo. Cuando cerré la puerta me pregunté a mí misma si no estaría jugando a algo en lo que se pierde antes de empezar.

19

En funcionamiento

Hugo sacó unos huevos y leche de la nevera y los dejó sobre el banco de la cocina.

—Entonces, *pancakes* de ajo y parmesano, una ensalada templada y una tabla de quesos y fruta. ¿Va bien así seguro?

—Sí. Si hacemos algo más complicado jamás creerán que lo hice yo. —Suspiré con los brazos en jarras.

—Os quedaréis con hambre. ¿Y si hacemos una pizza de tomate seco, rúcula y queso también?

—Vale, pero que nos quede fea. Si no, no me creerán jamás.

No es que se me diera mal la cocina, es que sencillamente no se me daba. Creo que lo más complicado que había hecho en mi vida fue un bizcocho para un cumpleaños de mi madre y en lugar de quedar esponjoso y jugoso, parecía turrón de Jijona. Sin palabras. No quería que mis tres mejores amigas y mi hermana terminaran en urgencias con una intoxicación. Si iba a invitarlas a cenar por fin a casa, como había hecho, lo mejor era pedir ayuda a un profesional. Hugo me pasó un mandil y se colocó otro. En su iPod sonaba *Make my day*, de Waldeck.

—Hay un peso digital en ese armario. Dámelo y acércame la harina.

Yo me moví diligentemente, revolviendo en los armarios. Él esperaba paciente. Creo que se acababa de despertar de dar una cabezada después de trabajar y tenía el morro un poco torcido. No lo culpo, si yo tuviera que despertarme de una siesta en su cama para ayudar a mi novia a preparar la cena para sus amigas, igual se me agriaba un pelín el carácter también. Habían pasado días desde lo que sucedió con Nico cuando él estaba en casa y habíamos sabido volver al punto de inicio, así que me sentía tranquila; sabía que su mal humor no se debía a aquello. Al fin y al cabo, lo supimos desde que comenzamos: nuestra relación a tres iba a ser una constante búsqueda hacia la fórmula adecuada. Y para ello necesitábamos mucho ensayo-error, me temo. Se frotó un ojo. Después, cuando me vio las intenciones de empezar a cocinar a mi libre albedrío, vino hasta mí y me sujetó las manos.

—No, no, no. Primero se mezclan los ingredientes secos y después vas integrando los líquidos con cuidado. Y con paciencia.

La puerta que daba a las habitaciones se abrió y Nico salió muy sonriente. Llevaba un vaquero gris caído de cintura pero algo estrecho y una camiseta gris en la que se podía leer «*Polite as fuck*».

—Me voy —dijo.

—Yo que creía que nos ibas a ayudar —bromeé.

—Lindas manos para guantes —respondió entre dientes Hugo, concentrado en batir los huevos.

—Es una pena. No puedo.

—Dale un beso a tu hermana Inés y a los niños de mi parte —dijo Hugo sin girarse hacia Nico.

—¿A mi cuñado no quieres que le dé recuerdos?

—Tu cuñado es imbécil. Si le das algo de mi parte que sea una patada en los cojones.

Nico y yo nos miramos y nos partimos de risa.

—Ay, pobrecito mío, qué mal despertar tiene a veces… —dije tocándole el pelo.

Hugo gruñó como contestación.

—Vale, dame un beso. —Nico me besó en los labios y después me guiñó un ojo—. Qué visión tan bonita. Mis dos mujercitas en la cocina…

—Un día de estos se me va a escapar la chorra y te voy a dar un pollazo en un ojo; vas a ir con un parche de por vida —refunfuñó Hugo.

Nico se fue riéndose hacia la puerta y antes de desaparecer me dedicó un guiño. Hugo chasqueó los dedos delante de mí y me pidió por favor que atendiera. Yo me concentré y seguí sus indicaciones. Durante unos minutos ninguno de los dos habló, hasta que él rompió el silencio.

—Nunca lo había visto tan feliz.

—¿A Nico?

—Sí, a Nico. Es como si hubiera estado toda la vida esperando algo así.

—¿Y tú?

—El mal humor de la siesta se me irá enseguida. Me gusta pasar un rato en la cocina contigo. Conseguiré que aprendas a cocinar.

—Espero que no confíes demasiado en ello. Yo esperaba que me alimentaras tú por los restos de los restos.

—Yo o esas guarradas medio preparadas que compras.

—Exactamente.

Se limpió las manos y se echó el paño al hombro en ese gesto tan suyo.

—Ahora integramos la mezcla. ¿Ves? Así. Ve echándolo en el centro de la harina despacio. Yo iré mezclándolo. Pero un poco más rápido…

—Esto es muy difícil.

—No lo es. No puede serlo para alguien que mantiene una relación con dos tíos.

Me eché a reír y dejé el bol en la pila, donde me puse a fregar. Se me daba mejor ser marmitón que pinche, estaba claro.

—Entonces la cena ¿es para enseñarles el piso?

—Sí. Y para tantear un poco la cosa.

—¿Se lo vas a decir?

—Voy a preparar el terreno. No quiero escondérselo tampoco. Pero, bueno, una noche de chicas. Sin más. Ya os presentaré en sociedad otro día.

—No estoy seguro de que me apetezca que me juzguen unas tías que no conozco de nada.

—Son mis amigas. No te juzgará nadie.

—Bueno, ya me lo dirás.

Dejó otro recipiente en el fregadero y cogió una sartén.

—Cuando las calientes hazlo en el horno y envueltas en esto, ¿vale? O te quedarán muy secas.

—En realidad no tienen paladar. Son un poco como yo. Podría darles de comer galletas de perro y ni se enterarían.

—Prefiero que no hagas la prueba.

Me sequé las manos en su hombro y le acerqué la mantequilla antes de que la pidiera. Eso le hizo sonreír.

—Muy bien, *piernas*.

—Aprendo del mejor.

—Solo hay que engrasar la sartén, ¿vale? No te pases o solo sabrán a mantequilla.

—Gracias por ayudarme.

—Un placer. Si necesitas ayuda para, no sé, frotarte la espalda en la ducha, también estoy disponible.

Bien. Su humor iba mejorando. Además de ayudarme a prepararlo todo y quedarse él con el desastre en la cocina, insistió en subir conmigo a echarme una mano para poner la mesa y emplatarlo todo en condiciones. Lo he dicho ya en más de una ocasión, pero me repito: Hugo se tomaba aquellas cosas muy en serio. Apartamos el centro de mesa de la terracita y colocamos un cajón de botellas de Coca-Cola antiguo al lado para que sirviera como mesa extra. Yo lo veía allí concentrado, poniéndole tanta minuciosidad a cada gesto…, tuve curiosidad. De pronto, tenía la necesidad de conocer más cosas de él, entender el porqué de cada una de sus manías o sus filias.

—Oye, Hugo…, ¿a qué se dedicaban tus padres? —Y ni siquiera le miré cuando lo pregunté, con miedo de que aquella pregunta le recordara, con un poso de tristeza, a dos personas que ya no estaban allí.

—Mi padre era pediatra y mi madre, profesora de música.

Eso me sorprendió.

—Siempre pensé que alguno de tus padres se dedicaba a las finanzas.

—No. La verdad es que se sorprendieron bastante cuando elegí mi profesión. Creo que ellos me educaron para ser filántropo, no magnate.

—Pero como tú querías ser Hugh Heffner…

—Claro. Las conejitas no acuden a casa de un maestro, supongo.

Y mientras hablaba, allí agachado, doblaba servilletas de hilo de color lavanda.

—¿No quisieron más hijos?

—Bueno, mi madre tuvo complicaciones tras el parto y… fue imposible. Creo que en realidad ellos querían una casa llena de niños, pero al final en la vida hay que aprender a jugar con las cartas que te dan.

—Ah.

—Pásame los bajoplatos y lo dejamos ya todo colocado.

Miré a mi alrededor. ¿Qué narices era un bajoplato? Hugo me observó con media sonrisa y después me señaló unos platos planos grandes de color dorado.

—¿De dónde habrás sacado tú todo este gusto por el protocolo de mesa?

—A mis abuelos paternos les encantaba toda esta mierda. Hasta el día que murió mi abuela, tomaron el té con toda la vajilla cada tarde. Era digno de ver. Siempre me pareció… bonito. Aún guardo su juego de café.

—Y tu madre… ¿era profesora de música?

—Sí. Tocaba el violín y el piano. Lo único que he heredado de ella es el gusto por la música antigua. Para lo demás…, igual que mi padre. —Se puso de pie y echó un vistazo a la mesa—. Ya está. ¿Nos da tiempo a tomarnos una copa?

—¿No bajamos a limpiar tu cocina?

Arqueó las cejas y negó con la cabeza.

—No queda mucho. Mañana viene Celia. —Hizo un gesto con la mano, invitándome a dejarlo pasar.

—Bueno, vale. Una copa entonces. Después me tengo que arreglar.

—Sí, hay que echarle un vistazo a eso que tienes suelto por ahí dentro.

Le di un mamporro y entramos al salón entre risas.

—Voy a bajar a por una botella —dijo encaminándose hacia la puerta.

—Hay una de vino blanco empezada en la nevera. No bajes.

Salió de la cocina con dos copas con el cristal ya empañado por la temperatura del vino.

—¿Tienes el ordenador por aquí? —me preguntó.

—En el dormitorio. —Fruncí el ceño.

—Ven.

Le seguí hasta allí. Cogió la banqueta alta que tenía frente a la micromesa del ordenador (que era más bien una barra que Hugo me había colocado para que el Mac tuviera espacio en algún sitio). Encendió la pantalla, entró en Internet y lo observé trastear en YouTube.

—Me has recordado algo. La canción preferida de mi madre era *Lágrimas negras*. A ella le gustaba la versión original, que es del Trío Matamoros, pero a mí me gusta esta…

Subió el volumen y Bebo Valdés comenzó a hacer magia sobre el teclado de su piano. Pronto la voz rota de El Cigala le acompañó. Se giró hacia mí y sonrió con los labios torcidos, como siempre que salía de su zona de confort.

—Es preciosa —le dije.

—Mis padres la bailaban en casa. A mí me daba siempre una vergüenza tremenda verlos. —Se rio de sí mismo—. Y en realidad es una canción terriblemente triste, ¿te has parado a escucharla? Alguien tan enamorado que no puede más que disculpar a aquella que le ha abandonado…

Me llamó a su lado. Le di la mano y tirando de mí me dio una dramática vuelta de baile. Me apoyó en su pecho y nos abrazamos entre risas.

—No esperes que aprenda a bailar.

—Pero ¿sabes hacer algo de chicas? —se burló.

—Sé peinarme y maquillarme. Eso debería valer.

—Y te quedan muy bien las faldas.

—Oh, sí. Soy una princesa.

Nos abrazamos, meciéndonos levemente con el ritmo de la música. Sumergida en una mezcla de vergüenza y ternura, me reí a carcajadas para terminar abrazándolo a mí, apoyando mi cabeza en su pecho. Me besó en el pelo.

—Ahora los entiendo, ¿sabes? —musitó.

—¿A tus padres?

—Sí, por bailar.

—Es un recuerdo precioso.

—Pero a ningún hijo le resulta cómodo ver que sus padres se quieren tanto.

—Al menos los tuyos bailaban. Los míos se dan pellizcos en el culo.

Hugo me olió.

—A mi madre le encantaba cocinar —confesó—. Siempre olía... así: a perfume y... cocina.

Levanté la cara hacia él y sonrió cómodo.

—¿Piensas mucho en ellos?

—No. —Negó con la cabeza—. La vida es para los vivos, dicen. Pero desde que estoy contigo de vez en cuando me acuerdo.

Me aparté un poco de él con un suspiro y la esperanza de que aquello fuera bueno.

—El vino se va a calentar —le dije. Pero Hugo seguía mirándome muy fijamente, como si quisiera averiguar algo a través de mis ojos. Fue una mirada tan intensa que llegué a sentirme incómoda—. Venga...

—Que el vino se caliente. Yo quiero hacerte el amor.

—¿Hacerme el amor? —pregunté con una mueca de diversión—. Pero ¿tú sabes hacer eso?

—Solo contigo.

Hugo tiró de mi ropa hacia él con una sonrisa y... sí, sabía hacerlo. Él también sabía hacerlo lento, intenso, personal y especial. A lo mejor Hugo jamás había sabido ponerle nombre a ciertas cosas, pero era capaz de vestir la cama de una pátina brillante de cosas preciosas. Era capaz también de susurrar cosas de verdad, empujado por el placer. Quizá ese era el catalizador que necesitaba. Con el placer tirando de él para llevárselo lejos, se olvidaba de todo y podía ser sincero de verdad.

—Estás en todas partes. Abrázame más. Quiero acordarme cuando ya no estemos juntos.

Eran las ocho menos pocos minutos y yo sabía que tenía que levantarme de la cama, separarme del pecho de Hugo y meterme en la ducha, pero me resistía. Olía demasiado bien, una mezcla de sexo del bueno, mantequilla fundida y él. Y yo estaba tan cómoda con sus dedos deslizándose por mi espalda…, tan, tan cómoda que estaba a punto de dormirme. Todo se pega menos la hermosura, dicen.

—Mi vida… —susurró. Abrí los ojos. ¿Había dicho «mi vida»?—. Estarán a punto de venir.

—¿Por qué las he invitado? Yo quiero quedarme así.

—Somos esclavos de nuestras decisiones, me temo. —Me incorporé y le sonreí. Sus ojos se perdieron por mi cara y me acarició el pelo—. Eres increíble.

—Dime algo que no sepa —bromeé gozosa.

—¿Algo que no sepas? —Sonrió.

—Es difícil, lo sé. Esto de ser una deidad en la tierra le otorga a una unos poderes extrasensoriales muy potentes.

Me levanté de la cama y me puse las braguitas.

—Ajá. Y la lógica aplastante suficiente como para ponerse la ropa interior antes de meterse en la ducha.

Levanté una ceja y el dedo corazón.

—Me meto en la ducha.

Tiró de mí y me dio un beso.

—Pásalo bien. Yo me bajo ya.

—Gracias por ayudarme.

—Para eso dicen que estamos los novios. Los novios buenos. Los malos se van a ver a su hermana.

Y riéndome entré en el cuarto de baño. El agua se encontraba a una temperatura tan buena que me estaba costando mucho salir. Y vendrían todas y yo estaría sin arreglar y la cama sin hacer. Pero… solo dos minutos más. Escuché la puerta del baño.

—¿Monguer? —pregunté, esperando que fuera mi hermana la que se aventuraba en el cuarto de baño. Hacía ya un buen cuarto de hora que me había despedido de Hugo. No esperaba encontrármelo a él cuando abrí la mampara—. ¡Eh! ¿Qué haces aquí?

Ya estaba vestido y tenía una expresión de inquietud que no había visto jamás en su cara. Siempre parecía tan decidido, tan dentro de su mundo, tan… cómodo en todas partes.

—Querías que te dijera algo que no sabes, ¿no? —empezó a decir con un hilo de voz inseguro—. Cuando estoy contigo siento una presión aquí —se colocó una mano en el pecho— que se relaja cuando no estás, pero que no desaparece. A veces respiro hondo y me parece que hasta el aire huele a ti. Quizá tú ya sepas lo que es eso, pero a mí me ha costado mucho entender que me estoy enamorando de ti. Porque tienes algo que no había visto ni sentido jamás. Porque vuela a tu alrededor, en tu pelo, y me muero cuando te ríes. Pero me revives después. Y si todo el mundo le da tanta importancia a eso del amor será porque se parece a lo que yo estoy sintiendo ahora. —Abrí la boca para contestar, pero no me salió nada. Él aprovechó la situación—. No. No digas nada. Me siento estúpido —y dicho esto, se echó a reír, como un adolescente que acaba de hacer su primera confesión de amor.

Lo agarré de la muñeca con una mano y con la otra cogí una toalla. Me envolví en ella como pude. El pelo me chorreaba, encharcando el suelo. Tendría que fregar después, pero ¿a quién le importa? Me abracé a su cintura, mojándole la camiseta, y él me apretó hacia su pecho.

—¿Sabes lo que más me gusta, *piernas*?

—¿Qué?

—Que cada día que pasa eres más feliz. Y yo tengo algo que ver.

Miré hacia arriba.

—Eso es porque estoy enamorada. Y no hay nada mejor que sentir que estarlo te hace mejor.

—Nada te hace mejor. Tú ya lo eras, pero te faltaba ser libre.

No dijo nada más. Se alejó hacia la puerta y, antes de irse, miró hacia atrás con una sonrisa preciosa en los labios. Una sonrisa para mí.

—La casa es preciosa —dijo Gabi maravillada—. Es como si cada rincón estuviera diseñado al milímetro.

—Probablemente es así. El casero es... minucioso. Lo hizo todo un estudio de interiorismo.

—Ya me dirás quién, para cuando tenga pasta —respondió—. Porque es una pasada. ¿Cuánto decías que te cuesta al mes?

—Quinientos.

—¿Cómo es posible?

—Porque paga suplemento —murmuró mi hermana entre dientes.

Le eché una mirada.

—Y tú vas ideal —dijo Diana, refiriéndose a mi blusa blanca tipo túnica y a mis pantalones pitillo vaqueros.

—Creo que has debido de verme este conjunto mil veces.

Les pasé los platos con la cena y señalé la terraza.

—¿Te hiciste al final el tratamiento ese que decías, el de la piel?

—No. —Negué con la cabeza. Ni siquiera recordaba haber hablado de hacerme un tratamiento. Antes solía preocuparme mucho de esas cosas. Ahora había días que ni siquiera creía que hiciera falta maquillarse. El amor, supongo.

—Pues tienes una buena cara...

—Bueno..., es que... —Todas menos mi hermana me miraron atentas—. Antes que nada yo quería comentaros una cosa que...

—Lo sabía. —Y Gabi dio una palmada—. ¡Has conocido a alguien!

—Pues... —Cogí aire—. Sí. He conocido a alguien.

—¡Cuenta! —dijeron Isa, Diana y Gabi a la vez.

—Quiero que seáis comprensivas con lo que voy a decir ahora...

—No, no está casado —aclaró mi hermana—. Yo también lo pensé.

—Ah, qué susto. —Gabi cogió la copa de vino y le dio un buen sorbo.

—Pues bien que le das tú al litro para estar pensando en ser madre, ¿no? —le increpó mi hermana.

—Tendré que aprovechar, ¿no?

—Toda la razón. ¿Vamos a por un poco de heroína después?

Gabi atizó a Eva con la servilleta y todas se rieron.

—Ay, por Dios. Qué servilletas más bonitas... —gimoteó Isa maravillada.

—¿Me atendéis un segundo?

Las cuatro me miraron. Maravillosamente, todas tenían la boca ya llena.

—No puedo contaros mucho. Al menos no por el momento, ¿vale? Solo os diré que... estoy muy feliz, aunque es complicado. Es complicado de explicar. Yo... me he enamorado.

—¿Amor ya?

Asentí. Eva me miró con las cejas arqueadas; ella era la única que se daba cuenta de lo que realmente significaba aquella palabra para mí.

—Ha sido todo muy... intenso.

—¿Cuánto hace que lo conoces?

—Como mes y medio.

Gabi levantó la mirada de su plato para clavar sus ojos verdes en mí como dos dagas asesinas.

—Alba..., ¿es del curro?

—Por eso digo que es complicado.

—Pero... ¡¿a quién se le ocurre?!

—¡Oye, Gabi! Que al amor no se le pueden poner puertas —exclamó indignada Isa.

—¿El dicho no es que no se le pueden poner al campo?

—¡¡Tú me has entendido!!

—Pero es que...

Levanté la palma de la mano hacia ella.

—Voy a decir una cosa más. Solo una más y después hablaremos de vuestras vacaciones, de la depilación láser y de ese tratamiento para la piel que me quería hacer y del que no recuerdo absolutamente nada. Solo voy a decir, Gabi, que hay cosas en la vida que uno no espera y que la encuentran a una. Quizá no sea un cuento de hadas, pero es mi historia y... por fin siento que la escribo yo. Es complicado, lo sé. Y te aseguro que lo es más de lo que imaginas, pero me he cansado de esperar que me pasen las cosas traídas por la divina providencia, porque lo cierto es que la vida es para los vivos y que si quieres algo, tienes que cogerlo. Yo le quiero. Y creo que es recíproco. Si sale mal al menos no me pasaré la vida culpándome por no haberlo intentado. Si algo he aprendido de esto, es que ya no quiero culparme de nada más. Dicho esto..., cenemos.

Eva fue la única que sonrió después de mi perorata. Las demás se limitaron a intentar cerrar sus bocas del asombro. Esa era Alba. Si barres las cosas que no importan, al final, las que sí lo hacen brillan tanto que es fácil encontrarlas.

Un rato después, con la mesa recogida y las chicas sirviéndose unas copas, me asomé al balcón. La luna llena brillaba redonda y reluciente en el cielo dando tanta luz como un sol nocturno. Y todo lo bañaba, iluminando hasta los rincones de una misma. Suspiré con fuerza y al bajar la mirada no pude evitar pararla en la terraza del cuarto B, donde entre los puntitos brillantes de las bombillas blancas había dos chicos. Y los dos me miraban.

20

Eran las diez de la mañana cuando fui a buscar a Nico para tomar algo. Habíamos salido con el tiempo justo de casa y no habíamos podido ni siquiera preparar una cafetera. El café de la oficina nos supo a muy poco.

Nico tenía aún más cara de sobado que yo. Esto de pasar las noches en la cama de Alba acabaría con nuestras fuerzas el día menos pensado. Un hombre necesita dormir ocho horas después de pasar una y media follándosela como nosotros lo habíamos hecho, os lo aseguro. Eso o vitaminas. Igual tenía que pasarme por la farmacia a preguntar. Íbamos caminando uno al lado del otro, con las manos hundidas en el fondo de los bolsillos de los pantalones. Nico bostezó.

—Nos terminará matando —bromeé.

—Calla. Cada vez que me acuerdo…

Sí, a mí me pasaba lo mismo. Cada vez que la recordaba desnuda encima de mí, cabalgándome, gimiendo, con esas dos perfectas tetas moviéndose…, me ponía malo. Y duro. Supongo que a Nico le sucedería lo mismo al acordarse de su espalda arqueada debajo de él. Joder, la noche anterior me había corrido dos veces y aún quería más. Nunca tendría suficiente de ella y sé que Nico sentía lo mismo. Lo conocía y jamás había visto en su cara una expresión como la que se le dibujaba cuando miraba a Alba.

Nos sentamos en la terraza de uno de los locales que quedaban junto a la oficina y Nico sacó el móvil y se puso a toquetearlo.

—¿Qué haces? Deja el móvil, hostias.

—Estoy mandándole un mensaje por si quiere salir a tomarse un café.

—No se lo digas. —Le paré la mano—. No quiero que nadie la vea con nosotros y empiecen a hablar. Ya sabes cómo es la gente.

Nico asintió, entendió que no había pensado en ello y musitó que le llevaría un café.

—Un *chai* —le aclaré. Y me sentí tan orgulloso de saber algo de ella en lo que él no había caído…

Cuántas cosas sabría él sobre Alba de las que yo no tendría ni idea.

Una camarera vino a atendernos. Tenía una cara preciosa, los ojos vivos y grandes y una sonrisa pizpireta. Eso y dos tetas turgentes y enormes, pero no lo supe porque me la comiera con los ojos entonces, sino porque recordaba haberlo pensado en alguna de nuestras visitas anteriores. Pedí un café solo americano y, mientras Nico le preguntaba con su desgana natural si tenía algo dulce que no fuera un cruasán, yo me abstraje en ese pensamiento, en el de no ser capaz de sentir absolutamente nada en mi cuerpo (de cintura para abajo, para más señas) delante de una tía que un par de meses atrás había protagonizado alguna que otra fantasía. Eran dos tetas como para preocuparse por no verlas. Y no me hacía falta graduarme la vista…

Nico sacó otra vez el móvil cuando esta se hubo ido y me enseñó algo. Era una fotografía de Alba del pasado fin de semana. Habíamos cenado en un local en la calle Fuencarral…, creo que se llamaba Harvey's. Se había puesto un vestidito de algodón de color verde oscuro, manga corta y escote pronunciado. Su canalillo me había estado volviendo loco durante toda la cena y apenas pude pensar en nada que no fuera hundirme entre sus dos gloriosas tetas. No era por su tamaño. No era porque fueran tetas. No sé. Es que toda ella me hacía hervir. En la foto estaba apoyada en el asiento corrido, sobre el cuero acolchado. Miraba sonriente y con los labios entreabiertos. Casi no se había maquillado, pero se pintó los labios de un color frambuesa que nos manchó a los dos la boca y la ropa, porque no podíamos separarnos de ella.

—Joder… —Y sonreí como un tonto.

Le devolví el teléfono y él se quedó unos segundos mirándola antes de guardarlo de nuevo en el bolsillo de su pantalón. Se me ocurrió algo.

—Nico, ¿tú sabías que las tías mandan canciones cuando quieren decirte algo y no se atreven?

—Claro. —Sonrió de lado, como siempre que yo me maravillaba por algo que él consideraba natural.

Nico partía con ventaja. Había sido criado en una casa con cinco mujeres. Cuatro hermanas fantásticas, además, que le habían enseñado cómo tratar a una chica. Y él había aprendido bien.

—Yo no lo sabía. —Me miré las manos, avergonzado.

—Seguro que alguna vez lo han hecho contigo, pero no te acuerdas.

—Y tú ¿lo has hecho?

—Sí, supongo que sí.

—¿Con Alba?

—Sí. —Asintió con firmeza—. Pero no por la letra. Le pongo canciones que considero especiales. Como ella.

La camarera trajo los cafés y Nico se concentró en su desayuno. Yo nunca había mandado a ninguna chica una canción. Creo que ni siquiera había pensado en una tanto como para relacionar su nombre con algo como la música. La música era otra cosa… ¿O no?

—Oye, Nico…

—¿Uhmm? —contestó con la boca llena.

—Yo… —Tragué y la saliva me pareció como un puñado de piedras. ¿Cómo se le decía aquello a un tío? Bueno, era mi mejor amigo, ¿no?—. Yo creo que me…, quiero decir que estoy…

—Vale. —Nico se pasó una servilleta por los labios y se acomodó en la silla, apoyando en el proceso los codos en la mesa. Reprimí las ganas de pedirle que los quitase de allí encima—. Respira. Te va a dar un ictus. ¿Qué pasa?

—Joder, es que es difícil decirte esto. En otra situación ni se me pasaría por la cabeza hablar contigo de estas mierdas, pero dado que tenemos en común bastante más que un negocio y vivir en el mismo piso…

—Alba.

—Claro. ¿Hablamos de algo más últimamente? —Me quejé de soslayo, más hacia mi interior, a ver si me aplicaba el cuento y empezaba a ser un poquito más persona.

—Pues quizá deberíamos hablar sobre ese negocio que tenemos en común —dijo con énfasis y con las cejas levantadas.

—¿Qué quieres que hablemos de El Club?

—Hace unas semanas nos ofrecieron dinero por traspasar el negocio…, mucho dinero. No hemos vuelto a mencionar el tema.

—Es que… —dije dándole vueltas a mi café—. Sinceramente no tengo ni idea de cuál es mi opinión.

—Claro que la tienes pero te da miedo mi reacción. —Levanté la mirada hacia él. Puto. Cómo me conocía—. ¿Qué te ha pasado con esto? —me preguntó—. Eras el que más claro lo tenía.

—El tema de la sordidez se pasea por mi cabeza recurrentemente.

—No es por eso. Antes también te parecía sórdido y hasta te daba un poco de asco, pero era dinero. ¿Qué es lo que te pasa?

Me revolví el pelo inseguro.

—Me avergüenzo de dedicar parte de mi vida a eso.

—¿A eso?

—Al sexo. Y no, no estoy hablando de mi vida sexual ni de la tuya.

—Claro, la tuya y la mía…, como si no fuera la misma. —Se rio.

—¡Por Dios, Nico! ¡Cualquiera que nos oiga pensará que somos novios!

—¿Y qué más da? —Se descojonó—. Mira, Hugo, me lo has dicho mil veces en el pasado: El Club es un negocio rentable. Da mucho dinero. Nos permite una vida que no tendríamos si solo trabajáramos en esta oficina.

—¿Un coche mejor? ¿Un colchón económico? Vale. Ya lo tenemos. ¿Qué es lo siguiente? ¿Qué más puede hacer por nosotros? Porque ninguno de los dos somos codiciosos y estoy seguro de que así estamos bien.

—Paso de coches, ya lo sabes. —Nico se removió incómodo en su silla—. Y estoy de acuerdo en vender si es lo que quieres. Tampoco es el negocio de mi vida. Lo montamos de la nada, lo hicimos crecer y ahora… pues lo vendemos. No hay que darle más vueltas.

—No es tan fácil —dije mientras jugaba con el sobre de azúcar.

—¿Por qué?

—Pues porque hemos invertido mucho esfuerzo en él. Me cuesta pensar que termina aquí.

—¿En qué quedamos?

—Por eso no quería hablar sobre el tema. Ni siquiera yo tengo claro qué quiero hacer.

—Pues cuando lo sepas, dímelo. Con mi parte de la pasta que nos ofrecen podría pedirme una excedencia y darme la jodida vuelta al mundo.

Me quedé mirándolo sorprendido. ¿Era eso un comentario al azar o era la punta del iceberg de todas esas cosas que Nico quería de la vida? Me dejó fuera de juego y me quedé callado, tomando mi café. Me di cuenta de que la frase que llevaba el sobre de azúcar con el que había estado jugueteando era de Confucio: «Elige un trabajo que te guste y no tendrás que volver a trabajar».

—Jodida Alba —se me escapó.

—A ver. ¿Qué pasa con ella?

—Con ella nada. Pasa conmigo.

—¿Te estás echando atrás? —preguntó con las cejas levantadas. Ahora al que parecía que iba a darle un ictus era a él…

—No. Calma. Es solo que…, joder. —Me froté la cara con vehemencia y después me pasé los dedos por el pelo—. Estoy colgado como un gilipollas.

Su cara de tensión pasó a convertirse en una sonrisa burlona.

—¿Cómorrr? —Y exageró la pregunta a lo Chiquito de la Calzada.

—Solo me faltas tú haciendo leña del árbol caído.

—No, no. A ver, explícamelo. ¿Me estás diciendo que te has enamorado de ella?

—Es más que evidente, pero sí. Es lo que te estoy diciendo.

—¿Amor? ¿Tú?

—No tengo con qué comparar. Me imagino que sí.

—Estuvo aquella chica…, la estudiante de Bellas Artes…

—Nada en comparación. Lo de aquella fue un calentón en la punta del ciruelo.

Nico se echó a reír sonoramente.

—Bueno. —Controló sus carcajadas y cogió la taza de café—. ¿Y ella está al corriente?

—Sí.

—¿Le has confesado tu amor?

—Si sigues burlándote entro en tu habitación esta noche y te apuñalo —bromeé un poco enfurruñado.

—A ver, Hugo. Que esta chica nos lleva de cabeza lo sabe hasta ella. Respira hondo. Si es amor, será mucho más fácil.

—¿Y tú?

—Yo hasta sueño con ella. —Se rio entre dientes—. Es la mujer de mi vida.

Sí, Nico era uno de esos chicos que saben qué es lo que sienten en cada momento. Lo envidiaba. Estaba seguro de que Alba sabría leer en su cara todas las cosas preciosas que sentía por ella. Conozco a Nico tanto o más de lo que me conoce él y… también estaba enamorado.

Me tomé el café de un trago. La camarera nos miraba desde la puerta del local, con las manitas nerviosas dentro del bolsillo del mandil. Una pena que no tuviera energía para mirarle bien los melones. Me levanté y Nico hizo lo mismo, terminándose el café de pie. Después cogimos nuestras cosas y pasamos dentro a pagar. Bueno, y a pedir un *chai*.

Cuando ya entrábamos de nuevo a la oficina, nos cruzamos con una morena que correteaba subida en unas bonitas sandalias de tacón. Y cómo le quedaban a sus piernas... Era Alba, claro. De otra manera ya dudaba a estas alturas de haber sido capaz de fijarme en ella. Llevaba un vestidito camisero blanco, cortito, con lunares de color azul y rojo, ceñido a la cintura con un cinturón. Nos sonrió.

—Caballeros. —Inclinó la cabeza. La recordé de pronto mirándome, agachada sobre mi polla, deslizándola entre sus labios.

Tuve que bajar la cabeza y pedirle mentalmente a mi pene que se comportara y siguiera flácido.

—Toma. —Le pasé la bolsita con el té y una magdalena—. Un regalo.

—Gracias por hacer que se nos peguen las sábanas —le susurró Nico malignamente antes de marcharse hacia su mesa.

Ella abrió la bolsa, miró el contenido y después me sonrió. Volvió a suceder. La asfixia en el pecho. La sensación de vacío en el estómago. La necesidad de tenerla más cerca, de olerla, de besar ese hueco que se formaba en su garganta y donde sus gemidos vibraban más.

—Gracias —musitó con ilusión, y dando la vuelta alegremente me dejó allí, plantado en el pasillo, viendo cómo se movía su pelo recogido en una coleta.

Me encerré en mi despacho. No me lo podía quitar de la cabeza, por más que quería concentrarme en otras cosas. Cosas importantes como qué coño hacer con un negocio que de pronto parecía no formar parte de mi vida. Era como un grano en el culo, pero solo pensaba en ella y en demostrarle cosas que no sabía decir. En la canción. Al final, no lo pensé mucho. Tanto tenerlo ahí, incrustado en el puto cerebelo, para terminar haciendo las cosas de un modo tan visceral… Abrí un correo electrónico, lo dirigí a ella y copié un enlace a YouTube. En el *subject* solo un «Me encanta esta canción». Pulsé *play* y dejé que esta sonara dentro de las cuatro paredes prefabricadas del despacho. Ay, la letra. La tenía resonando dentro del coco desde que ella me contó todo el asunto de las canciones. Maldita Alba, por el amor de Dios. No era sano. Lo que yo sentía por ella no debía de ser sano. Escuché pasos acelerados sobre el suelo técnico y alguien abrió la puerta sin llamar. Era ella, jadeando leve- mente por la carrera desde su sitio y con una sonrisa enorme en los labios. Cerró y vino corriendo hacia mí. La recibí de pie y la abracé.

—Yo tampoco puedo vivir sin ti —me dijo con sus pe- queños labios de muñeca.

Y mientras la besaba, Coque Malla seguía cantan- do…: «No puedo vivir sin ti, no hay manera…». No, no hay manera…

21

Olivia se incorporó al trabajo de nuevo aquella semana. Venía casi más blanca de lo que se fue, pero tan contenta... Como aún no había tarea y éramos pocos los que andábamos por allí, nos desviamos nuestros teléfonos a la extensión móvil y salimos a tomarnos un *smoothy* en una terraza junto a la oficina. Me había traído de su viaje a Estados Unidos un cacao muy de moda entre las *celebrities,* que venía en una bolita de colores. Eso y una ilustración que había comprado en San Francisco, porque la chica que aparecía le recordaba a mí. Su sonrisa, además de por los días de desconexión y por haber pasado tiempo con su mejor amigo, venía avalada por algo más.

—Me he enamorado —anunció.

Ya somos dos, pensé. El afortunado era un «barbas», como ella lo había descrito antes de enseñarme las fotos. Un chico americano, guapísimo, con pinta de ser más bruto que un *arao* y los ojos más negros que un pozo de petróleo.

—Es editor allí, en San Francisco. Nos conocimos una noche, tomando una copa. Se sentó a mi lado y me entró, así, como si lo tuviera muy claro. Me encantó que no fuera un *suavón*. Cuando quise darme cuenta estábamos hablando de los Strokes, de arte… y follamos en su casa hasta que se hizo de día. *Mamma mia!*

—Pero ¡¡qué bien!! —dije emocionada—. Y deduzco que no se quedó ahí.

—No, qué va. Hemos estado mucho tiempo juntos. Yo… pensaba que era un rollete, un viaje y luego a olvidarnos, así que fui muy yo. Para no perder tiempo, ya sabes. Y resulta que encajamos. Y… viene a verme el mes que viene.

—¡¿Qué me dices?! —Aplaudí.

—Ay, Alba. Esto va bien. Algo, no sé si las tripas, el corazón, no lo sé…, algo me dice que es para mí.

Me quedé pensativa. ¿Alguno de mis órganos internos apuntaba hacia la certeza de que la relación que manteníamos Hugo, Nico y yo era «para mí»? Supongo que la cara me cambió, porque Olivia frunció el ceño y me preguntó qué me pasaba.

—Ah, nada. Me da pena. Acabarás casándote con él, con la Green Card y huyendo a tierras yanquis.

—Sí, claro. Ahora dime qué es lo que te pasa.

Le sonreí. Era sorprendente que me conociera tanto, sobre todo cuando habíamos pasado prácticamente el mismo tiempo juntas que sin saber nada de la otra. Una amiga reciente…, pero ¿amiga al fin y al cabo?

—Venga —insistió con una sonrisa—. Confiesa.

—Yo también me he enamorado.

La cara le cambió por completo. Diría que se sorprendió, pero creo que la definición gráfica es que se horrorizó.

—No jodas, Alba. Que de este tipo de tíos una no se puede enamorar.

Pestañeé, nerviosa.

—Han pasado muchas cosas desde que te fuiste de vacaciones. Buenas, malas, peores y mejores, pero todo tan intenso... Y es recíproco.

—Define «es recíproco».

—Estamos saliendo.

Ahora fue Olivia la que pestañeó nerviosa.

—¿Con quién?

—Con... —Puse cara de apuro—. Con los dos.

—Ajá. —Y se rio, como si las carcajadas se le escaparan por la nariz—. Con los dos... Oye, como broma de bienvenida no está mal.

—No es broma.

—Alba... —Me cogió de una mano—. No es amor. Es sexo.

—No, Olivia. Es amor. Y sexo.

Me costó mucho hacérselo entender, sobre todo porque no quería desvelar demasiado de aquella relación y de todo lo que la hacía especial. Me sentía algo avara con la información, como si contarle a alguien que Hugo se había metido en mi cuarto de baño para confesarme que estaba enamorándose lo desdibujara un poco y lo hiciera menos real. Como si esa noche con Nico, abrazados hasta dormirme, besándonos para hacer las paces, tuviera menos valor. Creo que me tomó por una loca del tipo acosador. Sí, de esas que se creen que Tom Cruise las quiere aunque él no lo sepa. O Milo Ventimiglia. De esas últimas soy yo. Pero ese es otro tema. Algún día Milo tendrá que abrir los ojos y aceptar nuestro amor. Dios mío..., estoy fatal.

El caso es que me arrepentí de habérselo dicho y tuve miedo de que la parte contratante de la otra parte, vamos, Hugo y Nico, se molestaran por mi arranque de sinceridad. Mi estrategia fue comentarlo así de pasada después de un ataque de «te lo quiero comer todo», en el sofá de su casa. Nico me miró arqueando una ceja y Hugo le quitó importancia con un gesto, jadeando aún y con el pelo pegado a la frente.

—Total…, iba a terminar enterándose. Es demasiado lista, la muy puta. —Lo miré sorprendida y se echó a reír—. Olivia me cae muy bien. Es una tía leal. No lo dirá.

Con esa confirmación dentro de mi pecho, ya me sentía mejor. Así que cuando me vi con fuerzas, le mandé a Olivia un *email* a su cuenta personal diciéndole que creía que no había entendido muy bien lo que le había contado, que comprendía su escepticismo pero que estaba muy ilusionada y que me encantaría que, cuando nos asentáramos todos más, pudiera venir a cenar a mi casa, con ellos. Eso ya no se lo dije a la parte contratante. No la chupo tan bien como para que no les horrorizara la idea.

A la que sí invité a casa fue a Eva. Estaba muy pesada. Muy, muy pesada, para ser francos. Que si quería esconderla como a un critter. Que si quería esconderlos a ellos porque me lo había inventado todo. Que si era imbécil. Que si le dejaba los botines buenos para una fiesta. Todo tipo de absurdeces. Así que al final les pregunté a Nico y a Hugo si les apetecía cenar con mi hermana para que me dejara el alma en paz, cesara en su empeño y parase de mandarme mensajes de voz amenazantes todas las noches. Hugo dijo que sí al instante. Nico me miró con el morro torcido y lloriqueó como un crío.

—Es mi hermana, Nico.

—Es gente —murmuró.

—Yo también soy gente. Aún no me han dado categoría de pepino.

—No, un pepino no eres —terció Hugo.

Lo fusilé con la mirada y él hizo un mutis por el foro, aguantándose la risa.

—Tú eres Alba. No eres gente —aclaró Nico desviando la mirada hacia la cámara de fotos que tenía en la mano.

—Y Eva es Eva.

A regañadientes… aceptó. Soy muy persuasiva cuando quiero. Y tengo una lencería de la hostia. Y que conste: no es que utilizase el sexo como arma…, bueno, un poco sí. Pero vamos, que yo también lo gozaba. Qué feo está eso de utilizarse a una misma con fines manipuladores. Caca, Alba. Mal hecho.

Elegimos un viernes, porque seguramente íbamos a beber de más. Yo para poder soportar la situación. Hugo porque tratando de emborrachar a mi hermana, caería él. Nico, intentando suicidarse, posiblemente. Y mi hermana por vicio. Hugo vino a mi casa para que cocináramos algo. Le dije que algo sencillo y él decidió hacer cosas cuyo nombre ni siquiera podía pronunciar. Todas olían muy bien, eso sí. Pero yo me limité a fregar lo que él iba usando y a probar cuando me lo pedía. Era mejor no darme poder en la cocina; ya se sabe, un gran poder conlleva una gran responsabilidad si los envías a todos al hospital.

Habíamos quedado con ella a las nueve en mi casa, pero conociendo a Eva se presentaría media hora antes. Cuando a las nueve menos cuarto aún no había aparecido, hasta me preocupé. El que sí apareció fue Nico, monísimo con una camiseta de rayas azules y blancas, vaqueros y cara de estar sufriendo una tortura medieval o *fisting* anal, no lo sé muy bien.

—Tampoco es que te esté condenando a muerte por garrote vil —refunfuñé.

En el momento no contestó, pero después vino a buscarme a la habitación para pedirme perdón, abrazándose a mi cintura y disculpándose con un:

—Lo siento. Es que tengo celos de cada minuto que no pasas solo con nosotros. Soy un poco gilipollas, pero porque me tienes loco.

Lo alejé de mí, lo acusé de tener más cuento que Calleja y después le besé. Demasiados ojitos me había puesto como para que no se me pasara enseguida.

—¿Vas a dormir conmigo? —me pidió.

—Dormiré con Eva.

—¿Cómo quieres que me caiga bien así? —bromeó.

Los dos nos reímos y el beso que vino después fue bastante más intenso de lo que esperaba. Creo que ya sé qué quería hacer una vez estuviera dentro de su cama. El muy... dios del sexo. A las nueve y cuarto, mientras hacía pis muy concentrada en no hacer demasiado ruido (esas cosas que te pasan cuando empiezas a salir con alguien) y pensaba en si debía llamar a mi hermana para comprobar que todo iba bien, escuché las llaves.

—¿Moguer? Ay, qué bien. ¿Aún no han llegado? Menos mal. ¡¡Tengo unos pedos!! Puto síndrome premenstrual. Si te cuento lo que me ha pasado te mueres. ¡¡Te mueres!! Qué horror, Alba. De estas cosas que solo me pasan a mí. Te lo voy a contar...

—Eva... —dije dando la voz de aviso. Nico estaba en la terraza y Hugo en la cocina. Igual no los había visto y ellos se habían quedado petrificados por la verborrea, pero estaba segura de que no iba a querer que escucharan el resto de la historia, que se adivinaba escatológica—. ¡¡Cállate!!

—Calla tú y escúchame. ¿Sabes esto de que te meas mogollón, de eso que crees que está a punto de estallarte la uretra? Pues iba yo por El Retiro en ese plan. Apretándome el chichi y todo. He visto una cafetería y se me ha hecho la luz. La puta luz, Alba, como si me hubiera muerto. —Cogí un montón de papel (igual demasiado, como para poder momificarme entera, pero cosa de los nervios), grité que se callara y me subí las bragas a toda prisa. El pantalón se enrolló en sí mismo y se resistió a subir. Abrí la puerta, fui a salir, me tropecé y me caí de rodillas en el quicio. Mi hermana seguía hablando—. El caso es que después de esperar que una hija de perra terminara de mear, he entrado y... no sé si te habrá pasado alguna vez, pero me estaba cagando tanto que no me salía ni el pis.

—¡¡Eva!! ¡¡Cállate!! —grité saliendo del baño con los pantalones por los tobillos, tratando en balde de subirlos. Empecé a señalar hacia la cocina con la cabeza como una loca, pero ella tenía los ojos puestos en mi ropa interior.

—Joder, qué bragas más porno. ¿Ves? Yo ahora no llevo. Y ¿sabes por qué? Porque he tenido que hacer caca allí. Era eso o no mear y…, joder, que una no es de piedra. Y… ¿sabes qué? Que no había papel. ¡¡Puta manía que tengo de no mirar antes de empezar!! Aunque poco hubiéramos podido hacer, sinceramente. Cuando me he dado cuenta…, pues nada. Me he tenido que limpiar con las bragas y tirarlas.

—¡¡Eva, puedes hacer el favor de callarte!!

—Es caca, Alba. ¡A ver si crees que tus novios no hacen caca! Lo hace hasta el rey. —Y me habría reído si no fuera porque sabía el disgusto que se iba a coger cuando supiera que tenía muchos más espectadores de los que creía—. He dejado mi ropa encima de tu cama. He tenido que echar mano de la bolsa de Bimba y Lola en la que traía el pijama para limpiarme el culo también. No veas el paseo hasta aquí con todas las cosas en la mano. Y el ojete escocido, porque no son lo que se dice pétalos de rosa, ¿sabes? Ahora ya sé lo que sientes tú cuando te petan el hojaldre.

Me subí por fin el pantalón y me llevé el dedo a la boca, haciendo demasiado tarde la señal universal de «silencio». Los ojos de Eva se abrieron de par en par y negó con la cabeza.

—¿¡¡¡¡¡Eres gilipollas!!!!!? ¿¡¡Qué no entiendes de «cállate»!!? —murmuré rabiosa.

—¿No…? —Y juro que se quedó blaaaancaaaa.

—¡Están ahí fuera, joder! —me quejé.

Eva se asomó. En el centro del salón estaba Hugo, mascando chicle divertido y secándose las manos con un paño precioso en tonos celeste y rojo. Nico estaba apoyado en el vano que daba a la terraza. Mi hermana me miró y, tras hacer un puchero, nos dejó a todos anonadados... echándose a llorar. Como una niña a la que han reñido por tirarle de las orejas al perro. Se llevó incluso el puño a la cara, frotándose un ojo. Un llanto... Por el amor de Dios. Me dejó sin saber ni qué decir. Pobre. Sollozaba y sollozaba. Me dio tanta ternura... Fui a abrazarla, pero vi a Hugo venir hacia nosotras y preferí esperar a ver qué podía hacer él.

—Pero enana... —dijo con una nota divertida en la voz—. ¡No llores! ¡Ha sido una historia de cojones! ¡¡Esas cosas le pasan a todo el mundo!!

Le acarició el pelo y después la atrajo hacia su pecho. Ella lloriqueó que tenía tanta vergüenza que se quería morir. Pero sonó a *mulil.* Hugo miró al techo para no reírse.

—Venga, mujer. Ahora nos ponemos unas copas y te cuento yo un par. Igual tu hermana deja de querernos, pero tú te sentirás infinitamente mejor. Te lo prometo. Historias de caca tiene todo el mundo. ¡Hasta el rey!

Eso hizo reír a mi hermana. Se le salieron los mocos, manchándole a Hugo la preciosa camisa azul que llevaba puesta.

—Gracias —le dije exagerando cada sílaba pero sin voz. Negó con la cabeza, con ternura, mientras ella se le agarraba como una maldita garrapata—. Igual estás tocando mucho con esto del lloriqueo, ¿no, lista?

Ella me miró con cara de pilla, los mocos chorreándole y lágrimas negras surcándole la cara. Mira, lágrimas negras. Como la canción preferida de los padres de Hugo. ¿Sería algún día nuestra canción? ¿Y cuál sería mi canción con Nico?

Unas copas de vino y todo quedó en nada, en unas risas. Mi hermana, que había aprendido recientemente el noble arte de reírse de una misma, estuvo dándose leña por bocazas y ellos, con un poco de música ambiente de fondo (un disco de jazz fusión que Hugo había subido para la ocasión), estuvieron bromeando. Incluso Nicolás. Y yo allí, con mi copa en la mano, mirándolos.

—No cuentes eso —amenazaba Nico a Hugo—. No lo cuentes o cuento yo lo de tu coche.

Y Hugo se reía tan a gusto…

—Ay, enana. Vale la pena arriesgarse a que cuente lo del coche. Este caballero odiaba a uno de nuestros compañeros de universidad. La verdad es que el tío era un soplapollas bastante insoportable. Tenían una especie de lucha entre machitos y no dejaban de intentar dejarse mal el uno al otro. Así, con sordina. A lo perra mala.

Mi hermana, apoyada en la mesa, bebía de su copa, sonriente.

—Ese tío era lo peor —aclaró Nico—. No te haces a la idea.

—Creo que le levantó a una tía. De algún lado tiene que venir ese odio.

—Era un gilipollas. Y pelirrojo. Los pelirrojos me dan mal rollo —apostilló Nico.

—Las pelirrojas no, ¿eh?

—Con las pelirrojas no tengo problema. —Los dos se descojonaron. Nico se giró hacia mí—. Pero tú me gustas más.

Me reí.

—¿Y qué pasó? —apremió Eva picoteando de un plato.

—Que le puso cinco dosis de laxante en una copa, durante la fiesta de final de curso. Brindó con él y… se equivocó de copa.

Mi hermana y Hugo estallaron en carcajadas.

—Qué graciositos sois —se quejó Nico con una sonrisa—. Fue la peor noche de mi vida.

—De pronto lo vi llegar, pálido y sudoroso. «Tío, tío, dame las llaves del coche».

—Lo peor es que había estado todo el puto curso detrás de una compañera y juuuusto esa noche parecía que por fin iba a llevármela a casa. Imaginaos cinco ampollas de laxante, del que usan en los hospitales, entre pecho y espalda mientras intentas cortejar a alguien. Tuve que desaparecer sin dar explicaciones, claro.

—Y ella vino a preguntarme si sabía algo de Nico —añadió Hugo.

—¿Y le dijiste que estaba cagándose como las abubillas? Nico puso los ojos en blanco.

—No. —Le dio una palmada en el hombro al aludido—. Fui bueno.

—Y una mierda. Fue un cabrón. No te fíes de este tío. Le dijo: «Me ha parecido verle salir con una chica».

—Ajá. Esta historia sé cómo acaba. ¿Te la tiraste tú? —le pregunté.

Hugo negó con la cabeza.

—No, no me la tiré. Pero me la comió en el baño.

—Pero ¡¡qué cabrón!! —Se rio a carcajadas mi hermana.

—Una hermanita de la caridad, aquí mi amigo —respondió Nico, acomodándose en el asiento.

—Eh, eh. Eres un hijo de perra. ¡Cuenta la verdad! —se quejó Hugo.

—Yo he contado la verdad.

—«Había estado todo el puto curso detrás de una compañera»... ¡¡Eso es una trola!!

—Bueno, quizá...

—Quizá teníamos una apuesta hecha...

—Oh, Dios —me quejé de soslayo, cruzando las piernas.

—Y gané yo —dijo Nico—. La comía fatal.

—Fatal —ratificó Hugo—. Con los dientes. Se tomó a pecho eso de «comerla». Le faltó masticarme.

Eva aplaudió, entusiasmada.

—Ahora tú —me dijo Nico, acariciándome el pelo.

—Yo soy muy aburrida. No hago esas cosas. Ni la como con las muelas.

—Eso me consta. —Y la puntilla, cómo no, venía de Hugo.

Los dos miraron a mi hermana, que se frotó sus manitas de bebé.

—Yo me sé una buena. Una vez… —empezó a decir—, se meó encima mientras se enrollaba con un tío. A decir verdad…, lo meó a él. Entero. Ella dice que fue un accidente, yo creo que fue en plan hembra en celo, marcando territorio.

Hugo y Nico me miraron con los ojos abiertos como platos. Después se empezaron a reír tanto que por un momento pensé que se descoyuntarían.

—Hija de perra —dije entre dientes—. ¡¡Iba muy ciega!! —me defendí.

—Pero ¿en un juego en plan «lluvia dorada»? —intentó dilucidar Hugo.

—¡Qué va! Que se meó por todo lo alto. Perdió el control de su vejiga. Menos mal que fue solo el canal líquido y el sólido se quedó cerrado.

—¡¡Fue culpa del tío, que se empeñó en hacerme cosquillas!!

Hugo se recostó en la mesa, escondiendo la cara. Sus carcajadas resonaban por todo el patio de vecinos. Y yo…, a pesar de que estuvieran riéndose de mí…, me sentí feliz. No pude enfadarme porque mi hermana fuera una bocazas, ni porque ellos estuvieran muertos de risa por algo ridículo que hice a los veinte y que siempre salía a relucir en las reuniones de amigas. Me daba igual que supieran que no era perfecta. Solo… disfruté. Eso que se respiraba era… ¿comodidad? Intimidad. De la buena. Era la reconfortante sensación que produce integrar dos de las cosas más importantes de tu vida y ver que empastan a la perfección. Y Nico, el que más me preocupaba, servía más vino mientras se secaba las lágrimas de la risa y le pedí a mi hermana que contara más. Cenamos, nos bebimos tres botellas de vino, nosotras tomamos helado de caramelo (sí, casero) y ellos optaron por café. A las tres de la mañana se despidieron, no sin antes tratar de convencer a mi hermana de que los dejara dormir con nosotras.

—No cabemos —les dijo ella entre carcajadas infantiles.

—Tú déjame organizar a mí y verás cómo cabemos —le respondió Hugo.

Nico se inclinó hacia ella y le dio un beso en la mejilla.

—Un placer. De verdad. —Después hizo lo mismo conmigo, pero esta vez su beso cayó en mis labios, despacio, mimoso—. Tenías razón. No es gente. Es como tú.

—Ahora no os vayáis a enamorar de ella, ¿eh?

Le acaricié la mejilla y le deseé buenas noches con una sonrisa. Hugo estaba diciéndole a Eva que esperaba repetir pronto.

—Si siempre haces ese tipo de entradas triunfales, no quiero perdérmelo.

Mi hermana le arreó en el brazo y después le dio un beso en la mejilla.

—Buenas noches, cuñado.

—Buenas noches, cuñada. —Se giró hacia mí—. Buenas noches, preciosa.

Me besó en los labios, apartándome el pelo de la cara.

—Oye, y si da muchas patadas en la cama, baja que allí tenemos sitio para ti —me dijo con sorna Nico.

—¿A cuál de las dos se lo decís?

—De noche todos los gatos son pardos —contestó Hugo mientras iba hacia donde le esperaba Nico.

Cerré la puerta. Eva me miraba con carita de gatete de *Shrek*. Sonrió.

—Alba...

—Lo sé.

—Pero ¡¡¿cómo pretendía el cosmos que eligieras?!!

—Eso mismo me dije yo. —Sonreí. Ojalá todo el mundo fuera tan bueno, ingenuo y abierto como lo era mi hermana.

—Son ideales. ¡¡Y cómo te miran!! ¡¡Y qué majos!! Lo bien que se han portado. Creía que me moriría de vergüenza. Pero son muy, muy tiernos. Y qué guapos. ¡¡¡Y pedazo paquetes que se les marcan!!!

—¡No les mires el paquete!

Fui hacia la terraza y retiré lo poco que quedaba sobre la mesa. Cuando volví a entrar, ella me miraba mucho más seria.

—¿Qué pasa?

—¿Y si el amor no tiene que ser como creemos? ¿Y si estamos permitiendo que el mundo coarte lo que podemos sentir?

—No me preguntes esas cosas a estas horas, por favor. —Sonreí y dejé las copas en el fregadero—. Y esto ya lo fregaré mañana.

Eva me paró cuando volví a pasar por su lado.

—Vino y rosas, Alba.

Vino y rosas, la llamada de mi hermana para que dejara de sufrir, para que dejase atrás los «¿y si?» y todo aquello con lo que nos torturamos cuando las cosas van bien. Demasiado bien. Pero yo sabía que podrían ir mejor. Yo sabía que quedaban muchas noches de vino y rosas. Días. Semanas. Meses. Quizá años. Lo que viniera después era una incógnita, pero no sería aquella noche cuando me lo planteara.

22

Al parecer, cuentan las leyendas, mientras yo estaba inmersa en la neblina rosa de «tengo dos novios que son un portento» (que por sí solo ya es algo bastante raro de concebir), el mundo seguía girando y siguiendo su rumbo normal. Y yo me encontraba embobada y loca por mi tigre, pero ellos tenían los pies más puestos en la tierra que yo. La prueba fue que un miércoles, a punto ya de terminarse agosto, Hugo me llamó a su despacho. Yo iba tan contenta, pensando que me quería dar mimitos, y lo que me encontré fue a un Hugo tecleando como un loco y con la mesa llena de papeles.

—Eh… —dije confusa—. ¿Qué está pasando?

Ni me contestó. Terminó de teclear, releyó entre dientes y dio a enviar. Se escuchó el sonido de un *email* saliendo.

—Quería hablar contigo.

—Dime.

—Esto… —Cerró los ojos—. Cuando alguien te llame a su despacho, lo primero, lleva papel y boli.

—Ah, perdona. Pensé que…

—No pasa nada. Esta vez no necesito que apuntes nada, pero es preferible que te lo diga yo a que te lleves un par de gritos. Esto ahora está tranquilo, pero en otoño se pone intenso. Y aquí hay mucho «vida sexual frustrada» al que se le pone dura graznando.

—Vale. Perdona. —Ok, era el Hugo «director comercial» el que me había llamado a su despacho, no el que la noche anterior me había estado tocando el pelo mientras veíamos *El árbol de la vida*.

—Yo solo quería que tuviéramos una charla…

—¿Secretaria-director comercial?

—Hugo-Alba. Pero una profesional.

—Tú dirás.

—Siéntate, por favor. —Me acerqué a uno de los sillones y me senté con las piernas cruzadas. Hugo se mantenía en silencio, pero le animé con un gesto a que siguiera—. Me preocupa un poco el hecho de verte tan relajada. Sé que ahora mismo tu nuevo trabajo no ha supuesto ninguna complicación, pero no va a ser así siempre. No soy el único que va a pedirte soporte y no todos te tienen el mismo cariño que yo, no sé si me entiendes.

—Claro. —Asentí. Me sentía como aquella vez que el jefe de estudios me llamó a su despacho para pedirme que dejara de hacer el gamba en los pasillos.

—Y… se me ha pasado por la cabeza que… —Se frotó la cara—. Esto te va a sentar fatal, así que respira hondo y déjame que acabe.

—Lo intentaré, pero no pinta bien.

—Cobras una mierda. He visto tu nómina…, y no porque la haya buscado, joder, sino porque tengo que…, bueno, da igual, cosas del curro. El caso es que cobras una mierda y quinientos euros se van directos al alquiler. Te queda bastante poco margen de error. Por no decir que cuando la rutina empiece de verdad y te veas metida aquí diez horas al día, vas a querer morirte.

—Ve al grano, por favor. —Y lo pedí cruzando los brazos debajo del pecho.

—Tienes que buscarte otro trabajo.

—¿Perdona? —Levanté las cejas, sorprendida.

—Te estás acomodando —y lo dijo tan convencido…—, has encontrado una nueva zona de confort y tienes la intención de quedarte aquí. Y mientras buscas otra cosa está fenomenal, porque paga las facturas, pero tienes que buscar.

—¿Y si no quiero buscar?

—Ese es el problema. Que no quieres buscar y no quieres hacerlo por las razones equivocadas. No te has encontrado de pronto con el curro de tu vida. Estás acomodándote aquí porque estamos nosotros. Y no…

—¿Vas a venir a decirme lo que tengo que hacer? —Y acepto que no lo dije de modo demasiado amable.

—No. Pero hasta tú sabes que esto es un error.

—¿Qué es un error, Hugo? Explícamelo un poco mejor porque debo de ser gilipollas y no entiendo una mierda de lo que me estás diciendo.

—Te estás equivocando si el hecho de que estemos juntos condiciona tu realización profesional. ¿Mejor ahora? —Y lo dijo con un tonillo de lo más irritante.

—¿Es un error porque follamos al salir de la oficina?

—No. Y no follamos.

—No, hacemos calceta. ¿No eras fiel defensor de llamar a las cosas por su nombre?

Frunció el ceño.

—Mira, Alba, no me voy a poner a discutir contigo como si fueras mi hija adolescente porque, primero, no lo eres y, segundo, eres mi novia. Espero mucho más de la relación que tenemos ahora, la verdad.

—¡Es que no necesito que vengas a ordenar mi vida!

—Por Dios…, qué frustrante puedes llegar a ser. —Se frotó la barba y volvió a mirarme—. No quiero ordenar nada. Quiero que no se te olvide lo que querías hacer con tu vida ni que lo escondas debajo de nuestra relación. Tu plan era otro. Te escucho cuando hablas, ¿sabes? Sé que quieres trabajar de periodista, que esto no te gusta pero paga tu piso. Yo no puedo hacer nada más que pedirte que seas adulta, que no te dejes llevar por lo bien que nos va para quedarte en un sitio que no es el tuyo.

—¿Y qué propones?

—Que te busques la vida, como hacemos todos.

—No entiendo a qué viene esta charla y mucho menos de una persona como tú —gruñí.

—¿Una persona como yo? Vas a tener que aclararme eso.

—¿A quién quieres engañar? ¡A ti tampoco te apasiona tu trabajo, ¿no?! Porque también te escucho cuando hablas y sé que esto…

—Eh, eh, para. —Levantó la palma—. No lo compares.

—¿Por qué?

—Pues porque yo soy una persona que no pretende realizarse a través de su trabajo. Yo tengo mis prioridades y este trabajo y El Club, no te engañes, sirven para financiar el ritmo de vida que quiero. Son un medio para un fin. Punto. A mí lo que me gusta es servirte la puta cena en la terraza con una copa de vino. Y si resulta que tú te terminas pirando, seguiré buscando ser feliz fuera de estas cuatro paredes, porque no me aportan nada como persona. No me interesa. ¿Lo entiendes ya?

—No tengo ni idea de lo que me estás llamando, pero no suena bien, ¿eres consciente?

—Pero ¿¡¡por qué cojones te lo tomas todo como un ataque personal!!? Te estoy diciendo que tú elegiste una profesión que te apasiona, que no la dejes, que no abandones. ¿¡Es tan grave!?

—¡¡Padre ya tengo uno!! ¡Limítate a echarme un polvo cuando te apetezca, que yo me preocuparé de mi vida!

Levantó las cejas.

—Vaya, vaya. La señorita que quería una relación, ¿eh? Hará diez años que no hago esto con nadie, pero me parece que tu planteamiento cojea. Porque si no…, oye, venga, quítate las bragas, estoy un poco tenso. Te la voy a meter hasta que me corra y luego ya si eso te llamo otro día, ¿vale?

—¡¡Eres un gilipollas!! —rugí con rabia.

—¡No te voy a contestar a eso, pero no vuelvas a faltarme al respeto!

—¿¡¡O qué!!?

La puerta se abrió y entró Nico, con el ceño también fruncido.

—Pero ¿qué pasa? —preguntó alucinado.

—¡Nada! —contestamos al unísono Hugo y yo.

—¿Nada? Pues para ser nada se os escucha desde recepción. Y dad gracias que «radio patio» está tomándose un café, porque queda estupendo que habléis a gritos en la oficina de echaros polvos y demás. —Se metió las manos en los bolsillo—. ¿Qué coño pasa?

—No se le puede decir nada —dijo Hugo haciendo un gesto despectivo en mi dirección—. Eso es lo que pasa.

—Habrá que ver cómo se lo has dicho también.

Hugo parpadeó, como si no se lo creyera.

—Me viene estupendamente que vengas tú, con tu puto corcel blanco, a hacer de poli bueno. Pero ¡de cojones me viene!

—Hugo considera que no estoy gestionando bien mi vida profesional —expliqué con los brazos cruzados y sin quitar la vista de Hugo, que echaba fuego por la boca.

La mirada que les vi cruzar me dejó bastante claro que se trataba de un tema que ya habían comentado. Nico se humedeció los labios y agachó la cabeza antes de decir:

—Joder…

—No, joder, no. Lo que jode es que os creáis con potestad para emitir juicios sobre cómo gestiono mi vida.

—¡Haz el favor de pensar antes de hablar! —rugió Hugo.

—¡¡Eres tú quien debería hacerlo!! Pero ¿quién te crees que eres?

—Yo sé muy bien quién soy. Me ha costado años saberlo y a veces no ha sido agradable. Pero tú aún no te has dado cuenta de que eres una insatisfecha. De nacimiento, Alba.

—Y tú un subnormal.

—Niñata —respondió lento y rabioso Hugo.

No esperé más. Di media vuelta y me marché hacia mi sitio. ¿Niñata? ¿Y él qué era? Estaba rabiosa. Mordía. Me senté en mi silla y resoplé. No recordaba haber estado tan cabreada en toda mi vida. O sí. Quizá cuando era adolescente, y eso no me dejaba en muy buen lugar precisamente, ¿verdad? No lo pensé. Era la una y media, así que desvié mi extensión móvil y salí por la puerta con la excusa de mi media hora para comer. Como estaba claro que haría, Hugo me llamó en tres, dos, uno…

—Alba… —dijo con un tono de voz mucho más calmado—. ¿Puedes volver, por favor?

—Estoy en mi descanso de la comida.

Escuché el suspiro atravesar el teléfono y hasta lo sentí en mi piel. Algo en ese suspiro me hizo pararme en la calle. Cerré los ojos.

—Vale. Creía que sabríamos dialogar, pero ya veo que no somos ese tipo de pareja —le escuché decir en un hilo de voz.

—Pues no. Parece que no.

—Una pena. Pintaba bien.

23

Nico vino a casa aquella tarde, sobre las siete. Creo que estuvo haciendo tiempo con la esperanza de que se me hubiera pasado un poco, pero lo cierto es que llamar a mi hermana, contárselo todo y que le diera la razón a Hugo no mejoró mi humor. Venía taciturno, mordiéndose nerviosamente el interior del labio.

—Si te sirve de consuelo —dijo—, a mí también me ha costado una bronca con él.

—Lo habíais hablado. Lo habíais hablado a mis espaldas, como si fuerais mis padres y tuvierais que velar por mí. ¡Y no me gusta!

—No es eso. —Cogió aire—. ¿Puedo pasar? —Dejé la puerta abierta y me metí en el salón, mordiéndome las uñas de una mano mientras con el otro brazo me envolvía a mí misma—. Te lo estás tomando un poco a la tremenda. —Fui a hablar, pero negó con la cabeza y yo callé—. No digo que no tengas parte de razón, pero se os ha ido la olla con tanto grito.

Soy consciente de que es imposible que discutáis de otra manera, porque sé cómo sois los dos, pero vais a tener que rebajar un poco la intensidad. Porque si no lo hacéis, tu trabajo es el menor de los problemas.

Me senté en el sofá y miré hacia la alfombra.

—No quiero a nadie que me diga lo que tengo que hacer con mi vida.

—Y nadie te lo está diciendo.

—Sí me lo ha dicho. Ha dicho que…

—Alba. —Se sentó a mi lado—. Cariño…, no. Tienes tanto celo de ceder el mando que ves cosas donde no las hay. Nadie está organizándote la vida. Pero es verdad que corremos el riesgo de tomar decisiones equivocadas para con el trabajo porque convivimos allí. —Abrió mucho los ojos a la espera de que le diera la razón. Yo asentí—. No me vale que digas que sí así. Quiero que razones y dialoguemos. Sin eso no hay relación que valga.

—Es que… Hugo dice las cosas y…

—A veces Hugo dice las cosas a las bravas, pero también da la sensación de que has saltado porque sabes que es verdad. Esas cosas molestan, es muy humano.

—¿Crees que me estoy acomodando?

—Creo que necesitas un periodo de adaptación, de hacerte con las nuevas circunstancias antes de tomar decisiones. Pero creo que es posible que apartes oportunamente todas esas cosas que supongan un poco de esfuerzo.

—Es que… —tomé aire— no es justo. ¿No tengo derecho a relajarme un poco? Siento que las prioridades me cambian por días y… me siento perdida.

—No es malo.

—Sí lo es. No sé por dónde empezar. Todo comienza a encajar, pero no sé muy bien qué hacer con el trabajo. No sé cómo convertirlo en lo que era.

—Dicen que este tipo de situaciones son perfectas para reinventarse. Personalmente creo que te ha pasado en un buen momento. Eres joven, tienes experiencia, el mercado empieza a abrirse y has conseguido un trabajo que sirve como soporte. A lo mejor deberías pensar en todas esas cosas que aparcaste porque estabas demasiado centrada en el periódico. Cosas que te habría gustado hacer pero para las que no dejaste tiempo.

Le miré acongojada. Lo peor de ese discurso es que tenía razón. Los dos tenían razón, pero yo me creía con derecho a obviar un tema que me dolía, al menos hasta que me sintiera lo suficientemente fuerte como para retomarlo. Y lo que apuntaba Nico era útil y sabio: concentrarme en todas aquellas cosas que yo había terminado dejando a un lado porque el periódico era la prioridad. Sin embargo, la única cosa que se me ocurría era mi vida personal. Eso que había aparcado, como estaba haciendo en aquel momento con mi trabajo, porque no me satisfacía pensar que estaba fracasando en una parcela tan íntima de mi vida. El fracaso no gusta a nadie, pero para una persona tan autoexigente como yo era prácticamente un castigo. Me concentré en el periódico porque me gustaba, porque tenía vocación de hacer lo que hacía y porque mi vida personal era un completo desastre. Y no por estar sola, cuidado. Estar sola es infinitamente mejor que estar mal acompañada. Uno suele no darse cuenta de lo buena compañía que es en sí mismo y dotamos a los demás de un poder sobre nosotros que… en realidad es nuestro. El problema era esa insatisfacción natural. Esa desidia por vivir todo lo que quedaba fuera del periódico. Porque nada me llenaba; ni siquiera imaginarme con una vida personal ajetreada y plena, porque lo que hacía que mi vida no lo fuese era yo misma y no darme cuenta de que yo no necesitaba lo que veía que los demás tenían. No saber darle forma al deseo resultaba frustrante. Y ahora que tenía algo que me llenaba y que jamás pensé que fuera ni real ni para mí, era el trabajo lo que cojeaba.

Porque me había implicado y me había entregado en cuerpo y alma y... no había servido de nada. Estaba fuera. ¿Es que siempre tenía que faltarme algo?

—Venga. Date tiempo. Pero no indefinido. Empieza ya a pensar en lo que quieres y no dejes que nadie te lo imponga, ni siquiera las circunstancias.

Me dio una palmadita en el brazo y se levantó. Cuando vi que se dirigía a la puerta fui tras él y lo abracé. No sé por qué lo hice. Supongo que en parte fue porque me sentía culpable. Ese abrazo, en aquel momento, no era para él. Insatisfecha de nacimiento. Podía ser real. Él lo había visto.

—Eh, venga. Es solo una bronca. Ya está —dijo Nico con voz suave mientras sus manos me frotaban la espalda.

—No sé cómo hacerlo —confesé.

—Bueno, ya encontrarás la manera.

Nico me besó y me dijo que me dejaba sola. «Tienes que pensar», consideró. Y yo lo hice. El simple hecho de que él dejase ese espacio para mí me hizo darme cuenta de la suerte que tenía con mis parejas. Ellos en realidad solo querían que yo tomase las decisiones por mí misma, sin dejarme llevar por nuestra situación sentimental. No..., no era tan malo como me había parecido en un primer momento. Me senté en el suelo del salón, mirando hacia la nada, y realicé un esfuerzo considerable, conociéndome, porque pensé acerca de lo que quería que me deparara el futuro.

La cadena de pensamientos que vino después fue cuanto menos curiosa. Pasé de un tema a otro. Yo. Mi trabajo. Mi vida. Hugo. Nico... Y hablando de Nico..., ¿por qué me daba la sensación de que él había dejado muchas parcelas de su vida a la deriva? Quiero decir..., no creía que Nico tuviera pasión alguna por lo que hacía; si la tenía, al menos no la demostraba. Ni en la oficina ni en El Club. El único momento en el que lo veía completo, feliz y siendo él mismo era con una cámara en la mano, hablando de sus viajes o en la cama. Entonces... ¿sería posible que Nico se hubiera dejado arrastrar por las decisiones de los demás? Soy consciente de lo mucho que cuesta tomar decisiones y la inseguridad que causa saber si estas son las correctas. Mi padre me dijo una vez, mientras le consultaba si mi elección de carrera le parecía la que tocaba, que es mucho más cómodo preguntar a los demás su opinión que confiar en la de uno mismo y hacerse cargo de las consecuencias.

—Puedes acertar o equivocarte, pero hay cosas en la vida en las que incluso es mejor no atinar a la primera. No busques en los demás reafirmarte y compartir la responsabilidad de un posible fallo. Sé siempre dueña de ti misma y de tus decisiones.

Aparqué a Nico de mi cabeza y me apliqué el cuento. Eran las doce de la noche cuando me acordé de algo. Hacía un par de años había conocido a una chica muy simpática, en el cumpleaños de Diana, creo. Trabajaba en una revista para adolescentes, pero en la sección de belleza. Ella quería dar el salto a la prensa especializada, a la femenina adulta. Pero aun así decía que estaba muy a gusto donde estaba. Escribía sobre algo que le gustaba.

—Estoy cansada de que me digan que mi trabajo es muy frívolo. Eso ya lo sé, pero me hace sonreír. No creo que haya nada mejor pagado.

Y a mí me pareció en aquel momento que sí, que era frívolo, pero que quizá personas como ella hacían que el mundo fuera más bonito. No por aconsejar pintalabios ni cortes de pelo, sino porque cuando salía de la redacción era feliz. Y no hay nada que haga la vida más fácil que ser feliz. A ella, a los que la rodeaban y hasta a la gente que se cruzara con ella en el transporte público. Las sonrisas suelen ser contagiosas. No es que yo quisiera de pronto escribir en una revista adolescente, pero me descubrí a mí misma pensando en todas aquellas cosas que me gustaba hacer y que me hacían sonreír. Había muchas.

Prácticamente ninguna haría girar el mundo por sí sola pero…, al final, ¿quién lo hace?

Fui al ordenador y programé unos *emails* para la mañana siguiente. Eran contactos que había hecho a lo largo de los años y que no había considerado antes quizá porque me había puesto muchas excusas a mí misma para camuflar el miedo que me daba salir de mi zona de confort. Fotografía, apoyo a agencias de comunicación, alguna revista e incluso alguna radio. Ya estaba. Mi trabajo actual era agradable. Sabía que podría, con tiempo, paciencia y ganas, aprender a hacerlo muy bien. Pero, al menos, así ya nunca me quedaría con la espina de no haberlo intentado, ¿no? Y si tenía que quedarme en la situación en la que estaba, simplemente aprendería a realizarme de otra manera.

Era tarde. Muy tarde para un día entre semana. El despertador sonaba a las seis menos cuarto de la mañana de lunes a viernes. Y estaba cansada. Pero necesitaba hacerlo. Entré con sigilo y dejé las llaves en la barra de la cocina. La habitación de Nico tenía la puerta abierta y dentro no había más que oscuridad y una respiración honda y sosegada. Entré y allí estaba, retorcido, con la sábana enrollada en sus piernas. Acaricié el vello de sus muslos y subí la mano hasta su estómago. Ronroneó y se endureció, pero completamente dormido. Me acerqué a su cuello y le besé.

—Alba… —susurró.

—Shhh…, duérmete.

Abrió los ojos y sonrió.

—No puedo hacerte el amor ahora —dijo. Y me di cuenta de que a pesar de tener los ojos abiertos estaba dormido.

—Entonces tendré que volver mañana —contesté con una sonrisa.

—Sí. Mañana. Cuando esté despierto.

Casi no pude seguir con lo que había planeado hacer. Casi me acosté en su cama, lo abracé y me dejé llevar por el sueño

enroscada a él, con el murmullo de sus respiraciones. Pero…
no. Salí de su dormitorio a regañadientes. En la negrura total
del salón se atisbaba un hilo de luz bajo la puerta del dormitorio de Hugo. No había pensado mucho en qué iba a hacer, pero
llevaba en la cabeza la leve idea de abrazarle, como perdonán-
dole en silencio, y sencillamente dormir. No esperaba encontrármelo despierto y con un libro en el regazo. Levantó los ojos
hacia mí, como si tampoco le sorprendiera mi visita, y dejó el
libro en la mesita de noche; yo me tumbé a su lado en la cama.
Iba en pijama. Los dos íbamos en pijama en realidad. Cuando
me enrosqué a su lado y froté la nariz sobre su pecho desnudo,
Hugo me envolvió con sus brazos.

—¿Qué leías?

—Un libro —respondió. Me dieron ganas de reír y de
atizarle un puñetazo en las costillas.

—¿Y qué cuenta?

—Habla de una casa que vuelve loco a quien la habita.

—Buena lectura para antes de dormir.

Hugo se estiró y apagó la luz de la lámpara de noche.
Después los dos nos acomodamos en la cama, como si no hubiera pasado nada.

—Estoy cansado —musitó.

—Y yo.

—Y menos mal que has venido.

—¿Por qué?

—Porque no creo que hubiera podido dormir sin ti hoy.
Nos apretamos.

—¿Nos pedimos perdón? —le pregunté.

—Sí. Será lo mejor. Por eso de sentar las bases de una relación sana y adulta.

—Siento haberme puesto a la defensiva, no haberte dejado explicarte y no haber dialogado. Siento haberte gritado e
insultado como si fuese una niñata.

—Yo también siento haber perdido el control. No quiero organizar tu vida. Quiero que te hagas feliz.

Eso me gustó. «Quiero que te hagas feliz» no era una promesa Disney de príncipes de cuento que velan por la felicidad de sus princesas. No era nada irreal. Era un deseo de carne y hueso, que me abrazaba con fuerza, que se preocupaba, viendo cómo yo me tambaleaba en una cuerda floja, entre hacer las cosas que quería y el miedo a no conseguirlas jamás.

—Siento más cosas aún —dijo.

—Yo terminé con mis disculpas por hoy —me burlé.

—¿Quieres escuchar las mías?

—Claro.

—Pues… siento no besarte todas las veces que pienso en hacerlo. Lamento mucho no decirte cada día todo lo que se me pasa por la cabeza al verte. Siento no poder hacer que cumplas todo lo que quieres hacer, pero aún siento más que te digas a ti misma que no puedes. Siento no dormir contigo cada noche, no despertarme a tu lado cada mañana, no reírme siempre que te ríes y no ser capaz de imaginarme la vida sin ti.

Levanté la mirada hacia su cara, aunque estaba oscuro. Todas las niñas sueñan alguna vez en la vida con la declaración de amor perfecta. Algunas incluso la escriben en un papel, rezando por que un día alguien las venere con esa fuerza con la que a los quince quieres que te quieran. Sin embargo, casi siempre la vida acaba alejándonos de eso y cruzamos la calle hacia el pensamiento contrario. La normalidad nos seduce en ese momento como en la adolescencia lo hizo el drama y el amor grandilocuente. No queremos grandes palabras de amor, sino pequeños actos. Un beso antes de irnos a trabajar o un pastelito de crema porque nos ha bajado la regla. Y, poco a poco, los discursos empiezan a sobrarnos y aprendemos a vivir sin ponerle letras a lo que sentimos. Preguntamos a veces: «¿me quieres?». Y con un sí nos basta. Y nosotras también concentramos en esas dos palabras todo lo que significa el otro. Pero nos olvidamos de que también es agradable escuchar el porqué de esa respuesta.

Y tantos años después de haber dejado atrás la idea del romance de cuento, alguien me abrazaba a oscuras en su cama. Alguien que se había acostumbrado a estar solo, porque así no se necesitaría a nadie más que a sí mismo. Alguien que solo se permitía tener debilidad por su mejor amigo, hasta que me crucé con él. Con ellos. Y entonces se permitieron tener más debilidades. Y aprendieron a darles nombre. Mi nombre. Cogí su cara entre mis manos y la incliné hacia mis labios, pero antes de besarle quise decirle algo.

—No —me cortó—. Yo primero.

Me callé, conteniendo la respiración. Y fue así como por fin escuché a alguien susurrar, de verdad, «te quiero».

24

Si Nicolás se sorprendió al verme salir del dormitorio de Hugo por la mañana, no lo dijo. Solo me dio un beso somnoliento.

—He tenido el sueño más raro del mundo —farfulló aún dormido—. Entrabas en mi dormitorio y me tocabas.

Sonreí.

—Dicen que cuando se tiene hambre se sueña con bollos.

—Pues tendremos que hacer algo.

Otro beso y dejó un «nos vemos luego» en el aire. Mientras me duchaba y me vestía, noté cierta tirantez en la cara. Me dolían las mejillas. ¿Y de qué podría ser? Cuando me miré en el espejo con la intención de maquillarme un poco me di cuenta de cuánto sonreía. De ahí que me doliera. Dicen que son alrededor de unos quince músculos los que se ponen en funcionamiento en una sonrisa. Si sumamos lo rápido que me hacían latir el corazón, diría que Nico y Hugo eran beneficiosos para mi salud. Un ejercicio continuo de felicidad. Bendito gimnasio. Vino y rosas.

El jueves cenamos los tres juntos en su terraza. La vecina de arriba había estado cantando Melendi como si le fuese la vida en ello y nosotros estuvimos bromeando sobre aquellas canciones inconfesables que todos tenemos en nuestro repertorio particular. A Hugo le gustaba *Resistiré*, del Dúo Dinámico. A Nico *Abanibí Aboebe*, en la versión de Eurovisión de 1978. Y a mí me volvía loca la copla de Concha Piquer. Estábamos empatados.

Cenamos una pizza congelada que traje del supermercado orgullosa y que Hugo aceptó a regañadientes. Tomamos un Bloody Mary y escuchamos un disco de Nina Simone que me encantó. Y cuando las canciones se volvieron más íntimas, Nico se abrazó a mi cintura en el centro del salón y pretendió bailar conmigo; me reí a carcajadas y lo disuadí con besos. El sonido de nuestros labios llamó a Hugo, que no tardó en unirse. Y entre los dos, mi ropa fue desapareciendo, bajo sus manos y el saxofón, el piano y la voz de Nina cantando *I put a spell on you*. Sus bocas devoraron mi cuello a la vez y, con la piel de gallina, me dejé llevar, cediendo el control de mi cuerpo a dos hombres diferentes cuyos movimientos parecían uno.

Aquella noche el sexo sobre la cama de Hugo fue diferente. Intenso, sí, como siempre. Íntimo, también. Pero atrapada entre los dos, retorciéndome para aspirar todo el placer, con sus cuerpos rotundos envolviéndome, ejerciendo presión contra el colchón, me elevé más que nunca para poder ver que, definitivamente, lo que nosotros teníamos trascendía al orgasmo. Y aquella noche, arrodillada sobre Hugo, mientras sentía cómo me penetraba y gemía mi nombre, me abandoné definitivamente a lo que sentía por los dos. Nicolás me abrazaba con fuerza.

—Le das sentido... —susurró.

Yo tenía el pelo revuelto y pegado a la cara; a través de él veía la expresión de placer absoluto que se llevaba consigo a Hugo del mundo de los vivos a un plano lejano. Y a través de los mechones desordenados, con mis ondas desperdigadas de cualquier manera por encima de mi frente y de mis hombros, vi sus manos buscarse, agarrarse, como en un abrazo sigiloso. Nico apartó mis cabellos hacia un lado y, mientras Hugo y yo nos besábamos, sus labios se apoyaban en mi nuca, entreabiertos. Nico se sujetaba de los hombros de Hugo y se impulsaba en él para penetrarme; en la colisión yo me arqueaba, mientras alejaba y acercaba a uno y a otro de mi interior. Hacer el amor con los dos era absolutamente abrumador. Sentir una conexión que va más allá del cuerpo a cuerpo. Cuatro manos tratando de sujetarme y fundirme con sus pieles. Dos pechos respirando abruptamente. El vaivén de dos penetraciones en mi interior, hundiéndose dentro de mí de una manera deliciosa y anormalmente suave. Todo era natural, como si mi cuerpo siempre hubiera sido su casa pero lo hubiéramos descubierto después de probar otras bocas. Y empapada de su sudor y del mío, toqué el cielo con los dedos antes de pensar que los amaba. Que los querría para siempre. Hugo apretó su boca contra mi garganta y Nico hizo lo mismo contra mi hombro; y el semen de los dos se fundió dentro de mí. Hugo, exhausto, buscó mi pelo, acariciándolo torpemente con su mano temblorosa. Acarició también la cabeza de Nico, pero no había un gesto sensual en aquello, sino el compartir de un momento de intimidad especial. Y Nico frotó su nariz en el nacimiento de mi pelo, en mi nuca. Me sentí entonces la pieza que siempre faltó entre los dos, la única manera de que ellos pudieran demostrarse cuánto se querían entre ellos también. Éramos las tres aristas de algo equilibrado, estable y único, algo recíproco y sensual cuyo centro siempre terminaría siendo yo.

¿Quién no ha soñado sentirse así alguna vez en la vida? Me despedí de los dos con besos. En la boca me quemaba un «te quiero» que, no obstante, no sentía que fuera el momento de compartir con Nico. Necesitaba que fuera él quien llegara a aquella misma conclusión que ya habíamos alcanzado Hugo y yo. Necesitaba mi momento especial con él. Pero cada cosa a su momento. No sé por qué decidí dormir sola después de una noche tan intensa como aquella. Es posible que todo me desbordara de alguna manera y que necesitara respirar lejos del eco de sus perfumes. Cerrar los ojos, sola conmigo misma, y quererme también a mí. Abrazarme a la almohada y dormir sin más.

El viernes todo era como parecía ser el día anterior. Cuando me los crucé sonreímos con eso que empezaba a brillarnos en los ojos. Yo fui a mi mesa, Hugo a su despacho, Nico a su rincón. Fue un día tranquilo. Olivia bajó hasta nuestra planta para enseñarme unas fotos del viaje. Su chico le había escrito un *email* precioso en el que le decía que la echaba de menos y que pronto estarían juntos para recorrer las horas de la noche. Ella comentaba que le producía un poco de rechazo que le gustase tanta moñería, a lo que yo contesté: «Así es el amor». Mi sonrisa la hizo reír.

—Oh, Dios, qué cara de imbécil pones. Mátame si alguna vez me enamoro como tú.

Enamorada como una imbécil, le faltó decir. No le conté entonces que Hugo y yo ya habíamos dado el paso de abrir ciertas puertas, como la del «te quiero». Por una parte, no estaba segura de que nos entendiera y por otra… Nicolás aún no estaba al tanto tampoco. Prefería que la primera persona en saber lo que sucedía entre nosotros siempre fuera alguien que formara parte de aquello. Lo habría hecho de la misma manera si hubiera sido a la inversa.

No volví a verlos hasta las tres, cuando me los encontré hablando bajo un sol de justicia. Hugo llevaba puestas las gafas de sol…, unas gafas de sol de estas de «tómame y hazme tuya» a decir verdad. Estaba tan absolutamente increíble que me entró hasta la risa cuando Olivia me dio un codazo. Frente a él, mirando el reloj y hablando deprisa, estaba Nico, con los ojos prácticamente cerrados por la luz brillante del mediodía. Hugo nos saludó con un movimiento de cabeza.

—Señoritas —dijo.

Nico se giró y sonrió. Hasta Oli se encogió un poco ante aquella sonrisa. Seguía siendo tan bonita e impresionante como una aurora boreal. ¿Me estoy poniendo demasiado moñas? Perdonadme, es el recuerdo de los días de vino y rosas, que me embarga. Se despidieron con una palmada en la espalda. Eso me recordó las caricias que compartían casi sin darse cuenta cuando los tres hacíamos el amor. Hugo se marchó hacia el parking donde solía dejar el coche y Nico caminó despacio hacia nosotras. Llevaba una camisa de tejido basto azul y unos chinos beis.

—Hola —dijo al llegar a nuestro lado. Olivia fumaba apoyada en uno de los pilares de la entrada del edificio y yo le miraba embobada—. ¿Te apetece acompañarme a un sitio?

—Oh, sí. Claro —contestó Olivia.

Él se rio entre dientes.

—Me parece que esta vez tres son multitud, Olivia —musitó él lanzándole una mirada que me descoyuntó.

—Qué raro. Tenía entendido que se te daban bien los impares.

—Según la situación. ¿Qué me dices? —Me miró finalmente.

—Claro.

Me tendió su mano y yo, sorprendida, la agarré. Eran los últimos días en los que podíamos permitirnos el lujo de hacer ciertos alardes públicos. Pronto volvería una rutina que yo desconocía; una rutina de horarios, ordenadores, papeles y tubos fluorescentes. De entrar a las nueve de la mañana, salir a las seis y no poder besarle después de comer, tirada en el sofá a su lado. Rodeados de gente que nunca nos entendería. Nos despedimos de Olivia sin mucha ceremonia y fuimos andando hacia la boca de metro de Santiago Bernabéu. En poco más de media hora estábamos sentados en una mesa del restaurante Seis Ocho, en un rincón de su sala principal, presidida en gran parte por una enorme pintura en la pared, una especie de monstruo trajeado sin cara. Pedimos vino. Nico dijo que tenían una gran vinoteca y yo simplemente me dejé aconsejar. Los dos pedimos atún, yo en tartar, él en hamburguesa. Hablamos poco, nos miramos mucho. Nico sonreía y así me costaba un poco encontrar cosas que decir, con sus dedos trenzados entre los míos.

—¿Y el silencio? —preguntó levantando las cejas.

—¿Qué? —contesté confusa, volviendo al aquí y ahora.

—¿Es que ya no te molesta el silencio?

No sé por qué, me sonrojé. Noté una ola de calor sobre mis mejillas y me encogí de hombros. Solté su mano, como si eso me ayudara a volver a mí.

—A lo mejor es que me estoy habituando a él.

—O a nosotros. —Sonreí y asentí. Di un sorbo al vino—. Dicen que cuando el silencio no es molesto... —empezó a decir.

—Es imposible que nada contigo me sea molesto.

—Tenía ganas de pasar un rato contigo —confesó.

—¿Es que no estás a gusto cuando...?

—No es eso. —Sonrió para apaciguarme—. Es que a veces hay cosas para las que uno no necesita público. Seguro que Hugo está de acuerdo conmigo.

Sonreí.

—Ah, habéis llegado a un acuerdo entonces.

—Le preparé otro plan.

—¿Que es...? Si se puede saber, claro. ¿Le llenaste la bañera y encendiste velas?

—Me lo apunto para la próxima. —Se rio—. No, Marian se lo llevó al Thyssen.

Un pinchazo me perforó el costado. Marian me gustaba, pero no me gustaba tanto que pasara tiempo a solas con Hugo.

—Eh... —exclamó sorprendido Nico—. Es mi hermana. No le he preparado una cita con otra.

—Ya, ya.

—Entonces ¿por qué pones esa cara?

—No sé. Bueno..., Marian me cayó muy bien, ¿sabes? Pero es tan guapa...

—Hugo siempre le dice que es como si Dios hubiera hecho dos Nicos y a uno le hubiera quitado el pene, hubiera hecho dos bolitas con él y le hubiera puesto pechos.

Abrí los ojos. Vaya. Eso no es algo que le guste escuchar a ninguna chica, supongo.

—¿Y tu hermana no siente la tentación de apuñalarlo?

—Ah, no. Son muchos años. Hugo ha estado muy metido en casa desde la muerte de sus padres. Mi madre es un poco como... una gallina. Le gusta tenernos a todos debajo del ala. Con Hugo le pasa lo mismo. Como uno más. La idea de que pase algo entre Marian y él roza el incesto. —Pero me pareció que callaba algo.

—No es su hermana —aclaré—. Es la tuya. Que tú no lo pienses no significa que...

—Alba... —Apoyó los codos en la mesa y trenzó sus dedos a la altura de sus labios—. Ninguno de los dos siente atracción alguna. De verdad.

—Si estás tan seguro...

—Lo estoy. Y..., aunque a ella se le cruzara un cable y decidiera que él es el hombre de su vida, Hugo piensa demasiado en ti como para ver ni siquiera por dónde anda.

Eso me hizo ilusión. Sonreí.

—¿Pasa lo mismo contigo? —pregunté.

—¿No es evidente?

—No. Contigo nada es evidente.

—Bueno, cuento entonces con el factor sorpresa.

Dejamos de hablar de Hugo. De Marian. Dejamos de hablar también de nosotros. En una de esas carambolas que tenían lugar en las conversaciones con Nico, terminamos hablando de fotografía. A decir verdad, él habló y yo callé, escuchándolo, sorprendida por cómo de vez en cuando un tema hacía que Nico perdiera esa desgana natural para contar con pasión todo lo que sentía acerca de algo. Y habló y me embelesé, como una tonta que se enamora del ponente de una conferencia, que parece lejano y absorto, apasionado y distante.

—En realidad creo que le tengo apego a la fotografía por melancolía porque, si lo piensas, las fotos solo devuelven la imagen de un fantasma.

—¿Un fantasma?

—Sí, el aquí y el ahora, cazado sin querer. —Arqueé las cejas. Nico chasqueó la lengua y siguió—: Personas que ya no existen en lugares que jamás volverán a albergarlos. Un recuerdo congelado cuyo momento de la muerte ha sido alterado para llevarlo a… una eternidad mortecina y silenciosa, solo para ser contemplado. Un soporte para el alma que no vuelve a existir. Sentimientos secuestrados, envasados, arrancados de las coordenadas del espacio y del tiempo que los sostienen.

Suspiré.

—Es un pensamiento un tanto oscuro hacia algo que te gusta tanto, ¿no?

—Cuando terminamos la universidad, Hugo y yo decidimos invertir algo de tiempo en vivir antes de meternos en la rutina del trabajo y demás. Viajamos durante dos meses, pero no juntos. Cuando volvimos a Madrid, él se matriculó en un posgrado y yo en un curso de fotografía que probablemente no me servirá jamás para nada pero… —Suspiró y siguió—. En ese curso tuve un estupendo profesor de estética cuyas clases se convertían en una especie de… charla filosófica. En una ocasión él afirmó que lo más real es lo que vemos con los ojos cerrados. Al escuchar esto, sin ni siquiera levantar la mano le dije que no estaba de acuerdo. Él sonrió y me contestó que probablemente era demasiado joven para estarlo. Me dijo que va con nuestra naturaleza estar siempre esperando algo mejor de la vida pero los sentimientos, las ideas, todo lo grande que nos rodea, es mejor en la mente. Una vez se verbaliza, una vez se proyecta, todo se pierde. Igual pasa con las fotografías. Lo que se queda impermutable en una fotografía… solo es un eco. El eco de algo que fue mejor como idea.

—¿Crees de verdad que todo es mejor como idea?

—No. Esa es la parte de la opinión de mi profesor que comparto. No puedo estar de acuerdo en lo demás. Siempre habrá cosas que superen la expectativa de su propio planteamiento.

¿Éramos nosotros eso? Algo cuyo origen no parece nada más que una utopía y que, cuando se pone en marcha, supera todas las expectativas. Al menos lo estaba siendo, ¿no? Alargué la mano y volví a acariciar sus dedos. Era afortunada, me dije. Al fin y al cabo, tenía las dos caras de una relación en una sola. Hugo, a veces tan pragmático, tan terrenal. Nico, tan del mundo de las ideas. Puñetero soñador, siempre colgado de algo imposible. ¿Era yo entonces su imposible?

Se nos hizo tarde en el restaurante. Tomamos postre, café y una copa. Cuando salimos, el sol ya estaba cayendo poco a poco y, aunque aún era de día, ya no hacía tanto calor. Se empezaba a intuir la entrada de septiembre. Siempre ha sido mi época preferida del año: el otoño. Mi hermana siempre se burla de mí porque dice que el motivo por el cual me gusta tanto es la ropa que puedo ponerme. No mentiré, me encanta la ropa de otoño: las blusas, los jerséis finos, los cárdigan y las botas. Pero no es por eso. Es porque se trata de una estación un poco melancólica, casi bucólica. Es el cambio suave y los colores cálidos, antes de desaparecer toda sensación de calor. Estar con Nico me ponía así. Perdonadme.

Cogimos el metro hasta Ventas y desde allí paseamos con intención de llegar a la plaza de Cibeles cuando ya cayera el sol. Nico me llevaba cogida de la cintura y yo estaba encantada. Él se mostraba hablador, contento y a mí no me incomodaba mi silencio. Incluso cuando él callaba…, disfrutaba. Corría bastante brisa y nos sentamos en una terraza a tomar otra copa. Le acusé de querer emborracharme y cuando se echó a reír, supe que en realidad lo que le pasaba a Nico es que estaba nervioso.

—¿Me escondes algo? —le pregunté picajosa.

—Claro que no.

—¿Qué es lo que te pasa? —Y le miré suspicaz.

—Bueno, digamos que estoy preparándome el terreno.

No conseguí sacarle nada más. Acercó su silla a la mía y se dedicó a acariciar los mechones de mi pelo, a besarme la sien y a hacer planes para las vacaciones. Aunque yo tendría que trabajar, claro. Me dejó pagar la copa después de una lucha encarnizada y bastante moñas por coger la cuenta. Si yo hubiera estado en alguna mesa de alrededor viendo la escena, habría puesto los ojos en blanco y le habría dicho a quien me acompañara algo como: «Menudos dos tontos». Esos éramos nosotros. Dos tontos… ¿enamorados?

Después seguimos paseando hasta llegar a la plaza de Cibeles. Una buena caminata, todo hay que decirlo. Aquel día yo llevaba unos tacones no muy altos y bastante cómodos que me salvaron de tener que terminar la jornada descalza, aunque sé que no le habría importado lo más mínimo. Hugo sí se habría puesto frenético si yo me hubiera descalzado en pleno Madrid, pero Nico se habría reído y me habría ofrecido llevarme en brazos. Así eran ellos.

Pensaba que una vez allí cogeríamos el cercanías hasta Chamartín para volver a casa, pero Nico tiró de mi mano y me llevó hacia el viejo edificio de Correos. Siempre me ha gustado este rincón de Madrid. Es especial. Recuerdo que una vez se lo dije a mi exnovio, una noche que cruzábamos Recoletos en dirección al paseo del Prado. Él no me contestó; estaba mosqueado porque acababa de enterarse de que su equipo había ganado por goleada un importante partido de clasificación y él no lo había visto. Era el día de nuestro aniversario y yo había reservado mesa para cenar. Creo que aquella tarde fue la última en que relacioné ese rincón con el recuerdo de lo imbécil que podía llegar a ser mi ex. A partir de aquel día lo que me suscitaría el edificio sería felicidad. Subimos hacia la terraza del Palacio de Cibeles. Gabi me había dicho que su marido la había llevado un día a tomar un cóctel allí.

—Es superromántico, porque está todo Madrid iluminado. —Y yo pensé que exageraba y que era ella, que estaba muy enamorada del amor, la que ponía encanto donde solo había una coctelería en la azotea.

Cuando salimos a la terraza, ya era de noche. A lo lejos, el edificio Metrópolis centraba la escena y a su espalda se adivinaban ciertas nubes. La gente hablaba y sonaba un poco de música de fondo. Nos dieron una mesa cerca de la barandilla. Al parecer Nico había hecho reserva, lo que no pudo sino sorprenderme. ¿A qué venía todo aquello? Pedimos dos gintonics más. Yo, a esas alturas, iba un poquito tocada. El vino de la comida, la copa de después y la que habíamos bebido a medio camino se me habían subido levemente a la cabeza. No farfullaba, pero estaba extremadamente cariñosa. Por eso, cuando dejamos un momento la mesa y nos acercamos a la barandilla para ver el paisaje urbano que se extendía frente a nosotros, acaricié los brazos de Nico, que envolvían mi cintura de forma muy mimosa. Él me besó el cuello.

—Aún no es mi cumpleaños —le dije.

—Ni el mío.

—Entonces ¿qué celebramos?

—Me dijo Hugo que…, que le contaste que a veces, cuando las chicas no sabéis cómo decir algo, usáis una canción.

—Sí —asentí. Aún recordaba el beso que nos dimos cuando recibí la canción de Hugo en mi *email, No puedo vivir sin ti.*

—Nosotros también lo hacemos a veces, ¿sabes?

—¿Quieres ponerme una canción? —le pregunté riéndome—. Bastaba entonces con un correo electrónico.

—Para mí no bastaba. Ni siquiera una canción basta para decirte lo que siento.

Nico sacó de su bolsillo un iPod y me tendió los auriculares. Me puse uno y cuando iba a colocarme el otro, él me paró.

—Espera. Tengo algo que decirte antes.

Le acaricié la barba, sonriente, y él se frotó contra la palma de mis manos en un gesto mimoso, como el de un gato que busca unas cuantas caricias.

—Venga… —le apremié.

—No es fácil. —Suspiró y me cogió la cara entre sus manos—. Es que… a veces me miras y tengo la certeza de que sabes cómo soy, que no tengo que esconderme. Eso me gusta y a la vez me da miedo, porque en el fondo soy… un poco oscuro. No entiendo el amor como creo que lo haces tú. Y nunca sé si voy a estar a la altura o si te asustaré.

—Nadie dijo que tuviera que ser de una manera en concreto.

—Shhh. Calla. Déjame hablar o no me atreveré. —Sonrió con timidez, me callé y él siguió—: Es solo que he intentado buscar una canción que hablara por mí, que te dijera las cosas como esperas escucharlas, pero siempre termino…, bueno…, solo escúchala, ¿vale? Mente abierta.

Asentí y me coloqué el otro auricular. Nico bajó la cabeza, concentrado en escoger la canción en su iPod. No levantó la mirada hasta que la canción llevaba unos cuantos segundos sonando en mis oídos. A mi alrededor, Madrid vivía una noche de viernes como cualquier otra. Las primeras palabras de la canción decían en inglés: «Mi amor, morirás algún día». Eso convirtió mi estómago en un nudo, creándome una desagradable sensación de vértigo. Me obligué a seguir escuchando. Una voz masculina personal y una guitarra. Nada más. Solo una letra en la que juraba que me seguiría a través de la oscuridad cuando me tocara partir.

I will follow you into the dark, de Death Cab for Cutie. Me acordé de la Alba adolescente, la que escribía poesía en un cuaderno con flores en la portada. Esa Alba solía preguntarse si el amor iba más allá de la muerte, creo que impresionada por la primera literatura romántica que cayó en mis manos, donde amantes y doncellas caían desde lo alto de un acantilado esperando poder olvidar ese amor que les quemaba las venas. Eso y que a todos nos obsesiona la muerte cuando empezamos a tener conciencia de ella. Es mucho mejor envolverla de gala y romanticismo que enfrentarnos a ella sin adornos a esa tierna edad.

Pero ahora, con casi treinta años, uno de los hombres con los que me planteaba compartir mi vida conectaba con mis miedos adolescentes, con mis sueños de amor de entonces, diciéndome que me querría tanto que sería capaz de acompañarme a dar el paso una vez dejáramos atrás la vida. «Ya hemos visto todo lo que hay que ver, desde Bangkok hasta Calgary. (…) Ahora es tiempo de dormir. No hay por qué llorar». Hablaba de una vida que recordar. Hablaba de recuerdos que aún no habíamos vivido. Y es que aquella canción contaba más con las cosas que callaba que con las que decía. Como Nico. Como nosotros. Aquella canción me decía que Nico estaba dispuesto a quererme más allá de la muerte después de crear los suficientes recuerdos como para marcharnos sonriendo. Cuando terminó me quité los auriculares. Nico me miraba, pestañeando como lo haría un niño que teme que a su madre no le guste el dibujo que ha hecho para ella en la escuela. Sonreí.

—Eres oscuro hasta para una declaración de amor.

—Pero sé decir te quiero.

Sus pulgares acariciaron mis mejillas y después me llevó hasta sus labios. Nos besamos. Ya no había más canciones para mí, solo el claxon de algún coche más abajo, en la plaza de Cibeles. Eso y el hilo musical de la terraza, que no tenía nada que ver con declaraciones de amor. Daba igual, en mis oídos seguía sonando Death Cab for Cutie y el «te quiero» de Nicolás. Dejé que mis labios escaparan de entre los suyos y, sin separarme de él, suspiré «yo te quiero también». Y su boca aspiró las palabras hasta convertirlas en otro beso.

Por la noche, cuando llegamos a casa, nos metimos en mi habitación a querernos despacio y repetimos aquellas palabras entre gemidos. Nuestra parcela de intimidad. Nuestro... te quiero.

25

VIDA... ¿SOCIAL?

E l amor es un concepto grandilocuente si te paras a hablar o escribir sobre él. Y aun llenándolo de palabras, es sumamente complicado que parezca ni siquiera la décima parte de lo que es para quien lo está viviendo. Por eso... no sé cómo expresar lo feliz que me encontraba. La semana siguiente a que Hugo, Nico y yo formalizáramos aquello con un «te quiero», la gente empezó a reincorporarse a sus puestos de trabajo después de las vacaciones. La normalidad. Ais... (suspirito).

La mañana del miércoles encontré en mi planta un revuelo fuera de lo común. Y no porque la gente charlara en los pasillos poniéndose al día, sino porque todos parecían estar muy concentrados en sus quehaceres. Muchas fotocopias. Mucho teléfono. Mucho pasear como si estuvieran ocupados. Y había una prueba irrefutable de que estaban fingiendo: yo tenía el mismo poco trabajo que antes de que ellos llegaran. ¿Lo estaban haciendo todo ellos, sin pedir soporte a la secretaria de planta? Dejadme que me ría. Finalmente le vi sentido cuando

Paloma, la coordinadora de secretarias, se presentó por sorpresa en mi puesto y me pidió que la acompañara.

—Dame un segundo que desvíe a mi extensión móvil.

—No. Desvíale a Olivia. Ya está enterada.

Lo hice sin rechistar y la seguí por el pasillo en silencio. Un silencio, por cierto, que no era tan placentero como al que ya me estaba acostumbrando en mi vida personal. Pasamos de largo el despacho de Hugo y no pude evitar fijarme a través de la puerta abierta de par en par en que no había nadie dentro. Paramos frente a una sala a la que nunca me había acercado, que estaba en el punto más alejado de mi sitio. Una placa en la puerta anunciaba el rimbombante título del jefe supremo. Eso consiguió ponerme nerviosa, pero cuando Paloma llamó y recibimos el permiso para entrar, sentí definitivamente que me temblaban hasta las rodillas. Junto a la ventana, mirando a través de ella y dándome la espalda, estaba Hugo. Tenía las manos metidas en los bolsillos del pantalón de su traje azul marino. Se giró ligeramente al escuchar cómo cerrábamos la puerta. ¿Nos habían pillado? ¿Era eso? Un señor bastante gordo y canoso se levantó de su mesa y vino en mi dirección con la mano extendida. Le di un apretón firme sin poder evitar lanzar miradas confusas hacia Hugo, que se mantenía allí de pie.

—Encantado de conocerla, señorita Aranda —dijo aquel señor que recordaba vagamente al padre de Paul Newman en *La gata sobre el tejado de zinc*. Uno de esos hombres que imponían y a la vez suscitaban cierta ternura—. Me han hablado maravillas de usted. Siéntese, por favor.

Me senté, crucé las piernas con decoro y Paloma fue invitada a irse con mucho más protocolo del que se espera del jefe supremo.

—Bueno, Paloma, gracias. Como te comentaba podría haberla llamado yo sin molestarte.

—No ha sido molestia, señor Ayala.

—No te robamos más tiempo.

Visiblemente molesta por no participar en la reunión, se marchó. Hugo caminó lentamente hacia la mesa y se apoyó en el borde, cruzando los brazos sobre el pecho.

—Ustedes dirán —dije trémula.

—Bueno, supongo que no está al día, pero como se incorporó en época ya prácticamente vacacional, solicitamos al señor Muñoz que le hiciera el seguimiento de sus primeros meses en la empresa. —Le miré sorprendida y él bajó la mirada al suelo—. Lo que sí sabrá es que firmó un contrato de prueba por tres meses.

—Sí —asentí—. Pero, por favor, tutéeme.

—Dado tu buen funcionamiento y lo rápido que te has adaptado a la cultura corporativa de la empresa, el señor Muñoz ha considerado que sería positivo acelerar el proceso para integrarte definitivamente en la plantilla. Aquí tienes el informe que se ha redactado sobre ti, para que puedas revisarlo. El año que viene por estas fechas se te realizará una evaluación que, en este caso, dependerá de tu superior directo… ¿Quién es, Hugo?

—Creo que es Paloma —comentó por primera vez. Su voz… la noche anterior me había estado susurrando tonterías al oído en el sofá de su casa y ahora sonaba tan profesional, tan distante… Me puso como una moto—. Si la reubican en algún despacho como *personal assistant* ya será otra cosa.

—Pues nada, señorita Aranda.

—Alba —comenté con la boquita pequeña.

—Alba, te llamarán de Recursos Humanos a lo largo de esta semana para que vayas a firmar unos papeles. Te lo explicarán mejor, pero se te dará de baja en la empresa, tendrás que darte de alta en el paro y, una vez hecho esto, firmarás el nuevo contrato. ¿Te parece?

—Eh..., sí. Sí, gracias.

—El tema de las vacaciones... —comentó Hugo mirando a su jefe.

—Ah, sí, se me olvidaba. Me comentaba Hugo, bueno, el señor Muñoz...

—Hugo está bien. Alba y yo hace ya tiempo que nos tuteamos.

Entre otras cosas.

—Bueno, pues Hugo me ha comentado que vienes de trabajar en prensa y que prácticamente solapaste los dos trabajos. —Miré a Hugo. Será mentiroso el tío...—. Consideramos que quizá te interesaría que retrasáramos la firma del contrato para que puedas tener dos semanas de vacaciones. Sin sueldo, eso sí...

Hugo clavó los ojos en mí. Asentí y él sonrió.

—Bien. Pues ya está —dijo este incorporándose—. Gracias por el tiempo, señor Ayala.

—A usted, Hugo —respondió de manera formal, sonriéndole—. ¿Cuándo te marchabas de vacaciones?

—El viernes —contestó. Me levanté y fui hacia la puerta—. Espera, Alba. Voy contigo hacia allí.

—¿Harás algo o puedo contar contigo para jugar al golf con los de la cuenta Golden?

—Oh, no. —Se rio—. ¿Golf? Deja las drogas. —Los dos se echaron a reír y Hugo puso la mano abierta en mi espalda, indicándome que saliera—. Estoy ultimando un viaje..., una escapada con mi chica, a ver si se deja.

Cerró la puerta y me sonrió.

—Eres bipolar —le susurré.

—¿Y eso?

—¿No tenía que concentrarme en buscar otra cosa?

—Sí, claro —asintió caminando hacia su despacho—. Pero mientras tanto que te paguen aquí, ¿no?

—Sí, bueno, menos dos semanas que tengo de vacaciones, ¿no? Vacaciones que pasaré en casa de mis padres porque no tengo dónde caerme muerta, capullo.

—Aquí. —Se señaló el pecho—. Aquí quiero que te caigas muerta, pero de tanto follar.

No pude evitar reírme.

—No me quiero enfadar, Hugo, pero estás organizándome la vida.

Se paró en el pasillo y negó.

—He sido sumamente egoísta al hacer esto, te lo aseguro. Demasiado. Por esa parte te pido disculpas, pero necesitaba unos días contigo. —Se encogió de hombros—. No te organizo la vida, *piernas*. Te acerco.

Aceptamos pulpo como animal de compañía...

—¿Y esa escapada con tu chica?

—Hoy hay reunión logística en mi casa —dijo frotándose las manos—. A ver si conseguimos ponernos de acuerdo en el destino.

—Un poco pillados para reservar algo, ¿no? Además, no quiero malgastar.

Me indicó que entrara un momento en su despacho y después me siguió. Cerró la puerta de golpe y me atrapó entre esta y su cuerpo.

—Esta va a ser la primera y última vez que hagamos esto en el trabajo..., pero es que esa faldita me lleva poniendo malo toda la mañana.

—¿Me has preguntado si quiero?

—¿No quieres?

—Debería decirte que no.

Metió las manos debajo de la falda y me quitó las braguitas. Las apartó de una patada antes de subirme en brazos. Me agarré con fuerza para no caerme cuando empleó sus manos para desabrocharse el cinturón y el pantalón. Se acercó para besarme, pero yo llevaba los labios pintados y no quería que tuviera que encerrarse en el baño a frotarse la boca para quitarse el carmín.

—Vaya…, ¿no quieres besarme?

—No quiero que tengas que desmaquillarte después.

—Con lo bien que tiene que sentarme ese color.

Se metió dentro de mí de un empujón. Abrí la boca, incapaz de emitir ni un sonido. Era increíblemente placentero. Empujó de nuevo y clavó los dedos en mis nalgas.

—Echa el pestillo —jadeó en mi oído.

En el momento en que se escuchó el clic, unos nudillos golpearon la puerta.

—Hugo… —Se escuchó decir a una voz femenina—. ¿Puedes abrir un segundo? Te traigo el resumen del año que me pediste.

Se mordió el labio inferior, sin dejar de penetrarme. Carraspeó.

—Estoy con una llamada, Mónica. Ahora me acerco yo.

—Genial.

Los pasos se alejaron por el pasillo y él se acercó a mi boca casi hasta pegar la suya encima.

—No me concentro en nada que no seas tú —susurró—. Te quiero. Toda.

—Sigue…, sigue… —le pedí extasiada.

—Nena…

—Mi vida. —Enredé los dedos en sus mechones.

Apoyó los labios en el escote de mi blusa sin dejar de empujar hacia mi interior.

—Dime que ya estás… —suplicó.

—No —contesté frustrada.

—Oh, Dios…

Me llevó hasta el escritorio, salió de mí y me dio la vuelta, reclinándome sobre la madera y todos los papeles que tenía desperdigados encima.

—Tócate, por el amor de Dios —gimió al meterse de nuevo dentro de mí.

Metí la mano entre mis piernas y empecé a frotarme con fuerza. Sin proponérmelo allí estaba, húmeda, jadeando y gimiendo entre dientes, con la mejilla pegada a su escritorio. Agarró mi carne con fuerza y empujó hacia el fondo.

—Shhh… —le pedí—. Nos oirán, Hugo.

—Ah, joder. Me da igual. Me da igual todo.

Me entró la risa. A él también. Salió de nuevo de mí y me dio la vuelta, sentándome en el borde de la mesa.

—No puedo más —me anunció colándose de nuevo dentro de mí.

—No puedo vivir sin ti… —canturreé, burlándome de él.

—No hay manera…

Sonreímos y nos besamos.

—Córrete tú —le pedí, porque veía que la cosa empezaba a alargarse y me ponía tremendamente nerviosa estar haciéndolo en su despacho con toda esa gente fuera.

—¿Sin ti? Debes de estar loca.

Me obligó a reclinarme hacia atrás y me sujetó las piernas, usándolas de punto de apoyo para empujar. Aceleró el ritmo, la intensidad y los jadeos. Me toqué, rápido, cerré los ojos y me dejé llevar. Hugo metió el dedo pulgar en mi boca y lo lamí. Eso nos catapultó casi de inmediato a los dos. Me abrazó, yo hice lo mismo con él y nos corrimos entre espasmos.

—Me cago en…. —gruñó.

—Shhh… —Mecí las caderas una vez más y dio un puñetazo contra la mesa que se escuchó más allá de las paredes del despacho.

Se echó a reír, apoyando la frente en mi pecho.

—Estamos como una regadera —dijo con una carcajada.

—Has sido tú.

—Sí, tienes razón.

Salió de mí con cuidado y se recolocó la ropa interior y el pantalón.

—Mierda, necesito una ducha —me quejé.

—A mí me parece que hueles de muerte.

—A recién follada.

—A recién hecha el amor.

—Haces el amor de una manera muy... enérgica.

—Yo te hago el amor hasta mirándote.

Me besó y anduvo hacia la puerta. Me repuse y me bajé de la mesa.

—Dámelas —le pedí cuando recogió mis braguitas del suelo.

—¿Esto? —Me las enseñó—. Ah, no.

—¿Cómo que no?

—Creía que te gustaba ir por la oficina sin ropa interior.

—Hugo... —le advertí—. No.

Me besó. Después abrió la puerta y me obligó a salir. Se guardó mis bragas en el bolsillo interior de su americana y fue hacia la mesa de nuestra compañera.

—Lávate las manos antes —le gruñí.

Guiñó un ojo y se fue hacia allá. Al girarme me encontré con Nico, que sonreía.

—Vaya dos. Flipo con vosotros.

Y yo. Yo también flipaba.

La reunión logística en casa de Hugo y Nico terminó siendo una discusión superinfantil entre ellos dos. Uno quería que nos escapáramos a Nueva York. El otro prefería un viaje relámpago y barato a Tailandia. ¿A que os hacéis a la idea de cuál de los dos quería cada opción? Y yo allí, con los brazos cruzados, diciendo que no iba a ir a ninguna parte.

—¿Y qué coño se me ha perdido a mí en Bangkok? —se quejaba Hugo haciendo aspavientos.

—¿Y por qué cojones me tengo que gastar yo mil euros en un puto billete de avión?

—Pero ¿es que estáis de la puta olla? ¡¡Que yo me voy a Torrelodones, coño!!

Y nada. Un gallinero sin sentido hasta que me fui dando un portazo porque en aquel salón había un concurso de a ver quién meaba más lejos y nadie me estaba escuchando. Subieron en menos de cinco minutos, gritándose hasta por el pasillo que iba del ascensor a mi puerta. Entraron envueltos en la misma estúpida discusión, hasta que me decidí a lanzarles los cojines del sofá. Cuando por fin acerté, se me quedaron mirando alucinados.

—¿Perdona? —dijo Hugo señalando el almohadón que había cogido al vuelo.

—¿Podéis escucharme un momento? ¡¡Que no tengo dinero para gastar en irme de viaje, pesados!!

Los dos me miraron extrañados.

—¿No tienes unos ahorrillos?

—Tengo cien euros en un cerdito y pensaba gastármelos en maquillaje. No sé si captas...

—Algo más tendrás —apuntó Hugo.

—Sí. Pero no para gastar así tan alegremente.

Hugo hizo un mohín y Nico levantó las cejas sorprendido.

—Lo siento, chicos. Yo las vacaciones las paso en casa.

—Pero... —dijo Nico.

—No —zanjé—. Si se os ocurre la manera de que pueda salirme gratis, ya si eso lo hablamos. Mientras tanto, no.

Los dos asintieron. Los vi tan mansos que pensé que podría aprovechar la coyuntura...

—Y, por cierto, me gustaría presentaros a mis amigas.

Hugo arqueó las cejas y me tiró el cojín.

—Estás como una cabra, ¿sabes, *piernas*?

—No es buena idea —murmuró Nico.

—A ti no es que te parezca mal, es que no te apetece una mierda socializar —le respondí.

—Pues mira, no mucho.

—Vaya, qué novedad.

—Alba, ¿y qué vamos a hacer? ¿Nos sentamos a tu lado en la mesa y sonreímos como imbéciles cuando ellas se pongan a flipar? Estoy con Nico, no me apetece.

—Pero es que mis amigas no son así. —Bueno, igual Gabi sí que flipaba un poco, pero tendría que entenderlo porque era una de mis mejores amigas.

—Hasta tú reaccionarías así si no te implicara.

—Si os conocen, lo entenderán.

—Oh, sí. Seguro —ironizó Hugo.

—No las conoces, Hugo.

—No hay viaje, no hay cena —sentenció.

—Eso es manipulación.

—Eso es equilibrio —puntualizó Nico encantado de la vida.

Ah, genial, corporativismo masculino. Pues yo sabía cómo responder a aquello.

26

Nico y Hugo estaban comiendo pipas en la terraza cuando fui a buscarlos. La imagen me valió unas buenas carcajadas. ¿Sabéis esos abuelos que se sientan frente a las obras a ver cómo trabajan? Pues más o menos. Allí estaban, en las hamacas, sentados con los tobillos cruzados y comiendo pipas como dos hámsteres.

—Me parece una chapuza. Coño, ¡gástate la pasta y pon un toldo!

—Alguien debería caparle el acceso a los vídeos de *Bricomanía.*

Estaban criticando al vecino del edificio de enfrente. Y no es que fuera el único. Es que era «EL VECINO». Yo me lo había cruzado alguna vez en la piscina, que era zona común tanto para él como para nosotros. El motivo por el que Hugo y Nico estaban rabiositos era que se trataba del único hombre de la zona que les podía hacer un poco de sombra. Era lo que solemos titular «el papá sexi». Tenía una niña de tres años a la que paseaba a hombros por la comunidad mientras le hacía carantoñas y que lo adoraba. Se decía que te ayudaba con la compra si te veía cargada por la calle. Conducía un Cayenne negro impoluto. Su mujer era una chica normal y corriente. Y ese portento, además, se estaba haciendo una especie de pérgola en la terraza.

—Si se cae de la escalera, da con la cabeza en el patio. Hay que ser subnormal —rumió Hugo.

—Lleva una especie de…, algo que le sujeta. Un arnés o algo así…

—Yo pensaba que era la tripa cervecera.

Se giraron a la vez cuando se me escapó una risita.

—Pero qué marujas sois.

Hugo siguió comiendo pipas.

—¿Qué pasa? ¿Te gusta el vecinito?

—Me parece interesante, sí, pero no es mi tipo. A mí me van más los que se sientan a criticar al vecino machote.

Nico sonrió en una especie de *touché*.

—Oye, ¿subís luego a tomar algo?

—¿Por qué no te quedas y nos lo tomamos ya? —preguntó Hugo al tiempo que se quitaba cáscaras de pipas de encima.

—Porque tengo unas cosillas que hacer.

—Vale. Baja luego.

—Subid vosotros, perros.

—Espera que te demos un beso, ¿no, rancia? —se quejó Hugo.

—Ya os lo doy luego. A las nueve.

Cuando entraron en casa yo estaba terminando de poner la mesa de la terraza… y había algún cubierto de más. Se asomaron los dos con la misma expresión: ceño fruncido, labio superior arqueado, mirada de «cazado».

—¡No me jodas! —exclamó Hugo—. ¿Es una encerrona?

—Una copa de vino. Os tomáis una puta copa de vino, saludáis a mis amigas y os piráis. Por mí como si decís que os tenéis que ir a daros por el culo.

—Eso te dejaría en muy buen lugar, sí —rugió Nico.

—Menuda cerdada, *piernas*.

Me puse delante de ellos, con carita de pena.

—Siento de corazón haberos hecho esta encerrona. Solo necesito que saludéis cuando lleguen. Me dais un beso y ya está.

—Yo no quiero —dijo Nico—. No quiero, me niego. Paso mucho de todo esto, Alba.

—Estará también Eva.

—Con Eva cenamos cuando quieras —respondió—. Pero esto no y mucho menos así.

—¿Te has enfadado? —le pregunté sorprendida.

—Muy contento no estoy, la verdad.

—Alba —dijo Hugo llamando mi atención—, fatal.

Volvieron al salón y fueron hacia la puerta.

—Vale, vale, vale. —Los adelanté y me puse frente a ellos—. Lo siento.

Nico me evitó, abrió la puerta y se marchó por las escaleras. Miré a Hugo con miedo. Este chasqueó la lengua contra el paladar.

—Las cosas no se hacen así.

—Ya lo sé. Lo siento. —Le cogí de la muñeca—. No te enfades.

—Pero es que... ¿a quién se le ocurre?

—Perdona... —Me apoyé en su pecho, arrepentida.

—No me voy a quedar. Me bajo a mi casa.

—Vale —contesté sin mirarle, con la frente pegada a la tela de su camiseta.

—Te estás equivocando, Alba. No digo que nos escondas en un sótano, joder, pero ¿qué reacción crees que van a tener tus amigas? ¿Crees que te van a dar una palmadita en la espalda?

—Pero…

—¿Sabes cuál es el pero? —Me obligó a mirarle. Estaba mosqueado—. El pero es que hasta que no lo hagas no vas a parar. Estás buscando reafirmarte en la opinión de otras personas. Necesitas que ellas te digan que esto está bien. Y qué quieres que te diga… No me gusta pensar que lo que tú sientes no es suficiente para ti. Dicho esto…, tú verás.

—Pero ¡no te enfades! —me quejé.

—Esta conversación es totalmente absurda. No tienes seis años. Y se acabó.

Cuando llegaron las chicas yo no estaba de muy buen humor. Me sentía muy ridícula, eso para empezar. Pero también estaba un poco molesta por el poco margen que habían dejado para el diálogo con esta cuestión. Era como un «no quiero» y punto pelota. No creía en absoluto que Hugo tuviera una base real para sospechar que aquello fuera a terminar mal.

Había comprado unas tartaletas y unas cuantas chuminadas más para cenar y ellas trajeron vino en cantidades ingentes. Eso ayudaría, ¿no? Yo esperaba que la presencia tranquilizadora de Hugo y Nico hiciera su parte, pero por lo visto tendría que ejecutar el plan «salida de madriguera» yo sola. Sola ante el peligro y el Gabi(nete de crisis).

Evidentemente, me mostré nerviosa buena parte de la cena. Participé poco en la conversación, apenas me reí de las coñas de mi hermana y no pregunté curiosa y presa del morbo cuando Diana se explayó en la descripción de un ligue. Estaba preguntándome cuándo sería el momento adecuado para sacar a colación el tema de que salía con dos chicos a la vez. «Nunca» es la respuesta correcta, pero en aquel momento me parecía cobarde. Yo quería que el mundo entero supiera que estaba enamorada y que me hacían muy feliz; no por provocar, sino porque son esas cosas que hace alguien que se ha encoñado como un crío. Y quizá, muy en el fondo, Hugo tenía razón y yo buscaba reafirmarme en mi postura comparándola con la opinión de alguien que no formara parte de aquello. Tan metida estaba en mis razonamientos internos que fue más que evidente que algo me pasaba y Gabi, mosqueada, me preguntó qué narices me preocupaba.

—¿A mí? —Miré a Eva, que hizo una señal de negación disuasoria a la que no hice caso—. Pues el caso es que, bueno, estaba…

—Está enamorada —terminó diciendo Isa con candidez—. ¿Es que no le veis la carita? De esta Albita se nos casa.

Cuando se puso a aplaudir no pude evitar poner los ojos en blanco. Sí, casamiento por el rito zulú. Ellos dos en taparrabos y yo con las tórtolas al aire.

—Bueno, pues vendría siendo ya hora de que nos presentes al afortunado, ¿no? —apuntó Gabi suspicaz.

—Llevan poco, dejemos que se asienten más antes de las presentaciones formales —comentó mi hermana antes de alcanzar el paquete de tabaco de liar y ponerse a lo suyo.

—No, en realidad Gabi tiene razón. Tenía la intención de hacer las presentaciones hoy, pero… la situación es… poco común. Digamos que hemos preferido que yo vaya haciendo la introducción.

—¿Seguro que no está casado? —preguntó Diana alzando una ceja.

—Sí, sí. No es cuestión de matrimonio… de ningún tipo. A ver… —Respiré hondo—. Gabi, tú estabas de vacaciones, pero seguro que te han contado que un día, en Lavapiés…

Diana no me dejó ni terminar. Se levantó de su asiento y empezó a cantar *We are the champions* mientras se agitaba. Me dio la risa.

—¿Con cuál de los dos, por el amor de Dios?

—¿Acaso importa? —preguntó maravillada Isa.

—Pero ¿qué pasa? —Gabi no se enteraba de nada.

—Los megatíos que nos presentó Alba. ¿No te acuerdas? Te lo conté yo por teléfono.

—Y yo —recordó Isa.

—Vaya por Dios, sí que os marcaron —murmuró Eva con los ojos puestos en su cigarrillo.

—¡Ah! ¡Los del curro! Vale. Sigue. Que era de tu curro nuevo ya nos lo dijiste.

—Ya. A ver cómo sigo…

—Pero ¿¡con cuál de los dos!? El moreno, seguro. El moreno te comía con los ojos.

—Por Dios… —Escuché rezar entre dientes a mi hermana.

—Quiero que abráis vuestra mente, ¿vale? —Respiré hondo—. Porque… en realidad estoy saliendo con los dos.

Gabi arqueó una ceja a la vez que agachaba un poco la cabeza. Diana lanzó una carcajada y a Isa le faltó santiguarse.

—Sí, venga. ¿Qué pasa con tu novio? ¿Tiene hijos? ¿Es eso?

—No es mi novio. Son mis novios.

—¿Me estás queriendo decir que estás liándote con dos tíos diferentes de tu curro y que pretendes llevar dos relaciones en paralelo sin que nadie se entere?

—Eso es poligamia, hermana —se descojonó Diana.

—No, a ver. Os estoy diciendo que tenemos una relación. Los tres. A la vez. —Junté las manos mientras gesticulaba y sin pretenderlo dibujé un triángulo con ellas. Sí, muy gráfico—. Los dos están al tanto de la existencia del otro y sería imposible que no lo estuvieran porque viven juntos y… —Miré a mi hermana, que se levantó y se colocó junto a la barandilla para fumar—. Hacemos vida los tres. De pareja. Eso os estoy diciendo.

—Como broma no está mal —aseveró Gabi al tiempo que dejaba sus cubiertos encima del plato—. Pero debes de estar aburrida de la hostia para querer colarnos esto.

—Gabi, no es una coña. Hugo, Nico y yo estamos juntos y estamos bien. Tenemos la misma relación que podías tener con Juanjo cuando empezaste.

Hubo un silencio. Un silencio demasiado grande en el que lo único que logré escuchar fue la calada que Eva dio a su cigarrillo.

—¿Me lo estás diciendo en serio? —Y las cejas de Gabi se arquearon.

—Totalmente.

—¿Estás saliendo con dos tíos a la vez, que viven juntos y a los que te follas a la vez?

—Sí —asentí. Aunque no sé por qué, me molestó su manera de decir «follar». Sonó sucio y yo no consideraba que nada de lo que hiciera con ellos estuviera mal—. Pero nosotros hacemos mucho más que follar, Gabi. Nosotros nos queremos.

La expresión de Gabi fue mutando. A decir verdad, fue poniéndose roja como un pimiento morrón. Pensé que iba a salirle humo por las orejas, pero la sorpresa fue que estalló con una violencia que no…, no esperaba.

—¿¡¡Y te atreves a decir que eso es lo mismo que lo que tuve yo con mi marido cuando empezamos!!?

Suspiré y me froté la frente. Isa y Diana me miraban pasmadas.

—No digo que sea lo mismo. Digo que estamos sentando las bases de la relación como pudiste hacerlo tú con Juanjo.

—No se parece en nada. —Y lo dijo con tanto desprecio que no pude evitar contestar con el mismo tono.

—¿Y eso por qué?

—Pues porque lo que tú tienes no es una relación, Alba, perdona que te diga. Tú estás follando como si se acabara el mundo.

—Eso no es verdad.

Gabi pestañeó alucinada.

—A ver…, con todo el amor de mi corazón —musitó—. Si tú crees que eso es amor, vete a un psicólogo.

Abrí los ojos de par en par.

—¿Qué dices, Gabi?

—No soy ninguna mojigata. Creo que nadie de las aquí presentes lo es y, lo hiciéramos o no, no vamos a entrar a juzgar qué haces en la cama con dos tíos a la vez. Pero de ahí a aceptar que estás enamorada…, joder, Alba. Nos dijiste que te estabas enamorando y ahora sales con que te calzas a dos tíos. ¿Qué es esto?

—Vas a tener que explicarme lo que no entiendes —dije bastante seca.

—Lo que no entiendo es qué necesidad hay de vestir esta historia de romanticismo. Te hacía más realista, Alba. —Y tras decir esto dejó su servilleta sobre la mesa, como una madre que tiene que lidiar con el ataque adolescente de turno.

—Es que no lo entiendes.

—No, cielo, la que parece que no lo entiendes eres tú. Y que conste que yo me pongo en tu lugar y…, oye, ¿quieres probar con dos tíos en la cama? ¡Me parece fenomenal! Pero lo que me hace flipar es que me hables de amor.

—Es que nos queremos.

Gabi se frotó la cara como si no diera crédito y se giró hacia las demás y les pidió que la ayudaran.

—Calladas no hacéis nada ni por ella ni por mí —sentenció.

—A ver, Albi…, suena raro —intervino tímidamente Diana—. Y sabes que no es que me eche las manos a la cabeza y piense que eres una cerda. No es eso. Cada uno en la cama que haga lo que quiera. Pero amor, amor…, no suena a amor.

—¿Isa? —pregunté a la desesperada, esperando que la siempre romántica Isa saliera en mi defensa.

—Yo no sé ni siquiera de lo que hablamos. —Se encogió de hombros—. Creo que me he perdido.

—Que dice que está saliendo con los dos, Isa —le dijo Gabi exasperada—. Y no habla de sexo. Habla de quererse.

—Yo… no es que crea que no…, es que… no.

Resoplé.

—Estáis siendo un poco obtusas.

—No, cielo —dijo Diana con suavidad—. No es eso.

—Alba, cariño… Perdiste el trabajo en el periódico, te viniste abajo y… yo entiendo que vivas una fase de vivir a lo loco. Lo que me preocupa no es eso, sino que creas de verdad que es amor. El amor no tiene nada que ver con eso.

—Gabi… —dije a modo de aviso, esperando que se refrenara.

—Vale, voy a ser clara, porque te quiero y perdóname si te duele, pero sinceramente pienso que si te quisieran no podrían con la idea de compartirte. ¿Entiendes lo que es el amor? No tiene nada que ver con que se tiendan encima de ti en una cama.

—Sé muy bien la diferencia entre sexo y amor, pero es que no sé si entiendes que el amor no tiene por qué ser lo que tú digas que es.

—Es universal, Alba, y en ningún momento implica a tres personas —me rebatió.

—Creo que deberías callarte —le pedí bastante ofendida.

—Se os está yendo un poco de las manos a las dos —terció mi hermana.

—No. No voy a callarme. No pienso cruzarme de brazos viendo cómo te engañas de esa manera, te humillas y te arrastras. Si me hubieras dicho: «Estoy follando como una loca con dos tíos a la vez y me lo paso de puta madre», te diría: «Olé». Y te pediría detalles. Pero escucharte decir que eso es amor me hace pensar que lo que estás haciendo es mendigar cariño.

Eso me dolió. Llevaba doliéndome un par de minutos, pero no dejaba de decirme a mí misma que tenía que darle tiempo para aceptar lo que yo le estaba contando.

—Hugo y Nico me tratan...

—Como a una compañera de cama —terminó diciendo—. Si ellos te han hecho creer que te quieren, desconfío muy mucho de sus buenas intenciones.

—Estás muy equivocada.

—¿Y por qué no están aquí defendiendo lo mucho que te quieren?

—No están aquí porque son bastante más inteligentes que yo y ellos ya sabían que ibas a rabiar como una perra porque no lo entiendes. Y las cosas que no se entienden dan miedo.

—Pero ¿¿es que estás loca?? ¡¡Alba!! ¡¡Sienta la cabeza de una puta vez!! Deja de huir del hecho de que te tienes que hacer adulta. ¡Ya está bien! —Diana la agarró del brazo y ella se soltó violentamente—. No, déjame. Y se lo digo porque la quiero, joder. ¡Tienes un síndrome de Peter Pan que no puedes con él! Esto ya es la gota que colma el vaso, joder. ¿¿Que estás saliendo con dos tíos a la vez?? ¿Y qué va a ser lo próximo? ¿Empezarás a hacerte *piercings* como una niñata que busca su sitio en el mundo?

No tengo palabras para describir todo lo que se desencadenó dentro de mí.

—Mira, Gabi, el comentario de los *piercings* no viene sino a confirmar el hecho de que no tienes ni puta idea del mundo. Te has encerrado en tu puta burbuja de perfección...

—Alba, déjalo —me pidió mi hermana.

—No, dejadme acabar. —Y volví a girarme hacia Gabi, que resoplaba—. Tú te crees que eres perfecta, así, por ósmosis. Tú haces y deshaces en tu vida y como estás repitiendo el mismo puto patrón que esa gente a la que admiras, te crees que eres impoluta y que no te equivocas. Pues mira, es mentira. Lo primero, porque admiras a la gente equivocada. Me cago en Olivia Palermo —masculló rabiosa—. Y me entra la risa cada vez que veo tus pobres intentos para hacernos creer que estás segura de ti misma, porque si lo estuvieras, no irías copiando a una tía que ni siquiera conoces. ¡¡Por el amor de Dios!! ¿Tú me llamas a mí niñata? Tú, que estás juzgando lo que yo siento sin preocuparte por conocerlo. Yo no te voy a decir que eres una niñata, Gabi, te voy a decir que eres una mala amiga. Porque yo estaba buscando apoyo, confiaros algo que estoy viviendo y que no sé cómo canalizar.

—Cómo coño vas a canalizar ¿qué? ¡¡No hay nada!! ¿No ves que es imposible que tengas lo que dices tener?

—Gabi, no tienes ni idea —dije decepcionada, entre dientes.

—A ver, explícamelo. Los conociste, te metiste en la cama con los dos y ahora os juráis amor eterno. ¿Es eso?

—No voy a rebajar lo que tengo con ellos discutiéndolo contigo. Me da igual. Ahora es lo que es y si mañana deja de serlo y se convierte en otra cosa, bienvenido sea. Creceremos con esto y con lo que necesitemos en cada momento, porque si esto se asienta sobre algo es sobre el respeto.

—Claro. No tiene nada que ver con el sexo, ¿verdad? Alba, no cuela. Tú estás follando como una animal y necesitas justificar esta época que te ha dado, pero eso no es amor y lo sabes.

—¿Te das cuenta? Tengo que pensar lo que tú crees que es correcto.

—Pero ¡¡¿qué correcto?!! ¡¡Que no te estoy juzgando, Alba!! ¡Te estoy diciendo que no puede ser amor, que me duele que lo creas y que luego vayas a darte la hostia que te vas a dar! Si fueras otra te daría una palmadita en la espalda, pero eres tú. Y lo que digo es que si quieres estar con ellos dos me parece genial, pero sé consciente de que no es amor ni se le parece. Te van a destrozar.

Me levanté. Eva me miró con tristeza. Sé que estaba conteniéndose para no meterse porque yo misma le había pedido que, en el hipotético caso de que la cosa se pusiera fea, no lo hiciera. Pero pensaba que era hablar de más, que mis amigas, MIS AMIGAS de toda la vida, harían un esfuerzo por entender lo que yo estaba sintiendo. Isa estaba como petrificada, como si le hubiera dicho que me había comido a mi madre. Diana se balanceaba entre la risa y el pasar desapercibida en una discusión en la que sentía que no se le había perdido nada. Y allí estaba Gabi, roja y furibunda como una hidra, porque no me daba la gana de acatar que la normalidad no es más que un término autoimpuesto. O eso pensaba yo. No lo sé. A día de hoy creo que la discusión se nos fue de las manos y no supimos hacernos entender.

—Alba, yo te quiero —dijo Gabi.

—Llegados a este punto os voy a pedir que os marchéis —pedí con un hilo de voz.

—Pero, Albi… —musitó Isa.

—No estoy enfadada contigo, Isa. Estoy profundamente decepcionada. Y triste.

—Alba… —empezó a decir Diana.

Gabi se puso a recoger sus cosas mientras movía la cabeza de un lado a otro y rumiaba entre dientes cosas inteligibles.

—Siempre fuiste una persona cuerda —dijo por fin, irguiéndose—. No sé qué te ha pasado, pero al menos ten claro que las que estaremos a tu lado para recoger los pedazos seremos nosotras, no ellos.

Les di la espalda y me puse a mirar por el balcón. Escuché cómo las demás recogían y Diana se acercó para prometerme que me llamaría cuando estuviéramos todas más tranquilas.

—Lo hablaremos, ¿vale? Quiero que me lo cuentes bien.

Asentí. Ya estaba pasada de vueltas y lo único que se me ocurrió es que no había dado suficientes datos sórdidos como para satisfacer su curiosidad. Isa ni siquiera se atrevió a decirme nada. Me dio un beso en la mejilla y se marchó detrás de las demás. Gabi ni siquiera se despidió. Eva intentó ejercer de hermana y se quedó. Trató de hacerme hablar mientras recogíamos la mesa, pero a mí no se me ocurría nada que decir. Me sentía tonta, porque Hugo y Nico lo habían visto venir y yo no. Ellos, que no conocían a mis amigas, habían adivinado que seríamos más juzgados que comprendidos. Me sentía como una atracción de feria.

—Eva… —Y ella me miró con los ojos bien abiertos—. Sé que lo estás haciendo por mí, pero creo que necesito estar sola, de verdad. No te quedes a dormir. Yo te llamo a un taxi.

Los hombros se le hundieron un poco hacia abajo.

—Pero, Alba…, yo sí creo en vosotros. Lo he visto.

—Ya lo sé. No te estoy echando la culpa de nada. Es solo que…

—¿Quieres estar sola para llorar? —preguntó catapultándome a nuestra infancia, cuando verme llorar a mí, la hermana mayor, la ponía tan nerviosa que nuestros padres tenían que llevarnos a habitaciones separadas.

—No. Solo estoy triste, Eva. Y me siento… rara.

Asintió y cogió el bolso que había dejado sobre el sofá. Me dio un beso y un abrazo. Me empecé a resquebrajar en ese mismo instante, pero me contuve. Le sonreí, incluso.

—Si te pones muy triste, baja a verlos. Recuérdate a ti misma que da igual lo que digan los demás, que no estás loca.

—Es que tú eres muy hippy —me burlé.

No quiso que llamara a un taxi. Veinte minutos más tarde, me envió un WhatsApp para decirme que ya había llegado a casa, que mi madre roncaba en el sillón delante de la tele encendida y que le diera un toque si necesitaba hablar. «Nadie te quiere como te quiero yo», decía al final.

Me senté en el sillón, decepcionada, triste, sintiéndome una tonta. ¿Y si tenía razón? ¿Y si estaba jugando a ordenar mi vida en el caos? ¿Y si había perdido los parámetros lógicos y ahora, como una loca, estaba haciendo alarde de mi psicosis? Yo tampoco lo entendía, por más que me parara a pensar; si quería racionalizarlo, no podía. Hay sentimientos que es imposible hacer pasar por ese filtro. Yo solo sabía que Hugo me hacía sentir fuerte y libre, que me miraba y yo me veía de pronto como siempre fui y terminé escondiendo. Hugo me hacía ver que la vida es mucho más que normas sociales. Y Nico, sencillamente, me hacía sentir. Nico era como dejar que en el pecho te campen libres todas esas sensaciones pletóricas que mantenemos amordazadas por no resultar demasiado repipis. Hugo era mi norte. Nico, mi sur. No lo pensé mucho. Solo hice caso a mi instinto. Y a mi hermana. Bajé los tres pisos que nos separaban llorando como una idiota. Hugo fue quien abrió la puerta.

27

VERLA LLORAR

Abrir la puerta y ver a Alba empapada en lágrimas no me gustó. A pesar de que sabía que significaba que yo tenía razón. No experimenté ningún placer en esa certeza. Lo único que encontré dentro de mí fue una sensación nueva, que no lograba identificar y que me dolía de pies a cabeza. Era como si me estuvieran partiendo por la mitad desde dentro. Me faltó hasta el aire. Ella balbuceó un «lo siento» que no me pudo hacer sentir peor. No, mi vida, lo siento yo. Siento tener razón. Pero no dije nada. Solo la abracé y cerré la puerta tras ella. Nunca había visto a nadie llorar de aquella manera. Algo conectó sensaciones dentro de mi cabeza y recordé el entierro de mis padres, donde nadie lloró porque la única persona con verdadero derecho para hacerlo, su hijo, estaba paralizado por dentro. Y así llevaba catorce años. No recordaba la última vez que había llorado, pero no creo que me doliera tanto como ver cómo lo hacía Alba.

Si eso no es amor, ya no sé qué nombre ponerle.

Nico estaba metido en la ducha, así que la hice pasar a mi habitación. A él se le daban tremendamente mejor estas cosas, pero uno no huye de algo así. Fui a la cocina y busqué algo que pudiera prepararle para tranquilizar sus sollozos. Los escuchaba apagados a través de un cojín. Me estaba destrozando, joder. Nada. Té. Café. Joder, Hugo, ¿no tienes nada que ofrecerle a tu novia cuando llora? No pensé. Solo serví un vaso de agua con hielo y volví con ella.

En otra situación no habría podido pensar en otra cosa que en la mancha de rímel que había en mi almohada, pero no me di cuenta de su existencia hasta el día siguiente, cuando, por supuesto, también me dio igual. Alba lloraba desconsolada. Me senté a su lado, le acerqué el vaso de agua y le dije que bebiera unos sorbos. Recordaba que mi padre lo hacía con mi madre cuando esta perdió a la suya. Debía de ser cosa de familia: dos hombres de metro noventa armados con vasos de agua. Brillante. ¿De qué coño me valía tener un MBA?

—Vamos, Alba, no llores.

—Dijo cosas horribles, Hugo. Me dio a entender que esto es un juego para vosotros… —Sollozó—. Dijo que estoy humillándome y arrastrándome, como si fuera una puta que folla por cariño.

—Esa tía es imbécil, ¿vale? No tiene ni idea.

Le habría retorcido la cabeza si la hubiera tenido delante. Apreté los puños sin darme cuenta. Mi cuerpo estaba reaccionando de una manera demasiado visceral. Traté de calmarme.

—Ha sido… —balbuceó—, ha sido como tú dijiste. Lo siento…

—No tienes nada que sentir, por favor. No vuelvas a decirlo. Lo siento yo, mierda. Siento no haber estado en esa puta cena. —Me cabreé conmigo mismo.

Si hubiera cedido, Alba se habría ahorrado escuchar muchas cosas. Me sentí culpable. La besé las mejillas, el pelo, el cuello, las manos.

—No llores más, por favor. Me estás matando —musité. Y ni siquiera me reconocí en aquel susurro.

Cogió aire y pareció recomponerse. Dejó el vaso en mi mesita de noche, encima del libro de Monet que ella me había regalado porque «se acordó de mí en cuanto lo vio». Se secó las lágrimas a manotazos descuidados y después me miró. Quiso mostrarse serena, pero yo la conocía. Detrás de esa mirada tan honda no había más que ansiedad.

—¿Es verdad, Hugo?

—¿El qué?

—¿Me prostituyo por cariño?

—No —negué vehemente—. Claro que no, mi vida.

—Entonces, ¿qué hacemos?

—Estamos intentando hacerlo lo mejor que sabemos —contesté.

—No, Hugo. Dímelo, ¿qué hacemos?

Sentí pánico. No sabía qué debía contestar. Dentro de mi cabeza se amontonaban las palabras, pero estaban como en un maldito embudo. Joder. No salía ni una. Me quedé como un bobo, con la boca abierta, sin contestar, viendo cómo su expresión iba volviéndose cada vez más desamparada. Se le llenaron otra vez los ojos de lágrimas y se mordió el labio inferior hinchado por el llanto, conteniéndose.

—Alba…, no —le supliqué—. Es que… no sé qué decir. Yo…

—Da igual —dijo agachando la cabeza—. A lo mejor es una pregunta sin respuesta.

—No. Claro que no lo es.

Le levanté la cara para que me mirara. Joder, tenía los ojos tan verdosos ahora... ¿Saben alguna vez las mujeres cuánto las amamos cuando hasta viéndolas llorar no podemos pensar en otra cosa que en lo mucho que las queremos?

—Mi amor…

—No tendría que haber venido —dijo levantándose.

Mierda, Hugo, joder. Le bloqueé el paso y la cogí suavemente por los brazos. Después la besé. Dios. Soy un puto troglodita. Hasta se me puso un poco dura.

—Te quiero —le dije—. Te quiero, joder. Cuando lloras, cuando te ríes y hasta cuando me cabreas, no puedo evitarlo. Cómo hacerlo, no lo sé. Solo quiero tenerte a ti. La vida ya me da igual. Todo lo demás. Haré lo que sea por estar a tu lado.

Me miró con ojos brillantes. Si me hubieran pedido que definiera esa mirada meses atrás habría dicho «ojos de gacela» y me habría quedado más ancho que largo. Pero ahora no podía. Eran los ojos de Alba. Y cualquier explicación más sobraba. Me abrazó y cerré los ojos con alivio. Bien, Hugo. Algo has sabido hacer bien. Debía haber escuchado más a mi madre cuando tuve oportunidad. Más de todo ese rollo de exteriorizar los sentimientos. «Eres como tu padre, al final se te harán callo», bromeaba. Ay, mamá…

Su mejilla presionó mi pecho con fuerza y yo la abracé tanto como pude. Me senté en la cama y ella se hizo un ovillo en mis rodillas, jugueteando con la tela de mi camiseta. Y lo supe. Lo supe sin más. Era la mujer de mi vida. Si no era ella, no habría nadie más.

Nico entró en el dormitorio y frunció el ceño al verla.

—Joder, Alba… —Se arrodilló frente a la cama, junto a ella, y la besó—. No llores. No vale la pena. Ellas no lo entienden. Nadie lo entiende.

No. A ratos yo tampoco lo entendía. Ella se separó de mi pecho y le miró. Esa pequeña distancia entre los dos me hizo sentir como una mierda. Y es que allí, entre nosotros, siempre habría algo, pero algo que se perdía cuando nos acompañaba Nicolás, como si las cosas que nos hacían especiales estando solos se diluyeran en pos de un bien común. No sé explicarme. Siempre he sido bastante nulo con las palabras.

Nico, en cuclillas frente a ella, sonrió. Era una sonrisa tranquilizadora que deseé poder imitarle alguna vez.

—Alba. —Y saboreó su nombre como si estuviera resistiéndose a dejar marchar el sabor de algo dulce de su paladar—. Da igual cuánto les cueste entenderlo. Tú lo sabes. Sabes que te quiero, que él te quiere también. Dime que no caminas por la oficina sabedora de que nos volverás locos si nos cruzamos contigo. Somos dos tontos que harían lo que fuese necesario por tenerte.

—Pero…

—No hay peros. —Le acarició la cara—. Te lo he dicho en más de una ocasión: aquí las palabras valen una mierda. ¿Qué valor podemos darle a un «te quiero» si no es ni la enésima parte de lo que sentimos? Es una manera de hacerlo saber. Un formulismo fácil de recordar. Es como todo lo que hay detrás de un beso. Nadie más que quien lo siente puede entenderlo, ¿verdad? Pues sintámoslo y que se acabe el mundo ahí fuera, Alba. Porque has nacido para completarnos.

Ella sonrió y volvieron a besarse. Después él la abrazó. Me sentí bastante inútil entonces porque yo jamás sería capaz de decirle con palabras a Alba algo así. Y me di cuenta de cuánto se querían, de cuánto los quería. Nico abrió los ojos y me miró fijamente y yo me levanté y la abracé también como pude. Sonrió.

—Dios…, os he manchado de rímel y de mierdas. —Se rio avergonzada.

—¿Qué importa? —contesté.

—Voy al baño a lavarme la cara.

—Claro —asentimos los dos.

Cuando se fue, nos miramos entre nosotros.

—Hugo… —musitó.

—¿Qué?

—Nunca nos lo decimos.

—No hace falta —atajé.

—Pero lo sabes, ¿verdad?

—Sí —asentí.

Nico me dio una torpe palmada en la espalda, queriendo condensar un gesto de cariño en ella, pero no se quedó satisfecho y volvió a acercarse y me besó la mejilla, golpeando suavemente la otra.

—Si no te quisiera tanto esto sería inviable —me dijo.

Un triángulo perfecto, pensé. O no. O sí. ¿Para siempre?

28

VIAJAR Y OLVIDAR

El viernes firmé la baja en la empresa con una sensación rara. La misma sensación me acompañó a la oficina del INEM, donde pasé el típico trámite para que la empresa se reembolsara las ventajas económicas de contratar a alguien dado de alta como parado. Cómo está el mundo... Después: libre durante dos semanas. Demasiado libre, ¿no?

Fui a casa de mis padres para contarles que me habían hecho un contrato indefinido. Los dos se pusieron muy contentos y mi madre descongeló un trozo de bizcocho en el horno para que lo celebráramos, pero estuve un poco ida. Me dolía aún por dentro la decepción con Gabi. Me dolía darme cuenta de que nuestra situación nunca se normalizaría y que Hugo, Nico y yo deberíamos vivir recluidos en el universo que habíamos creado para nosotros mismos, sin poder introducir en la ecuación cosas tan normales como la familia. Porque si Gabi no conseguía concebir aquello como nada más que sexo..., ¿cómo lo harían los demás?

—¿Qué te pasa? —me preguntó mi madre.

—Nada. Solo es que…, bueno, estoy contenta por estar indefinida y eso, pero albergaba la esperanza de encontrar algo de lo mío. No quiero terminar acomodándome.

—Y no lo harás. Ya verás. Tú sigue llamando a puertas. Nunca se sabe.

Sí, nunca se sabe. Hasta tu mejor amiga puede dejar de hablarte porque considera que eres una puta que se vende por cariño fingido. O quizá estaba exagerando.

Cuando llegué a casa tenía una nota debajo de la puerta. Una nota de uno de mis novios pidiéndome que bajara a verlos cuando volviera. Uno de mis novios, tenía que metérmelo en la cabeza. Sonaba raro y lo era, no había vuelta de hoja. La discusión con Gabi me había dejado tocada, por mucho que la reacción de Hugo y de Nico hubiera sido como fue: tierna, comprensiva, cariñosa. Dormir entre ellos dos, abrazada al pecho de Hugo, fue como un bálsamo. Nada de sexo, claro. Me encontraba rara si pensaba en ello; supongo que el discurso de Gabi me había afectado más de lo que creía. Pero no quería que afectara en nada a mi vida. Mi nueva vida…, ¿no? Llamé al timbre y los escuché pedirse el uno al otro abrir la puerta. Terminó cediendo Nico mientras Hugo vociferaba que no iba a salir de la puta ducha. Tenía un genio de mil demonios. Y me encantaba.

—Eh —saludó levantando las cejitas Nico—. Dame un beso. ¿Cómo estás?

—Bien. Soy libre. De vacaciones. —Sonreí forzadamente.

—Eso es bueno.

Asentí, le besé y me dijo que me sentara un momento en el salón.

—Tengo que terminar de imprimir unas cosas. Ahora salgo. —Fue hacia el estudio y al pasar por delante del baño de Hugo le avisó de que ya estaba allí.

Hugo abrió con una toalla blanca alrededor de la cadera y se asomó.

—Hola, *piernas*. Salgo enseguida.

—Puedes salir con toalla si quieres —bromeé.

—Tus deseos son órdenes para mí. Pero debo avisarte de que voy a lo *highlander*. Sin ropa interior.

—Pues ve a ponerte algo, que yo le tengo mucho miedo a las tierras altas y al monstruo del lago Ness.

—Con las ganas que tiene él de bucear contigo.

Escuché su risa alejarse hasta su habitación. Después la impresora por una parte, cajones y perchas por la otra. Estás loca, Alba. ¿Crees que esta situación es sostenible? Hugo me salvó de darle vueltas al asunto al aparecer enseguida, peinándose el pelo mojado con los dedos. Me quedé embobada mirándole. Era consciente de que me estaba hablando, pero no escuchaba ni una palabra. Alelada con el movimiento de sus dedos dentro de su pelo espeso. Impresionada, como si fuera la primera vez que lo veía en toda mi vida. Su piel morena, su pecho marcado bajo la camiseta marinera, las piernas enfundadas en unos pantalones beis.

—¿Me oyes?

—No —confesé.

Sonrió.

—¿Qué pasa?

—Se me había olvidado lo guapo que eres.

Cerró los ojos con expresión falsamente mortificada.

—Ay, *piernas*. Te decía que si quieres que pidamos comida tailandesa. Y que tenemos una cosa que contarte.

—Bien. Vale a las dos cosas. Pero si es mala esa cosa que tenéis que contarme saca la vaselina.

—No te preocupes. —Me guiñó un ojo—. Lubricamos primero.

—Guarro.

—Has empezado tú —dijo de camino a la cocina.

Le escuché hacer el pedido y pronto volvió con unas cervezas frías.

—¿Estás ya? —preguntó dirigiéndose al despacho.

—Sí.

Nico salió con un sobre americano y se lo dio. Se quedó con otro entre las manos. Los dos me miraron. ¿Papeleo de El Club?

—¿Qué pasa? ¿Me vais a hacer firmar un contrato de confidencialidad o algo?

—A ver… —Hugo tomó la iniciativa—. Tenemos un regalo para ti. Pero tienes que aceptarlo y ya está.

—De eso nada. —Negué con la cabeza y tendí la mano—. Las cosas se dialogan.

—Sí —asintió Nico—. Pero lo cierto es que los regalos… no.

Me dieron cada uno el sobre que tenían en las manos. Estaba lleno de papeles doblados y pesaba bastante. Dejé el de Nico en las rodillas y abrí el de Hugo. Eran unas reservas de avión y de hotel. Le miré pasmada.

—¿Estás loco?

—Ya está hecho —murmuró—. Dijiste que si encontrábamos la manera de que te saliera gratis lo haríamos.

—Dije que…, ¡por el amor de Dios, Hugo! Era una forma de hablar. A saber cuánto dinero te ha costado esto.

—Mi hermana trabaja en una agencia de viajes —apuntó Nico, apoyado en la pared—. Nos ha salido bastante más barato de lo que crees. Sobre todo a mí, que no soy tan…

—¿Tan qué? —le reprendió Hugo de mal humor.

—Tan niña.

—Anda, va. Cómeme los huevos.

Eso me hizo sonreír, aunque no quería. Volví a mirar los billetes. Hugo Muñoz y Alba Aranda, Madrid-Nueva York. Al día siguiente.

—¡Esto es para mañana!

—No había demasiado margen.

—Pero... ¡yo ni siquiera sé si tengo el pasaporte en regla!

—Eva dice que cree que sí. Pero si no, podemos ir un rato antes y te lo hacen en la comisaría del aeropuerto.

—Ah, Eva, claro —resoplé—. ¿Y el E.S.T.A?

—Ya lo he hecho —dijo Hugo—. Esta mañana. Tu hermana me dio tus datos. Solo tienes que hacer las maletas.

—Esto vale mucho dinero —repetí.

—Son cinco días, Alba, no son dos semanas en el Caribe —señaló molesto—. Además, ¿de qué cojones me iban a servir a mí las vacaciones y el dinero que cuestan si no te vienes conmigo?

Sopesé el sobre. Se habían tomado tantas molestias...

—Es que no sé si me sentiría cómoda aceptándolo.

Lo miré. Tenía el ceño fruncido, pero no con expresión de enfado, sino de confusión. Estaba seguro de que iba a saltar de ilusión, a abrazarlo y a besarlo.

—¿Y este sobre? —señalé el de Nico.

—Hugo y yo llegamos a la conclusión de que no era responsable dejar El Club desatendido dos semanas. Así que nos cogemos una semana cada uno, nos repartimos y tú viajas con los dos. Así ninguno cede y tú disfrutas el doble.

Sonrieron como si acabaran de encontrar la fórmula magistral para convertir el agua en vino. Abrí el sobre. Joder. Otros billetes. Esta vez sin reserva de hotel. Madrid-Bangkok. Le miré.

—Vuelo directo —añadió ilusionado—. Lo único que siento es que viajarás con un buen *jet lag*.

Miré las fechas. Dos días después de llegar de Nueva York salía el vuelo hacia Tailandia. Y ellos estaban allí tan ilusionados, tan orgullosos de haber hecho aquello por nosotros..., no por mí ni por ellos mismos, sino por nosotros. No teníamos ni idea de lo que iba a suponer al final aquel viaje.

—Solo te pedimos que hagas la maleta y que confíes en nosotros —dijo Hugo—. Necesitas descansar. Nosotros también. Todo nos parecerá de otra manera cuando volvamos, ya verás.

Sí. En eso acertó.

29

VOLAR

Tuve dos problemas. Uno: meter toda la ropa que quería llevar a Nueva York en una maleta de tamaño asequible para uso humano. Dos: encontrar la coartada de cara a mis padres. Olivia fue de inmensa ayuda para las dos cuestiones. Compartió conmigo sus sabios conocimientos sobre cómo hacer una maleta (si enrollas la ropa en lugar de doblarla se arruga menos y cabe más, palabrita) y sobre cómo manipular a unos padres. Nada mejor que las mentiras a medias, porque tienen una pata puesta en la realidad.

—Mamá —le dije con cara de cachorrito, aunque no me viera a través del teléfono—, antes de contarte una mentira prefiero decirte la verdad. Hugo y yo… estamos empezando algo. No sé adónde irá a parar esto, pero estoy ilusionada. Si te lo cuento es porque me ha regalado un viaje y… me marcho. Dos semanas.

—Pero ¿¡¡estás loca!!? —contestó.

—Ay, mamá. Sí que lo estoy, pero de amor.

Cuando lo dije tuve que aguantarme la risa. Pero esas cosas son las que se le clavan a una madre en el corazoncito.

—¿Cuándo?

—Estoy haciendo la maleta mientras hablo contigo. Salimos mañana a mediodía.

Bueno, me gané una reprimenda por hacer las cosas siempre «a salto de mata», pero conseguí justificar mi ausencia durante el tiempo que duraba mi escapada con Hugo y el viaje con Nico. Gracias, Olivia, eres una maestra de la manipulación maternal. Además me fue de ayuda hablar con ella sobre lo de Gabi. Al principio no quise entrar en mucho detalle, porque me dolía. Pero terminé contándoselo todo mientras nos bebíamos una cerveza en mi casa después de que saliera del curro. Ella me miraba con sus dos enormes ojos azules, callada, dejando que cogiera carrerilla. Acabé contándoselo todo con puntos y comas y ella se encogió de hombros.

—Es que es complicado, Alba. Es una historia difícil de encajar. Es hasta normal que piense que es solo sexo y que te están utilizando. No los conoce y…

—Pero es mi amiga. Esperaba más comprensión y menos gritos.

—Sí, en eso tienes razón. Yo…, vamos a ver, que me cuesta no decirte que estás loca y que esto tiene muchas papeletas para terminar mal, pero sé lo que es dejarse llevar. Cada uno tiene que vivir su vida como cree oportuno, errores incluidos.

Vale, no confiaba demasiado en aquella historia, es comprensible, pero estaba abierta a aceptarlo. Justo lo que esperaba de Gabi. En fin…

El sábado nos marchamos al aeropuerto. Me tranquilizó ver que la maleta de Hugo era prácticamente igual de grande que la mía, pero a Nico, que nos llevó en su coche, le produjo mucha risa.

—¿Has cogido el secador de pelo, el rizador, los tampax…? —iba burlándose de él de camino a la terminal.

—Ay, los tampax no. Te los he dejado por si te baja la regla ya de una vez. Como estás empezando a desarrollarte.

Y yo, detrás, me descojonaba, ilusionada como una cría por visitar Nueva York, alejarme de Madrid y de mis quebraderos de cabeza y por irme con él. Nico no se mostró molesto ni celoso cuando nos despedimos. Me dio un apasionado beso que dejó a algunos transeúntes un poco confusos y después besó en la mejilla a Hugo, dándole un abrazo de esos de machote, como para rebajar la delicadeza de esa caricia.

—Id con cuidado —nos dijo junto al mostrador de la aerolínea—. Y llamadme de vez en cuando, cabrones.

—No has venido porque no has querido —canturreó Hugo feliz.

—Ya sufrirás tú cuando me la lleve a una playa paradisiaca —bajó el tono—. Y me la folle hasta en el avión.

—¡Oye! —me quejé entre risas.

Me costó un poco decirle adiós. Me parecía raro tener por delante tantos días con Hugo en los que no fuera a estar él.

—Te echaré de menos —me despedí.

—Eso espero —contestó con una sonrisa.

Cuando se fue los dos nos miramos como avergonzados. Cuánta intimidad…, ¿no? Casi seis días para estar solos y juntos. Hugo sonrió.

—Es la primera vez que viajo con una chica. —Y después de la confesión se echó a reír avergonzado.

—¿Nunca?

—Nunca —negó. Le dio la reserva al chico del mostrador y subió su maleta a la cinta para facturarla.

—¿Y crees que te gustará?

—Probablemente ni siquiera quiera volver.

Nos acomodaron junto a la salida de emergencia y menos mal, porque no creo que las piernas de Hugo hubieran cabido en el espacio entre asiento y asiento. Ocho horas encogido... Cuando nos sentamos, Hugo miró pasmado lo nerviosa que me ponía volar. No daba crédito.

—Pero si tú eres una tía valiente. —Se rio—. Hasta sería más lógico que me diera miedo volar a mí. Pero ¿tú? Si eres un titán...

—Deja de decir chorradas —le pedí con una sonrisa—. No me da miedo volar. Lo que me da miedo es que el avión se estampe.

—Vale, pues mira: en el mundo despega un avión cada tres segundos. Si eso no te tranquiliza, llevo unas pastillas milagrosas que te tendrán fuera de juego por lo menos cinco horas, tiempo que aprovecharé, por supuesto, para sobarte las tetas hasta dejártelas blandas.

La risa de la mujer de detrás nos avisó de que igual estábamos hablando un poco demasiado alto.

—Igual se las toco también a ella.

Nos echamos los dos a reír como dos tontos. Me dio un beso y me preguntó si podía hacer algo para relajarme.

—Un masaje en los pies.

—Ni de coña —contestó al tiempo que sacaba el iPad y abría una aplicación sobre Nueva York—. Piensa otra cosa.

—Mientras rezo un padrenuestro, me lo voy pensando.

Hugo apagó el iPad y se aseguró de que yo había hecho lo mismo con todos mis dispositivos móviles. Cuando nos preparábamos para salir a la pista de despegue me miró, conteniendo una sonrisa, y me cogió la mano.

—Vale, pues recemos un padrenuestro los dos.

—Pero ¡si tú eres más ateo que quien lo inventó!

—Yo soy agnóstico, pero estudié en un colegio de curas, así que si te quedas más tranquila...

Se acercó a mí, me apretó la mano y empezó a recitar en voz baja. Me costó mucho no reírme. Estaba dispuesto a rezar en un avión si aquello me ayudaba a relajarme. Hugo, mi norte. Durante las primeras horas de vuelo estuvimos planeando nuestros días allí con algún que otro altercado. Yo quería ver todo lo típico y él se negaba en rotundo.

—Pero ¡yo quiero ver la Estatua de la Libertad!

—¡No te va a gustar!

—¡Sí que me gustará!

—Se pierde mucho tiempo entre coger el ferri, verla y volver. De verdad, *piernas*... —Gimoteó—. No me hagas ir otra vez.

—Pero ¡es que entonces no voy a ver Nueva York! —me quejé—. Yo no quiero ir de shopping. Para eso me quedo en Madrid y me voy a Zara.

—No es eso. Es que yo... quiero que la vivas, no que la veas. Como si durante cinco días fuera nuestra.

—¿Cuántas veces has estado?

—Esta es la tercera. Por favor..., mi vida... —Lloriqueó falsamente.

—Entonces tendremos que volver para ver las cosas típicas.

—Te prometo que si al llegar a España te has quedado con ganas de ver algo, volvemos el año que viene.

—Vale.

Nos dimos la mano y cerramos el trato. Las siguientes horas fueron un poco tediosas. Leímos un rato, jugamos a preguntarnos cosas sobre el otro (del tipo: color preferido, comida preferida...) y después me dormí encima de su hombro un buen rato. Me despertó la cena, que por supuesto Hugo ni probó. Bueno es él para la comida…

Cuando aterrizamos estábamos agotados y hambrientos, pero contentos como niños con zapatos nuevos. Recogimos las maletas en las cintas y pasamos el control de seguridad después de una cola de mil demonios. Cuando llegamos frente al policía de aduanas, tan uniformado y tan serio, yo me acojoné un poquitín. Casi me encogí. Hugo me envolvió con el brazo y cuando nos preguntó qué relación nos unía él contestó muy tranquilo que era su novia. El policía nos sonrió.

—¿Primera vez en Nueva York?

—Para mí no, pero para mi chica sí.

—No dejen de ir a Tiffany's. A ellas les encanta.

Me cayó bien aquel hombre. Salimos de la terminal. Yo iba acelerada y Hugo, todo despeinado el pobre, miraba alrededor sin parar.

—¿No has visto a nadie con mi nombre en un cartel?

—Hombre, me habría extrañado lo suficiente como para contártelo, ¿no crees?

Puso los ojos en blanco y volvió hacia dentro.

—No te muevas de aquí.

Volvió acompañado de una mujer que parecía la viejecita de *Poltergeist*, la de «ve hacia la luuuuz, Carooolineeee». Esa. No sé cómo no me entró la risa. No le llegaba ni a medio pecho.

—Mi vida, esta es Lara y nos va a llevar al hotel.

Vaya, vaya. Lo tenía todo previsto. La mujer estuvo explicándonos cada cosa que se veía por la ventanilla del coche. Esto es Brooklyn. Esto es Queens. Eso de allí, el Empire State. Y eso, el edificio Chrysler. Yo estaba acelerada, como si fuera hiperactiva y me acabara de meter entre pecho y espalda un kilo de azúcar blanquilla. Hugo me miraba con una sonrisa tan bonita y tan para mí… que yo no podía parar de besarle y de decir: «Es increíble». El taxi nos dejó delante de un edificio que tenía pinta de ser cualquier cosa menos un hotel. Yo miraba a Hugo confusa mientras él se despedía de Lara, se hacía cargo de las maletas y le daba una propina.

—Eso que arde ahí ¿qué es? ¿La antorcha olímpica? —dije señalando una especie de fuego fatuo que había en la fachada.

No contestó. Se metió a través de las puertas amarillo fosforescente del hotel con las dos maletas, quedándose enganchado en cada saliente, claro. Subimos a la recepción por unas estrechas escaleras mecánicas como de centro comercial y yo miraba a mi alrededor como Paco Martínez Soria con tres vueltas de tuerca en la boina.

—Pero ¿qué es esto?

—Es el Hudson, un hotel precioso —me dijo—. No te dejes llevar por la impresión de la entrada.

La recepción se desplegó inmensa delante de mis ojos nada más llegar a lo más alto de la escalera. Era de ladrillo rojizo y el techo, como de vigas de madera, altísimo, estaba cubierto de enredaderas probablemente falsas, pero vamos, porque es insostenible tenerlas de verdad, no porque lo parecieran. Unas enormes lámparas daban luz, pero el ambiente era oscuro e íntimo. En todos los rincones había asientos, cada uno de su madre y de su padre pero todos preciosos, donde la gente esperaba ojeando los móviles. Nos atendió en la recepción un chico rubio y alto bastante mono que fue muy amable. Nos dijo que habían tenido un problema con la reserva y que finalmente nuestra habitación estaba un poco más abajo, pero que nos iba a gustar. Yo entendía de la misa la media, pero Hugo iba haciéndome de traductor. Además de francés ¿también hablaba inglés? Eso me pone. Me pone mucho.

Subimos con las maletas a la habitación. El pasillo enmoquetado ejercía resistencia sobre las ruedas y nosotros, muertos de la risa, íbamos haciendo carreras. No me lo podía creer. ¡¡Estaba en Nueva York!! Hugo abrió la habitación y me dejó entrar primero. Después lo hizo él con las maletas, que soltó en un rincón. La habitación era pequeña, pero preciosa. Todas las paredes estaban revestidas de madera, pero a cada lado de la cama había un espejo. Los dos nos miramos con el mismo pensamiento: posibilidades eróticas de dos espejos enormes en la habitación. Bien. Me gustaba. Las lámparas de la mesita de noche eran modernas y estrambóticas, con la radiografía de una bombilla en cada una. En el cabecero de la cama, una amplia ventana que, la verdad, tampoco es que tuviera muy buenas vistas. Frente a la cama y apoyada en una pared de cristal que daba a la ducha (pero que cubría una sutil cortina de color crema), un pequeño escritorio con una silla. El cuarto de baño me dejó alucinada. No había visto una cosa tan minúscula y funcional en mi vida. Pero la ducha era grande, la verdad. Tenía una cortina blanca, a juego con lo demás. Todo estaba puesto de manera que muy difícilmente cabrían dos personas dentro con la puerta cerrada. Me entró la risa cuando me senté sobre la taza del váter.

—Aquí no te caben las piernas ni de coña —le dije a carcajadas.

Hugo se echó a reír y me pidió que me diera prisa.

—Me muero de hambre.

—¿De mí? —pregunté coqueta.

—De una hamburguesa grasienta. Después, si me cabe algo más, te como a ti.

Guardamos las cosas importantes en la caja fuerte y salimos a la calle, donde paramos un taxi. Era tarde y yo sufría pensando si encontraríamos algo abierto. Hugo le dijo al taxista que nos dejara frente al Madison Square Garden.

—¿Ya sabes adónde vamos?

—Llevo años queriendo llevarte allí —me dijo de soslayo.

—Ni siquiera hace dos meses que nos conocemos.

—¿Y?

Me gustaba lo que esa pregunta daba a entender. Cenamos en una hamburguesería que se llamaba Tik Tok Dinner que estaba abierta veinticuatro horas. Si no fuera porque él ya la conocía, no la habríamos encontrado; la fachada del edificio estaba en obras y un andamio cubría parte del neón con el nombre. El interior era típico. Mesas con un jaspeado de colores y asientos de banco corrido de cuero de imitación. Creo que eran rojos…, ¿o eran turquesa? No lo recuerdo. Un camarero nos sirvió dos vasos de agua con hielo, nos tomó nota de las bebidas y dejó las cartas.

—¿Con quién viniste la última vez?

—Adivina —contestó concentrado en la carta.

—No sé ni por qué pregunto. Nico y tú sois la extraña pareja.

—La extraña pareja somos los tres. Convencional, convencional…, como que no.

—¿No os cansáis nunca de estar juntos?

—Eso ya me lo has preguntado, *piernas*. No. Nos entendemos bien. Es como si yo te preguntara si no te cansas nunca de Eva.

—¡Claro que me canso de Eva! —exclamé con una sonrisa—. Pero es mi hermana y la quiero.

—Pues eso mismo me pasa a mí. Vale, yo quiero la BBQ Ranch Burguer con Sweet Fries.

—Pídeme lo mismo. —Dejé a un lado la carta y miré a mi alrededor maravillada. Al otro lado del murito que separaba las mesas de una y otra parte, una pareja pedía las sobras de las hamburguesas para llevar—. Este sitio es total.

—Me gusta porque no es una franquicia. Es…, pues eso, un *diner* típico.

Nos tomaron nota, nos trajeron las bebidas y en menos de quince minutos estábamos cenando. Nos pusimos perdidos.

Acabamos con kétchup hasta en la nariz. Y las patatas estaban espectaculares, porque no eran patatas en realidad, sino batata frita. Increíbles. La comida duró minutos en el plato. Yo fui la primera en terminar.

Caminamos un rato de vuelta al hotel. Eran las doce y media de la noche y la calle estaba abarrotada de gente que iba y venía en diferentes direcciones. Al fondo se adivinaba un brillo extraño y cuando le pregunté, Hugo sonrió. Cuando quise darme cuenta, estaba metida en Times Square. ¡No me salían ni las palabras! Aquí y allá, todo eran luminosos y neones, *leds* de colores. Carteles de teatro. Anuncios. ¡¡La tienda M&M!! Acababan de cerrar, pero Hugo me prometió que volveríamos de día. Nos estuvimos haciendo fotos con unas sonrisas de oreja a oreja, como dos panolis. Yo estaba emocionada porque me sentía como en medio de una de esas películas que había visto tantas veces y Hugo estaba como loco, supongo que porque yo era feliz. Pedimos a unos turistas que nos hicieran una fotografía a los dos en la escalinata iluminada que preside la plaza y después fuimos hacia el hotel. Estábamos agotados.

—Hostias… —dijo entre dientes—. Se nos ha olvidado avisar a Nico de que ya hemos llegado.

—Mándale un mensaje.

Nos hicimos una foto y se la mandamos junto a un «Se nos fue la olla. Llegamos bien. Ya hemos cenado y nos vamos a dormir. Alba te echa de menos». Hugo vio necesario aclarar que era yo quien le echaba de menos. Al llegar al hotel me derrumbé encima de la cama boca abajo.

—Pienso dormir vestida —farfullé.

Hugo no contestó. Cuando me giré, lo encontré deshaciendo la maleta y colgando sus camisas y sus pantalones en el pequeño armario que había a la entrada. Me hizo sentir tan mal que me levanté, hice lo que pude con mi equipaje y me desmaquillé. Después me puse un camisón y volví a dejarme caer. Ni siquiera le noté meterse entre las sábanas. Yo ya estaba dormida.

Me despertó la claridad que invadía la habitación. Miré el reloj. Eran las doce y media en España, lo que quería decir que allí eran las seis y media de la mañana. Y estaba bastante espabilada. Aproveché que Hugo estaba durmiendo profundamente para ir al baño. Sí, esas cosas que hacemos las chicas. Cuando volví a la cama, me miraba con ojos somnolientos, entre las sábanas blancas… Estaba para comérselo.

—Buenos días —le dije sonriendo—. Estamos en Nueva York.

—Buenos días. Y gracias por la información.

—Por si se te había olvidado.

—Imposible. Estoy en Nueva York, contigo.

Me alcanzó cuando me sentaba y me subió encima de él. No, no habíamos pensado en el sexo cuando nos habíamos acostado, pero era en lo único que podía pensar ahora, teniéndolo debajo de mí, en pijama, sin camiseta, despeinado…, tan guapo.

—Quiero hacer el amor contigo —le dije.

—Ah, ¿sí?

—Sí —asentí muy segura.

—¿Y eso?

—¿Por qué crees que es?

—Quizá te pase como a mí y estés horriblemente enamorada. —Sonreí como contestación y él añadió con su mano metida entre los mechones de mi pelo largo—: Qué guapa eres.

Que me viera guapa recién levantada, con la cara lavada y en camisón —y un camisón de los utilitarios, no de los que piden guerra—, todo aquello era amor. Pero amor hasta con hache, de lo grande que era. Ojalá Gabi lo entendiera. Pero no quise pensar en ella entonces. Me quité la ropa y la tiré por los aires. Hugo miró el espejo que quedaba a su izquierda pero la televisión de plasma estaba colgada allí y entorpecía un poco el reflejo. Se movió hacia el centro de la cama y dirigió la vista hacia la derecha. Yo también lo hice y sonreí.

—Me da igual dónde me despierte si te voy a tener en mi regazo desnuda después.

—¿Chernóbil?

—Cállate. Voy a hacerte el amor y me distraes.

—Pero házmelo despacio. Que no se me olvide en todo el día.

—Haré que no se te olvide en toda tu vida.

Me besó las clavículas y bajó con su boca por mi escote hasta llegar a mis pechos. Los besó y después respiró hondo, con la nariz hundida entre ellos. Sus manos los amasaron con cuidado y los llevaron por turnos hasta su boca. Gemí cuando lamió uno de mis pezones y tiró con suavidad de él. Debajo de su pantalón había despertado una erección. Lo desnudé como pude y después me incliné hacia ella, tratándola con mimo y besándola. Cerró los ojos y gimió. La metí entre mis labios y después la volví a sacar más húmeda y más dura que antes.

—Oh, Dios…, qué boca tienes, niña.

Sonreí. Había dicho algo similar la segunda o tercera vez que nos acostamos. Me entregué muy mucho a aquella mamada. Cuando acababa de conocerle fantaseé con aprender cómo le gustaba el café de las mañanas y las mamadas, y ahora ya lo sabía. El café solo sin azúcar; las mamadas muy húmedas, profundas, provocadoras. Quería hacerlo bien, quería que disfrutara y solo hacerlo ya me humedecía. El sonido de la succión casi pasaba desapercibido bajo su respiración. Su estómago se hinchaba cuando llenaba de aire sus pulmones.

—Ya…; para. Por favor… —me pidió.

Me incorporé y fui a besarle. Me envolvió en sus brazos para hacerlo y nuestras lenguas se encontraron. ¿Qué más daba que no nos hubiéramos lavado aún los dientes? Me rocé con él y gimió al notar lo húmeda que me ponía tenerle disfrutando dentro de mi boca. La colocó justo en mi entrada y yo bajé sobre ella. Fue increíble.

—Ah, sí... —gimió.

—¿Te gusta?

—No tenía ni idea de lo mucho que me gustaba hasta que te conocí.

Moví las caderas encima de él con ritmo pero sin violencia. Meciéndonos. Mi interior lo acogía caliente, húmedo, prieto. Y él se deslizaba también, empujando con sus caderas hacia arriba. Miró el espejo y sonrió con placidez. Allí, en el reflejo, estábamos los dos. Él tan dejado, tumbado entre sábanas y almohadas blancas. Yo encima de él. Y no me importó que se viera la barriguita que se me ponía en aquella postura ni que se marcara un poco de celulitis en mis nalgas. ¿A quién le importa? No es lo que estaba viendo él; de eso estaba segura.

—Eres perfecta —me confirmó.

—No, no lo soy. —Sonreí.

—Sí para mí. Lo demás no importa.

Así me sentía yo en aquel instante, como si solo existiéramos nosotros dos en el mundo. Él y su boca jugosa; yo y mis ganas de que aquello funcionase. Parecía tan fácil en aquel momento... Hugo se dio la vuelta en el colchón y se colocó sobre mí. Mis piernas se entrelazaron en la parte baja de su espalda y él me cogió las muñecas y las sujetó sobre el cojín. Miré el espejo y el solo movimiento de su cuerpo para penetrarme me excitó casi tanto como la sensación de sentirle dentro de mí.

—Más... —le pedí con voz mimosa.

—Todo —contestó.

Me soltó las manos para abrazarme y yo le acaricié el pelo. Hugo gemía despacio, deshaciéndose. El sonido se pegaba a las paredes, fundiéndose con ellas. Le quería tan cerca en aquel momento… que se me olvidó que estábamos haciendo el amor. Cuando me corrí lo hice sujetándome a él, con mi nariz en su cuello, aspirando ese perfume increíble que se mezclaba con el de su piel. Hugo se separó un poco de mí y, con la boca entreabierta y el ceño fruncido, se dejó llevar, subiendo y bajando sobre mi cuerpo…

—Nena…, joder, *piernas*… —gimió.

Se quedó quieto dentro, muy dentro de mí, y su cuerpo se tensó por completo. Sus labios se pegaron en mi barbilla, jadeando. «Te quiero», dijo. Después… solo nos abrazamos.

Aquella mañana desayunamos en el Magnolia Bakery que hay en Grand Central Station, por donde nos dimos una vuelta, café en mano (el *cupcake* me duró muy poco). Me encantó pasear entre la gente que llenaba la estación y perder minutos enteros con los ojos puestos en el techo, que está cubierto con una impresionante pintura que representa el cielo nocturno y un mar de estrellas y constelaciones en pan de oro, con las más importantes iluminadas.

—Es increíble —le dije a Hugo, que andaba agarrado a mi cintura.

—Es tan fácil hacerte feliz. —Apoyó la barbilla sobre mi cabeza—. No quiero hacer otra cosa en la vida.

Moñez absoluta. Amor. *Hamor* con hache, de lo grande, absurdo, adolescente y sobrecogedor que es cuando te pilla de nuevas y con la guardia baja. Cogimos el metro hasta Union Square. Y que conste que nos costó un poco entender el sistema de las líneas. Cuando llegamos, nos encontramos un mercado de productos biológicos y naturales que llenaba la plaza, donde hicimos muchísimas fotos. Corrimos detrás de las ardillas para poder hacer un par de fotos más y después marchamos cogidos de la mano hacia el Iron Flat. De allí caminamos hasta el barrio de Chelsea, un buen paseo. Aprendimos que no podíamos fiarnos del mapa para calcular las distancias porque, aunque ya era septiembre y corría una brisa fresca y agradable, llegamos hechos polvo y hambrientos. Yo no dejaba de hacerle fotos a todo: a las señales de tráfico, a las alcantarillas, a los árboles y los edificios…, a nosotros, besándonos en cada esquina… Éramos dos quinceañeros enamorados.

Nos dejamos caer en una mesa del restaurante Elephant & Castle. Estaba revestido de madera oscura y era pequeño: la cocina, justo en medio de la sala, y a lo sumo ocho mesas íntimas y pequeñas pegadas a las paredes. Nos trajeron dos vasos con agua y hielo, el *Wall Street Journal* y dos cartas. Hugo pidió café, yo un refresco y los dos unas tortillas. Aún se me ponen los ojos en blanco cuando recuerdo la mía, de salmón y eneldo. El pan estaba recién hecho; comimos tan a gusto que nos costó levantarnos de la mesa y partir hacia el siguiente punto en la lista de cosas que hacer aquel día. Le tocaba el turno al Chelsea Market, un edificio que antiguamente fue un matadero de reses, reconvertido en mercado moderno y plural, donde podías encontrar de todo. Tomamos un trozo de tarta a medias y compré unas láminas para Eva. Paseamos por sus pasillos serpenteando entre la gente que comía sushi sentada en escalones. Escuchamos a una chica cantar *Gabriel*, de Lamb, que versionaba con el único apoyo de la guitarra que tocaba su joven compañero.

Y con la barriga llena subimos al Highline, una línea de ferrocarril en desuso desde 1980 que habían transformado en un parque urbano elevado. Paseamos, nos tiramos en el césped a besarnos y volvimos a pasear y hacer fotos de las calles que se extendían a nuestros pies. De pronto me sentía como si todo estuviera a nuestro alcance, como si todo fuera posible. Y si

Nico hubiera estado allí en aquel momento lo habría besado también, porque de pronto no tenía dudas. Podría ser. Lo haríamos funcionar. En un punto determinado del paseo encontramos unos bancos. Hugo me pidió que esperáramos a que uno en concreto quedara libre, en primera fila, frente a una especie de mirador.

—Ese está libre. —Señalé un banco al lado.

—Por favor, espera…, valdrá la pena —insistió.

En cuanto la pareja que lo ocupaba se levantó, les sustituimos, yo aliviada por poder sentarme. Empezaba a estar cansada. Parloteé sobre la posibilidad de marcharnos al hotel después a descansar, pero él me ignoró, me rodeó con su brazo izquierdo y susurró en mi oído:

—Mira…

Y alzando la mirada hacia al frente encontré, lejana y aislada, como en medio de la nada, la Estatua de la Libertad. Contuve la respiración sintiendo cómo la piel se me ponía de gallina. ¿Podía estremecerme la visión de aquel monumento? Al fin y al cabo era el símbolo de algo que me quedaba lejano: el sueño americano. Nunca me sentí tentada a hacer las Américas ni a triunfar al otro lado del charco. Pero tenía algo; era como cumplir el sueño adolescente de una misma.

—Creí que no querías… —susurré queriendo hacerme la fuerte.

—Lo que no quiero es que te quedes sin verla. Esta vista es casi más especial que la del ferri. Es nuestra.

Me recosté sobre su pecho.

—Gracias —le dije con un hilo de voz.

—No me las des.

—Esto es…, el viaje, nosotros…

—Todo, *piernas*. Siempre.

Lo tomé por una promesa. Y tenía razón. Daría igual cuántos años pasaran por encima de aquel recuerdo, haciéndole perder los matices, el brillo o los colores, porque nada conseguiría que dejara de serlo todo. Por siempre.

Después de un buen rato allí sentados dimos el relevo a otras parejas que hicieran suyo aquel pedazo de Nueva York y volvimos al hotel para hacer el amor despacio sobre la colcha blanca de la cama, decirnos «te quiero» y cambiarnos. Nos esperaba el 55 Bar, en el número 55 de Christopher Street, donde tocaban cada tarde, sobre las siete y media, jazz en directo. Me puse un mono verde con flores blancas que había comprado en Zara y él optó por un vaquero y una camisa azul marino con un pequeño estampado. En la percha me había parecido la camisa más horrorosa del mundo, pero cuando terminó de abrochársela y se la metió por dentro del pantalón…, solo pude decirle lo guapo que estaba.

—No confiaba mucho en esa camisa —le confesé.

—Nunca has confiado demasiado en ninguna propuesta mía; al menos a priori. Después siempre vas entrando en razón. —Me guiñó un ojo.

El 55 Bar no es fácil de encontrar. La calle en la que se encuentra se convierte en otra en un punto indeterminado y además hay que bajar unas escaleritas bastante discretas para poder descubrirlo. Pero cuando entramos, nos recibió el sonido de un piano y un saxofón. Todas las mesas estaban ocupadas, pero encontramos dos taburetes libres en la barra; un camarero como un armario ropero de tres puertas nos preguntó qué queríamos beber. Él pidió una cerveza y yo, por no pensar, pedí lo mismo. Nos sirvió dos Budweiser muy frías y acercamos nuestras banquetas hasta que mi espalda descansó sobre su pecho y sus brazos me envolvieron la cintura. Me besó en la sien.

—¿Te gusta?

—Sí, es genial. Muy… tú.

Una chica se unió al grupo para cantar en el escenario improvisado que había al fondo del local, rodeado de bombillitas blancas. Al principio un par de temas clásicos, algo de improvisación y, de pronto, una canción preciosa de Etta James. Me arrullé contra su cuerpo y cerré los ojos. No creía que pudiera existir mejor banda sonora para un momento como aquel hasta que la canción se terminó y la cantante, una preciosidad caribeña, nos contó a todos los que la escuchábamos cuánto añoraba su tierra y lo cerca que la hacía sentir la música de los recuerdos de su niñez y de la familia que había dejado atrás en busca de una vida mejor. Después suspiró hondo y dedicó a su abuela la siguiente canción, porque de ella la había aprendido. Y, acompañada de las notas del piano y con un torrente de voz apabullante, comenzó a cantar *Lágrimas negras*, sufriendo cada nota, rasgando cada palabra, haciendo que cada estrofa se clavara dentro de mí. Me giré hacia Hugo, que miraba con intensidad el escenario, con el ceño ligeramente fruncido.

—¿Crees en el destino? —le pregunté con una sonrisa.

—No. Pero hay señales que uno no puede obviar.

El beso que vino después fue tan increíble que apenas tengo palabras para definirlo. Dulce. Apasionado. Desesperado. De amor.

Salimos del local caminando despacio, callados. Seguimos la calle Christopher hacia abajo, cogidos de la mano. Dentro de mi cabeza seguía sonando la letra de la canción preferida de los padres de Hugo. Cuando llegamos al muelle del río Hudson, estaba anocheciendo y para mí, para siempre, aquella canción sería naranja, añil y en su recuerdo se recortarían, negros contra el anochecer, los edificios que se alzaban a la otra parte del río.

Hugo y yo no hablamos. No hizo falta. El cielo lo dijo todo por nosotros. Y en su silencio imaginé tantas cosas…: los recuerdos de unos padres perdidos que bailaban locos de amor, la necesidad, la pena, la ilusión, nuestros besos y el jadeo sentido enquistado en la garganta cuando el orgasmo nos alcanzaba enredados y sudorosos. Todo mezclado. Todo superpuesto, lo suyo, lo mío, lo que imaginamos y lo que era. No habría palabras, nunca, para encerrarlo.

Jamás, en mi vida, he sido más consciente de cada sensación, de cada estímulo. Las palabras se amontonaban en mi garganta sin poder salir y todas dejaban en mi paladar un sabor dulce…, sabor a vino, a besos, a estar por primera vez en mi vida enamorada de verdad. Y tendida en un banco, en un muelle a muchos kilómetros de casa, me encontré con ese pedazo de mí que nunca antes había dado a nadie y que ahora solo pertenecía a Hugo, a Nueva York y a una canción que sonaba triste y apasionada.

Aquella noche cenamos en un restaurante francés también en el Greenwich Village, en la calle Bleecker. Nos dieron mesa en el jardín interior, donde bebimos vino tinto y comimos queso con uvas, fresas, manzana y nueces…

Y ya en el hotel, despedimos uno de los días más especiales de mi vida sentados en un rincón de la Sky Terrace, bebiendo gintonic a pequeños sorbos y mirando el *skyline* de la ciudad, que parecía iluminada solamente para nosotros. Nos quisimos tanto con los labios que no quedó más para el resto del cuerpo.

30

Al día siguiente nos despertamos contentos y mimosos. Cogimos el metro y viajamos hasta Brooklyn, donde pateamos todo el barrio de Williamsburg, zambulléndonos entre la gente que llenaba las calles. Desayunamos en un local tan *hipster* que me pregunté qué hacíamos allí. Todo a nuestro alrededor eran tatuajes, barbas largas, shorts vaqueros y zapatillas Converse. Hugo miraba a su alrededor, sonriente mientras daba buena cuenta del café.

—Estás como pez en el agua, ¿eh? —me burlé.

—Me gusta. —Se encogió de hombros y dejó la taza sobre la mesa—. Pero es verdad que Marian estaría mucho más cómoda aquí que yo.

—Estarías muy guapo lleno de tatuajes.

—Eso díselo a tu otro amante —bromeó—. A él es posible que le persuadas. Su hermana casi lo tiene convencido.

—Aclárame una cosa —le pedí—: ¿cuál es el papel de Marian en vuestra relación?

—La facilitadora. —Y sonrió, orgulloso por entenderme a la primera—. Nosotros discutimos y ella lo suaviza. Como la hermana mayor que está por encima de nuestras niñerías.

—¿Ha pasado muchas veces?

—Nunca como contigo.

—¿Y qué opina ella de nuestra relación?

—Que puede ser. Al menos durante un tiempo.

Carraspeó. Miró el reloj y después me preguntó si quería hablar con Nico. El día anterior solo le habíamos mandado una foto: yo lanzándole un beso y Hugo con el dedo corazón erguido, pero bien sonriente. Los dos en pijama entre las sábanas. No hacía falta añadir que lo estábamos pasando muy bien ni que aquello era increíble. Se leía en nuestras caras. Marcamos el número y después de unos tonos muy raros, me respondió la voz de Nico.

—Cabrones.

Me eché a reír.

—Ahora mismo estamos en un sitio que te encantaría —le dije—. Son todos un poco como tú.

—¿Y cómo soy yo?

—Así, moderno. De los que escuchan música buena y aman el buen cine.

Sus carcajadas llegaron hasta los oídos de Hugo, que sonrió, apoyado en la mesa.

—Hugo dice que te echa tanto de menos que se quiere morir.

—Pues que se muera —respondió Nico bromeando.

—Y una mierda —me contestó Hugo—. Estoy en la gloria.

—Está siendo genial —seguí contándole a Nico—. Faltas tú.

—Bueno, pronto te tendré en una playa paradisiaca, así que no me dais mucha envidia. El asfalto no me seduce. Aquí hay mucho de eso.

—Te gustaría.

—A tu lado me gustaría cualquier cosa. Disfruta, mi amor.

Me sonrojé tontamente y miré la comida que aún había en mi plato, con la que jugueteé con el tenedor.

—Vale. Te veo pronto.

—Te quiero.

—Y yo —dudé—. Esto…, ¿quieres que te pase a Hugo?

—Venga…

Le pasé el teléfono a Hugo.

—¿Qué pasa, *mierder*? ¿Duermes en mi cama para no echarme de menos? —Se echó a reír y yo le miré como una boba, apoyando la barbilla en mi puño. Qué guapo era…—. ¿Todo bien en El Club? —Pausa, en la que dio un trago a su café—. Genial. Bueno, pues te veo en nada. Tres días y estaremos de vuelta. —Me sonrió—. Sí, es una pena. No, pero te la llevaré cansada. —Contrajo la expresión—. De eso no. Me refería a que estará cansada de patear, pero si quieres esta noche le doy más motivos para estarlo…

Hombres. Aquel día, después de pasear por el barrio ortodoxo y perdernos un rato en Prospect Park, corrimos a coger el metro hasta Connie Island para ver su parque de atracciones. Es un rincón olvidado de Nueva York, quizá porque queda a una hora de Manhattan, pero me encantó. Fue como visitar la Norteamérica de los años setenta, como si se hubiera congelado el tiempo pero todo lo que contiene se hubiera ido deteriorando. Incluso le convencí para subir a una montaña rusa con pinta de estar a punto de desmoronarse contigo a cuestas y lanzarte hacia el océano a una muerte segura. Casi me mata cuando bajamos. A decir verdad, me llevó como un saco hasta que un policía nos llamó la atención. En España somos un poco más comprensivos con las parejas que pelan la pava, me parece.

Cenamos a la vuelta en Grimaldi's, un local famoso porque Frank Sinatra iba a comer sus pizzas. Compartimos una gigantesca de tomate seco y no sé qué más, que estaba de muerte. Después nos comimos unos *cannoli* y, a punto de reventar, volvimos al hotel, no sin antes cruzar el puente de Brooklyn en dirección a Manhattan. Antes de dormir Hugo me dio un ibuprofeno para el dolor de piernas y de espalda. Estaba hecha polvo y dormimos como niños. Pero antes hicimos el amor. Bueno, miento, follamos en la ducha. Y menudos tirones de pelo…, nunca pensé que fueran tan placenteros.

El tercer día fue… EL DÍA. Para aquella jornada habíamos reservado el centro de Manhattan, las zonas un poco más típicas, pero siempre salpicadas de esos rincones que hacían el viaje un poco más especial. Después de desayunar mucho café entre bostezos, Hugo y yo nos perdimos en el interior de Central Park. El día estaba un poco pachucho, todo bañado por una luz gris. Sin embargo, a pesar de que habíamos tenido que cargar con las chaquetas porque hacía bastante fresco, las nubes de lluvia que se avecinaban y la luz parecían hacer el verde más verde bajo los árboles del pulmón de la ciudad. Nos sentamos frente al lago. Nos besamos en el césped. Nos hicimos fotos en la balaustrada y después dimos una vuelta más, hablando sobre lo motivador que tiene que ser tener un parque como aquel cerca de casa para calzarse las zapatillas y salir a correr. Bueno, eso lo decía él mientras yo le miraba horrorizada. Correr es de cobardes, le respondí. Quizá por eso mi culo no era todo lo firme que me gustaría. Por valiente. En un punto especialmente bonito del parque, una pareja se detuvo bajo unos árboles. Hugo estaba de pie, revisando si una fotografía había salido bien y yo me quedé pasmada viendo cómo se sonreían y hablaban quedamente aquellos dos desconocidos. Él la besó y, sorprendiéndola, hincó una rodilla en el suelo. Cogí aire para mis adentros, abrumada, casi como si lo estuviera viviendo en primera persona. Hugo me miró con el ceño fruncido.

—¿Qué pasa, *piernas?*

—Mira…

El chico había sacado una caja pequeña, donde relucía algo que supuse que era un diamante. Un jodido diamante del tamaño de un grano de maíz, por el amor de Dios. Brillaba como la kriptonita. Me llevé la mano a la boca. Algunas personas habían parado también alrededor y estaban mirando a la pareja con ternura. Se me encogió el estómago.

—Dios…, qué bonito —susurré.

—Qué valientes —contestó Hugo, y volvió a prestarle atención a su cámara de fotos.

Valiente insensible estaba hecho él. Pero, bueno, supongo que los hombres no son tan sensibles a una pedida de mano como nosotras… Ella dijo que sí, se abrazaron y la gente empezó a aplaudir. Yo me moriría de vergüenza si me pasara. ¿O no? No lo sé. Me debatí entre el horror y aplaudir también, casi sin poder ni pestañear. ¿Yo tendría alguna vez algo así? ¿Alguien se arrodillaría delante de mí y me pediría que pasara el resto de la vida a su lado? No. No lo creía. Tenía una relación con dos hombres. Dos hombres a los que quería y entre los que repartía todo lo que yo tenía que dar. No era un buen punto de partida. ¿De verdad quería romanticismo? Bueno, puede que lo que a todo el mundo le gusta a mí no me satisficiera, pero todas queremos un poco de aquello, ¿no? Cuando aparté la mirada de la pareja que se besaba, Hugo me observaba.

—¿Qué? —le pregunté reponiéndome de mis pensamientos, fingiendo que no me habían turbado.

—¿Es eso lo que quieres?

—No. Claro que no.

Dejó la cámara colgada de su cuello un segundo y me cogió la cara con las dos manos.

—Te pregunto porque quiero saberlo, no porque me vaya a reír si es lo que deseas.

—Es que no sé si me gustaría…

—Ajá…, ¿quieres casarte?

—No. No lo sé.

Se descolgó la cámara y la guardó en su funda. Después señaló un banco y me llevó hacia él; nos sentamos.

—Cuéntamelo… —pidió mimoso, acariciándome la mejilla con la nariz.

—Que no. Que luego te burlarás.

—Pero ¿por quién me tomas? —Se rio—. Venga…, ¿quieres casarte?

—De pequeña sí quería, supongo que como todas las niñas. Luego ya dejó de llamarme la atención. Siempre me imaginé que si terminaba haciéndolo, sería todo lo contrario que suele gustar a la gente. Una boda en vaqueros, o de corto, en un juzgado cualquiera, probablemente porque me hubiera quedado embarazada y quisiera hacerlo antes de que naciera.

—¿Quieres hijos?

—No estoy en situación de quererlos.

—Ni en situación de no quererlos. Cada uno tiene que saber qué es lo que quiere del futuro porque… si los quieres, los quieres, *piernas*.

—Va por días —le confesé—. Pero últimamente estoy demasiado ocupada gestionando el aquí y ahora como para preocuparme de lo que será.

Cogió aire, asintiendo. Después se quedó pensativo, mirando las copas de los árboles que nos cubrían.

—¿Qué? —le pregunté.

—Nada. Es que no quiero que esto te quite nada de lo que alguna vez quisiste. Yo quiero darte, no quitarte.

Sonreí.

—¿Y tú? ¿Qué quieres tú?

—Yo quiero cosas complicadas, mi vida —confesó, mirándome a los ojos—. Cosas que a veces parece que son posibles y otras imposibles. Tú no te preocupes por lo que yo quiera. Solo averigua qué es lo que necesitas tú.

—¿Y si te digo que quiero eso? —bromeé, señalando con la cabeza hacia la pareja que seguía besándose y abrazándose.

—Entonces te diría que tienes un problema.

El estómago me dio un vuelco hasta posarse en la realidad de una relación en la que el futuro no era nada, porque el presente era demasiado complicado. No pude más que asentir y Hugo me besó el cuello, quedándose allí unos segundos pegado a mi piel.

—Si esto no funciona no quiero que sea por mí —susurró.

Se levantó y me tendió su mano. Lo supe en cuanto lo miré. Él no creía en realidad en lo nuestro. Él no creía en aquella relación a tres. Él sostenía la situación lo mejor que sabía por un motivo que escapaba a mi entendimiento, pero no era por fe a lo que estábamos intentando. También supe que no volvería a hablar del tema. Se estaba poniendo la careta de «aquí no pasa nada», de «no tienes de qué preocuparte», como si él pudiera retener dentro de sí mismo todos los fantasmas que nos acechaban. Y decidí… fingir lo mismo. Cogí su mano y quise olvidar.

—¿Entonces? —dijo con una sonrisa preciosa.

—Entonces supongo que toda niña quiere su cuento de hadas.

Recorrimos la Quinta Avenida, que es algo que ellos creen que nos gustará hacer. Pues no, porque soy pobre y no puedo hacer nada más que mirar alelada el escaparate de Escada, Dior, Chanel…, sabedora de que jamás llevaré nada suyo.

—¿Por qué arrugas el morrete? —me preguntó.

—Porque soy asquerosamente pobre —rugí.

A él le dio la risa. Cuando llegamos al edificio de Tiffany's me quedé como un perrete a punto de ponerme a aullar en la puerta. ¿Quién no ha soñado nunca con enfundarse un diamante de Tiffany's? Bueno, a lo mejor no todo el mundo, pero yo tenía el capricho de deslizar uno de sus anillos en mi dedo aunque fuese solamente una vez en la vida... y no fuera a quedármelo. Quizá fuera por lo que acabábamos de presenciar en Central Park. Quizá fuera porque seguía sin tener demasiado claras las cosas que quería. Hugo me dio un empujoncito y me dijo que entráramos.

—Esto creo que cuenta como museo...

Caminamos entre las mesas iluminadas de la planta baja y nos separamos; Hugo era un hombre que sabía dejar intimidad entre una chica y sus deseos más brillantes..., y después de nuestra conversación, supongo que más aún. Anillos, pulseras, collares. Por poco no se me salieron los ojos de las órbitas. Miré mis manos desnudas, sin ningún adorno, y suspiré. No, no estaba haciendo las cosas bien si lo que quería es una pedida de mano con anillo incluido, pero... ¿la quería? Yo quería sentirme como me sentía cuando estaba con los dos: a salvo, resguardada, ilusionada, comprendida, libre, amada... ¿Tenía que elegir entre aquello y los sueños más adolescentes del amor? Al levantar la cabeza dispuesta a decirle a Hugo que ya había tenido suficiente, me encontré con un dependiente sonriéndome. Oh, oh.

—Solo estaba mirando —le confesé.

—No importa. Siga haciéndolo.

Le sonreí. Era totalmente calvo y la cabeza le brillaba bajo la iluminación del local. Como Kojak, pero en lugar de luchar contra el crimen y chupar piruletas, vendía diamantes. Me cayó simpático.

—¿De dónde es? —me preguntó educado.

—Española.

—Me encanta España —confesó poniendo los ojos en blanco—. Voy siempre que puedo a Mallorca. Adoro sus playas.

Desvié la mirada justo detrás de él, desde donde Hugo me observaba unas mesas más allá. El dependiente se giró disimuladamente y se volvió sonriéndome.

—Muy guapo. ¿Es su marido?

—Mi novio —confesé notando las mejillas rojas. «Uno de mis novios» se acercaba más a la realidad, pero no es algo que pueda decirle al dependiente de Tiffany's.

—Tiene unas manos muy bonitas —me dijo—. ¿Quiere probarse un anillo?

—Oh, no, no. —Y me avergoncé un poquito más, enrojeciendo—. No puedo permitírmelo.

—Por mirar aún no cobramos. —Se rio—. Venga. Toda chica debería probarse uno de estos.

Se dirigió a una de las vitrinas, la abrió con una llave que llevaba colgada en el cuello y sacó una bandeja forrada, donde depositó unos cuantos anillos. Preciosos. Increíbles. Brillaban tanto que me acojoné.

—De verdad que no... —gimoteé.

—Venga..., uno. Este parece que lleve su nombre..., que, por cierto, ¿cuál es?

—Alba.

—Alba —repitió, tratando de pronunciarlo como yo—. ¿Como un amanecer?

—Parecido. —Sonreí.

Señaló uno de ellos y miré buscando a Hugo, pero no lo encontré. Tragué con dificultad y me lo coloqué.

—Qué maravilla... —susurré en español.

—Sí, es maravilloso —me respondió Kojak en inglés—. Es uno de nuestros anillos más vendidos, ¿sabe?

—Es precioso.

—Platino y diamantes. Y no crea…, que el precio no es como los solitarios de pedida.

Hugo vestido de traje hincado de rodillas en un restaurante con luces tenues. Me lo quité deprisa porque me dio miedo imaginar cuánto le gustaría, porque tenía algo de él. Elegante, atemporal, brillante hasta cegar. ¿Es que estaba loca? Nos conocíamos solo desde hacía unos meses. ¿De dónde habían salido esas fantasías Disney? El dependiente me señaló otro más sencillo. Dos aros finos de platino unidos por seis diamantes engarzados y espaciados. Me lo puse y sonreí.

—Oh, Dios… —murmuré.

—Sí, siempre causa el mismo efecto. Puesto gana muchísimo. A todas se os ilumina la cara cuando os lo ponéis.

Sí, supongo que a todas se nos ilumina la cara cuando la niña de nuestro interior está a punto de cumplir el sueño de tener en parte un cuento de hadas engarzado en el dedo anular.

—Tienes un trabajo increíblemente bonito —le dije.

—Sí, no me quejo. Veo cosas preciosas todos los días.

—Mucho amor, ¿eh? —Le sonreí.

—Mucho amor y otras cosas…, al final uno aprende a identificarlo.

—¿Y cómo se hace?

—Supongo que mirando a los ojos.

—*Piernas…* —me susurró alguien al oído.

Di un brinco y me quité el anillo, devolviéndolo a la bandeja que el dependiente se apresuró a guardar de nuevo en su cajón.

—¿Dónde estabas? —le pregunté, girándome hacia él.

—Viendo cuán pobre soy yo también. —Nos sonreímos—. ¿Qué haces?

—Soñando. —Le di un beso y me giré hacia Kojak—. Muchas gracias.

—No hay de qué. Disfrute.

Le di la mano.

—Tiene unas manos preciosas —le dijo a Hugo—. De las que merecen un anillo.

—Lo sé. —Se rio.

Nos despedimos y salimos a la calle, donde el tiempo había empeorado. El frío me hizo estremecerme entera.

—¿Quieres mi chaqueta? —me ofreció.

Yo quería tantas cosas...

—No.

Me envolvió con su brazo y me llevó hacia su cuerpo mientras empezábamos a caminar. Miré de reojo Tiffany's... Entonces ¿lo sabría solo con mirarles a los ojos? ¿Sabría si era amor de verdad?

—¿Te apetece que cojamos el metro y vayamos a Little Italy?

—Claro.

—¿Estás triste?

—No. Claro que no. —Le agarré con más fuerza—. Estoy en Nueva York contigo. No puedo estarlo, sobre todo porque me vas a llevar a Victoria's Secret y vamos a entrar en calor.

—A sus órdenes...

Y tanto que entramos en calor. Él, yo, mi tarjeta y hasta la suya. Comimos en un restaurante en Little Italy que hacía esquina. Estaba planteado para turistas pero aun así no perdía su encanto. Las mesas estaban pegadas a grandes ventanales que permanecían abiertos y a través de los cuales entraba parcialmente la brisa fría de un día como aquel. Cuando se puso a llover, decidimos que era buen momento para coger un taxi y pasar la tarde recorriendo los pasillos y las salas del MoMa. Aprendí mucho aquella tarde, no solo de arte. Aprendí de la pasión de Hugo por ciertas cosas. Le encantaban Van Gogh, Monet y Pollock. No entendía muchas de las vanguardias, aunque las admiraba. Hugo era capaz de estar diez minutos delante de una pintura, recorriéndola con sus preciosos ojos castaños, y hasta hacerme partícipe de cada cosa que le hacía sentir con apenas unas palabras. Aquella tarde lluviosa de septiembre, los dos disfrutamos y aprendimos mientras mirábamos atentos los cuadros que nos sobrevivirían. Cuando salimos seguía haciendo mal tiempo, pero parecía que había escampado un poco. Insistió en que deberíamos ir al Rockefeller Center y subir para ver atardecer, a pesar del día gris.

—Mañana —le pedí—. Y así nos despedimos de Nueva York.

—Como desees —respondió, como en la película *La princesa prometida*.

Volvimos al hotel. Teníamos mesa reservada en Tao a las nueve y media. Para aquella noche escogí un top de manga francesa y peplum en color rosa palo y unos jeans estrechos con vuelta en el bajo. Cuando Hugo me confirmó que iríamos en taxi, me calcé las sandalias de tacón alto con pulsera alrededor del tobillo que había llevado, esperando poder ponerme mona algún día. Él se puso una camisa negra y un pantalón vaquero y, como siempre, me fascinó cómo lo que en otro no sería más que un básico, encima de su cuerpo lucía tan absolutamente bien.

—Estás increíble —le dije.

—Y a ti ese top te hace unas tetas enormes —respondió aguantándose la risa.

Me dio igual la falta de poesía entonces. Era verdad. Me gustaba que se hubiera fijado. ¿Qué tipo de encanto hay en recibir siempre palabras de amor galantes? A nosotras también nos gusta que nos hablen sucio, sobre todo cuando es alguien como Hugo, al que le brillan tanto los ojos. La sinceridad también puede llegar a ser muy sexi.

Cuando entramos en el restaurante me sorprendió lo oscuro que estaba todo y el jaleo que se escuchaba. Parecía un pub. Nuestra mesa aún no estaba preparada, según nos informó la guapísima metre antes de facilitarnos un dispositivo que vibraría cuando pudieran sentarnos. Mientras tanto, nos acomodamos en los sillones de la parte de arriba y pedimos unos combinados. Nos sentamos muy juntos y Hugo se concentró en acariciar mi cuello con su dedo índice y contarme al oído todo lo que se le ocurría que podía vibrar entre los dos. En la calle haría frío, pero mi cuerpo no estaba a la misma temperatura.

Un ratito después una camarera aún más guapa que la chica que nos había atendido al entrar nos acompañó a nuestra mesa, en el gran salón. Vigilé si Hugo la miraba; era una belleza. Probablemente trabajaba de camarera a la espera de triunfar en las pasarelas. Y posiblemente lo hiciera pronto si alguien con ojo la descubría. Pero él iba mirando nuestras manos agarradas y cuando se dio cuenta de que yo me había girado hacia él, solo sonrió. Pedimos tempura de aguacate, *dim sum* vegetal, *yakitori* de setas y unos *udon* con verduras. Después, esperamos mirando el ambiente.

—Este sitio debe de estar de moda —le dije.

—Sí, parece que sí.

—Un poco ruidoso.

Hugo se levantó y le preguntó a la chica que ocupaba el banco corrido de la mesa que teníamos al lado si le importaba que se sentara allí. Ella casi bizqueó. Sí, es guapo, zorra, deja de mirarlo así. Por supuesto le dijo que sí. Él se acomodó a mi lado y susurró en mi oído que así nos escucharíamos mejor.

—Bueno…, ¿qué tal tu primer viaje con compañía femenina? —le pregunté.

—Muy amoroso.

—¿Es una queja?

—Para nada. —Se rio—. He descubierto muchas Albas nuevas estos días.

—Ah, ¿sí?

—Sí. La que se pone bizca en los escaparates de la Quinta Avenida. La que se cansa al andar y lloriquea. La que se bebe las limonadas de un trago.

—Vamos, una joyita —me quejé.

—A mí me gusta. Es humana, cariñosa, preciosa y mía.

—Yo no soy tuya. —Sonreí—. ¿No has escuchado nunca el dicho? No puedo ser la mujer de tu vida porque ya soy la mujer de la mía.

Sonrió.

—Eso ya lo sé. Pero no estoy de acuerdo. Puedes ser la mujer de tu vida y también de la mía.

—¿Lo soy?

—Lo eres.

—¿A pesar de todas las Albas nuevas que has conocido?

—¿Por qué a pesar? Me gustan. Todas. Incluso las que se pirran por los anillos.

Lancé una carcajada. Un camarero muy amable empezó a dejar platos en nuestra mesa y nosotros nos armamos con los palillos para empezar a comer. Estaba hambrienta y no soy muy diestra sin un tenedor, así que un poco de soja se escapó y resbaló en forma de gota hacia la barbilla. Hugo se acercó y besó mi piel, limpiándola. Ah..., vale. Ese era el tono de la cena. Adiós a las confidencias. Hola, tensión sexual.

—¿Nunca tienes bastante? —le pregunté de soslayo.

—De ti nunca.

—Viendo que el ambiente ha cambiado un poco...

—¿A qué te refieres? —preguntó rodeándome con un brazo pero inclinado hacia la mesa.

—Me refiero a que te sientas a mi lado, susurras en mi oído y tu lengua ha estado en mi cara. A eso me refiero.

—Ajá. Vale, sigue.

—Tengo una pregunta. Dijiste una vez que tenías ganas de que dispusiéramos de un rato para los dos...

—Habla con propiedad, Albita...

—Dijiste que tenías ganas de follar conmigo a solas porque te gustan cosas que a Nico no y querías probarlas. ¿Mejor?

—Sí. Mejor. —Me cogió la mano y la posó encima de su entrepierna. Bien. Estaba duro.

—¿En qué momento...?

—Escucharte decir la palabra «follar» me pone así al instante. Eres maga —se burló.

—Ja, ja, ja —fingí reírme—. Venga. ¿A qué te referías? Llevamos varios días solos y no creo que hayamos hecho nada que...

—¿Es una petición?

—¿Por qué no?

—A lo mejor tienes que saber de qué se trata antes de decir que sí.

—¿No me va a gustar?

—No lo sé.

—¿Qué es?

Hugo masticó en silencio y se pasó la servilleta por los labios. Dios..., esa barba de tres días... Después me miró y sonrió.

—Cena. Luego te lo enseño.

Y allá donde él quisiera llevarme..., yo viajaría. La tensión se relajó un poco cuando otra pareja se comprometió delante de todo el mundo, entre aplausos. Hugo y yo nos partimos de risa. ¿Qué le pasaba al mundo? Hablamos sobre el matrimonio, pero de una manera juguetona e informal y terminamos hablando de nuestras otras relaciones. Mi noviazgo con Carlos le hizo reír. Decía que no me imaginaba con un hombre para el que su equipo de fútbol era religión ni con alguien a quien le gustara el misionero sobre todo el resto de posibilidades.

—No es que le gustara más que al resto. Es que no le apetecía probar nada más —le expliqué—. Él se corría, ¿no? Pues para qué más.

—Egoísta además.

—Descuidado. No creía que el sexo fuera tan importante. Para él era alivio sexual, no intimidad.

—Qué mal…

—¿Y qué me dices de ti?

—Para mí es más que alivio sexual, *piernas*.

—No me refiero a eso. ¿Qué hay de las otras chicas?

—¿Quieres que te hable de las otras chicas?

—Claro. Hazme un resumen.

Se acomodó en el asiento y fingió hacer memoria.

—Salí con Helena un año. En la facultad. Estudiaba Derecho y parecía muy formal, pero se volvía muy loca en la cama. Al final rompimos, porque decíamos que éramos novios, pero no hacíamos más que follar y como no había nada más, terminamos aburriéndonos de hacerlo siempre con la misma persona. —Se encogió de hombros—. Después fui un poco casquivano y me tiré a lo vikingo a todas las chicas que pude. Ahora que lo pienso, creo que alargué un poco esa temporada…

—Alguna habría más importante que las demás, ¿no?

—Hace un par de años me obcequé con una estudiante de Bellas Artes que posaba desnuda para Nico de vez en cuando.

—Define «obcecarse».

—Pues eso, que me volví un poco loco. La tía hizo conmigo lo que le dio la gana. Hice bastante el ridículo, babeando como un quinceañero.

—¿Y qué pasó?

—Pues que terminé aburriéndome. Me di cuenta de que tenía un cuerpo precioso pero la cabeza muy vacía. Y le iba demasiado la mala vida. Lo único que le interesaba era estar guapa y tener pasta para coca. Y a mí esas cosas sencillamente no me van. —Chasqueó la lengua contra el paladar—. Una pérdida de tiempo.

—Y después Paola.

Me miró con desconfianza, como si quisiera averiguar si iba a montarle un pollo o era simple curiosidad.

—Sí, Paola.

—¿Te gustaba?

—No.

—No voy a montarte ningún numerito si dices que sí.

Sonrió.

—Bueno, pero es que no me gustaba. Solo… es muy elástica.

Le di un guantazo en el brazo cuando imaginé el motivo por el cual hacía aquella aclaración. Yo no era muy elástica ni sabía muchas cosas de sexo hasta que los conocí.

—¿Voy a tener que trabajar mi elasticidad, Hugo? —pregunté con sorna.

—No creo que haga falta. A no ser que quieras trabajar en el Circo del Sol.

—Soy buena alumna, ¿sabes? Si quieres probar…

—Tú no eres buena alumna, *piernas*. Tú eres buena maestra. ¿Quieres postre o puedo llevarte ya al hotel?

—¿Con qué intención?

—Tengo ganas de que me enseñes más cosas.

Le enseñé un par en el taxi de vuelta, como que a veces las normas sociales me la pelan y me gusta que me soben en la parte de atrás de un coche. Y Hugo encantado…Cruzamos el vestíbulo del hotel prácticamente corriendo, nos colamos dentro del ascensor y nos morreamos como dementes ante la sorprendida mirada de dos turistas coreanos. Creo que eran coreanos, pero tampoco me preocupé por preguntárselo. Salimos en nuestro piso y fuimos parándonos en todos los rincones, apoyándonos en todas las paredes. Le desabroché el cinturón y el pantalón antes de llegar a nuestra habitación, donde yo llegué con el top hecho un gurruño. Hugo se encaprichó con que no me quitara el conjunto de sujetador y tanga de encaje negro. Se volvió un poco loco. Creo que era la primera vez que me veía con ropa interior tan pequeña y perversa; no es lo mismo estar desnuda que llevar un insignificante pedazo de tela que cree la falsa impresión de estar tapada. Hugo empezó a desnudarse a sí mismo con prisa, jadeando, pero… solo se quitó la camisa. Luego me colocó a cuatro patas y tiró fuertemente de mi pelo.

—Te dije que me encantaría estar a solas contigo porque quiero jugar duro. —Respondí con un gemido de satisfacción cuando sus dedos se adentraron por debajo de la tela de mi tanga—. Porque cada vez que me acuerdo de nuestra primera noche creo que me voy a volver loco…

Apartó un poco la ropa interior y me penetró en dos empujones violentos, para retirarse después. Que estuviera vestido me estaba poniendo muy tonta…

—No… —le pedí—. Sigue.

—Pídemelo.

—Sigue, Hugo.

—No, pídemelo mejor.

Me restregué contra él.

—Fóllame.

—¿Cómo?

—Fuerte. —Me toqué mientras se lo pedía.

—¿Y si no te gusta?

—Te diré que no.

—¿Lo dirás?

—Sí…, pero por favor…

Hugo me dio la vuelta en el colchón y me colocó encima de él. Me quitó el sujetador, cogió mi pecho izquierdo con una mano y con la otra me propinó una palmada sobre el pezón. Me quedé quieta, sorprendida. El dolor viajó por mi piel, hor-

migueando, hasta convertirse en placer. Él repitió con el otro pecho y gemí.

—Fóllame… —le supliqué con un hilo de voz—. Como si fuera tu puta…, solo fóllame.

Me tiró hacia un lado en el colchón y después maniobró conmigo hasta colocarme en el borde de la cama, inclinada hacia delante. Su mano me aprisionó contra el colchón, sin poder separar la mejilla de él. Volvió a penetrarme con fuerza.

—¿Te desnudo? ¿Eh? ¿Quieres que te desnude?

—Sí. Por favor…

El tanga terminó siendo un jirón de tela sobre la madera del suelo y una marca roja en mi piel, del tirón que lo había roto. Y en cada violento empujón de sus caderas mi piel se frotaba contra el basto tejido de sus vaqueros. Sus dedos bajaron un poco hasta sujetarme del cuello en lugar de la cara. Su pulgar presionó un poco más que el resto y sentí cierta sensación de asfixia que desapareció enseguida cuando aflojó la presa. Gemí.

—¿Te gusta? ¿Te gusta, nena? —jadeaba él—. ¿Te gusta que te trate mal?

—Sí, joder, sí.

Me pegó una fuerte palmada en la nalga derecha y grité. Me gustó. Volvió a pegarme, acompañando el golpe de un tirón de pelo y una penetración. No sé cómo no terminé en el acto. Se concentró entonces en los empellones de su cadera. La habitación sonaba como una repetitiva caja en la que su cinturón golpeaba contra sí mismo, hasta que salió de mí y me dio la vuelta. Abrí las piernas para él, pero tiró de mí hasta dejarme de rodillas en el suelo. Agarró mi pelo y restregó su polla por mis labios; cuando fui a cogerla me golpeó la mano con el dorso de la suya. Me ordenó que abriera la boca y después la coló dentro de un empujón. Una arcada. La sacó. Contuve las ganas de vomitar y respiré trabajosamente. Me agarró del pelo de nuevo y volvió a follarme la boca con violencia. Se mordía el labio con fuerza, como si estuviese a punto de correrse. Se me ocurrió que quizá podía ponerle más emoción al juego…

—¿Vas a correrte ya? ¿Qué pasa? ¿No puedes más? ¿Eh? ¿No puedes soportar ni que te la chupe cinco putos minutos?

Sonrió de lado y la introdujo entre mis labios, esta vez despacio, frotándose contra el interior de mi boca. Allí donde se marcaba su presencia me dio un golpe rápido y certero que ardió al momento. Gemí. Me gustaba.

—Bien…, ¿quieres jugar? Juguemos. Voy a tumbarte en la cama —dijo despacio—. Y voy a follarte hasta correrme. No tardaré mucho. Minutos. Pocos. Y espero que me alcances, porque si no tendrás que esperar a mañana.

Me cogió de debajo de los brazos y me lanzó contra el colchón. Me abrió las piernas, me la metió de golpe y me agarró de nuevo del cuello con la mano derecha. La izquierda pellizcó con fuerza mi pezón. Se movió frenéticamente entonces. Fuerte. Dentro. Fuera. Dentro. Fuera. Gimió alto y le pedí que gritara. Yo estaba a punto. Gruñó más alto aún. Se deslizaba con facilidad en mi cuerpo y sentía el golpeteo de sus testículos en mi sexo. Por Dios santo. Me estaba matando. Apretó un poco la mano derecha, envolviéndome en esa sensación de falsa asfixia que tan caliente me ponía. Me gustaba que me tratara mal. Me calentaba tanto… Se inclinó hacia mí y redobló la fuerza de las penetraciones a la vez que deslizaba su lengua por mi cuello, mi barbilla, mi mejilla y después mi boca. Tiró de mi pelo hacia atrás y se contrajo. Iba a correrse. Y yo estaba a punto. Aceleró. Cerré los ojos, concentrándome en la sensación, pero gruñó que le mirara. Lo hice, pero en el reflejo del espejo que teníamos al lado. Vi el movimiento de sus caderas ralentizarse, volviéndose tortuoso y contundente, y entonces, simplemente, se corrió.

—Ah…, Dios, Dios…, joder —gruñó.

Y salió de mi interior justo cuando empezaba a contraerme a su alrededor. Mi orgasmo solo… desapareció. Se incorporó jadeando, con los ojos cerrados. Se pasó las dos manos por el pelo húmedo y respiró hondo.

—¿Te has corrido?

—No.

—Una pena…

Cuando lo vi desaparecer en el cuarto de baño creí que me iba a dar algo. No podía dejarme así. No. No podía. Le seguí a la ducha, sorteando la ropa que había ido dejando caer por el camino. Me encontré con él debajo del chorro de agua. Me sonrió, gozoso.

—¿Lo has pasado bien? —se burló.

—No.

Se frotó la cara y siguió enjabonándose. Las volutas de espuma caían sobre su increíble piel morena y yo estaba aún tan caliente… Le cogí la mano y la llevé a mi entrepierna. Él intentó retirarla, pero la sostuve con fuerza en mi sexo. Nos miramos.

—No —dije con firmeza.

Y como si lo hubiese dicho en mitad de nuestro juego, Hugo dejó su papel para ponerse a mi merced. Así. Solo me valió un «no». Frotó con fuerza, limpiándome su orgasmo. Después solo se arrodilló y yo dejé una de mis piernas colgando de su hombro. Su lengua hizo el resto. Lenta, tortuosa, deslizándose por encima de mi clítoris empapado. Le agarré el pelo.

—Más.

—Todo —respondió.

Y solo tuve que dejarme llevar a través de la espiral que dibujó en mi cuerpo hasta caer. Y caí en el colchón, mojada por el agua, satisfecha, llena. Y él me llenó de nuevo. Esta vez fuimos rápidos y solo nos corrimos a la vez, entre espasmos.

31

CUENTO DE HADAS

Chinatown me gustó. Y TriBeCa. Y el SoHo. A decir verdad, disfruté cada una de las calles que recorrimos al día siguiente a pesar del dolor de piernas y de pies. Me encontraba agotada. Estaban siendo días de mucho movimiento y no soy una de esas chicas preparadas para el esfuerzo físico. A veces rascarme una parte determinada de la espalda ya me parece gimnasia, no sé si me entendéis. Y a mi lado, infatigable, él. Hugo. Siempre sonriendo, recordándome que debíamos llamar a Nico o que mandase un mensaje a mis padres para decirles que todo iba bien. Hugo…, pendiente de tantas cosas, como si pudiera dominar el mundo. Y yo dejaría que él dominase el mío, aunque aquel pensamiento me provocase rechazo en sí mismo. Me gustaba dominarme a mí misma y que nadie lo hiciera por mí, pero fingiría de buen grado que me dejaba a su merced.

Nos tomamos con tranquilidad aquella jornada. Al día siguiente nos iríamos y aún quedaban cosas por ver, pero preferíamos dejarlas pendientes a no disfrutarlas. Y estaba tan cansada…, paramos ochocientas veces. Un café. Una limonada. Un parque. Una cafetería mona. Otro parque. Las piernas parecían de plastilina. Pasamos parte de la tarde tirados sobre el césped de Bryant Park, donde además de estar tocando música en directo, había wifi. Hugo fue a por algo de beber y volvió con un café para él y un *smoothie* de limón para mí.

—No había *chai*, cariño —dijo mientras volvía a sentarse a mi lado—. ¿Te gusta?

—Me encanta. —Me gustaba él, ¿a quién quiero engañar?

Llamamos por Facetime a Nico, pero como no logramos conectar le mandamos otra foto con un «Ve preparando la maleta». Ahora le tocaba a él. Hugo no mostró que le incomodara el asunto de mi viaje con Nico, pero tampoco que le apeteciera demasiado. Cuando saqué el tema, se limitó a preguntarme dónde quería cenar. Evitando conflictos, me parece… Sobre las siete de la tarde, Hugo se empecinó en ir al Rockefeller Center para ver la ciudad desde arriba antes de marcharnos. Yo estaba cansada como una niña pequeña y lo único que me apetecía era que llamase a un restaurante chino a domicilio para que nos trajeran la cena al hotel. Eso y dormir.

—Venga, *piernas*. Te prometo que va a valer la pena.

Y tenía que valer, porque lo que costó la entrada me pareció una auténtica barbaridad, pero, claro, yo no sabía entonces que sería uno de los recuerdos más bonitos de mi vida… Lo bueno de subir al Rockefeller Center y no al Empire State es que los turnos están regulados y no hay tanta gente en cada una de las visitas. No deja de ser una especie de borreguero turista, pero resulta más fácil dejarse llevar y hacer tuyo el lugar, porque no tienes a sesenta locos como tú codo con codo, peleando por la fotografía perfecta. Así que pudimos dar la vuelta al mirador hasta encontrar la vista que más nos gustara. Al final conseguimos apostarnos cómodamente con el Empire State Building y el Hudson de fondo, que brillaban bajo la puesta de sol.

—Vale. Tenías razón. Es increíble —le dije cuando me envolvió la cintura con sus brazos.

No contestó ninguna sandez sobre que debía hacerle siempre caso ni nada por el estilo. Solo respiró hondo. Me giré.

—¿Qué pasa?

—Nada. —Sonrió.

—Algo pasa...

—Solo estaba pensando.

—¿En qué?

—En..., en lo que me contaste ayer sobre los cuentos de hadas.

El estómago se me hizo un nudo. No. No quería hablar de aquello en ese momento. Yo solo quería disfrutar de las vistas con él abrazado a mi cintura, oler su perfume a mi alrededor. Soñar con que la vida era como en ese instante. Preciosa.

—No hagas eso, Hugo —le pedí—. No hablemos de ello de nuevo.

—¿Por qué?

—Porque no quiero estropear el momento.

—¿Y quién dice que lo estropearemos?

—Yo.

—Pues escúchame. Solo escúchame.

Le miré. Sobre sus ojos brillaban las luces del atardecer y bajo ellas..., su luz propia. El destello de algo que no había visto en los ojos de nadie.

—He estado pensando —dijo—. Quizá tengas razón cuando quieres cosas que en realidad no quieres. Creo que a todos nos pasa. Somos muchas personas a la vez y algunas veces estas no consiguen ponerse de acuerdo. Tú estás en tu derecho de querer tu porción de cuento y no tengo por qué arrebatártelo. Aunque la situación sea difícil y el «por siempre jamás» no exista en realidad.

—No hace falta que…

—Solo escúchame, mi vida…, por favor. Porque quiero decirte que… te quiero. Pero te quiero de una manera que ni siquiera entiendo. ¿Quién soy yo para decirte que tus sueños son un problema para nosotros? Lo único que debería hacer es tratar de acercarlos. ¿Quieres soñar con casarte? ¿Con niños? ¿Con que alguien se arrodille y te pida matrimonio? Hazlo, mi vida. Hazlo porque… ¿qué más da? La vida es tan corta… y un día simplemente podemos no estar aquí. Y da igual que nos llamen locos o que no nos entiendan, porque yo sé lo que siento cuando te miro y casi intuyo lo que sientes tú cuando me miras a mí. Vale la pena ser un loco a veces, ¿sabes? Así que quiero hacerte un regalo.

—Ya me has hecho un regalo con este viaje —contesté emocionada.

—Otro. Una…, una especie de promesa. Una promesa loca que tendremos que guardar para nosotros dos. ¿Vale?

—Vale.

—Yo…, yo quiero prometerte que…, que si un día quieres casarte me dará igual que sea en vaqueros, embarazada o en una playa, aunque odio la arena. Pero lo haré contigo. Solo contigo. Porque quiero hacer todos tus sueños realidad, hasta aquellos en los que nunca creí. Porque creo que si vale la pena perder la cabeza por alguien y hasta hacer el ridículo en el Rockefeller Center, es por ti, *piernas*.

Me cambió la cara cuando Hugo sonrió canalla y plantó una rodilla en el suelo. La gente a nuestro alrededor contuvo el aliento como hice yo en Central Park cuando aquella pareja se prometió. Sentí presión en el pecho…, algo que no había sentido jamás. Hugo me guiñó un ojo y sacó una cajita de Tiffany's; me tapé la cara cuando escuché el «oh» de la gente que teníamos alrededor.

—Alba…, mírame. —Aparté los dedos de mis ojos, conteniendo el aliento—. Hace dos meses que te encontré en un tren cuando lo único que esperaba de la vida era más de lo mismo. Y llegaste tú, con tus vestidos y tus piernas, a volverme loco y a enseñarme que mis padres tenían razón cuando bailaban en el salón. Tú le has dado sentido hasta a recuerdos que solo me dolían. Así que da igual que no lo hagamos nunca, pero si alguna vez lo haces, mi vida…, que sea conmigo.

Abrió la caja. No. No era un clásico anillo de pedida. No era un solitario de platino y diamantes porque en realidad aquello no hubiera sido tan nuestro como aquel anillo de oro con una amatista grande y lisa engarzada en él. Contuve un sollozo y él cogió aire.

—Alba…

Tendí mi mano derecha hacia él y sonrió. Sacó el anillo y tiró la caja por encima de su hombro provocando una carcajada en todo el público que se había congregado en esa parte de la terraza. Quise matarlo y besarlo a la vez. Quise reírme y llorar. Quise quedarme para siempre allí y marcharme para escondernos. El anillo se deslizó frío en mi dedo anular, encajando a la perfección, porque no podía ser de otra manera.

—¿Sí?

—Sí. Estás loco, pero sí.

Se levantó con una sonrisa canalla, preciosa, provocadora y me envolvió con sus brazos antes de besarme. La gente nos aplaudió y me entró la risa; sonreíamos tanto que casi no pudimos ni besarnos. Pero me colgué de su cuello y solo me dejé llevar. Y en mi cabeza sonaban todas aquellas canciones de amor que siempre tildé de ñoñas.

—Tu cuento de hadas y nuestro secreto —susurró en mi oído, abrazándome.

—Sí. Lo prometo.

—Prométemelo todo.

—¿Todo?

—Todo, nosotros, siempre.

Y se lo prometí, porque lo único que quería era que se hiciera realidad. Dos locos en Nueva York, prometiéndoselo todo. Eso fuimos durante mucho tiempo.

32

LOCO

oco. Como un adolescente con una Visa Oro. Como un tonto. Ese fui yo, paseándome por la ciudad de sus sueños con un anillo en el bolsillo. Aunque yo no quería casarme. Aunque siempre lo tuve claro. Aunque seguía sin creer ni siquiera en aquel concepto. Solo quería verla sonreír, hacer su cuento de hadas realidad. Y me daba igual que lo hiciéramos a espaldas de todo el mundo, como dos fugitivos. Me daba igual romperle el corazón a mi hermano. Me daba igual que no lo hiciéramos nunca. Que se quedara ahí. Porque solo quería verla sonreír como lo hizo cuando el anillo se ajustó en su dedo.

¿Qué estaba haciendo? ¿A qué estaba jugando? Le estaba pidiendo que si alguna vez se volvía lo suficientemente loca como para querer casarse, que lo hiciera conmigo. No pensé en nada más. Solo en que la amatista combinaba de alguna manera con el marrón verdoso de sus ojos, a pesar de ser morada. No lo sé. Que nadie intente sacar una idea en claro de todo esto. Porque no era una pedida de mano y no íbamos a casarnos, eso lo entendimos los dos. Era un…, no lo sé. Era un grito. Era una promesa. No era nada en realidad, más que el recuerdo de que el hombre que más loco estuvo por ella se arrodilló en lo alto del Rockefeller Center para no pedirle nada en realidad. Y me enamoré más aún de ella cuando lo entendió.

Joder, estaba loco. Demente. Tarado. Me costó no llorar. A mí. Me costó no llorar cuando ella contuvo un sollozo, porque supo ver lo que yo estaba ofreciéndole en realidad. Porque le estaba diciendo que no podríamos hacerlo jamás en nuestra situación pero que si tenía que elegir, que por favor me eligiera a mí. No dejaba de pensarlo. Desde el principio, ¿a quién coño quiero engañar? Yo no quería dejarla en sus brazos aunque fuese él. No quería. Quería tenerla siempre en los míos. Hacía dos jodidos meses que la conocía, ¿no era de locos? Dos meses y ya tenía la certeza de que podría traicionar a la única persona que me quedaba por ella.

Aquella noche fuimos al River Café, un restaurante a los pies del puente de Brooklyn que iba a costarme buena parte de la extra. Pero, joder, me daba igual. Me había gastado la otra parte de la paga en un jodido anillo. ¿A quién le importaba lo demás?

Alba llevaba un vestido negro con las mangas transparentes y su pelo recogido. Y estaba preciosa, pero lo único que podía mirar era su sonrisa y esa manera en la que ella me devolvía la mirada. Fue la primera vez en mi vida que me sentí un hombre de verdad. Ni siquiera sé lo que cenamos. Sé que bebimos vino, que nos cogimos la mano, que el vacío de mi interior se hizo cada vez más grande y que después bailamos pegados en la terraza con vistas al río, con el eco de la música que provenía del piano del interior. Y ella, cogida a mí…, acariciándome el pelo…, joder, ¿cómo cojones puedo definir que en aquel momento me habría muerto por ella? Me hice jirones por dentro y me dolió darme cuenta de que no, no estaba loco. Estaba enamorado. Pero enamorado es solo una palabra de nueve letras. Lo que yo sentía era el puto cosmos explotándome dentro.

Al llegar al hotel íbamos callados. Las maletas estaban a medio recoger. Al día siguiente volaríamos de nuevo a una realidad en la que ella no era mía; esa realidad que ahora me parecía una auténtica mierda, porque no podía pensar en compartirla con nadie. Y pensaba en que tendría que llevarlos al aeropuerto, despedirlos, desearles buen viaje… y que después querría morirme con total seguridad. Cinco días sin ella después de haber deseado ahogarme en cada una de sus respiraciones. ¿Es de locos, verdad? Dios…, estaba perdiendo la cabeza. Estaba haciéndome daño. Estaba destrozando lo único fiable que tenía en la vida.

Y mientras yo me preguntaba cómo podría soportar cinco días sabiéndola en brazos de otro hombre que también la quería, que también le prometería a su manera lo que ella quisiera…, Alba se quitó el vestido, se bajó de sus tacones y se sentó en mi regazo vestida solo con una combinación negra de raso. Hundió su nariz en mi cuello y me hizo sonreír. Siempre aprovechaba cualquier momento para olerme, aspirar fuerte, como si pudiera quedarse con el recuerdo de mi perfume.

—Yo… solo quiero que sepas que sé lo que quiere decir este anillo.

—Lo sé —le respondí mientras le deshacía el recogido que mantenía su pelo sujeto en una coleta baja.

—No quiero que creas que yo siento que…, nada ha cambiado. Seguimos siendo tú y yo —susurró, avergonzada.

—Ojalá hubiera cambiado algo —musité con mis labios en su sien—. Pero sé lo que es y lo que no es. Por eso lo compré. Porque quería hacerte un regalo. Lo que venga después dará igual.

Me miró con sus enormes ojos y sentí una punzada por dentro. ¿Cómo podía quererla de esa manera ya? ¿Cómo era posible?

—Te quiero —me dijo—. Pero… me siento como si jamás se lo hubiera dicho a nadie más que a ti.

Sonreí. Ella no sabría nunca que era la primera que me escuchaba decir «te quiero». La besé, no quedaba nada más que hacer. Y aquella noche, cuando se deshizo entre mis manos, encima de mí, serpenteando como solo ella sabía hacerlo, entendí que a veces el amor tiene cuerpo, pero otras muchas solo brilla en los ojos.

Mierda, Hugo. ¿Qué has hecho?

33

E l viaje de vuelta fue raro. Hugo estaba taciturno, aunque cariñoso. Por una parte le entendía: habíamos vivido algo muy intenso que, además, tendríamos que esconder a la otra persona que formaba parte de nuestra relación. ¿Con qué cara íbamos a explicarle lo que había ocurrido en el mirador del Rockefeller Center? Era algo que habíamos entendido los dos sin que hicieran falta más explicaciones, pero no resultaba fácil planteárselo a alguien que no hubiera estado allí, que no hubiera vivido las sensaciones de los últimos días, que no se hubiera dejado llevar por lo sentido…

—Alba, cariño…, me duele pedirte esto pero… ¿podrías guardar el anillo? —me dijo con mirada triste antes de despegar.

—Claro.

—Se dará cuenta y no sé muy bien cómo explicárselo.

Y yo lo guardé en mi bolso, dentro de la caja de Tiffany's que tuve que recuperar del suelo después del despliegue de énfasis de Hugo al dármelo. Nico nos recibió en el aeropuerto sonriente y muy contento. Nosotros achacamos nuestras caras largas al *jet lag* y a un viaje de lo más movidito. Habíamos pillado un banco de nubes y muchas turbulencias la mayor parte del vuelo, lo que me tuvo al borde de la histeria hasta medio en sueños. Hugo no pegó ojo.

—No te preocupes —susurraba.

Pero supongo que yo tenía muchas cosas de las que preocuparme aparte de las turbulencias. Los dos en realidad. Fuimos directos a casa. Nico quería que me quedara a comer con ellos, pero ni Hugo estaba en condiciones de hacer otra cosa que irse a la cama ni yo me veía capaz de no caer inconsciente encima del plato. Y tenía que preparar otra maleta, poner una lavadora y… recuperarme, no solo de horas de sueño.

A media tarde mi hermana me despertó, y menos mal, porque podría haber seguido durmiendo años enteros. Me trajo un vaso de agua fría a la cama, subió un poco la persiana y me dijo muy suavemente que si no me levantaba, aquella noche no pegaría ojo.

—Tienes que recuperar algo del ritmo antes de irte a Tailandia o no sabrás ni quién eres.

Yo me senté en la cama, con los ojos hinchados y los labios como dos morcillas. Ella se rio de mí, diciéndome que parecía la versión femenina de Carmen de Mairena, y después se enzarzó en un diálogo consigo misma sobre el verdadero género de «esa persona».

—¿Crees que será mujer? Quiero decir, ¿crees que tiene… chochete? Yo creo que tiene dos huevos como dos cojines.

Y a mí la naturaleza de las gónadas de Carmen de Mairena, que me perdone pero me importaban muy poco.

—Eva, ¿me ayudas a poner la lavadora?

—Claro. Y así me enseñas lo que te has comprado y me das mi regalito.

—¿Cómo sabes que te he traído algo?

—Porque mi cuñado el guay jamás te dejaría volver sin un regalo para «bebé». —Y se señaló orgullosa.

Fruncí el ceño.

—¿Bebé?

—Me llama bebé. ¡Me encanta!

—Por Dios… —Me horroricé—. Y… ¿cuándo te llama bebé? ¿Es que habláis muy a menudo?

—Mujer, muy a menudo no, pero mira… —Se acercó con su móvil en la mano y empezó a enseñarme mensajes con fotos mías. No había sido consciente de ninguna de ellas. Y todas eran preciosas—. Me ha mantenido al día de vuestro viaje, porque si llega a ser por ti…, nada.

Aquellas fotos tan bonitas me crearon ansiedad. Oh, Dios, ¿dónde nos estábamos metiendo? La miré preocupada.

—Ay, Eva…

—¿Qué? ¿Por qué pones esa cara? Es guay…

Fui al bolso y rebusqué hasta encontrar la caja de Tiffany's. Era nuestro secreto, pero necesitaba contárselo a alguien. Cuando abrí la tapa, Eva se sentó de golpe en la cama.

—Dime que eso no es un anillo de compromiso.

—No lo es. Es…, no sé explicártelo. Es un anillo de… «no compromiso».

—¿Cómo «feliz, feliz no cumpleaños»?

—Más o menos.

—¿Os habéis convertido en el Sombrerero Loco y Alicia en el País de las Maravillas?

—Yo qué sé… —Me revolví el pelo.

—Póntelo. Quiero vértelo puesto.

Lo saqué de la cajita y me lo coloqué en el dedo anular de la mano derecha. Eva sonrió con bonanza.

—Es precioso. Muy tú. ¿Cómo te lo dio?

—Se arrodilló delante de todo el mundo en el mirador del Rockefeller Center. —Me miró sorprendida y se aguantó la risa. Yo asentí, contagiándome un poco de su expresión—. Sí, hija sí. Un cirio de puta madre.

—¿Te gustó?

—Joder, me encantó.

—Pues ya está.

Me reí. Eva era así. Se negaba a amargarse por cosas que aún no existían. Ella solo quería vivir y vivir coherentemente a sus principios…, y el principal era ser feliz. Yo quería ser como ella. Yo de mayor quería ser tan sabia como mi hermana pequeña, toda candidez y buenos sentimientos. Pusimos una lavadora y le enseñé todas las cosas que había comprado en Victoria's Secret. Bueno, todas no. Había un par que me sonrojaba mirar hasta a mí. Le di su bolsita con braguitas de algodón (que había pedido, no es que sea de las que cree que por ser mi hermana pequeña seguía usando las de la Primera Comunión) y las láminas que compré en Chelsea Market. Le encantaron. Después volvimos a la habitación a organizar la maleta para Tailandia. ¿Puedo decir ya que el viaje en sí no me seducía demasiado o va a quedar de mala persona? Joder, entendedme. Lo único que ocupaba mi pensamiento entonces era Hugo. Un Hugo enorme que se merecía ser el centro de la vida de alguien, no vivir en un malabarismo continuo por hacer posible la relación más peligrosa del mundo.

—No pongas esa cara —me dijo Eva—. Te vas a Tailandia con Nico, no a picar piedra.

—Ya, ya lo sé.

—¿Te apetece?

Me senté en el diván del rincón con un montón de biquinis hechos un gurruño en las manos y suspiré.

—No lo sé.

—Yo creo que se te pasará cuando estés allí —dijo dejándose caer a mi lado—. Tienes recientes las sensaciones con Hugo y…

—¿Y va a ser siempre así? Quiero decir que… ¿siempre que viva algo intenso con uno mi relación con el otro se va a ver afectada?

—Mujer, lo más fácil y humano es que en cierta forma… sí.

—¿Y es sostenible?

—¿Vas a romper? —preguntó asustada.

Y solo de mentarlo fue como si el cuerpo se me contrajera entero.

—No. No puedo. Soy una egoísta, no quiero elegir y ellos no se merecen que lo haga.

—Pues no te preocupes tanto. —Sonrió y me dio una palmadita en la espalda—. Solo… disfruta. Y de uno en uno.

Después se echó a reír.

—Oye…, y mamá ¿qué dijo?

—Mamá va de ofendida, de que te has hecho muy moderna porque te vas de viaje con un tío al que acabas de conocer, pero no puede negar que Hugo le mola cantidad.

Sí, bueno. Pues ya éramos dos.

La maleta fue completamente diferente a la que había llenado para ir con Hugo; me pareció una metáfora perfecta de cómo era mi relación con cada uno de ellos. Parte de un todo, al fin y al cabo…, ¿no?

Para la hora de la cena Eva se despidió y yo bajé al piso de Nico y Hugo, por hacer algo, ya que tampoco podía llamar a mis amigas para contarles lo emocionante que había sido mi escapada a Nueva York. Si lo hubiera hecho, Gabi habría aprovechado para decirme que solo podía ser amor lo que me unía a uno de los dos. Lo demás lo catalogaría de sexo y yo sentiría que la relación más bonita e intensa que había tenido en mi vida era diseccionada de un modo que la desmerecía. Me sentí sola aquella noche pero fingí estupendamente que lo aceptaba. Me abrió la puerta un Nico bastante más expresivo que de costumbre. Me besó, me abrazó, me contó lo mucho que le apetecía aquel viaje y después me pidió que le ayudara con la cena. Hugo seguía fuera de combate.

—¿Está durmiendo?

—Aguantó despierto hasta las nueve menos cuarto. Debe de llevar durmiendo media hora o así.

—Pues… ¿vamos mejor a mi casa? No quisiera despertarlo —se me ocurrió.

Nico cargó con una botella de vino y yo tuve que lidiar con los sentimientos encontrados de alejarme de allí. Alivio por imponer cierta distancia. Vacío por dentro, por tener que controlar la necesidad de entrar en su habitación a oscuras y hacerme un sitio a su lado, acurrucada sobre su pecho. Del resto de la noche no hubo nada significativo. Adiós, Hugo. Me voy de viaje.

34

Hugo estaba ojeroso. Me dijo que estaba llevando bastante mal el *jet lag*, pero había algo más. No quise averiguarlo. No era el momento y hoy en día dudo que quisiera de verdad ponerle título a su estado y hacerlo real. De modo que solo le di un beso y le deseé que se mejorara.

—Pasadlo muy bien —dijo cruzando los brazos sobre el pecho, frente a los mostradores de la aerolínea donde una semana antes nos había despedido Nico—. Pero id con cuidado, por favor.

—Todo controlado —contestó Nico, que buscaba en todos los bolsillos de su mochila la reserva del vuelo.

—La tengo yo, cariño —le informé agarrándole la mano.

—Céntrate, por favor —exigió Hugo bastante serio—. Aquello no es Madrid.

—Bah, deja de preocuparte.

Hugo musitó un «vale» entre dientes y se inclinó para besarme en los labios. Fue un beso muy breve. Sonrió después.

—Te voy a echar de menos.

—Y yo. Te llamaré.

—No vamos a tener demasiado acceso a Internet —apuntó Nico.

—Bueno, te llamaré de todas maneras.

Hugo me besó los dedos de la mano derecha y nos mantuvimos la mirada. El anillo. Su declaración. Nosotros. Mi cuento de hadas. Nuestro secreto. Muchas palabras metidas en el sencillo gesto de posar sus labios en mis nudillos. Nos despedimos y le vi marchar cabizbajo, con las manos en los bolsillos. En la puerta se volvió a girar y me dijo «te quiero». Asentí y me agarré a Nico, en busca de algo tangible que le diera sentido a aquello. Él se giró con los billetes en la mano y los ojos brillando de ilusión.

—¡Bangkok…, allá vamos!

Nico encontró la manera de distraerme lo suficiente durante el vuelo como para dejar de preocuparme por si íbamos a caer en picado. Lo repito, los aviones no me dan miedo; me da miedo estrellarme con uno. Dicho esto… Partíamos de una situación delicada. Me iba a recorrer medio mundo en un vuelo de doce horas con uno de mis novios después de haber vivido una de las experiencias más emotivas de mi vida con el otro hombre que ocupaba mi vida. No estaba yo muy metida en aquel viaje. Pero Nico era muchas cosas, entre ellas, muy hábil. Sacó una guía manoseada y llena de marcas y me pidió que le ayudara a organizar del todo los días que íbamos a estar allí.

—He seleccionado lo más importante, pero tienes que ayudarme a elegir.

Pues yo no era muy buena eligiendo…, solía no hacerlo. A las pruebas me remito. Íbamos sin hoteles, sin vuelos internos…, sin nada. Solo seis días para ver todo lo que nos diera tiempo y estar en el aeropuerto a las doce de la noche del domingo para coger el vuelo de vuelta. Nada más. Todas las opciones, todas las posibilidades, pocos límites. Él tenía experiencia en ese tipo de viajes, lo que me tranquilizaba. Había recorrido Vietnam con su mochila un par de años atrás, acompañado de su hermana. Me pregunté qué habría hecho Hugo mientras tanto, pero no lo dije en voz alta. Tenía que alejarlo un poco, vivir mi experiencia con Nico. Me convencí de que habría tenido el mismo problema a la inversa. Si hubiera viajado primero con él, Hugo habría tenido problemas para hacerme aterrizar en los nuevos planes. No sé cómo no nos dimos cuenta al planear aquello. Ah, sí, es que yo no había planeado nada. Nota mental: no dejarme llevar tanto por aquellos dos maromos.

Echando un vistazo a las capturas de pantalla que Nico había impreso, estuvimos escogiendo hostal. Esperábamos tener habitación, pero por si acaso llevábamos varias opciones más. Decidimos que disfrutaríamos del primer día en Bangkok, compraríamos billetes para ir en tren a Surat Thani, desde donde cogeríamos un autobús hasta Ao Nang. Volveríamos a Bangkok el día antes del vuelo de vuelta, para poder terminar de conocer la ciudad.

—Es una pena que no tengamos más tiempo; me habría gustado subir a Chiang Mai, desde donde se puede hacer senderismo.

Di gracias por no tener tiempo. ¿Yo de senderismo? Muerte segura.

Esta vez sucumbí y terminé tomándome una pastilla para dormir que Hugo me había metido con una sonrisa en el bolsillo. «Para emergencias», me dijo. Nico, el pobre, tuvo que pasarse medio vuelo sujetándome la cabeza para que no me desnucara.

—Cariño… —susurraba—, ponte esto.

Me envolvió la almohada del avión en su jersey, pero yo gruñía. Y lo sé porque me lo contó después, no porque me acordara. Buena mierda me había dado Hugo.

—¡Que no quiero!

—Te vas a matar…, hazme caso.

—Que no, que contigo.

Y él no sabía si reírse o pedir que alguien le cambiara el asiento. Al final consiguió acomodarme sobre su pecho con la almohada y controlar los latigazos de mi cuello. Cené y no me acuerdo de nada. Al parecer escogí pollo. Eso explicaría por qué me desperté llena de salsa de curry y con una herida junto a la boca. Nico sostiene que al intentar meterme la comida entre los labios, me apuñalé un par de veces con el tenedor de plástico. Como es de imaginar, cuando llegamos yo tenía una resaca de mil demonios. Estaba despeinada, un poco de mala uva y dolorida de dormir en una posición de contorsionista avanzado. Nico iba ojeroso, pero divertido. Parece que fui un entretenimiento para él y parte del pasaje. Qué bien. Nos recibió una cortina de lluvia torrencial y un calor inhumano. A decir verdad, era la sensación térmica debido a la humedad. Nada más salir del aeropuerto en busca de un taxi, el pelo se me bufó como si fuera un chow chow.

—Joder… —lloriqueé mientras me peinaba con los dedos, porque estaba cansada y resacosa, no porque me importase tanto el aspecto de mi pelo.

—Estás muy guapa —me aseguró Nico, cargado con su mochila y ayudándome a arrastrar mi maleta por el suelo mojado—. Pero si me permites un consejo…, no vuelvas a tomar ninguna mierda que te recete el «doctor Muñoz».

Toda la razón, «doctor Castro».

Llegamos a la zona de Khao San cuando había escampado un poco. Es lo que tiene viajar a Tailandia en plena época de monzón. El taxista nos dijo que las lluvias eran intermitentes e irregulares, así que era posible que pudiéramos incluso disfrutar de un par de días de sol.

El ambiente de aquella parte de la ciudad me gustó. Estaba lleno de turistas muy jóvenes y de vida en cada rincón. El hostal que habíamos elegido quedaba muy cerca de allí y tuvimos suerte de que hubiera una habitación libre con aire acondicionado, cama de matrimonio y baño completo, además de wifi gratis desde la recepción. Todo por veinte euros la noche aproximadamente. Aluciné. Pero aluciné aún más cuando entramos en la habitación. Dejé la maleta en un rincón, pasé al baño, volví a salir y señalando a Nico le dije:

—Te odio.

Lo de baño completo en Tailandia no es más que un eufemismo, eso lo aprendí enseguida. Lo que quería decir era que había un váter, una pila para lavarse las manos y los dientes y un chorro sospechoso de agua que salía de la pared…, algo a lo que se referían como ducha, pero que yo prefiero llamar infierno. Jamás había visto a Nico reírse tanto. Yo no me reía.

—Nico…, ¡que pretenden que nos duchemos ahí! —le dije horrorizada.

Y él se tumbó en la cama a reírse a gusto.

—Te odio, capítulo dos —insistí.

Dejamos las cosas y nos preparamos para recorrer la ciudad. Daba gloria vernos. Zapatillas de deporte, pantalón vaquero corto y camiseta. Dos domingueros en Bangkok. Eso parecíamos. Y yo llevaba riñonera, para terminar de mejorarlo. Nico paró en la puerta del hostal donde había una casa de cambio; yo le di un billete de cincuenta para que me lo cambiase y aproveché para mandarle un mensaje a Hugo. Me hice una foto como pude para que se viera toda mi indumentaria y añadí el texto: «Tailandia es todo glamour». Estaba segura de que aquello mejoraría su circunspecto humor.

El día nos cundió mucho. Nico era uno de esos turistas hitlerianos que querían verlo todo, que no entienden de lloriqueos y que te arrastran si lo ven necesario. Pero fue divertido, sobre todo la tromba de agua que nos pilló en los aledaños del Palacio Real. Y menos mal, porque el calor era asfixiante; al menos la lluvia lo hizo más llevadero.

Hicimos unas fotos increíbles. Los dos. Se le había metido en la cabeza que iba a enseñarme todo lo que pudiera de fotografía en aquel viaje y al parecer lo cogí bastante rápido. Recordaba algunas cosas de una asignatura que tuve en la carrera. Era una buena oportunidad para retomar algo que me gustaba pero para lo que nunca había tenido tiempo. Quizá de ahí saldría una nueva oportunidad laboral. No todo tenía que ser sexo descontrolado, sudor y gemidos en lo concerniente a ellos dos.

Visitamos muchos templos aquel día; recuerdo haberme quedado maravillada ante el Buda reclinado que había en el Wat Pho, totalmente recubierto de pan de oro y que ocupaba casi la totalidad del interior del templo. Solo dejaba espacio para un pasillo que permitiera darle la vuelta.

Decidimos no jugárnosla y acercarnos a la estación de tren para comprar los billetes que nos llevarían a Surat Thani después de un trayecto de casi doce horas. Lo mejor era cogerlo a las seis y media de la tarde para llegar allí a las seis y veinte pasadas de la mañana, lo que nos dejaba margen. Compramos billetes en cabina de segunda de un tren cama. Fue entonces cuando todo empezó a volverse interesante, emocionante. Así era con Nico, ¿no? Como si fuéramos dos fotorreporteros en busca de la mejor imagen del país, saltando de un lado a otro, durmiendo en trenes, bajando en marcha… En mi cabeza nosotros ya éramos algo así como Indiana Jones. Y él, tan decidido, tan entendido…, mi héroe. Y yo hice las paces con esa Alba aventurera a la que le habría gustado dedicar su vida al periodismo de guerra, escribiendo en una trinchera, jugándose la vida.

Nos desviamos después hacia Chinatown, donde encontramos un pequeño restaurante en el que comimos una sopa que no sabría muy bien definir. Nico me miró, inclinado en la pequeña mesa, y, sonriendo de lado, me retó a probarla cuando demostré no estar demasiado convencida.

—Venga. Te tenía por alguien valiente.

—Soy valiente, pero no quiero morir de una cagalera.

—Nadie va a morir de nada. Pruébala. Si no... ¿cómo vas a saber si te gusta?

Le di un trago, llevándome el cuenco a los labios. Le miré por encima de la porcelana. Estaba muy especiada, pero sabrosa. Lo dejé en la mesa. Picaba. Me empezó a llorar un ojo. Maldije en mi interior. El ojo empezó a pestañear como loco. Sorbí los mocos.

—¿Qué tal?

—Riquísima. Dale un buen trago.

—Esa es mi chica.

La verdad es que cuando la lengua dejó de palpitarme por el picante, disfruté. Era sencillamente una sopa de verduras y *noodles.* Nada arriesgado. Este Nico era muy hábil, sí señor. Aquello no hacía más que animarme a coger carrerilla.

Compramos especias en el mercado del barrio, que era un crisol de olores no todos precisamente agradables. Nico aguantó como un hombre, pero yo tuve que salir de entre los puestos un par de veces para no vomitar. Sí, soy especialmente sensible. Y él, tan guapo, tan imperturbable.

—Ay, mi niña... —se burlaba con una sonrisa.

Después nos acercamos al muelle del Chao Phraya, el río que parte Bangkok en dos. El agua estaba sucia y daba miedo, pero aun así nos metimos en una lancha para cruzar al otro lado y poder visitar el Wat Arun, uno de los templos más famosos de la capital, desde el cual se podía disfrutar de una vista impresionante de la ciudad. Lo que nadie me dijo fue que los escalones para acceder a la parte alta de la edificación fueran tan jodidamente pequeños; me entró complejo de Big Foot. La subida no tuvo mucho problema, porque al final vas ayudándote de manos y pies para ir coronando pisos y lo cierto es que fue impresionante poder ver Bangkok desde allí arriba, salpicado de templos y cornisas, con la evidente contraposición entre los grandes rascacielos que se alzaban en la zona nueva y las casas bajas y algo maltrechas del resto de barrios. Sacamos unas fotografías impresionantes y hasta que pudimos hacernos un *selfie* decente pasaron unos buenos diez minutos. Entonces tocó bajar. Y por un momento pensé que moriría; la imagen exacta era yo rodando como una croqueta y desnucándome. Fue la primera vez en muchísimos años que estuve a punto de llorar de miedo. Nico me miraba de esa manera en la que mira Nico…, nunca sabes muy bien si está bendiciéndote por ser tan natural o si se encuentra sumamente avergonzado. Afortunadamente, de vez en cuando le da por verbalizar lo que piensa.

—No tengas miedo. Poco a poco. Da igual lo que tardemos en bajar.

—Me voy a matar… —dije entre dientes.

—No te vas a matar. Estoy aquí contigo.

—Como si eso fuera un seguro de vida.

—Mira, vamos a bajar con el culo.

—A lo que tengo miedo es a bajar con la cabeza y los dientes.

Nico se apoyó en uno de los escalones para ir descendiendo con cuidado. Me animó a hacer lo mismo.

—Mira dónde pisas, pero no abajo del todo. Solo es un poco de vértigo.

Supongo que tenía razón, pero fue terrible. Eso sí, la sensación de triunfo sobre mí misma que alcancé al pisar el suelo fue tremenda, tanto que terminé lanzándome en sus brazos. Estaba orgullosa de mí y él me levantó entre sus brazos demostrando que él también lo estaba. El amor nos vuelve a todos un poco imbéciles.

—Recuerda que siempre, siempre, puedes superarte a ti misma y sorprenderte. Tienes muchas cosas que demostrarte aún.

Y nos besamos ante la atenta mirada de tres monjes budistas que estaban apostados a la sombra. Y si yo me hubiera visto desde fuera habría tenido ganas de tirarme un cubo de pintura rosa encima y revolcarme en purpurina, a ver si me ahogaba entre tanta moñez.

Nos fuimos justo cuando el templo cerraba. Nico sacó su mapa maltrecho del bolsillo trasero del vaquero recortado y me preguntó si quería ir andando o volver a cruzar el río. Yo estaba tan cansada…, ¿podíamos volar al hostal? Lo vio poco probable cuando se lo dije, pero le hice sonreír. Y valió la pena ser un poquito gilipollas.

—Mira, si cogemos el barco podemos volver a la explanada del Gran Palacio, vamos hacia el Saranron Park y después tenemos… como unos veinte minutos andando.

Le agarré del brazo, me colgué de él y lloriqueé lo más alto que pude. Tuvo que ceder. Cogimos la barca en sentido contrario para volver a la otra orilla y allí paramos a un *tuk tuk;* a Nico no le hizo mucha gracia, pero menos gracia iba a hacerle que me pusiera a llorar como una niña de tres años. Me dolían las piernas, tenía calor y aún no se me habían secado los calcetines que me mojé cuando diluvió en el Gran Palacio. Además, la experiencia de ir en uno de esos trastos infernales fue interesante. Hasta le gustó. Al bajar habíamos sorteado la muerte en un par de ocasiones, olíamos a gasolina y tubo de escape y nos moríamos de la risa. Una ducha y a cenar. Ya… Una ducha… Me presenté en el cuarto de baño como si fuera a irme a la playa, biquini incluido. Porque no llevaba traje de buzo, que si no habría cargado hasta con un arpón. Nico me siguió curioso hasta allí dentro.

—Lo de las chanclas lo entiendo. Lo del biquini no.

—No quiero estar desnuda ahí —le dije señalando las paredes del rincón que hacían las veces de «ducha».

—La pared no va a sacar brazos para tocarte, Alba —me aclaró—. No pasa nada por estar desnuda.

Arrugué el labio.

—¿Te has dado cuenta de que no hay papel de váter? —le dije en voz baja, como si alguien pudiera escucharnos y ofenderse.

—Me ha llamado más la atención que no haya puerta.

Me volví hacia el vano asustada para darme cuenta de que, efectivamente, no había puerta. Nico se mordió los dos labios por dentro para aguantarse la risa. Gracia a mí…, la justita. Finalmente claudiqué y me quité el biquini, pero le pedí encarecidamente que lo hiciéramos por turnos. Imaginar tropezar con él y terminar tocando los azulejos con la piel desnuda me ponía enferma. Buena reportera de guerra habría sido yo…

Salimos de nuevo a la calle mucho más «elegantes». Al menos pude ponerme un pantalón *baggy* con una camiseta de tirantes y unas sandalias. Nico llevaba unos vaqueros tan rotos que apenas podían llamarse vaqueros y una camiseta blanca de manga corta. Y así nos fuimos a Khao San Road a cenar, cogidos por la cintura, ilusionados, cansados y… enamorados. Compramos un *pad thai* en un puesto callejero y unas cervezas Chang en un Seven Eleven y nos sentamos en un escalón, en plena calle, a cenar. Detrás de nosotros, apostados junto a una farola, unos policías tailandeses comían del mismo puesto que nosotros.

—Pues no se está tan mal —suspiré antes de dar un trago a la cerveza helada.

—Claro que no. No hay manteles de hilo ni jazz, pero ¿quién dijo que esto no era un lujo?

Le sonreí y me concentré en el movimiento sin fin de gente que paseaba arriba y abajo de aquella concurrida calle. Comiendo como si no lo hubiera hecho en dos o tres días, me quedé pensativa. Nico y su silencio. Estaba tan decidida a vivir que hasta la vida misma se me olvidaba estando con él. Sí, era un lujo. Algo pasó trotando frente a nosotros y exclamé:

—¡Mira! ¡Un gatito!

El supuesto gatito paró a tres pasos de distancia y se plantó sobre sus dos patas traseras, haciendo gala de su larga cola y de sus dos prominentes dientes delanteros. No, no era un gatito. Era la rata más grande que había visto en mi vida. Di un grito ensordecedor que hizo que la policía se pusiera en tensión detrás de nosotros. Antes de que Nico se diera cuenta yo ya estaba subida a su espalda, con el plato de *pad thai* haciendo equilibrios sobre su cabeza.

—¡¡Una rata!! ¡¡Una rata, por el amor de Dios!! —grité como una loca.

Nico cogió el plato de tallarines al vuelo, lo apoyó sobre el suyo y trató de tranquilizarme. Y yo aullaba como si me estuvieran matando, para alegría de los policías, que se morían de la risa. La rata se fue corriendo entre la gente sin que nadie reparara en su presencia.

—Pero ¡¡qué asco!! —seguí gritando.

—Cariño… —Se reía Nico—. Es solo una rata.

—¡¡Qué coño!! ¡Si podríamos galopar encima de ella de vuelta a casa! ¡¡¡¡¡Arg!!!!!

No. No cené más. Y no, no volví a probar el *pad thai* en toda mi estancia en Tailandia. Para mí siempre sería sinónimo de roedores gigantes. Cuando llegamos a la habitación me dio la neura de abrir la cama y mirar minuciosamente las sábanas. No quería más sorpresas. Cuando me quedé tranquila, porque lo único que encontré fue un pelo mío, me desnudé y me metí dentro. Sí, sin hacer pis. No quería mear con la puerta abierta y con Nico en la habitación. Él se apoyó en el vano de entrada al baño y sonriendo me preguntó si ya me iba a dormir.

—Sí. Tengo un asco que me quiero morir.

—Ahora te lo quito —contestó de soslayo.

Cogió la botella de agua que habíamos comprado y se metió de nuevo a lavarse los dientes. Gruñí, con eso no había contado. Me volví a levantar y me coloqué a su lado con el cepillo en la mano. Él mismo puso la pasta antes de que empezara a frotarlo con vehemencia contra mis dientes.

—¿Te imaginas a Hugo aquí? —farfullé con la boca llena de espuma.

—A él también le saldría espuma por la boca —bromeó. Dio un trago al vaso de plástico que había llenado de agua y se enjuagó—. No lo imagino meando delante de ti.

—Yo tampoco te imagino haciendo eso a ti.

—Pues vas a tener que salir. —Se rio—. Porque me he bebido dos cervezas.

Terminé de lavarme los dientes y corrí de nuevo a la cama, donde me tapé por encima de la cabeza.

—Eres una pija —se descojonó él.

—Hazlo rápido.

Y él seguía riéndose. Era horroroso, pero…, ays, mi Indiana Jones… Sin sexo ni amor, aquella noche dormimos de un tirón. Y sin haberlo planeado, me ha salido un pareado. Yo soñé que tenía que mear delante de un montón de gente del trabajo, que me aplaudía dándome ánimos. Cuando me desperté tenía tantas ganas de hacer pis que me importó tres pares de narices que Nico estuviera en la habitación. Eso sí, le dije que si entraba le mataría.

Aquel día desayunamos tostadas y tortitas en una especie de puesto de la calle, sentados en unas sillas de plástico y apoyados en una mesa cubierta por un mantel de hule que habría hecho gritar a Hugo. Pero la comida estaba buenísima y el zumo de manzana que nos sirvieron también. Nico se mostraba tan contento que no parecía él.

—Te sientes tan en tu salsa aquí… —le dije—. Me va a costar volver a verte en traje.

—Y meando detrás de una puerta cerrada —se burló.

—Ves, eso sí lo echo de menos. Puertas. —Suspiré soñadora—. A la vuelta creo que te voy a pedir que te des una vuelta por la recepción del hostal antes de subir.

—Trato hecho. —Me guiñó un ojo mientras masticaba.

—No entiendo cómo puedes verte tan cómodo en estas condiciones estando acostumbrado a los lujos de tu casa.

—Ni que viviera en la Zarzuela.

—Tú ya me entiendes.

—Me adapto muy rápido y lo cierto es que todos esos «lujos» —dibujó las comillas en el aire con sus dedos— me dan bastante igual.

—Dime, Nico, ¿qué haces en una oficina como la nuestra?

—Ganarme la vida. —Se encogió de hombros.

—¿Y por qué no con la fotografía?

—Porque la fotografía no da dinero.

—Eh…, no has probado a ganarte la vida con ello.

—Supongo.

—¿Puedo darte mi opinión?

—Me la imagino, pero claro. —Se limpió la boca con una servilleta y me miró atento.

Sus dos ojos azules me parecieron más claros que nunca. Le daba la luz de la mañana en la cara y sus pupilas, mucho más pequeñas de lo normal, cedían espacio a ese color tan claro y glaciar. La comisura de su boca se arqueó hacia arriba y, sin saber por qué, yo también sonreí.

—Creo que de la oficina lo único que te interesa es Hugo.

—No estoy enamorado de él, sino de ti.

Oh, Dios. El vuelco del estómago fue el equivalente a ponerme del revés.

—No intentes distraerme.

—No lo hago. Cuento con que ya sabes lo mucho que te quiero.

Sonreí, pero volví a la carga.

—Estáis muy ligados el uno al otro.

—Y tanto. Los dos queremos a la misma mujer.

—No me refiero a eso. Me refiero a todo lo demás.

—Ya casi no hay nada más. Todo se reduce a ti. Hasta el espacio. ¿O es que no te has dado cuenta de que apenas vamos a El Club? Hemos empezado a delegar por no perder un segundo contigo.

Y no ceder un segundo al otro, eso no hacía falta que lo dijera; lo sabíamos los tres.

—¿Por qué…? —empecé a decir.

—Porque me hace feliz —me atajó.

—Eso ha sonado muy homosexual.

—Bah, no seas tan cerrada. Un hombre puede querer a otro sin tener que desearle sexualmente. Creo que ya ha quedado bastante claro que no nos ponemos nada.

—Eso ya lo sé. Solo estaba bromeando. Quiero entender qué hace una persona que habla de la fotografía como tú lo haces disfrazado de traje y haciendo números y documentos excel.

No contestó de inmediato. Rumió la pregunta, como si la estuviera masticando para poder digerirla. Cogió aire y, simplemente, fue sincero:

—Supongo que me he agarrado a lo que conozco.

—¿Y qué papel juega El Club en tu vida?

—Ninguno. —Negó con la cabeza.

—Pero dijiste que serías el primero en dejar la oficina si la cosa empezaba a marchar bien.

—Porque tampoco juega ningún papel en mi vida.

—¿Y qué lo hace?

—Las personas. Tú, él, mi familia. La paz. No lo sé, Alba. No sé por qué hago las cosas que hago, solo sé que soy feliz.

—¿Y no lo serías más con una cámara en la mano?

—¿Y no lo serías tú escribiendo? No sé, la vida te pone ciertas cosas delante y tú vas haciéndolas funcionar.

Su respuesta no me satisfizo. En aquel momento Nico me pareció mucho más desvalido de lo que nunca imaginé. Estaba a la deriva de sí mismo, como si solo se hubiera permitido tener las cosas claras en cuanto al sexo y a las personas, como si no se hubiera dado margen para desear más allá de aquello. Pero sabía que no lo entendería porque Nico era una de esas personas cuyas explicaciones sobre sí mismo están demasiadas capas por debajo de la piel. Nico era un iceberg, como imaginé cuando le conocí. Ahora conocía un cuarenta por ciento, pero es que ni siquiera él sabía qué había en la zona más profunda. ¿Necesidad? Creo que Nico buscaba un sitio en el mundo, sin importar cuál fuera. Y él pensaba que su sitio estaba junto a Hugo. Y ahora junto a mí. Habíamos aunado las dos cosas que más quería: su hermano sin sangre, casi el único hombre que consideraba familia, y el amor. Quizá yo debía hacer lo mismo: dejar de preocuparme por todo y solo buscar mi sitio. Y ser feliz. Pero, no sé si por mi formación o por mi naturaleza, yo no podía dejar de hacerme preguntas. ¿Qué? ¿Cuándo? ¿Por qué? Y, sobre todo en aquel momento…, ¿hacia dónde?

Nico dejó unos billetes encima de la mesa y se levantó, dando por terminada nuestra conversación. No porque le incomodara; seguramente porque consideraba que no había más que decir. Desde ese punto de vista, Nico era fácil. No había demasiadas dobleces en su comportamiento, por mucho que escondiera partes de sí mismo. A veces decía más con las cosas que hacía que con las que decía. Era fácil traducirlo.

Aquella mañana hicimos algo que me pareció precioso: caminamos durante algo más de media hora hasta un lugar que la gente conocía como el templo de mármol. Aún era pronto y no había demasiada gente. Cuando entramos me impresionó mucho. Era una edificación de mármol blanco, con techumbres rojizas y decoración de pan de oro. Estaba situado en una gran explanada de piedra gris y césped. Pagamos la entrada y compramos dos ofrendas a Buda y, una vez en su interior, Nico me cogió de la mano y se acercó a una mujer que caminaba hacia una de las estatuas junto a sus dos hijos. Le preguntó si hablaba inglés y cuando ella le dijo que un poco, le pidió que nos explicara cómo podíamos hacer una ofrenda, tal y como ellos la realizaban. La mujer miró a sus hijos y nos dijo que tenía prisa, pero que nos ayudaría de otra manera. Se acercó a una anciana y, en tailandés, le trasladó nuestra petición. La mujer, con la cara surcada de arrugas, nos miraba con desconfianza, pero terminó cediendo y nuestra improvisada intérprete nos dijo que solo teníamos que hacer lo mismo que ella. Después se marchó.

La anciana iba hablando entre dientes en su lengua y se acercó hasta una de las estatuas de Buda, delante de la que se arrodilló. Flipé con la flexibilidad de la abuelita. Primero encendió la vela con unas cerillas, que nos tendió amablemente. Nosotros hicimos lo mismo y la colocamos en una especie de candelabro pequeño que estaba dispuesto frente a nosotros. Ella se puso a rezar y nosotros, simplemente, miramos a la imagen de Buda. Cuando terminó, cogió el capullo de nenúfar y lo ofreció también, dejándolo en un pequeño jarrón. Nosotros hicimos lo mismo y ella volvió a rezar. Después encendió el incienso y colocó las varitas en paralelo a la vez en un cuenco. Nico y yo volvimos a imitarla. Ella siguió rezando rápido y entre dientes. Cogió la lámina de pan de oro pequeña y la pegó a los pies de la figura de Buda. Nos animó a hacer lo mismo con gestos y nosotros así procedimos, mirándola para asegurarnos de estar haciéndolo bien. Ella asintió y volvió a recitar una oración, con esa media voz que se le da a las cosas que se dicen con devoción. No sabemos lo que dijo ni lo que pidió, pero después juntó las manos y se reclinó hacia delante. Nosotros lo hicimos también. Me tiraron las lumbares; vaya, tenía que hacer más gimnasia. Se incorporó y repitió el movimiento. Nosotros con ella. Hasta tres veces, tras las cuales nos hizo una seña, como un «ya está» universal, y señaló a dos monjes budistas que estaban apostados en el interior, sentados en una especie de atril a tres dedos del suelo. Nosotros nos levantamos, hicimos una reverencia (con las manos unidas) para agradecérselo, y nos sentamos delante del monje con la cabeza agachada, como tres jóvenes más. Entonces el monje empezó a hablar. No entendimos nada de una charla que duró cinco largos minutos. Habría dado cualquier cosa por un traductor simultáneo, porque la verdad es que parecía estar diciendo cosas sabias. Cuando terminó, mojó en un cuenco una especie de plumero pequeño y nos bendijo, salpicándonos de agua. Su ayudante se acercó y fue atando unos hilos de colores en nuestras muñecas, tras lo cual se volvió a retirar junto a su maestro o lo que quiera que fuera para él el monje más viejo. Miré a Nico.

—Dime que sabes tailandés y que nos han deseado una suerte de la hostia.

Sonrió.

—No sé ni palabra, pero leí acerca de esto y casi siempre hablan de resistir al pecado, de ser fieles a los preceptos de Buda y esas cosas. —Asentí desilusionada. Esperaba el secreto de la existencia humana o el sentido de la vida—. Pero si quieres me invento que nos ha deseado suerte en esta vida y que nos ha dicho que nos reencarnaremos en seres superiores.

—En extraterrestres —dije muy seria—. Sería lo lógico.

—Claro que sí. —Me envolvió con su brazo por encima del hombro y los dos salimos del recinto, sintiéndonos de pronto mucho más limpios y algo más sabios.

A las seis de la tarde, en punto, sonaba el himno nacional en la estación de tren y todos los tailandeses paraban lo que quisiera que estuvieran haciendo en un gesto de respeto, con la mano sobre el pecho. Nico se puso a fotografiarlo todo como un loco, corriendo sigilosamente de aquí para allá, arrodillándose en los rincones para captar el momento desde todos los ángulos posibles. Me hizo sonreír su rictus, serio y concentrado. Dios. Ese chico debía darse cuenta de que tenía que perseguir el sueño de hacer de aquel su trabajo. Pero tenía que darse cuenta él.

Con bastante puntualidad el tren salió de la estación y nosotros nos acomodamos en nuestra litera. Al viajar con un billete de segunda clase compartíamos espacio con otra pareja, cuya litera estaba justo frente a la nuestra. El aire acondicionado estaba puesto en modo «frío glacial» y tanto la pareja de franceses, que serían nuestros compañeros de viaje, como nosotros empezamos a ponernos toda la ropa que teníamos a mano. Corrimos las cortinas buscando un poco de intimidad y cortar el avance del chorro de aire congelado. Escuchábamos las risitas de la otra pareja, que pelaba la pava sin demasiado reparo. Nosotros nos acomodamos en la litera de abajo, un poco demasiado estrecha para dos, la verdad, y nos pusimos a repasar el plan para el día siguiente y nuestra estancia en la playa. Elegimos uno de los hoteles, confiando en que tuvieran habitaciones disponibles, en la playa de Ao Nang y después simplemente nos tumbamos a darnos calor el uno al otro y a hablar sobre nuestras vidas.

—Mi madre odia que salgamos de viaje —confesó—. Se pone nerviosísima. Probablemente ahora tiene todo el salón lleno de estampitas y velas. Si no fuera porque mi padre le ha comprado unas velas de coña a pilas, un día de estos tendríamos un disgusto.

—¿Es sufridora?

—La que más. Siempre dice que tendría que haber tenido solo un hijo para no pasarlo tan mal, pero… se lio a parir, la mujer.

—No hables así de tu madre —le regañé riéndome.

—Ah, no. No lo digo para mal. Es la supermadre. Dominó una casa con cuatro hijas adolescentes tirándose de los pelos.

—¿Y qué hacías tú?

—¿Yo? Tratar de pasar desapercibido. —Se rio—. En esa casa por menos de nada te caía una colleja que casi nunca te correspondía. Pero como seguro que habías hecho algo por lo que se la habían dado a otro, pues nada, la aceptabas y ya está.

—Suena divertido.

—Sí. Lo es. Un día tienes que venir a casa. Le gustará conocerte.

—¿Sí? —pregunté ilusionada.

—Sí. Dirá que eres muy guapa y probablemente alabe tus… atributos femeninos.

—¿Rollo… «buenas caderas para parirme nietos»?

—Sí. Es probable. Después te sentará en la mesa de la cocina y te obligará a comer hasta que quieras morir.

—Sigue sonando bien.

Se echó a reír.

—No te creas que es todo bonito. Después llamará a Marian para preguntarle de dónde cojones has salido, si cree que eres de fiar y mascullará entre dientes que le has parecido demasiado de ciudad.

—Oh, vaya. ¿Lo dice de todas a las que llevas?

—Sí. Del centenar y medio que he llevado. —Le di un codazo y él se descojonó—. ¿Y tus padres? ¿Cómo son? —preguntó.

—Pues mi madre es como si nos mezclaras a Eva y a mí y añadieras treinta años más. Refunfuña mucho, pero es muy cariñosa. Mi padre es un señor tranquilo que se rasca el bigote y al que le gusta que todo esté ordenado y organizado. Es una casa… apacible.

—Cualquiera lo diría conociéndoos a vosotras dos.

—No creas que Eva va hablando de caca por ahí siempre.

—Ya, ya me imagino.

Me giré hacia él. En la penumbra que provocaba la cortina azul eléctrico que nos resguardaba de miradas, sus ojos volvían a parecer casi negros.

—Tus padres deben de ser muy guapos —le dije.

—No. Yo soy una mutación genética.

Solté una risotada y él se acercó y metió las manos por debajo de mi sudadera.

—Ah…, las tienes frías.

—Caliéntamelas.

Metió las manos bajo mi sujetador y las mantuvo sobre mis dos pechos, que se movían un poco con el vaivén del tren. Se rio como un crío. Los hombres y las tetas…, un idilio sin fin.

—Ni siquiera sueñes que voy a tener sexo contigo aquí.

—¿Por qué?

—La pregunta en sí es absurda. Estamos en un vagón dormitorio compartido, que no tiene puerta, porque parece que en este país las puertas están infravaloradas, y además hay una pareja de franceses pelando la pava en la litera de enfrente. Así, por decir algo.

—Vale. Entonces dices que estamos en un tren nocturno, de camino a una playa paradisiaca, solos en una litera y mis manos están calentándose con tus pechos…

Manipulación masculina. Que nadie la subestime.

—Ni lo sueñes.

—Tarde.

Se subió encima de mí y le rodeé con las piernas. Indiana Jones y la llamada de la selva, se llamaba aquel capítulo del viaje. Tiró de mis pantalones hacia abajo y yo me resistí. Me hizo cosquillas y terminé dándole una patada sin querer que lo lanzó hasta la otra parte del camastro. Se quejó entre risas y volvió a intentarlo, tirando rápido desde los tobillos. Mi pantalón terminó en sus manos y se lo envolvió en el cuello, como un trofeo de guerra. Las carcajadas alcanzaron hasta a la gente que pasaba por el pasillo hacia el vagón cafetería (una manera bastante optimista de llamarlo, la verdad. El equivalente eufemístico de la palabra «baño», para que me entendáis). Escuchamos a unos españoles decir que «ahí dentro se lo están pasando bien». Nico se quitó la sudadera con capucha y después la camiseta. Jo. No valía…, me encantaba su pecho marcadito, el vello que le cubría parte de la piel (muy poca) y su desordenada línea alba, que se aventuraba dentro del pantalón. Se miró a sí mismo y, mordiéndose el labio inferior, cogió su erección y la marcó para que yo también la viera. Vale, no le hacía falta ningún proceso lento y tortuoso de seducción; ya me tenía. Me quité la sudadera y la camiseta en silencio. Él se desabrochó el pantalón, se deshizo de él haciendo contorsionismo y lo dejó junto al resto de prendas en un rincón alejado. Después se tendió sobre mí, entre mis piernas, y nos besamos. Su lengua entró en mi boca con fuerza. La pareja de al lado creo que hasta contenía la respiración, esperando averiguar si nos estábamos dando el lote o íbamos a ponernos a follar. Ni una cosa ni otra.

—Voy a hacerte el amor despacio. ¿Vale? —susurró en mi oído.

Asentí. Me quitó las braguitas, pero no el sujetador. Se quitó la ropa interior y me acarició para comprobar si estaba húmeda. Empezaba a estarlo; sonrió.

—¿Sabes qué?

—¿Qué? —Y los dos susurrábamos muy bajito.

—Eres lo más bonito que me ha pasado en la vida.

Me arqueó y me penetró. Abrí la boca para gemir pero me la tapó con la suya. Se movió dentro y fuera de mí. Oh, Dios. ¿Cómo podía yo ni siquiera imaginar fingir que no quería? Yo sabía bien que sí.

—¿Esto es parte de la aventura? ¿Sexo en un vagón de tren? —le pregunté.

—Es parte de quererte tanto.

Nos fundimos en un beso y en un abrazo y mecimos nuestras caderas hasta encontrarnos. La colisión fue silenciosa pero nos hizo vibrar.

—Desde que os conozco…, Dios, me he vuelto loca.

Negó con la cabeza y me penetró de nuevo.

—Esta es Alba. Los que nos hemos vuelto locos somos nosotros. Por ti.

Llevé la cabeza hacia atrás, dejando el cuello accesible para su boca. Lo recorrió entero con besos hasta llegar de nuevo a mis labios. Su erección me abría con placer, haciéndole hueco, dejando un espacio en mi interior para él. Fue empapándolo hasta que se deslizaba suavemente en un recorrido que terminaba con sus caderas clavadas entre mis piernas. Gemí bajito. Se escuchó una risita fuera y Nico sonrió.

—Que se rían cuanto quieran, nena. Nadie se quiere como nosotros dos.

Cerré los ojos porque no pude evitar acordarme de Hugo. Hugo y yo también nos queríamos, ¿no? Quizá no como nosotros dos, pero sí de una manera diferente, intensa… Nico no se dio cuenta de mi turbación o la achacó al placer. Solo aceleró las arremetidas. Solía pasar. Pensábamos en hacerlo lento, amoroso y al final terminábamos con estallidos de fuegos artificiales y más pasión de la esperada. Aquello era lo que necesitaba yo: sexo loco en un tren. Como dos amigos en el viaje de sus vidas, olvidando toda norma social, divirtiéndose. Jadeé cuando se movió dibujando un círculo con sus caderas y dio en ese punto especial… Volvió a hacerlo. Un cosquilleo creció por dentro.

—Sí…, más, más.

—Mi niña… —gimió—. He estado toda la vida preparándome para conocerte.

Nico sonrió, me besó y me llenó la boca con su lengua. Nuestros vecinos de vagón pudieron escuchar entonces el chasquido de nuestra piel al encontrarse y los jadeos de los dos. Nada exagerado, solo lo que se nos escapaba de entre los labios. Nico frunció el ceño y me dijo que estaba cerca. Lo notaba. Estaba llenándome por completo, tirando de mi piel, palpitando en mi interior. Yo también me contraía a su alrededor, presionándolo. No me hizo falta tocarme…, solo me corrí con alivio, en silencio, pegada a su cuello, y él se dejó ir dentro de mí en dos movimientos más, alargando la última penetración clavado en mi interior.

—Oh, Dios…, nena.

La pareja de franceses no se lo pensó y lanzó un «olé» al aire. Yo me quise morir un poquito entonces, pero me dio la risa y a Nico también. Era parte de nuestro viaje, de conocernos, de llevarnos al límite y de jugar a tantear los límites. En aquel tren nocturno nos deshicimos en un orgasmo, pero también de alguna carga invisible que había pesado hasta entonces entre los dos. Nos vestimos rápido y después nos acomodamos satisfechos para dormir, aunque era pronto. Al día siguiente seguiríamos jugando. Y viviendo. Aunque a veces es lo mismo.

—Nena…, prométeme algo.

—Lo que quieras.

—Hagamos nuestro cada minuto que vivamos juntos —susurró con un mechón de mi pelo entre sus dedos—. Así podremos querernos siempre.

35

Llegamos a Surat Thani a las seis y media de la mañana. Yo había dormido como una ceporra, pero Nico no. Si subía a la litera de arriba tenía frío; si se quedaba en la de abajo conmigo no estaba cómodo. Al final se quedó traspuesto sentado, con la cabeza apoyada en la pared. Pobre. En la estación preguntamos por algún medio de transporte que nos llevara a Krabi y al final conseguimos algo mejor: una furgoneta que iba a llevar a un grupo de turistas asiáticos a Ao Nang. Perfecto. Dos horas y media por delante antes de llegar al paraíso.

El viaje no fue cómodo. En la furgoneta íbamos sentados de lado y… no tenía puerta trasera. Pero ¿qué narices les pasaba con las puertas en este país? Decir que me mareé es quedarse corta. Además tuve que sostener mi maleta entre las piernas las dos horas largas porque no quedaba más espacio para el equipaje. Nico se ofreció a hacerse cargo él, pero le dije que no. Ni siquiera quería hablar mucho; solo una ducha y quitarme de encima el horror del olor a urinario público del tren.

Él terminó durmiéndose a mi lado, apoyado en su mochila. Y yo acabé mirándolo como una boba, medio en trance. Con los ojos cerrados parecía un chiquillo de veinte años. Sus facciones aniñadas le conferían un aspecto poco feroz cuando se relajaba. Despierto era otro asunto porque debajo del frío del azul de sus ojos había algo tan caliente como oscuro. Nico sabía a morbo. Le despertó un frenazo, cuando ya habíamos llegado. Tenía el ceño fruncido.

—¿Te has asustado? —le pregunté tocándole el pelo.

—No. Es que he soñado que me caía.

Le sonreí y relajó su mueca. El paseo hasta el hotel que habíamos escogido fue minino. Parecía que estaba al lado, pero de eso nada. Subimos por la calle principal de Ao Nang, dejando la playa a nuestras espaldas, y torcimos a la derecha, adentrándonos cada vez más en el espesor de la vegetación. Me picaron quince mosquitos en las piernas solo en el trayecto.

—Te odio, capítulo tres —le dije. Y él no paraba de reírse.

Una recepcionista ataviada con un pañuelo en la cabeza y sumamente amable nos atendió para hacer el *check-in*. Tenían todas las habitaciones libres, lo que no me dio mucha confianza, pero es que ya estaba un poco a la que saltaba. Había visto una rata gigante trotando por el centro de Bangkok, comprendedme. La recepcionista nos informó de los horarios de la furgoneta que bajaba a la zona del paseo para llevar o recoger a los huéspedes…, vamos, a nosotros. También nos dio una clave para el wifi y un chico, no tan simpático, nos acompañó a la habitación, en la parte de arriba de una cabaña de madera. Era pintoresco, tranquilo y solo se escuchaba el murmullo de una fuentecita que había junto a la piscina y el piar de los pájaros. Aunque a juzgar por mis picaduras, igual los mosquitos allí también piaban…

El interior del dormitorio también era completamente de madera y el baño… tenía sus más y sus menos. Pero la madera de las paredes y del suelo brillaba impoluta y tenía puerta. ¡¡Tenía puerta!! A esas alturas del viaje ya lo demás me daba un poco igual. Incluso teníamos un balconcito pequeño con vistas a la piscina y dos banquitos, uno frente al otro, donde podríamos sentarnos a conversar con los insectos mutantes. Acomodamos nuestras cosas y Nico guardó todo lo de valor en la caja fuerte que había dentro de un armario.

—Esto está mejor —dije al tiempo que me dejaba caer sobre la enorme cama.

—Está limpia, tiene aire acondicionado, la cama es muy grande, el servicio de tintorería está tirado de precio, tiene puertas...

—Todo un lujo.

Me quedé sentada en la cama mientras él terminaba de colocar sus cosas en un rincón de la habitación destinado a las maletas. Vestido de esa manera, con unos pantalones de cuadros cortos y una camiseta de algodón, no se parecía en nada al hombre al que no le gusta la gente y que se esconde detrás de la apariencia fría que le confiere un traje.

—¿Qué vamos a hacer ahora? —le pregunté.

—Pues deberíamos bajar al paseo —dijo sin mirarme, entretenido en sacar ropa sucia para dársela al servicio de limpieza del hotel—. A ver si podemos contratar una barca que nos lleve a las islas por nuestra cuenta sin tener que ir con ochocientos turistas orientales. Con la experiencia en borreguero de esta mañana tengo suficiente.

Alcancé el papelito con los horarios de la furgoneta e hice una mueca.

—Hasta dentro de dos horas no baja el primer turno de la furgoneta. ¿Qué hacemos?

—Sabremos cómo entretenernos hasta que se haga la hora, ¿verdad?

Me eché a reír.

—Eres un patán. Dame el teléfono. Hay wifi y quiero decirle a Hugo que hemos llegado bien.

—Ya se imaginará que hemos llegado bien. Ven... —Tiró un poco de mí y me dio un beso en el cuello—. Podemos darnos un chapuzón.

—Sí, pero espera.

Nico me quitó la camiseta y los shorts. Su boca me hizo cosquillas en el recorrido hasta mi vientre y empecé a reírme. Después todo se me olvidó en sus manos, bajo la ducha, donde follamos como bestias hasta que me corrí tres veces.

Nos pusimos el bañador y bajamos a la piscina, donde montamos un jolgorio considerable persiguiéndonos, haciéndonos aguadillas y tirándonos de bomba para salpicar al otro. De pronto era como si fuéramos veinteañeros de nuevo y estuviéramos viviendo el amor de verano más intenso de nuestras vidas. El tiempo pasó volando y cuando nos dimos cuenta tuvimos que subir corriendo a la habitación para secarnos, adecentarnos y coger las cosas. El conductor de la furgoneta era el mismo sieso que nos había ayudado con las maletas, así que cero conversación. Solo el traqueteo del coche por la mal pavimentada calzada y nuestras sonrisitas.

Comimos en un antro, porque no podía llamarse de otra manera. Era una especie de espacio excavado en la roca en el que cabían cuatro mesas (dos de ellas prácticamente en la calle) y que nos recomendaron unos turistas alemanes a los que Nico les preguntó. Vaya, vaya, al señor al que no le gusta la gente se le olvidaba un poco su fobia cuando salía de casa...

Yo me tomé la sopa más picante de mi vida. Era de pollo, curry verde y leche de coco. También llevaba algo de arroz. No podía con mi vida. Fue como si me hubieran instalado un caldero hirviendo dentro del cuerpo. No dejaba de sudar y de moquear y Nico se descojonó porque lo suyo tenía pinta de rata atropellada, pero al menos no picaba.

Después, nos acercamos al puesto de las barcas a preguntar el precio del viaje hasta Chicken y Poda Island, que estaban unidas por un sendero de conchas y arena cuando bajaba la marea. Nos pareció un poco caro y tratamos de regatear, pero no lo bajaron lo suficiente. Fue entonces cuando Nico volvió a sorprenderme, acercándose a un matrimonio joven con dos niños, que se debatían entre aceptar o no aceptar. El precio era el mismo para los seis, así que compartimos barcaza. Era un poco tarde, cuando llegamos casi todo el mundo volvía hacia Ao Nang. Quedamos con el barquero para que nos recogiera una hora y media más tarde y nos separamos de la familia australiana para darle una vuelta a aquello y elegir un sitio para sentarnos y disfrutar del mar. No se escuchaba absolutamente nada más que las olas rompiendo suavemente contra la orilla. De vez en cuando el chillido contento de alguno de los dos niños que jugaban en la arena de una playa en la otra parte de la pequeña isla.

Nico y yo nos tumbamos uno junto al otro y nos cogimos las manos. Respiré hondo y me relajé. Fue muy fácil, solo tuve que cerrar los ojos. Y lo curioso fue que no recordaba la última vez que me había sentido tan en paz. Tan… tranquila. No me preocupaba nada. Estaba a gusto. El mundo que quedaba lejos de aquella playa empezó a carecer de sentido hasta dejar de existir y de pronto éramos dos náufragos felices de serlo, rodando por la arena, bañándonos en el mar caliente, persiguiendo a un cangrejo blanco para hacerle una fotografía. Y hasta me dormí un rato, untada en protector solar como una tostada de mantequilla y con medio cuerpo en la zona en la que las olas se aventuraban a romper.

Cuando me desperté, Nico había recogido algunas conchas y me las había traído orgulloso. Me sentí un poco cansada entonces, a pesar de acabar de despertarme de una siesta. Acumulación de *jet lag* y pocas horas de sueño, supongo. Para espabilarme, Nico me cargó como un saco y corrió hasta caernos los dos en el agua. Después nos perseguimos tirándonos bolas de arena húmeda como dos críos. A las seis el sol ya estaba cayendo y el barquero nos recogió a todos en la misma playa en la que nos había dejado. El viaje de vuelta fue tranquilo. Nico le sacaba la lengua y hacía rabiar a la niña de la pareja de australianos, que se escondía pero que volvía buscando más. Sí, te entiendo, nena…, tienes buen gusto con los hombres. El sol empezó a ponerse cuando aún no estábamos en la playa de Ao Nang, salpicando el mar de naranjas, amarillos y malvas. Cogí la cámara y me puse a hacer fotos. Nico apoyó la barbilla en mi hombro y me ayudó a encuadrar una de las imágenes.

—Ahí, muy bien, nena.

Era tan… placentero. Deseé que se parara el tiempo en aquel país de nunca jamás que parecía acompañar a Nico. Aquella noche cenamos una panoja de maíz y un crepe de chocolate en la calle y después esperamos a que nos recogiera la furgoneta del hotel a la hora indicada. Caímos inconscientes sobre la cama.

Me desperté algo aturdida. Eran las cinco de la mañana y Nico, por supuesto, seguía dormido en una de sus posturas imposibles. Estaba boca abajo, con los brazos por encima de la almohada y toda la espalda surcada de sombras…, en ropa interior. Bien, muy bien aquella visión. Entonces, ¿por qué tenía un no sé qué que no me dejaba tranquila? Me levanté y revisé mi bolso, que había dejado en una especie de tocador que quedaba frente a la cama. Saqué el blíster de pastillas anticonceptivas y conté. No, eso no era. Me las había tomado todas y bien. Había mandado a mis padres un mensaje hacía día y medio para decirles que todo iba bien y que lo estaba pasando genial. Y entonces… me acordé.

Corrí hasta la caja fuerte y saqué mi móvil. Por suerte me había acordado de preguntarle a Nico cuál era la clave. Encendí el teléfono y de golpe recibí cuatro mensajes.

«*Piernas*, ¿todo bien? Hace más de dos días que no sé nada de vosotros».

«Nena, llámame cuando puedas. Solo escucharte. Supongo que estaréis bien y que no tengo de qué preocuparme…, pero llámame».

«Hostia, *piernas*, de verdad… Tu hermana tampoco sabe nada de ti. Me está dando un puto infarto».

«Después de un ataque de histeria y de llamar al Ministerio del Exterior para asegurarme de que no había ningún español muerto o herido en ninguna provincia tailandesa, me he dado cuenta de que sencillamente soy imbécil. Nada, debéis de estar pasándolo de la hostia».

Marqué con dedos trémulos, me eché por encima una camiseta y salí al pequeño balcón. Eran alrededor de las diez y media de la mañana en España. Hugo no contestó a la primera, pero insistí hasta que lo hizo, con voz cansada.

—Dime.

—Lo siento. —Y hasta cerré los ojos al decirlo.

—No pasa nada.

—Sí, sí pasa. Se me olvidó por completo. Iba a escribirte en cuanto llegamos, pero al final… se me pasó.

—Vale, *piernas*. No pasa nada. Ya está. No quiero incordiar.

—No incordias. No pienses que me he olvidado de ti, es que… hicimos un montón de cosas ayer.

—Y los últimos dos días. —Joder, era verdad. Cuando estuve en Nueva York con él, escribíamos a Nico todos los días, aunque solo fuera un mensaje. Suspiró—. Venga, cuelga. Esta llamada te va a costar un riñón.

—Te echo de menos.

—No hagas que me cabree —gruñó.

—¿Por qué?

—¿¡Cómo cojones me vas a echar de menos si ni siquiera te acuerdas de mandar un mensaje para avisarme de que has llegado bien a donde quiera que estéis ahora!? —No supe cómo explicárselo, pero para mí era completamente compatible añorarle como lo hacía y que se me hubiera ido de la cabeza el puñetero mensaje—. Da igual. No quiero discutir contigo y menos por teléfono. Estás muy lejos.

Notaba una presión en la boca del estómago y en el pecho. Me sentía culpable.

—Cariño… —susurré—. Te quiero, lo sabes, ¿verdad?

—Lo sé. Pero estás lejos. Me cuesta verlo —musitó.

—No es porque se me olvidara el mensaje, ¿verdad? —le pregunté.

—No. No es por el puto mensaje, aunque me preocupé mucho. Es porque estás allí con él y se te olvida llamarme. Esa es la circunstancia que me molesta y que jode a rabiar.

—Vale. Cálmate. Él también estuvo en esa situación cuando nosotros nos marchamos.

—No. A él lo tuve en cuenta. Y a ti. Joder, al único que no me tengo en cuenta es a mí.

—No sé qué decirte.

—No me digas nada. No hace falta. Soy yo solo, que me he montado una paranoia de puta madre en la que ninguno de vosotros me necesitaba. Y… no esperaba añorarte tanto. Mierda, Alba. Vuelve ya…

Eso me hizo sonreír y creo que a él también.

—¿Me perdonas?

—Te perdono —dijo.

—Te lo recompensaré cuando vuelva.

—¿Cómo?

—No sé. Te daré un masaje.

—¿Tailandés?

—No te gustarían —le aseguré. Maldito Nico que me había convencido para probarlos en Bangkok. Aún me dolía todo—. Pero te haré uno con aceite. Desnuda.

—Yo pensaba que eso eran los masajes tailandeses.

—Oh, no. Te aseguro que no.

Escucharle reír fue un alivio. Me puse triste, porque necesité entonces apoyarme en su pecho y resguardarme allí, oliendo su perfume.

—¿Lo estáis pasando bien? —preguntó—. ¿Está muy loco Nico?

—Está como una regadera. Es como otra persona.

—¿Y te gusta esa persona?

—Sí. Claro que me gusta. Estamos pasándolo muy bien.

—¿Qué vais a hacer hoy?

—Contratar una barcaza e ir a ver algunas islas cercanas. Pero aún es pronto.

—Ya me imagino. ¿Qué haces ya despierta?

—Tus ondas cerebrales me despertaron desde España.

—Estaba muy cabreado.

—Lo siento. Lo siento mucho. No quiero que pienses que no te echo de menos. Solo es que estoy dispersa y un poco tarada por tanto sol y el *jet lag*.

—No te preocupes. Te quiero, *piernas*.

—Y yo.

—Cuelga ya. Esto te va a salir por un ojo de la cara.

—Solo… dime algo antes.

—¿Algo de qué?

—No sé. Algo nuestro.

Sé que sonrió.

—Tu cuento de hadas. Todo. Siempre.

Ya podía colgar.

Cuando Nico se despertó le eché una buena bronca. No le dije que parte del cabreo de Hugo estuviera ocasionado por el simple hecho de que estuviéramos allí sin él. Solo le conté que había pasado dos días preocupado por si habíamos muerto. Cuando le expliqué que incluso había llamado al ministerio no aguantó más y se echó a reír.

—Joder, Hugo. Es como mi madre.

No pude evitar sonreír, pero no porque me hiciera gracia. Solo… me provocaba ternura. Una ternura que se me cogía al pecho y que hasta me hacía suspirar, como en esas novelas de caballeros medievales que leía mi madre a escondidas. Novelas de caballeros descamisados, como decía Eva, donde detrás de una historia de amor escondían un folleteo de agárrate y no te menees. ¿Cómo nosotros? Quizá en la versión más X.

Los siguientes dos días fueron increíbles. No sabría definirlos de otra manera. Visitamos un par de islas de alrededor. Estuvimos en Maya Beach y en Phi Phi Island, pero no nos gustó tanto como los rincones menos visitados. Escapamos una mañana a Railay, famosa por su pared vertical y visitada por miles de escaladores cada año. Me sorprendió descubrir que en esa misma pared, a sus pies, había una cueva donde se encontraba un santuario lleno de falos. Sí, falos. Penes de todos los tamaños, colores y ya no sé si sabores. Eso no me preocupé por averiguarlo. Casi todos eran de madera. Me dejó loca, tanto pene junto, ahí puestos como si nada. Al principio me descojoné, en una regresión a los cuatro años, cuando escuchaba la palabra «culo» y me tronchaba. Después Nico me contó la historia y ya dejó de darme risa para parecerme simplemente pintoresco. El santuario estaba dedicado a una princesa tailandesa que murió ahogada y que con el tiempo terminó dando nombre a la playa, Phra Nang. Las tallas de madera con forma fálica que se amontonaban en todos los rincones habían sido donadas como ofrenda por los pescadores de la zona para contentar al espíritu que allí habita. Al parecer, las mujeres tailandesas acuden a aquel santuario con la esperanza de aumentar su fertilidad.

—Es bonito —le dije.

Nico me miró, de pie a mi lado con las manos apoyadas en sus caderas, el bañador empapado y el pecho al aire, (como los caballeros descamisados de las portadas de las novelas de mi madre, sí) y sonriendo me preguntó si yo quería tener hijos.

—No lo sé. —Me encogí de hombros—. ¿Y tú?

—Pues no lo sé. —Desvió la mirada hacia la cueva llena de penes de madera y sonrió—. Pero si los tengo no creo que tenga nada que ver con ofrendas.

—Ofrendas al dios del pene gigante —me burlé.

Me atizó en el culo y los dos nos echamos a reír.

—Casi es mejor que no tenga claro si quiero tener hijos, ¿no? —añadí.

—¿Por qué?

—¿Cómo se plantea una la maternidad cuando sale con dos personas a la vez?

—Se la plantea igual que una que comparte la vida con un solo hombre, supongo. Lo primero es saber si tú quieres. Lo demás vendrá después.

—Sí, claro. Pero si quisiera…, ¿qué?

—Pues ya encontraríamos la manera, no lo sé.

—Sí, claro. Tener un hijo de alguno de los dos y criarlo en comuna. Iba a ser muy popular en el cole: «Mira, el que tiene dos padres y una madre».

—Hay una tribu en Colombia, los nasas del Cauca, que cree que la vida hay que compartirla con alguien que cumpla tres necesidades: que te cuide cuando estás enfermo, que sea tu compañero o compañera en la lucha y que te dé alivio sexual. Si una de esas premisas no está cubierta por tu pareja, puedes decírselo y buscarlo en otra persona. Y no encuentran ningún problema en ello, siempre que se haga de una manera sincera y abierta.

Le miré de soslayo. Maldito hippy.

—Ya, muy bien. Pero nosotros no vivimos en una tribu.

—Eso quiere decir que el problema no es nuestro.

—Baja de tu mundo utópico y dime la verdad: ¿te verías criando a un hijo que no es tuyo?

—Si es de Hugo, sí.

Me miró muy seguro de lo que decía. Muy seguro en aquel momento, claro, porque una cosa era planteárselo así, a años luz de tomar esa decisión, y otra muy distinta verse en la situación. Y se trataba de una situación en la que no me apetecía lo más mínimo verme. De pronto todo me asustaba, todo me parecía grande. En ese instante sentí que estaba jugando a algo imposible cuyas reglas ya invitaban a perder.

Pero el viaje siguió, a lo Indiana Jones con poca ropa. Nadamos entre peces de colores en una bahía. Nos diluvió en una barcaza. Nos quedamos momentáneamente aislados en una playa a la espera de que volviera a bajar la marea. Hicimos el amor en el mar (miento, follamos como bestias en el mar, gruñendo, tirándonos del pelo, mordiendo..., no sé cómo no me ahogué) y comimos cosas que jamás me habría planteado llevarme a la boca, por no hablar de lo cerca que estuvimos de perder el avión, porque al final tuvimos a bien retrasar un poco más la vuelta a Bangkok.

Cuando despegamos, en lo único en lo que podía pensar era en: dormir en mi cama, alimentarme solo de gazpacho durante unos cuantos días y abrazar a Hugo. Nico, el aventurero, apoyó la cabeza en el asiento y se durmió en el acto. No me extraña. Tanta actividad, tanto no cansancio, tanto nadar, correr, reírse y después seguir teniendo energía para echarme un polvo de cuarenta y cinco minutos… al final se paga. Y no es que se durmiera, es que entró en coma. No se despertó hasta pasadas seis horas, cuando decidieron que ya era hora de darnos algo de comer. Esta vez pedí arroz y nadie se apuñaló la cara con el tenedor de plástico.

No pude pegar ojo, a pesar de estar cansadísima y de que fue un vuelo de doce horas. El primer motivo era la niña que aullaba cual hiena loca, pero eso se solucionaba con el iPod a todo trapo y una pastilla debajo de la lengua. Mía, no de la niña. Aún no me ha dado por drogar a menores. ¿Y por qué no me la tomé? Por el segundo motivo: no podía dejar de pensar en volver a la vida normal. Pero lo pensaba con ilusión. Tenía tantas ganas de…, de Hugo. Y quería revolcarme un poco en esa sensación, porque pensaba que así estaría más preparada, más alerta, podría abrazarle con más fuerza y los tres podríamos dejar atrás todo lo que no fuéramos nosotros. No quería pensar ni en si a Gabi se le habría pasado ya ni si Isa y Diana esperarían una llamada para darles una mínima explicación. Solo quería abrazarlo, dormir con mi anillo puesto, contarle todo lo que habíamos hecho en Tailandia y enseñarle las fotos.

Cuando llegamos estaba a punto de darme algo. Muy bonito todo eso de regocijarme en mis propias ganas de volver, pero no era práctico; habría valido la pena tomar una pastillita mágica del «Doctor Muñoz» porque ya no me aguantaba ni yo. Me había peinado un poco y hasta me había puesto rímel, pero las ojeras me llegaban al regazo. Nico por su parte se había mojado el pelo y lo había apartado hacia un lado con los dedos. Llevaba unos vaqueros y una camiseta gris; la Virgen…, cómo le quedaba con lo morenito que estaba y con esa barbita que había dejado crecer un poco. Adiós al veinteañero loco, hola al treintañero morboso que quiero ahogar a besos.

Las maletas salieron más o menos pronto para mi tranquilidad y nos dirigimos hacia la terminal, Nico recuperando su desgana natural y yo casi trotando. Cuando las puertas se abrieron, la primera a la que vi fue a Eva. Me sorprendió tanto que me quedé clavada en el suelo. ¿Había cogido el metro hasta allí para darme la bienvenida? Eso no era muy propio de ella, la verdad. Todo quedó un poco más claro cuando reconocí a Hugo a su lado. Tuve que tragar el corazón de nuevo y devolverlo a su lugar.

—Ve. Corre —me indicó Nico en un guiño.

Tiré de la maleta y salí corriendo. Me recibió entre sus brazos y me levantó del suelo besándome, abrazándome y oliéndome como yo hacía con él.

—No vuelvas a irte jamás —susurró.

Lo apreté aún más a mí y se me olvidó todo lo que no fuera él, pero mi cabeza fue ocupada en su totalidad por un tropel de recuerdos de nuestro viaje a Nueva York. Nuestro cuento de hadas. Nuestro secreto.

36

Hugo y Nico tuvieron una enganchada en el coche cuando volvíamos hacia casa. Nada importante, a decir verdad algo bastante infantil, pero que dejó claro que Hugo estaba de un humor raro. Seguía mostrándose cariñoso pero taciturno. Ya habíamos vuelto y me preocupaba que le afectase tanto nuestro viaje. Porque había sido eso: que yo me marchara con Nico cinco días fue como un grano en el culo para él. Después de un cruce de reproches entre los dos del tipo: «eres un irresponsable», «pues tú te comportas como si fueras nuestro padre» que amenazaba con terminar con los dos cogiéndose de los pelos, Eva terció, tirando de la manguita de Hugo desde el asiento trasero y pidiéndole que no se enfadara. Tenía que ahondar un poco en esa especie de complicidad que se respiraba entre ellos. Se llevaban casi diez años y no tenían absolutamente nada en común…, ¿qué era aquello? No, no estaba realmente celosa. Es mi hermana pequeña, joder, confío ciegamente en ella, pero me parecía raro. Bueno, vale, confesaré:

me daba miedo no poder acceder a esa parcela con él, que ella supliera alguna necesidad de Hugo y yo me viera apartada. Yo estaba muy colgada, lo necesitaba todo de él. Como el silencio se instaló en el coche (y Nico tenía pinta de estar cantando mentalmente a Lana del Rey), yo empecé a contarle cosas a Hugo sin ton ni son, dejando todas las historias a medias porque estaba demasiado ansiosa como para terminar ninguna. Él sonreía y asentía.

—Y entonces Nico dijo: «¡Qué coño! Vámonos nadando» y nos fuimos nadando… y entonces vimos un pez enorme de color amarillo…

Como si tuviera cinco años.

—Perdona, cariño, llama a tu madre y dile que ya has llegado —apuntó con la mirada fija en la carretera—. Ahora me lo cuentas todo.

—Madre superiora… —musitó Nico entre dientes.

—Disculpa las molestias que te ocasione mi responsabilidad para con los demás… —respondió con tirantez.

—Mierda, tío, ¿en serio?

—En serio, Nico, en serio.

Eva y yo nos miramos con una mueca.

—Veeengaaa… —tercié yo.

—Llama a tu madre, *piernas*.

Suspiré y marqué el fijo de casa de mis padres. Mi madre contestó ávida de información. Fue como sentarme en el plató de algún programa de cotilleos. Y yo mirando a Eva y pidiéndole clemencia.

—Lo siento. No se me ocurre nada para aplacar su furia cotilla —dijo antes de dedicarse a tirarle de la manga a Hugo desde detrás y decirle que no se enfadara, todo en susurritos, como si los demás no fuéramos a escucharla.

Cuando conseguí colgar y que me dejase un poco tranquila, no sin antes expresar su inconformidad por estar haciendo todas las cosas tan «a lo moderno» (si ella supiera), volví a concentrarme en Nico y Hugo.

—¿Estáis enfurruñados?

—No —dijeron a la vez.

—Vale, me quedo más tranquila —contesté irónicamente.

Cuando llegamos, Nico me preguntó si quería ir a su casa a dormir el *jet lag* con él, pero yo estaba un poco agobiada con el tema de las lavadoras, dejarle todas las cosas a Celia preparadas para que pudiera planchar y ponerme al día. Era miércoles y yo me reincorporaba al trabajo el lunes siguiente. Quería disfrutar los días que me quedaban y pasar tiempo con ellos, pero sin quehaceres domésticos de por medio. Así que decliné la invitación.

Los dos se fueron a su piso y mi hermana al mío. La verdad, habría preferido pasar un rato con Hugo a solas, comprobar que no seguía realmente enfadado o que al menos no era una cosa seria o irreparable. Lo notaba raro… Sin embargo, tuve una sesión fraternal intensa en la que Eva enumeró los doscientos motivos que hacían a Hugo el mejor cuñado del mundo. Sentí ganas de estrangularla porque, sí, qué tierno y bla, bla, bla. Pero pírate de una vez que tengo *jet lag,* no he dormido y quiero estar con mi novio. Creía que no se iría nunca, pero al final desistió. Cargó las cosas que le había traído de Tailandia y se fue diciendo que estaba muy aburrida. Sí, pero de ti, pedazo pesada.

Pasé un rato pensando si bajar a ver cómo andaban los dos maromos, si seguían de morros o si se habían puesto a solucionar el asunto como en *El club de la lucha*. Norma número uno del Club de la Lucha: no hablar del Club de la Lucha. Al final, decidí que estaba demasiado cansada y que si se tenían que dar un par de tortas, se las dieran. Cosas de la somnolencia.

Serían las tres de la mañana cuando me desperté sin más. Era hora de levantarse en alguno de los países en los que había estado en los últimos diez o doce días. Era como si el sol entrara en la ventana con fuerza para no dejarme pegar ojo en una mañana de resaca. Me di la vuelta y traté de dormirme otra vez, pero a los veinte minutos me di por vencida. Hacía calor en la habitación y el viento creaba sonidos fantasmagóricos al colarse por las rendijas de la fachada. Me levanté y abrí un poco la ventana. Me sorprendió una brisa fresca y agradable que me recordó a la que me azotó el pelo en el Top of the Rock, el mirador del Rockefeller Center. Cogí el móvil de la mesita de noche y mandé un WhatsApp a Hugo.

«He abierto la ventana y ahora toda mi habitación huele a una puesta de sol en Nueva York».

Lo mandé y vi aparecer los dos *ticks* de recibido. Hacía tres horas de su última conexión. Releí el mensaje y me pareció entonces estúpido y pretencioso. Escribí de nuevo:

«Cuando leas este mensaje por la mañana, ignóralo. Debe de ser la diferencia horaria o que el sol me ha dejado fritas las neuronas».

En ese momento apareció *online* y el estómago me vibró de emoción tontamente.

«¿Qué haces despierta, *piernas*?».

«Vete tú a saber», le contesté sonriendo. «¿Y tú?».

«Yo no puedo dormir. Insomnio. Vacaciones. Tú. Esas cosas».

Solo Hugo sabía hacerme suspirar de amor con frases inconexas.

«¿Nico duerme?».

«Como un muerto. He ido varias veces a ver si respiraba. Está todo retorcido en la cama».

Me dieron ganas de bajar y hacerme un hueco en su cama. Quería poder dividirme y dejar una parte acariciando los mechones dorados de Nico mientras la otra hablaba en susurros con Hugo.

«¿Subes?», le sugerí.

«Pensaba que no me lo ibas a pedir nunca».

Le abrí la puerta cuando llamó con los nudillos. Yo llevaba puesto un camisón de tirantes, blanco, de algodón bordado. Una versión un poco descocada de la indumentaria de *La casa de la pradera*. Él llevaba un vaquero y una camiseta blanca y se frotaba la cara.

—Tienes cara de cansado —le dije cuando entró.

—Es que estoy agotado…, he estado revisando cosas de El Club y he acabado hasta los cojones.

Fue directamente a la habitación y se quitó la ropa. Después se metió sin más en la cama y me miró, esperando que yo hiciera lo mismo. Me acurruqué a su lado y su olor lo envolvió todo. Joder, sí. No sabía cuánto lo echaba de menos hasta que no volví a olerlo directamente sobre su piel.

—¿Por qué no puedes dormir?

—Porque te quiero demasiado.

Me incorporé apoyada sobre el brazo derecho y le miré. Tenía cara de haberse pasado dándole vueltas a algo.

—No me preocupes, Hugo.

Sonrió con tristeza.

—¿Por qué iba a preocuparte que te quiera demasiado?

—Demasiado no es una buena palabra; siempre trae problemas. Y mírate…, ¿has dormido estos días?

—Poco y mal —confesó.

—Pero si estaba con él, cariño.

Rebufó y se tapó los ojos con el antebrazo.

—No es eso. Soy yo. Es que no estoy habituado a vivir las cosas con tanta intensidad. Hace dos meses que nos conocemos…, ¿no está yendo esto demasiado deprisa?

Contuve el aliento.

—Si crees que nos vemos demasiado podemos…

—No. No es eso. Es que nunca te veo lo suficiente. Me estoy volviendo loco.

Me subí encima de él a horcajadas y le obligué a mirarme.

—Mi vida. —Sonreí burlona—. Es que querer es así.

—A ratos me asfixia.

—Tienes que aprender a gestionarlo. —Y me pareció increíble estar dándole consejos sobre algo que yo no tenía ni idea de cómo hacer.

—Ya lo sé. Me da rabia ver que él lo lleva tan bien.

—Él es diferente. Aprenderemos.

No añadió nada más, solo llevó su mano hasta mi cuello y me inclinó hasta que los labios se nos fundieron en un beso. Y me di cuenta entonces de que Hugo había aprendido a besar con calma, solo para mí. Sonreí y se contagió.

—¿Qué?

—Tus besos ya no tienen prisa.

—Eso será porque quiero dártelos toda la vida.

Y me derretí sobre su boca, sobre su cuerpo, entre sus manos.

—Tienes que dejar de decir esas cosas.

—¿Por qué?

—Porque me das miedo.

—Entonces ya somos dos, porque jamás en mi vida había estado más asustado.

Me costó introducir en mi pecho el oxígeno suficiente. El de la habitación, la casa, Madrid, fue insuficiente. ¿Qué pasaba? Si nos queríamos, si por fin estaba viviendo algo intenso, de verdad y que me llenaba, ¿por qué aquella sensación? Había algo allí que no encajaba. Algo. Alguien. ¿Yo? No lo sé. ¿Él? ¿La otra persona que compartía su vida con nosotros? Se expandió por mi cuerpo un cosquilleo desagradable, una amenaza de vacío que necesité llenar. Me quité el camisón. Hugo deslizó su mano abierta desde mi hombro hasta mi vientre y mis pezones reaccionaron endureciéndose. Sentí una chispa. Conexión. Necesitaba sentirlo otra vez. Fue arrastrando el elástico de mis braguitas, bajándolo. Dijo algo, creo que «te necesito más cerca». Yo respondí desnudándolo también. Me senté sobre él y le busqué. Se incorporó y nos besamos, abriendo las bocas húmedas y devorándonos de pronto con una necesidad enfermiza. Sus manos abiertas cubrieron casi la totalidad de mi espalda. La presión de mi pecho aumentó y sentí que el corazón me latía desbocado. Tenía miedo pero, como pasa tantas veces en la vida, lo que me lo provocaba no tenía nombre. Era solo algo que me sobrevolaba. Desde hacía días. Cuando estaba con él.

Me arqueé para facilitar que me penetrara y Hugo gimió ronco. Me moví y cerró los ojos; no me pasó desapercibido que le costó tragar. Quizá eran las palabras que no lográbamos articular, que se deshacían hechas aire y rodaban hacia su interior. Nunca, jamás, había sentido aquello haciendo el amor. Por primera vez entendí ciertas cosas, como que a veces el cuerpo es el vehículo para demostrar cosas que es imposible expresar de otra manera. No era placer ni morbo; no era sudor ni gemidos. Eran un puñado de lágrimas metidas en el pecho, era apretar los dientes, era cerrar los ojos y no querer ver, solo tantear. Todo. Siempre.

Hugo gemía entre quejidos, sumergido en placer, rabia y tantas cosas por decir. ¿Cómo se pronuncian cosas que ni siquiera existen, que no son tangibles, que flotan y se escapan? ¿Cómo trascender un te quiero que empieza a no significar nada porque es ridículo al lado de lo que se siente? ¿Cómo se acepta todo lo que nos estaba pasando?

Apoyé las palmas de mis manos en su pecho húmedo y cerró los ojos con más fuerza, con los dientes clavados en su labio inferior. Hugo no me avisó cuando se corrió y me sorprendió verle temblar y maldecir. Yo también me corrí en silencio, con un nudo en la garganta. Y cuando me recosté exhausta sobre su vientre, supe que aquello a lo que no sabíamos dar nombre nos haría más sabios, pero, sí…, yo también notaba la asfixia.

37

Me desperté sobresaltado, incorporándome automáticamente. Jadeaba. Estaba empapado en sudor y me dolía la mandíbula de tanto apretar los dientes. Me faltaba el aire. Esa presión del pecho. Joder. Esa presión del pecho no me dejaba ni respirar. Alba se levantó y me miró preocupada.

—¿Qué pasa, Hugo? ¿Qué te pasa?

No podía responder. La aparté un momento como pude y me senté en el borde de su cama, dándole la espalda. Miré al suelo e intenté controlar mi respiración. «Las vetas de la madera, solo concéntrate en eso».

Años atrás estuve sentado en aquella cama con otra chica. Ella no lo sabía, aunque supongo que lo imaginaba, como casi todo lo que yo guardaba dentro. Follé con una chica en ese mismo colchón. Me la tiré porque estaba aburrido y ella siempre parecía muy dispuesta a que me acercara más. Después volvió con su novio y yo volví a mi vida.

Vida vacía. Complaciente. Hedonista. Yo creía que Alba ya lo sabía todo, hasta cosas que no existían aún, hasta cosas que pasaron antes de que naciéramos. Alba era de pronto el origen de todo y el destino de cualquier pisada. Por el amor de Dios, era de locos. Joder, era como si alguien de cien kilos estuviera sentado en mi pecho, presionándome la garganta con los dedos. Creí que estaba sufriendo un puto infarto. ¿Qué coño había soñado?

—Hugo…

—Estoy bien —conseguí decir interponiendo la palma de la mano entre los dos para que no se acercara más.

Alba correteó hacia la cocina en braguitas y una camiseta de tirantes que no llevaba cuando nos acostamos. Había soñado con mis padres. Eso lo sabía. Tantos años sin prestar atención a su ausencia y ahora me golpeaba de aquella manera, ¿por qué? Yo tenía aceptada la pérdida; no superada, porque nunca se supera despertar un día siendo huérfano. Pero habían pasado muchos años, la vida había seguido. Fue duro, pero esas cosas pasan. Ya no estaba enfadado. Ya no sentía rabia. Ahora tenía aceptado que fue una triste coincidencia. Una rueda que revienta y un coche que se sale de la carretera. Una tragedia, sí, pero… Se arrodilló delante de mí y me tendió un vaso con agua y hielo. Cogí aire. Sus manitas me tocaron la frente, el cuello y las manos, supongo que buscando averiguar si tenía fiebre. Temblaba. Bueno, los dos temblábamos, pero yo lo disimulaba mejor.

—Estoy bien —le repetí.

—¿Qué te ha pasado?

—No lo sé. He soñado… cosas raras.

Fruncía el ceño. Estaba preocupada. Y yo tenía un nudo en la garganta y ganas de llorar. Unas horribles, monstruosas e irrefrenables ganas de llorar, pero sabía que no era por mis padres. Era algo…, otra cosa. Una viva, palpitante. Algo nuevo. Algo que llevaba pensando sin reflexionar mucho tiempo, que había despertado y que yo apartaba porque me resultaba incómodo. La amenaza de… ¿perder más?

Yo no podía perder más cosas; ya había perdido hasta la cabeza. Tres meses antes lo único en lo que habría pensado en aquella situación era que a Alba se le marcaban los pezones bajo la licra de la camiseta y que estábamos de puta madre para una mamada. Pero en ese momento yo tenía ganas de llorar. Y querer llorar me provocaba más ganas de llorar. Me las quité de encima como pude; Alba se agarró a mi brazo, como si estuviéramos despidiéndonos en una estación en mitad de la noche para no volver a vernos más. Creo que ella también estaba a punto de llorar y sin ni siquiera saber por qué. La aparté otra vez, suavemente, y le pedí que me diera un momento. Ella se echó en mis brazos.

—Hugo, Hugo…, ¿qué te pasa?

Estaba aún medio dormida. Reaccionaba como no lo hubiera hecho estando despierta; en otra situación ella habría creído disimular su preocupación bajo una pátina fina, muy fina, de fingido desdén, pero en sus ojos brillaría la misma pregunta. Ahora, en ese estado, olvidaba cuánto le importaba hacerse pasar por invencible. Pero yo no podía atenderla en aquel momento y, resoplando, me metí en el cuarto de baño. Estaba muy agobiado. La presión había cedido, pero sin remitir del todo se había desplazado un poco más abajo. ¿Qué me dolía? ¿Era el recuerdo de haber pasado días sin ella? ¿Era la soledad de mi piso? ¿Aquella cena con amigos de la universidad tan aburrida? ¿Darme cuenta de que la vida sin ella no era vida ni era nada?

Nico.

Apoyé la frente en la puerta tras la cual Alba me preguntaba si necesitaba algo, si llamaba a un médico, si... Yo no la escuché. Nico. Certeza. Seguridad. La otra pérdida.

Me separé de la puerta y miré al techo. Joder. ¿Por qué? ¿Por qué, Alba? ¿Qué hacer cuando te debates entre el amor y la lealtad hacia la única persona que llena tu vida? Cuando una de las dos balanzas se desequilibra no cabe la posibilidad de no elegir... Abrí la puerta y ella se abrazó a mi cuerpo desesperada.

—Por Dios, dime algo. ¿Estás bien? Me estás preocupando.

Le acaricié el pelo.

—No es nada, *piernas*. —Tragué con dificultad. Nada. Nada, *piernas*. No es nada. Repítetelo, créelo, convéncete. NADA. La abracé y me aclaré la garganta—. He reaccionado raro. No te preocupes, mi vida. Es solo una pesadilla. Aún estoy medio dormido.

—No. No es eso. Lo sé.

Lo sabía. Ella lo sabía.

—No seas tonta.

Estudió mi expresión mirando hacia arriba, estirando el cuello. Dos meses, Hugo, dos meses. Y los meses se convierten en años, y los años en décadas. Las cosas se estropean. Se deterioran. Se alejan. Se olvidan. ¿Qué quieres? Es la vida. Ahora es dulce y aun así a veces deja un regusto amargo. ¿Cómo será dentro de un año? Tú la querrás más. Él la querrá más. Si tiráis con fuerza la romperéis. Fingí una sonrisa y la besé.

—No me hagas esto. Me estás mintiendo —gimoteó.

—¿Puedes no hacerme caso, por favor? Ha sido una regresión a los siete años. No he pensado.

—Estabas tan...

—Ya está. Venga, *piernas*..., a la cama.

—No voy a poder dormirme otra vez, no intentes convencerme —se quejó.

Pero los párpados le pesaban ya. En ese momento la sonrisa fue sincera. Maldita niña, joder.

—Vale, pero acompáñame a la cama. Allí me sentiré mejor.

Cayó dormida en menos de cinco minutos con mis dedos dentro de su espesa melena. Mi cabeza derrapaba a toda velocidad. Mierda, Hugo...

Yo sabía que Nico me quería. Yo sabía que era recíproco, que él sentía por mí lo mismo que yo por él, pero también tenía la certeza de que éramos personas completamente diferentes y que ante un mismo problema, estímulo o motivación reaccionaríamos de modos distintos. ¿Y si empezábamos a quererla sin freno? ¿Qué pasaría con nosotros dos? ¿Qué pasaría con lo que me unía a él? Era la única persona en el mundo que me quedaba.

Abracé fuerte a Alba antes de salir de la cama. Le dejé una nota en la cocina diciendo que había salido a correr, pero lo que hice, para mi total vergüenza, fue bajar al sótano, al pasillo nunca concurrido de los trasteros, y llorar como un crío. La primera vez en catorce años. La pérdida. La amenaza de la pérdida fue la que me había asfixiado.

38

Dos días después de volver de viaje y de la pesadilla de Hugo, la vida volvió un poco a su cauce. Pero… no. Algo había. Y todo parecía ir bien. Películas en el sofá. Una noche de sexo. Cenas en la terraza. Normalidad, ¿no? No. Hugo con la mirada perdida en la pantalla, ajeno a los movimientos de las imágenes. Hugo reticente a dejarse llevar, corriéndose con expresión consternada, como si se hubiera fallado a sí mismo. Cenas de silencio por su parte. Ni *piernas* ni «cariño» ni bromas ni manteles de Zara Home. Nico le preguntó si le pasaba algo, pero Hugo lo achacó al estrés. El Club, muchas cuentas nuevas en la oficina… Seguía sin ayudante, nos recordó. Solo ante el peligro.

—Si pienso en la oficina me da un mal.

Un mal me iba a dar a mí si no volvía a ser sincero, honesto, transparente…, mío. Nuestro. El viernes Nico se había programado para ir a casa de sus padres; tenía la esperanza de que le acompañáramos y lo tenía todo pensado. Yo sería su novia: «Hola, presentación en sociedad, padres, hermanas y sobrinos de Nico». Hugo sería el amigo al que le gusta aguantar la vela. Y su madre lo adoraba. Y yo estaba dispuesta a representar el papel de mi vida si Hugo también venía.

—Allí se te va el agobio en dos horas —le insistió Nico dando vueltas al café.

—No puedo, Nico —le contestó él recogiendo platos ante mi atenta mirada, que estudiaba cada gesto y cada reacción—. Prefiero quedarme. Así aprovecho y me quito de encima terminar de revisar las cuentas de El Club.

—Lo haremos a la vuelta.

—No. Quiero hacerlo ahora.

No. Era su última palabra. A la mínima oportunidad me metí en la habitación con Nico y cerré la puerta.

—¿Y tú te vienes? —me preguntó mientras abría el armario y sacaba ropa.

¿Realmente estaba tranquilo? ¿Es que no veía que a Hugo le pasaba algo?

—Nico…, Hugo está raro.

—Es raro.

—No, le pasa algo.

—De vez en cuando se pone un poco así. Estará a punto de tener migraña. O la regla.

Le miré severa.

—Nico…

—Sí, ya. Vale, está raro, pero creo que es por El Club. Lleva un tiempo diciendo que algo no le encaja y al parecer hay alguien interesado en comprarlo. Debe de ser por eso.

Arqueé las cejas.

—¿Cómo?

—Ay, cosas de negocios, Alba —se quitó de encima Nico—. Ya sabes cómo es con el trabajo.

—No quiero dejarlo solo estando así.

—No se va a tirar por una ventana, Alba —me explicó fastidiado.

—Ya lo sé, joder.

—Vale, tienes razón. —Me dio un beso.

—¿Tienes que irte? —le interrogué—. ¿No puedes quedarte?

—Puedo quedarme pero tendré que ir tarde o temprano. Hace semanas que no veo a mis padres, mis sobrinos están pasando allí unos días…

—Tienes que ir, lo entiendo.

Sonreí, pero sin ganas. Despedí en el garaje a Nico con muchos besos y un abrazo.

—Pásalo bien —le dije pegada a su pecho.

—Lo pasaría mejor si vinieses, pero te toca el turno de niñera.

—No te rías —le supliqué al ver que todo aquello le hacía gracia.

—Me río porque estoy habituado a verlo comerse la cabeza. No te preocupes, Alba, cariño. ¡Él es así! Ahora debe de estar haciendo sumas, multiplicaciones y divisiones mentales por el tema de El Club.

—¿Tú crees que es por eso? La otra noche se despertó como de una pesadilla, empapado…

—No tienes de qué preocuparte. Es lo de El Club.

Se inclinó y, sujetándole la barbilla, me besó en los labios.

—Te voy a echar de menos.

—Y yo —le confesé.

—Sube y dale mimitos. Ponle una película romanticona y dale una tarrina de helado.

—Capullo. —Me reí, mientras veía cómo se alejaba hasta su coche.

Me guiñó un ojo y, sonriendo, metió sus cosas en el maletero y después se sentó frente al volante. «Te quiero», le dije.

Me lanzó un beso y lo vi desaparecer por la rampa del garaje, alejándose de nosotros, de mis paranoias y de un Hugo al que le pasaba algo más que la duda sobre si vender o no su negocio. Eso lo sabía hasta yo.

Subí de nuevo a su piso y me encontré con que Hugo estaba en la ducha. Al final me quedaba en casa y no tenía que ponerme en el papel de la novia perfecta frente a la familia de Nico, pero debía actuar de todas formas: fingir que yo no me daba cuenta y que todo iba bien. Me desnudé y me metí en la ducha, dándole un susto de muerte al abrir la mampara.

—¡Coño, *piernas!* —se quejó, llevándose la mano al pecho—. Que ya tengo una edad. Al final me va a reventar la patata.

—Vengo a enjabonarte. Soy la enjabonadora oficial.

—Ya veo. —Levantó una ceja—. Pues estoy muy sucio, ¿sabes?

Y hasta aquella broma sonaba falsa. Pensé en que quizá un polvo loco o una mamada solucionaría algo, pero para ser sincera conmigo misma no era sexo lo que me apetecía en aquel momento y no quería caer en usar esa faceta de nuestra vida para conseguir otras cosas de él. No me prostituiría por cariño o sinceridad. «No, Gabi, no tienes razón».

—Vale, ¿qué pasa? —le pregunté.

—¿Qué pasa de qué?

—¿Qué narices te pasa?

—¿Por qué me va a pasar algo?

—Porque te pasa y ya está. Dímelo y dejaré de darte el coñazo.

Chasqueó la lengua contra el paladar.

—¿Tenemos que hablarlo aquí desnudos?

—Sí. No hay nada nuevo, ¿sabes?

Puso los ojos en blanco.

—Es que no sé qué me pasa.

—¿Es por lo del anillo? —Y lo escupí, porque me daba un miedo horrible que Hugo se hubiera agobiado con aquel montón de ñoñerías locas que a mí me hacían tanta ilusión. ¿Y si se había dejado llevar por las cosas que yo quería y había olvidado las que quería él?

—¡Claro que no es por lo del anillo! Es que...

—¿Por Tailandia?

—Puede ser. No lo sé. Fue... raro. Hacía años que no estaba solo. Pero no te preocupes, de verdad, *piernas*. Se me va a pasar.

—Este fin de semana tú y yo vamos a pasarlo muy bien. Y se te va a pasar.

Sonrió.

—A sus órdenes. —Se cuadró en un saludo militar.

—A sus órdenes ¿qué?

—A sus órdenes, mi amor.

Me levantó en volandas y fingimos que los dos creíamos que iba a ser un fin de semana genial. Aunque en realidad lo fue. A ratos. Le acompañé a El Club por la mañana. Había estado evitando volver a pisarlo desde el «percance» de mis fotos clandestinas. Y no me apetecía ver a Paola, la verdad, porque no se lo había preguntado pero estaba prácticamente segura de que habían estado juntos en el lapso de tiempo en el que estuvo enfadado conmigo. Tuve la suerte de que estuviera cerrado a esas horas. No había nadie más que nosotros. Él recogió algunas carpetas con albaranes y recibos y nos las llevamos a casa, donde las dejó abandonadas encima de la mesa del estudio. Yo sabía que era una excusa. No iba a ponerse con ello.

—Bueno..., ¿qué te apetece hacer? —preguntó cuando estuvimos de vuelta.

Quererte de por vida. Pero no lo expresé. Y esos silencios suelen marcar la diferencia. Al principio fue como tirar de un peso muerto. Y la sonrisa se me descosía cada vez que pensaba que si él no remaba, el barco se hundiría. Nos tomamos una copa de vino en la terraza y en el silencio que se expandió entre nosotros, en el que no había placidez precisamente, se podía escuchar el funcionamiento enloquecido de los engranajes de su cabeza.

—Hugo..., mi amor —le dije encaramándome a él, porque como en la noche que tuvo la pesadilla, verle de aquella manera me desarmaba por completo y no me importaba hacerle ver lo vulnerable que me dejaba su distancia. Tenía los ojos clavados más allá de la barandilla sin mirar nada en particular. Me pesaba algo dentro del pecho—. Me estás matando —gimoteé.

Parpadeó, me miró y... simplemente volvió. De pronto hasta pareció erguirse más y recuperó la sonrisa.

—Pero, *piernas*... —Y en ese susurro y en la sonrisa que lo envolvía, por fin, volvimos a ser «piernas» y «cariño». Era la actitud de un hombre que ha tomado una decisión—. Estoy aquí.

—Me asustas.

—Pues no te asustes. Te dije que siempre pensaría en lo mejor para nosotros, ¿no? Pues no tengas miedo. Además..., ¿este no iba a ser nuestro fin de semana?

No sé por qué, necesité correr hasta mi habitación para ponerme el anillo.

Nos dimos el último baño de la temporada en la piscina. Corrimos por el césped sorteando a críos que hacían lo mismo que nosotros. Nos tumbamos al sol, mojados, le hice cosquillas con una ramita que encontré y él me besó tanto como pudo.

Pasamos el resto del día en casa. Bebimos vino. Escuchamos discos antiguos. Nos reímos de algunos de ellos y, mientras la bañera se llenaba con agua tibia, nosotros bailamos por el salón, como sus padres, escuchando por enésima vez *Lágrimas negras*. Y Hugo me abrazó mucho. Una mezcla de ilusión y de pena empezó a llenarlo todo entre los dos. ¿Qué había allí que antes no estaba?

Nos sumergimos en el agua recordando la última vez que lo habíamos hecho allí. Entonces la cosa salió mal: Nico se sintió traicionado y nosotros rompimos, pero eran cosas que no volverían a pasarnos, porque éramos sinceros y porque no nos ocultábamos nada. Y allí agarrados, todo volvió a ser como en Nueva York. El agua de la bañera, el mar, sin final. Y nosotros, el centro de gravedad de nuestro propio universo. Anulamos hasta los principios que regían el mundo. Podríamos incluso volar. Un cuento de hadas. Nuestro secreto metido en una amatista. Todo. Siempre.

Nico no llamó al día siguiente, como yo esperaba. Creía que lo haría, preocupado por la situación; así yo podría decirle que Hugo ya estaba mucho mejor. Él solo mandó un mensaje en el que me decía que me echaba de menos y que dormía de culo sin poder tenerme a mano. Le respondí, pero me pareció violento introducir el tema de Hugo en ese contexto.

Desayunos en la terraza, con los ojos entrecerrados por el sol. Yo en su regazo. Sus besos en mi cuello. La cama revuelta, durmiendo a pierna suelta un rato antes de comer. Cocinando entre los dos. Bebiendo vino. «El mejor», dijo él sacando una botella polvorienta. Y nos bebimos mucho dinero aunque yo no tuviera suficiente paladar para apreciar si lo valía. Vino y rosas, ¿no? También hubo flores, una orquídea preciosa, blanca, que parecía tener luz propia. Y sexo. Hubo un sexo magnífico aquel fin de semana. Lo hicimos despreocupadamente sobre la alfombra, entre besos. Lo hicimos en la cocina, apoyados en la nevera, mientras me clavaba en la espalda los cuatro imanes de NY que trajimos con nosotros. Lo hicimos en la ducha, en la cama, en el sofá. Lo hicimos tantas veces que pensé que se había vuelto loco. Y al final siempre quedaba yo, como extasiada, porque Hugo convirtió cada encuentro en la búsqueda placentera del Nirvana.

—Te quiero tanto… —me dijo la última vez, sobre su cama—. Júrame que nunca lo olvidarás.

Cuando Nico volvió el domingo y cenamos los tres, Hugo no podía dejar de mirarme. Había una sonrisa triste en sus labios, pero estaba decidido. Yo pensé que por fin se había dado cuenta de que valíamos la pena. El esfuerzo, los celos, escondernos, todo quedaba en nada. Porque lo que había entre los tres era amor de verdad. Personas como Gabi no podrían entenderlo, pero nosotros sí. Hablamos de las vacaciones y de la oficina, me reí a carcajadas con sus anécdotas y Hugo estuvo tan cariñoso… con los dos. Le acompañé a la cocina a dejar los platos y, mirándole sonreír de aquella manera, ubiqué de pronto aquella sensación que me había acompañado durante todo el fin de semana. Fue como estar en una estación de tren, sonriendo antes de echarme a llorar y ahogarme en el sentimiento de añoranza.

—Hugo… —musité.

—*Piernas*… —respondió con tonillo.

—Hugo, mírame.

Él siguió metiendo cosas en el lavavajillas. Tiré de él, nerviosa de pronto, como si hubiera escuchado el tictac de una bomba pero no viera dónde estaba. Agarré su cara entre mis dedos y le obligué a mirarme.

—¿Qué pasa, mi vida? —preguntó extrañado.

—Dime que no te estás despidiendo.

—No me voy a ninguna parte.

—Júramelo. —Y tragué conteniendo un nudo de lágrimas—. Júramelo por mi vida.

Sonrió condescendiente.

—No me voy a marchar a ningún lado. Seguiré estando donde estoy. ¿Vale?

Asentí…, pero no le creí. Aquella noche yo quería dormir en mi casa porque el día siguiente ya volvía a la oficina, así que subimos los tres. Nico iba hacia la terraza, suponiendo que terminaríamos la jornada allí, como otras tantas veces, hasta que me durmiera entre los dos. Pero Hugo le cogió de la muñeca y lo acercó. Fue un gesto tan íntimo que me paré en mitad del salón a observarlos. Después tiró de mí hasta colocarme entre los dos. Acarició mi cara, mi cuello y me besó a la vez que llevaba las manos de Nico hasta mis caderas. Sonrió cuando dejé caer mi quimono y Nico me apretó contra él. Parecía tan feliz con nosotros dos. «No puede estar pensando en alejarse, Alba», me dije. No. No podía ser.

Terminamos de desnudarnos en mi dormitorio. Ni una palabra. No se habló aquella noche. Ni «nena» ni «más» ni «todo», aunque no creo que guardáramos nada para nosotros mismos. Me recorrieron entera con los labios. Dos bocas devorándome por completo, calentando el momento hasta hacerme arder. Fue más intenso que nunca. Y yo les regalé mis labios para que disfrutaran. Me dejé caer de rodillas y los atraje hasta mí para acercar sus erecciones a mi boca. Hugo se agarró de Nico y le dedicó unas caricias torpes en la cabeza hasta apoyar la suya en el hombro de su mejor amigo. Fue tan íntimo que casi sentí que sobraba. Hasta que tiró de mí y los tres compartimos besos.

Hicimos el amor. Los dos dentro de mí, rozándose, penetrándome a la vez. Hugo nos manejó a los dos y nosotros solo nos dejamos llevar. Sonreía.

—Así, así…, más cerca. —Fue lo único que susurró cuando estábamos a punto de alcanzar el orgasmo.

Nico me miró confuso, como si buscara encontrar en mi expresión la certeza de que yo comprendía lo que le pasaba a Hugo, pero solo vio la misma duda. ¿Qué sucedía? ¿Por qué era todo de pronto tan de los tres, tan bonito, tan nuestro? Nico fue el primero en correrse, con la frente apoyada en mi pecho. Hugo y yo llegamos después, a la vez. Mis pechos apretados contra el pecho de Nico. Sus manos buscándose para tocarse, agarrados del cuello del otro, jadeando. Era una búsqueda por sentirnos tangibles después de tanto amor.

—Te quiero —susurró Hugo—. Os quiero. A los dos.

Y fue la primera vez que aquella declaración se susurraba para los dos, en plural… Dormí entre los dos, agarrando con fuerza a Hugo, con miedo a que se escapara en mitad de la noche. Pero me convencí de que no iba a suceder y que lo que me creaba ansiedad era ver cumplida la necesidad de que todos creyéramos en aquello de verdad. Mi cama llena. Una almohada para los tres. Como la vida, ¿no?

Cuando sonó el despertador y me levanté atolondrada, él ya no estaba allí. Casi llegué tarde, porque pasé mucho más tiempo del normal mirando las sábanas revueltas y a Nico, que dormía plácidamente enredado en ellas.

39

DECISIONES

Fue un día duro. Mi primer día de jornada completa hasta las seis de la tarde. La mañana fue eterna y horrible. Estaba acostumbrada a que aquella moqueta encerrara siempre los pasos de los dos. Aunque la gente volviera a estar en sus puestos y nosotros no pudiéramos más que compartir un guiño. Añorarles no ayudaba.

Olivia y yo tratamos de hacerlo más llevadero saliendo a comer fuera. Terminamos en la barra de un restaurante asiático que hay dentro de la zona gourmet de El Corte Inglés de Nuevos Ministerios. Todo estaba muy rico, pero tenía el estómago lleno. Lleno de cosas que no me gustaban. Las mujeres somos así. Lo sabemos. Sencillamente, lo sabemos antes de que suceda, aunque ni siquiera exista cuando lo intuimos.

—¿Qué pasa, Alba? —me preguntó Olivia preocupada.

—No lo sé. —Me encogí de hombros—. Pero algo pasa. Lo sé.

Me preguntó por mi anillo. Ni siquiera me di cuenta de llevarlo. Estaba como ida, como cuando eres adolescente y siempre te pillan con la cabeza en otro mundo. No me lo había quitado desde el viernes. Le conté que era un regalo de Hugo y esbocé una historia medio inventada en la que nada era tan especial como lo había sido. Lo real era nuestro secreto y, aunque todas queremos compartir el cuento de hadas, esta vez era diferente. Después del café le mandé un mensaje a Hugo preguntándole si todo iba bien. «Tengo algo dentro, Hugo, que me dice que no estamos bien». Contestó cuando en el reloj de mi móvil ya eran más de las cinco. Decía que estaban metidos hasta las cejas con los papeles de El Club y que no me preocupara. «¿Cenas en casa?». Claro que cenaría en su casa. Pero sabía que no iba a ser especial...

Cabeza a mil por hora. Miles de hipótesis. Todas malas. O peores. El aire no me alcanzaba a los putos pulmones. Cuando llegué a nuestro edificio estaba casi sin aliento; si no había estallado en llanto cien veces en el trayecto había sido puro milagro. Solo quería entrar, que me sonriera, ver que todo iba bien, que solo era una agorera y que me abrazara. Ni siquiera pasé por mi apartamento para cambiarme. Fui directamente a su piso, donde me abrió Nico.

—¡Qué guapa! —exclamó—. Me gusta ese vestido.

¿Cómo podía estar tan tranquilo? ¿Es que no lo sentía? ¿Es que para él el aire no había empezado a ser más denso? ¿Es que no se asfixiaba? ¿Es que no notaba cómo se rompía? Hugo estaba en la cocina apoyado en el banco, absorto, mirando fijamente a la cafetera funcionar.

—Hola —le dije casi ahogada en mi propia sensación.

—Hola, *piernas*. —Sonrió triste.

Me acerqué a darle un beso pero se giró hacia el armario y sacó el azúcar. Le echó dos cucharadas a la taza y se puso a revolverla. Él nunca se ponía azúcar en el café...

—Hugo... —No contestó—. Cariño. —Se apoyó de espaldas a mí, mirando al suelo, y resopló—. No. No me hagas esto —le susurré.

Cuando Hugo y yo nos encontramos en el tren la primera vez su físico anuló todo tipo de pensamientos lógicos. Yo solo sentía la tentación de alargar mi mano, tocarle, provocar un encuentro con él sin saber ni siquiera su nombre. Pero él lo pronunció y fuimos haciéndonos un hueco que nadie más podría ocupar jamás. Hugo era Hugo, por mucho que Nico fuera Nico. Y sin Hugo..., yo no era *piernas*. Era Alba, sin más, sin cuento de hadas. Me sentí desnuda entonces, al verle darme la espalda, evitando tener que explicarme en aquel preciso momento la razón por la que no quería besarme. Me sentí desubicada. Me sentí vulnerable. Salí de la cocina. Siempre lo supe. Era la despedida. Hugo había estado despidiéndose. Y sí, estaba decidido, pero no para afrontar lo nuestro con la creencia de que podría ser, sino para abandonarlo. Abandonarnos. Abandonarme.

Nico salió del despacho y frunció el ceño al verme sentada en el cheslón, con la cabeza entre las manos, controlando el llanto.

—¿Qué pasa? ¿Todo bien?

Hugo salió de la cocina.

—Vale. Sentaos un momento.

—No. No —repetí yo. Y creí que me ahogaba con las lágrimas que me tragaba.

—¿Qué pasa? —insistió Nico, que estaba perdido y sorprendido.

Hugo miró al techo, cogió aire y tragó saliva.

—Por favor, dejadme hablar hasta el final. Y, Nico..., no te vayas hasta que me hayas oído. —Un silencio ensordecedor. Hugo se dejó caer en la otra parte del sillón—. Dadme un segundo. No sé por dónde empezar.

—Por el principio —respondió Nico molesto—. No entiendo nada.

—A ver… —Resopló—. Yo… os quiero. Os quiero mucho. Ni siquiera puedo explicaros lo mucho que…, pero…

—¿Cómo que pero?

—Nico…, házmelo fácil.

—Y una mierda —le respondió—. ¿Qué haces?

—Esto no va a salir bien. Lo sé. No lo imagino, es que lo sé. Esto no puede salir bien por tantos motivos que no sé por qué no los vimos antes.

—Me lo prometiste —le recriminé.

—Te dije que no me iría y no me voy. Te prometí que siempre pensaría en lo mejor para nosotros y es lo que estoy haciendo. Es la decisión más adulta. Yo…, yo ya no puedo soportarlo. No después de lo que pasó… —Yo supe que se refería a Nueva York, pero miró a Nico y desvió el tema—. Los cinco días en los que estuvisteis de viaje fueron un verdadero calvario. Y no quiero pasar por eso. No quiero quererla solo para mí y no quiero apartarte.

—Pero ¿qué dices? —preguntó Nico.

—Esta vez es verdad…, el problema no sois vosotros; soy yo. No puedo. Sencillamente, no puedo hacerlo. No creo en esto y no quiero terminar estropeándolo, alejándome y quedándome solo. Sé que es egoísta…

—¿Lo dices en serio?

—¿Cómo iba a bromear con esto, Nico?

—¿Qué hemos hecho mal? —le interrogó.

—Nada. —Y Hugo sonrió triste—. Pero yo os quiero demasiado.

—Si nos quieres demasiado no nos dejas, tío. A mí esas mierdas no me valen.

—Pues tendrán que valer, porque es la verdad.

—No. —Y Nico rio sin ganas—. Estoy flipando.

—Nico..., si sigo me matáis. —Cerró los ojos y la voz le falló—. No tengo nada más. Nada. Y hay que elegir.

—No hay por qué elegir, de eso se ha tratado desde el principio —le discutió Nico levantándose.

—Es imposible.

—¡No lo es!

Puse la mano sobre la pierna de Nico, pidiéndole sin palabras que no insistiera. Hugo se tapó la cara y tras unos segundos volvió la mirada hacia el techo.

—Quiero que sigáis como hasta ahora. Yo sé que os queréis. Y lo vuestro puede salir bien. Soy tu mejor amigo y te quiero como a un hermano. Y ella es —me miró fugazmente, pero apartó los ojos enseguida—, es la mujer de tu vida. Es todo lo que siempre has querido. ¿Qué hago ahí en medio? Me hago a un lado, porque esto ya no..., ya no, Nico.

—¿No es también la mujer de tu vida? —le retó.

Hugo volvió a mirarme, mordiéndose el labio inferior.

—No. —Cogió un montón de aire y se levantó. Y lo que vi en su cara me rompió por completo, porque no hablaba solo de él, sino también de mí—. Creía que...

—Hugo. —Nico se puso de pie—. Escúchame. Quiero que me mires..., ¡mírame!

El grito me pilló totalmente por sorpresa. Hugo levantó la mirada hasta Nico.

—Házmelo fácil... —le suplicó.

—No. ¿Y sabes por qué no? Porque si la situación fuese al contrario, yo jamás tomaría la decisión que estás tomando tú. ¿Lo sabes?

—Por eso mismo.

—Entonces, ¿qué pasa? ¿La quieres más que yo? ¿O es que me quieres más a mí? ¿Estás diciendo que por eso yo no te quiero?

—Para —le pidió Hugo.

—No me da la gana. ¡Tú no has pensado lo que estás haciendo!

—¡Claro que lo he pensado, joder! —se quejó—. ¡Eres tú quien no lo ha pensado!

—Te he visto mirarla —le dijo Nico con rabia—. ¿Crees que soy imbécil?

Hugo y yo nos miramos. Por delante de nosotros pasaron los recuerdos de Nueva York, la cena después de que me diera el anillo, abrazados bailando con el eco del piano del salón. El nudo de cosas que son imposibles de materializar en palabras volvió a mi garganta.

—Sencillamente no puedo —musitó.

—¿¡¡Que no puedes!!? —gritó Nico.

Hugo se levantó, pasó de largo por delante de mí y se marchó hacia la puerta.

—Hugo —le llamé.

Pero él cerró la puerta con suavidad y desapareció. Nico me miró.

—Tú lo sabías…

—No. Yo… no quería creerlo.

—Hay algo que me estoy perdiendo.

Me levanté.

—¿Adónde vas?

—Dame…, dame unos minutos.

Seguí el mismo recorrido que Hugo y salí del piso. Me ahogaba. La asfixia. El vacío. Empecé a subir escalones como una loca. El sollozo salió disparado cuando había llegado casi al sexto. Me apoyé en la pared. Gemí y la golpeé. Me faltó el aire. La certeza. Horrible. La elección.

¿Amor o lealtad? ¿Qué se elige en estos casos? ¿Podía odiarle por hacer su elección? Bajé los escalones a trompicones. Bajé, bajé, bajé. Crucé puertas y seguí bajando. Lo encontré apoyado en la puerta de un trastero, en un pasillo del sótano.

Un hilo invisible me ataba a él y tiraba de todas y cada una de mis vísceras. Lo primero que hice fue golpearle en un brazo. Estallé en llantos y volví a lanzar otro golpe. Me cogió las manos para pararme.

—No llores —me pidió con un hilo de voz—. Porque me matas. Te juro que me moriré si lloras.

Pero yo no podía parar. Una voz serena dentro de mi cabeza me decía que era una ruptura y que el mundo seguiría girando después. Son cosas que pasan. Son cosas previsibles si crees que es posible quererse en un triángulo perfecto. La vida no es matemática.

—¿Por qué? No me dejes —le supliqué.

—No te estoy dejando a ti.

—Me estás dejando a mí. Has elegido. Y le has elegido a él.

Le cogí de la camiseta y sollocé hasta arañarme la garganta con fuerza. Hugo me envolvió con sus brazos y acarició mi pelo; traté de quitármelo de encima pero me sujetó. Las manos le temblaban.

—¡¡No me quieres!! —le reproché—. ¡Y me dijiste todas aquellas cosas! ¿Qué hago con todo eso, Hugo?

—Calla —me pidió—. Cállate.

—Los dos sabemos que con él no... No es lo mismo, Hugo. ¡¡No lo es!! ¡¡Lo sabes!!

Me apartó.

—Mierda, Alba. Tiene que ser. No hay otra manera.

Me apoyé en la pared y lloré. Lloré tanto que creía que me estaba volviendo loca. Tuve ganas de morirme y la voz de mi cabeza volvió a decirme que solo era una ruptura. Una más. La vida está llena.

—Dime que no me quieres —le supliqué—. Por favor, dímelo. Haz que te crea.

—Puedo fingir con él, pero no contigo. Vas a tener que ayudarme a hacerlo bien.

—Esto no va a salir bien.

—Pero es la única manera.

—¿Y nosotros?

Nos mantuvimos la mirada y él negó con la cabeza.

—No sé hacerlo mejor.

—Lo elegiste a él. —Lloré.

—Sí —admitió—. Pero porque es la única manera de teneros a los dos.

—Yo ya no seré nada tuyo.

—Siempre serás un poco mía. —Trató de sonreír con tristeza—. Todo. Siempre.

Sollocé y me hice un ovillo. Hugo aguantó las lágrimas, mirando hacia arriba, disimulando la mueca de sus labios mientras los mordía.

—No me quieres lo suficiente.

—No me digas eso, por favor —suplicó.

—Prometiste muchas cosas que jamás cumplirás. ¿Qué tengo que creer ahora?

Tiró de mí pero me resistí a ponerme en pie. Hugo suplicó a media voz. Negué con la cabeza, llorando. Me sentía…, no lo sé. No sé qué palabras pueden caber en aquella sensación. Era como la nada de *La historia interminable*, avanzando y comiéndoselo todo en su avance. «Es solo una ruptura», me decía, pero no me creía. Hugo me levantó finalmente y me apoyó en la pared.

—Mírame. Por favor, mírame. —Me resistí, como una chiquilla—. Mírame, por favor, porque me muero si no te lo digo. Te lo juro, Alba… —Sus labios se pegaron a mi oído. Jadeaba levemente por el esfuerzo de contener las lágrimas—. En dos meses has dado la vuelta al mundo, me has puesto a tus pies, pero no puedo y la culpa la tengo yo. Yo le dije: «Nico, es para los dos» y ahora lo pago. Te quiero. Pero no tengo nada a lo que agarrarme. Es la única manera de teneros a los dos o terminaré por querer marcharme, abandonarlo, irme contigo. Y os romperé de tanto estirar. Y no quiero. No puedo. Ya no puedo perder más cosas. No me queda nada más.

Apoyó la frente en mi pelo y me agarró la cara con las dos manos. Sus labios se apretaron en mi sien, en mi cuello, en mi mejilla y, sin poder evitarlo, en mi boca. ¿Quién se despide de una relación con un beso? ¿Quién le dice a la niña que el cuento de hadas es mentira y la envenena con un beso? Cerré los ojos.

Cuando los abrí él ya no estaba allí. Se había marchado. Nico abrió la puerta y no pudo evitar un gesto de sorpresa al verme los ojos rojos, los labios hinchados y cómo me abrazaba a mí misma. Creo que siempre albergó la esperanza de que fuera una pataleta y que lo trajera de vuelta. Pero ni siquiera había regresado del todo yo.

—No entiendo nada —musitó.

—A partir de ahora estamos solos.

40

ELEGIR

Las elecciones nunca son fáciles. Unas veces por miedo a equivocarse y otras porque estamos demasiado anclados a las opciones entre las que nos debatimos. Pero elegir nos hace sabios; no hay manera de no aprender de ello, tanto de los fracasos como de los aciertos. Y, como en un estado suspendido de conciencia, la idea de haber acertado equivocándome me alcanzó. Y creo que a día de hoy aún me llena.

Tendría que vivir con ello. Con Alba besándole a él, regalándole a él sus noches, sus días, sus horas. Alba y Nico compartiendo cosas que yo creí que me acompañarían de por vida. Pero podría andar a su lado y verla. Solo verla...

Caída libre, Hugo. En ti mismo. En el error de querer hacer las cosas más fáciles y la sorpresa de que realmente todo era más sencillo. Lo que no quiere decir que dejara de doler. A decir verdad, ese día empezó a doler de verdad. Era el principio. Dos meses no fraguan una historia de amor de las que se te graban a fuego. O sí, no lo sé. Quizá solo hagan falta unos segundos para sentirte dentro de alguien. Quizá con una mirada sirva y el tiempo restante se trate solo de asentar un sentimiento. Nunca he sido demasiado romántico para todas estas cosas… Así que, fiel a mi creencia, sentí que ese fue solo el comienzo. El recuerdo de mi rodilla derecha en el suelo, sus ojos brillando y mi estúpida convicción de que una piedra morada haría juego siempre con su iris. Ese día abrí la puerta. El comienzo. El cuento de hadas. Nada sano puede basarse en un secreto, es lo único que puedo decir.

Pero ¿qué iba a hacer? ¿Pelear con mi único amigo por tenerla? De aquella manera siempre la tendría. Daba igual cuánto tiempo pasara, me dije, siempre guardaría dentro la sensación de su piel deslizándose bajo mis manos. De la risa. La risa de Alba…

Me sentía, como cantaba Tom Petty en *Free fallin'*, un mal chico que se escondía en las sombras mientras las buenas chicas lloraban en casa con el corazón roto. Lo hice muchas veces en la vida. Yo me vestía de chico sincero. No me gustaba engañar a nadie, decía, pero en el fondo lo hice con muchas, porque yo alimentaba con besos y sexo su necesidad de más. Rara vez lloraron cuando rompí con ellas. Me sentía orgulloso de ello, aunque supiera que muchas lo hicieron al llegar a casa. Eso lo obviaba. «No eres mal chico. Eres honesto», me decía. Y… ¿sabéis de qué sirven esas cosas llegado el momento? De nada. No son más que basura con la que tapamos quiénes somos de verdad. Alba había terminado con aquello de un plumazo al sollozar y demostrar cuánto daño le estaba haciendo. ¿Era justo? No lo sé. Pero me parecía lo más sano, aunque sintiera que iba a morirme.

Dicen que soñamos en blanco y negro, pero yo aquella noche soñé en color. Mi padre y mi madre bailaban en el salón de casa. Mi padre le decía cosas al oído que la hacían reír y yo me sentía molesto por el alarde de intimidad. Como cuando tenía quince años.

—Dejadlo ya —solía decirles. Y creo que lo repetí en el sueño también—. Todos sabemos ya que sois muy felices.

Y mamá me miraba por encima del hombro de mi padre, poniéndose de puntillas para poder hacerlo. Y se reía, porque ella era mucho más lista que yo. Ella ya sabía. Pero de pronto no era ella, era Alba. Y con quien bailaba era conmigo. En su mano brillaba el anillo que yo le regalé. Y me miraba, pero yo no me giraba.

Me desperté. Simplemente me desperté, sin llantos, sin respiración agitada, pero con el pecho lleno de cosas horribles que empujaban para poder salir. Entendí por qué algunos hombres golpean las paredes. No estamos preparados para sentir ciertas cosas. Ojalá lo estuviéramos. Ellas siempre van un paso por delante de nosotros en ese aspecto. Ella. Alba. Que lo sabía todo de mí.

Hacía ya bastante que me di cuenta. Fue cuando vino corriendo a mi casa a cuidarme en una de mis migrañas. Ella simplemente decidió que yo no pedía ayuda porque no me gustaba depender de nadie y era cierto. Me había acostumbrado a la vida con Nico, alguien que estaba pero que entendía mis rarezas y que sabía de memoria las coordenadas de dónde empezaba y terminaba mi espacio vital. Ese espacio que no podía traspasar para que yo no me sintiera incómodo. Y con los años me convencí de que la vida era muchísimo mejor así. Y a mi alrededor construí un muro, al que puse ventanas para disimular. Sobre todo para hacerme creer que no me estaba perdiendo nada. Pero ella vino corriendo a prepararme un sándwich y hacerme compañía. Y yo la necesité al momento y supe. Solo supe. La vida no vale la pena si no es para compartirla.

A partir de entonces sería así. Eso. La novia de mi mejor amigo. Porque… ¿ellos seguirían juntos? ¿Ellos podrían hacerlo de verdad? Me mecía entre el deseo de que lo consiguieran y la inquina que me provocaba que lo hicieran. Los quería y los odiaba, porque había decidido que ellos podían ser felices pero yo no. Y lo peor era que había sido yo quien, sin ayuda de nadie más, había decidido por los tres. Nico me había mirado y me había dicho: «Si yo estuviera en tu situación, no lo haría». Y terminó de darle sentido, porque nos queríamos lo mismo pero de diferente modo. Quizá yo le necesitaba más de lo que me necesitaba él. No lo sé.

No vi a Nico cuando me levanté. Me sentí solo. Yo no quería eso, pero supongo que necesitaríamos un tiempo para habituarnos. Encontré una nota en la cocina y sonreí. Nico y sus notas. Ahora vendría una temporada de tenerlo raro y de escuchar mucho a Lana del Rey. En el papel había escrito que se había marchado a hacer fotos y a pensar. «Espero que sepas lo que haces, tío». Y nada más. Claro que no lo sabía, pero alguien tenía que hacer algo.

Me senté en el sofá a beberme el café. Por delante de mí pasamos Alba y yo, bailando como dos imbéciles. De mi dormitorio salió ella con aquel vestido negro, poniéndose los zapatos por el camino, huyendo de mí, el monstruo que iba a devorarla. El eco de las carcajadas en la cocina me llegó a los oídos mientras nosotros dos bebíamos vino. En aquel mismo rincón del sofá habíamos follado como dos locos. Mi primera vez a pelo. Ella se movía encima de mí, desnuda, y yo tenía un pedazo de tela de sus bragas en mis manos y me llamaba a mí mismo «guarro enloquecido» porque solo podía pensar en la sensación cálida de su interior envolviéndome. Solos ella y yo.

El timbre sonó. Dejé la taza y fui hacia allí. Alba se encontraba en el trabajo, pero estaba seguro de que al abrir entrarían sus recuerdos otra vez. Todos en tropel, corriendo, llenando el salón del puto perfume de su pelo. Detrás de la puerta estaba Eva, mirándome desde su metro sesenta, como si yo midiera dos metros y medio y tuviera que escalar con los ojos hasta encontrar los míos. Maldita niña. Yo la quería. ¿Podía quererla ya también a ella? Traía la cara desencajada porque Alba se lo habría contado.

—¿Qué pasa, bebé? —le pregunté con una sonrisa.

Y me empujó hacia dentro, se abrazó a mi cintura y se echó a llorar. La miré sorprendido, apartando los brazos, como si fuera una desconocida que se agarraba a mi cuerpo con desesperación. Pero era ella. Era Eva, pequeña, fingiendo ser una persona desvalida, llena y rebosante de emociones que la hacían ir a la deriva. Yo sabía que sería una mujer fantástica cuando creciera. Aprendería a controlar aquel maremágnum de sentimientos hasta sacar algo en claro y dominar su vida. Nunca sería alguien contenido, como yo, y por eso mismo siempre sería más auténtica, más fuerte, más… humana. No tardé mucho en rendirme. Sus sollozos calentaban la tela de mi camiseta y la envolví en mis brazos.

—Shhh… —le pedí. Me di cuenta de que era incapaz de formar palabras porque el nudo que se apretaba en mi garganta lo haría imposible.

—Tú ibas a hacerla feliz… —me recriminó—. ¿Quién te hará feliz ahora?

Eso fue lo que me hizo venirme abajo. Esa sencilla pregunta. ¿Quién iba a hacerme feliz ahora? Nadie. No había más respuesta. Me sentí desgraciado, solo, viejo, torpe… Y, sencillamente, me eché a llorar. Terminé sollozando abrazado a alguien a quien casi no conocía. Sintiéndome abandonado por mí mismo. Valiente. Imbécil. Un loco. Y lo único que pude pensar en claro fue…: «Joder, Alba, ¿ahora qué hago si siempre estuve esperando a alguien como tú?».

Epílogo

EMPATÍA. RESPUESTAS

U n chico moreno, alto, con unos rasgos que prometen una impresionante belleza adulta pero que aún no son más que trazos a mano alzada, está sentado en la quinta fila de una clase de la facultad de Económicas. Toma notas, sujetándose la cabeza con la mano izquierda y con apariencia algo aburrida. El profesor dibuja algunas tablas en la pizarra y habla con voz monótona. Al lado del joven de cabello oscuro está sentado otro chico, de la misma edad y pelo alborotado dorado, que mira a través de la ventana. Está anocheciendo, aunque son apenas las cinco y media de la tarde. El aula al completo está iluminada por los naranjas del ocaso. En sus folios se puede leer la fecha del día: 18 de febrero de 2000; lo demás son espirales y garabatos.

El soniquete de un teléfono móvil rompe el aula. El profesor mira hacia la grada y los alumnos se escrutan con celo entre ellos, divertidos en el fondo porque alguien se va a llevar una bronca y hará más amena la clase. El chico moreno se da cuenta de súbito de que es su teléfono móvil y con manos torpes se palpa de arriba abajo para localizarlo.

—Esta moda de los teléfonos móviles… —se queja el profesor—. ¿Qué asuntos tendrán ustedes tan importantes como para tener que cargar con ellos hasta dentro de clase?

—Perdone —dice con voz alta y clara.

Cuando va a colgar se percata de que la llamada entrante es de un número que no conoce. Mira un momento al infinito y devuelve los ojos a la pequeña pantalla de su Nokia.

—Discúlpeme. —Se levanta. El teléfono sigue sonando.

—¿Qué haces, loco? —le pregunta en susurros su compañero.

Baja las escaleras con sus largas piernas. Varias miradas femeninas se lo comen con los ojos. Pasa por delante del profesor, contestando y levantando la mano en señal de disculpa.

—¿Sí? —Cierra la puerta del aula a su espalda.

—¿Hugo Muñoz?

—Sí. Soy yo.

—Le llamamos de la Policía.

El joven de pelo dorado se remueve intranquilo cuando pasan quince minutos y Hugo sigue sin entrar. Mira el reloj. Faltan cinco minutos para que acabe la clase. ¿Qué se traerá entre manos para tener que salir a coger una llamada? Cuando la clase termina, le busca entre la gente que llena los pasillos. Entre tanto estudiante es difícil distinguir a nadie. Entra, recoge sus cosas, las mete en la mochila y se la carga sobre un hombro. Intenta localizarlo en la cafetería, en el aula contigua que suele estar vacía a esas horas, baja al hall e incluso entra en los baños y lo llama con un grito. Nada. Vuelve sin más a clase con la intuición de que algo ha debido de pasar; tiene la esperanza de que no sea nada grave.

La siguiente clase pasa más lenta de lo normal. Suele aburrirse y nunca toma apuntes. Lo intenta, que conste, pero es que se siente imbécil realizando una tarea tan mecánica. Cuando se lo dijo a Hugo, este esbozó una sonrisa y le preguntó: «Y los que tomamos apuntes para que luego los fotocopies…, ¿también somos imbéciles?». No cree que lo sean. Es solo que… no puede hacerlo. Así que mira por la ventana y ve cómo la oscuridad lo engulle todo. La profesora de Estadística explica algunos ejercicios y él divaga, pensando si no habrá elegido una carrera que le resulta fácil, en lugar de buscar algo que le motive. Cuando sale recoge sus cosas y se marcha de camino al metro. Varias compañeras le preguntan si Hugo está bien. Es famoso entre las chicas y en las fiestas, eso está claro; pero él no le tiene celos. Los dos saben que tienen su público.

—Se ha ido a casa. No sé más —contesta.

Cambia de ruta y, aunque tenga que andar más, marcha solo hacia la parada de autobús. Durante quince minutos intenta una y otra vez llamar a Hugo, esperando que se lo coja. Se pregunta a sí mismo por qué narices no lo deja pasar. Sea lo que sea lo que le ha pasado…, ya se lo contará. Pero está preocupado. Pasa de largo la parada de su piso de estudiante donde lo único que le espera es un imbécil que le roba la comida y una tía que se pasa el día viendo telebasura. Decide que no ocurre nada por ir a ver si va todo bien…

Cuando llega a la zona de Arturo Soria, el termómetro ha descendido un par de grados. Está congelado y se frota las manos contra el pantalón vaquero para tratar de entrar en calor. Por eso se sorprende más al encontrar a Hugo sentado en un banco de madera contiguo al edificio donde vive.

—Eh… —No recibe contestación—. Hugo…

Su amigo casi no pestañea. Sujeto en la mano derecha sigue llevando el teléfono móvil, aunque hace un par de horas que recibió la última llamada. Se sienta a su lado y le mira.

—¿Todo bien?

Hugo no hace nada durante segundos, pero finalmente niega con la cabeza. Coge aire y después lo deja salir despacio entre sus labios. Su amigo imagina ya que lo que le haya pasado no es de esas cosas que se solucionan con un par de cervezas.

—Me estás rayando, tío.

—Mis padres —contesta con un hilo de voz—. Se fueron de viaje...

—Ya. Ya lo sé. Una conferencia, ¿no? ¿Qué pasa?

—No van a volver.

Se miran en silencio. Se da cuenta de lo que significa aquello sin necesidad de preguntar más. Lo sabe. Sabe que Hugo está solo. Sabe que no hay palabras para decir aquello. Sabe que acaba de perder una parte de sí mismo.

—Levántate, Hugo. Hace un frío de cojones.

—No puedo. —La barbilla le tiembla un poco, al igual que la voz—. No puedo entrar ahí.

No hace falta que le diga nada más. No hay nada reversible allí. No puede entrar solo a una casa en la que nunca más habrá nadie que le espere. Se miran nuevamente. A Hugo le brillan extrañamente los ojos y su amigo teme que se eche a llorar. No sabría cómo reaccionar ni qué decirle.

—Todo saldrá bien —le dice sin saber por qué.

Hugo asiente y mira hacia arriba. La barbilla sigue temblándole y, aunque hace frío, se debe a los esfuerzos por contener las lágrimas.

—No es justo —consigue decir.

Estas cosas nunca lo son. No sabe qué decir, así que solo echa el brazo alrededor de Hugo y le da un torpe apretón en el hombro.

—¿No quieres subir a casa?

—No —contesta Hugo.

—Vamos a la mía.

—No quiero moverme de aquí. —Cierra los ojos—. Me he prometido que cuando me levante, me comportaré como un hombre y no tengo ganas de hacerlo. Aún no. Solo… vamos a esperar.

Se encoge sobre sí mismo y los dos miran en silencio hacia las copas de los árboles del parque que queda frente a ellos.

—No soy bueno en estas situaciones, tío. No sé qué decir.

—No hay nada que puedas hacer. Da igual.

Quiere decirle que puede llorar si lo necesita, que es una tontería intentar no derramar las lágrimas cuando te ha pasado algo así, pero no sabe cómo hacerlo o si debe. Hugo se tapa la cara y solloza, como si le hubiera leído la mente. Es un llanto agarrado al pecho, desconsolado. Una pareja que cruza la calle y una mujer que pasea un perro les miran y él trata de disuadirles poniendo mala cara. Odia que la gente tenga más curiosidad que empatía.

—Mírame… —Intenta levantarle la cara—. ¡Mírame! —Hugo solloza y las lágrimas le empapan la cara—. Mírame.

Los ojos negros de Hugo se posan en los de su amigo. Por un momento deja de llorar y respira entrecortado.

—Da igual lo que pase. Siempre, siempre estaré a tu lado. ¿Me oyes? Te lo juro.

—Estoy solo, Nico…, solo te tengo a ti…

Pasan dos horas hasta que pueden levantarse y marcharse. Los apuntes de Hugo siguen sobre el banco corrido del aula, pero ninguno de los dos lo recuerda y aunque lo hicieran… es posible que ya no importe.

AGRADECIMIENTOS

Creo que el título de esta trilogía vino dado por el momento en el que me encontraba en la vida. Sí o no. Salir y cerrar la puerta o quedarme dentro. A veces una es consciente de la necesidad de tomar una decisión y otras no. Y una vez tomada, solamente cabe agradecer a todo el que lo hizo fácil.

A mis padres y mi hermana, por darme siempre la seguridad suficiente para tomar mis propias decisiones. Por las charlas eternas por teléfono o en la sobremesa. Por acompañarme en cada paso. Por ser esa parte tan importante de mi vida. Mi apoyo y mis cimientos.

A todas las que estuvieron a mi lado y se comieron con patatas conversaciones telefónicas de una hora (como poco), como María, Aurora o Sara. A las que inspiraron personajes de esta trilogía, como Laura Ll o Alba. A quienes pedí permiso para tomar prestadas sus frases, como Tone, Laura L, Jazmín o Raquel. A las/los que se sienten orgullos@s de lo que llena estas páginas.

A mi familia Coqueta, que me acompaña cada día a través de las redes sociales y que vive a mi lado a pesar de estar lejos. Por los comentarios, los regalos de cumpleaños, los «me gusta», sus felicitaciones y la inspiración que suponen sus historias y su apoyo. Jamás podré llegar a expresar la gratitud que siento hacia ell@s.

Gracias, por supuesto, a Ana, a Pablo, a Gonzalo, a Pilar, a Patricia, a Mónica y a tantas otras personas que trabajan conmigo en cada proyecto y que hacen mi sueño realidad y mi vida mucho más fácil.

A todos mis buenos amigos, por quererme.

Y sobre todo a Óscar, a quien me llevo conmigo allá donde voy y en cada letra que escribo. Esta vez me pasó lo mismo, mi vida, volví a copiar algunos de nuestros viajes. Espero que Alba, Hugo y Nico hayan sentido lo mismo que tú y yo cuando los emprendimos.

Sin más…, GRACIAS, en mayúsculas, purpurina, rayos de sol y unicornios, porque sois tan «MÁS» que me pongo de un ñoño que no se *pué aguantá*.